Isabelle

Das Buch

Sie sieht so zart aus, so unschuldig mit ihren Zöpfen und so beschützenswert …
Der Mann, dessen Blick sich in diesem blonden Haar verfängt, frönt in seinem Dachzimmer einem müßigen Dasein. Er ist ein einsamer Wolf, der durch die Wand die schöne Freundin seines Zimmernachbarn lachen hört. Nie würde es ihm gelingen, eine solche Frau zu besitzen, nie würde er mit jemandem eine solche Vertrautheit herstellen können.
Da fällt bei einem seiner Rundgänge durch die Stadt sein Blick auf ein unscheinbares, vielleicht sechzehnjähriges Mädchen. In ihm entsteht ein Plan, der zur Obsession wird …
Anders als Lolita ist das Mädchen Isabelle keine selbstbewusste Verführerin, sondern unschuldig und sehnt sich nach Zuwendung. Der Mann verkennt die Macht, über die er plötzlich verfügt: die Macht, einen Menschen emotional von sich abhängig zu machen.
Mit klarer, knapper Sprache zeigt Forton, wie Verführung zum Selbstzweck wird, zur Erhöhung des eigenen Ich.

»Dieses trockene, kalte, distanzierte Porträt eines Dreckskerls ist starker Tobak, ist hochprozentiger Alkohol, den man am besten auf Ex trinkt.« *Olivier Barrot, Un livre un jour*

»Ein ungeschliffener Diamant, dunkel und skandalös.«
Serge Airoldi, Le Festin

Der Autor

Jean Forton (1930–1982) war Buchhändler, Autor von neun Romanen und Begründer der Zeitschrift *La Boite aux clous* für junge literarische Talente; zeit seines Lebens verließ er seine Geburtsstadt Bordeaux nicht. Seine literarische Strenge und psychologische Raffinesse ist vergleichbar mit der eines Albert Camus.

Jean Forton

Isabelle

Roman

Aus dem Französischen
von Grete Osterwald

Mit einem Nachwort
von Catherine Rabier-Darnaudet

List Taschenbuch

Besuchen Sie uns im Internet:
www.list-taschenbuch.de

MIX
Papier aus verantwortungsvollen Quellen
FSC® C083411

Ungekürzte Ausgabe im List Taschenbuch
List ist ein Verlag der Ullstein Buchverlage GmbH, Berlin.
1. Auflage Juni 2012

Übersetzung des Nachworts: Graf Verlag

Die Originalausgabe erschien 1957 unter dem Titel *La Cendre aux yeux*
bei Gallimard, Paris, und wurde 2009 bei
le dilettante unter demselben Titel neu aufgelegt.
Umschlaggestaltung: bürosüd° GmbH, München,
unter Verwendung einer Vorlage von
Anzinger | Wüschner | Rasp, München
Titelabbildung: © gettyimages/Johner Images
Satz: Uwe Steffen, München
Gesetzt aus der Berkeley
Papier: Munken Print von Arctic Paper Munkedals AB, Schweden
Druck und Bindearbeiten: CPI – Clausen & Bosse, Leck
Printed in Germany
ISBN 978-3-548-61101-3

Ein Lamm löschte seinen Durst in einem klaren Bach. Dabei wurde es von einem hungrigen Wolf überrascht.

Jean de La Fontaine, *Der Wolf und das Lamm*

ERSTER TEIL

ENDLICH BIN ICH EINGERICHTET. Das war nicht ohne. Der Umzug hat mich gut zwei Tage gekostet. Ich mag diese fiebrigen Stunden nicht, diese ungute Atmosphäre des Provisorischen und Unbequemen in einem neuen Zimmer. Dinge verschwinden. Man weiß nicht, wo man sich hinpflanzen soll. Jede Kleinigkeit regt einen auf, ein ungewöhnliches Geräusch, ein Nagel, an dem man hängen bleibt. Ich habe mich lange um mich selbst gedreht, wie ein Hund, der seine Ecke sucht. Jetzt ist alles fertig, meine Koffer sind ausgepackt, die Bücher eingeräumt. Ich atme auf. Ich kann meinen Stift wieder in die Hand nehmen und stundenlang in dieses Heft kritzeln. Ich finde mich wieder, mich und nur mich allein im Angesicht der Einsamkeit, die mir in den letzten zwei Tagen gefehlt hat wie eine Droge, nach der ich süchtig bin.

Nun sitze ich wieder vor einem der dicken Schulhefte, die ich bei Mutter Ducasse kaufe. Ein dickes

Heft, grün eingebunden, von mindestens zweihundert Seiten. Und jungfräulich. Es muss schließlich gefeiert werden, dieses neue Leben, das eben beginnt. Die Seiten haben noch den feuchten Grauschimmer von neuem Papier. Ich werde dafür sorgen, dass sie schwarz werden. Das ist mein Laster: auf Papier kritzeln, es besudeln. Mich erzählen. Tag für Tag jede kleinste Begebenheit meines Lebens aufzeichnen. Als bestünde auch nur die geringste Chance, dass dieses Porträt, dem ich mich mit der Geduld und Ergebenheit widme, die des Baumeisters einer Kathedrale würdig wären, mir ähnlich sehen könnte! Wenn ich in diesem Tagebuch zufällig etwas nachlese, sehe ich mich verzerrt darin, ich versuche, zu gefallen oder zu erschrecken, aber ich bin nie ich selbst, bin immer fremd. Und die Frauen, die Menschen, von denen ich spreche, wären mir, wenn mein Gedächtnis sie mir nicht lebendig zurückgäbe, unbekannter als jene längst Verstorbenen, die man in alten Fotoalben entdeckt, irgendwo auf dem Land. Aber was macht das schon? Ich lese meine Sachen sowieso nicht wieder. Trotz aller Anstrengungen enthalten sie doch nichts als Lügen, das eitle Bemühen, eine Wahrheit zu erreichen, die ich kenne, aber nicht festzuhalten vermag. Im Übrigen schreibe ich nicht für mein Nachleben oder um irgendwann eine mir liebe Vergangenheit wiederzufinden. Mein Gedächtnis braucht keine solche Stütze. Mein Laster ist ganz anderer Natur. Es ist ein einsames Vergnügen. Sich ausbreiten. Darin schwelgen, von sich selbst zu sprechen, hemmungslos, ohne Sorge, Vorwürfe oder Widerspruch zu ernten.

Früher hatte ich eine Ausrede. Ich glaubte, mit dem Schreiben den fehlenden Esprit, der mich am Reden hindert, wettzumachen. Ich rede schlecht. Ich sage das absolute Gegenteil dessen, was ich denke. Ich stottere, unfähig, auszudrücken, was ich empfinde. Die Worte entziehen sich, die Sätze geraten durcheinander und bleiben in der Schwebe. Während das Schreiben mich erlöst. Mein Stift läuft mühelos über die Zeilen, die Wörter fügen sich ohne Zögern aneinander. Ich bin allein. Ich deklamiere schweigend.

Eine armselige Ausrede! Ich habe mich besser kennengelernt und beurteile mich ohne Rührseligkeit, mit jener nachsichtigen Strenge, die man gegenüber sich selbst walten lässt. Denn ich weiß, wenn ich mir die Mühe geben wollte, könnte ich mich genauso gut ausdrücken wie jeder andere. Aber eine hochmütige Trägheit hält mich davon ab, eine Verachtung der anderen, die mich sagen lässt: »Wird man mich überhaupt verstehen? Und selbst wenn man mich versteht, wozu soll das Reden gut sein? Wozu eigentlich?«

Ungerechtfertigte Verachtung, törichter Stolz. Aber Worte erscheinen mir sinnlos. Ich merke, es wird keinerlei Kontakt entstehen, und so schließe ich mich in mein Schweigen ein. Ich bewahre den Redefluss wie ein kostbares Gut bis zum Abend auf, bis zu dem gesegneten Moment, da ich mich, verkrochen in meinem Zimmer, endlich befreien kann.

Vielleicht würde ich, wenn ich eingebildet wäre, in diesem Schweigen eher Egoismus als Stolz erkennen. Denn im Schweigen, indem ich meine Gedanken ganz für mich allein behalte, verspüre ich die gleiche Sorte von Genuss, die ich als Kind empfand, wenn ich mir heimlich einen Riegel Schokolade nahm, um ihn abends im Bett zu verspeisen, ohne meinem Bruder etwas abzugeben. Ich versteckte mich damals, und ich verstecke mich heute. Niemand kennt mich. Ich bin sogar so weit gekommen, dass ich den Ruf des Schwachkopfs, den ich mir mit dieser lakonischen Art eingehandelt habe, kultiviere, um die Freude auszukosten, mir sagen zu können: Niemand weiß, wer ich bin, und ich werde nicht das Mindeste dafür tun, mich zu offenbaren.

*

Die Nacht nimmt für mich den Geschmack von Sünde an. Ich erwarte den Abend wie eine verbotene Wollust. Denn mein eifriges Verheimlichen der Tatsache, dass ich schreibe, hat etwas Schändliches an sich. Nicht schändlich als solches, aber schändlich in der Vorstellung, die man sich machen könnte, wenn mein Geheimnis entdeckt würde.

Übrigens wird jede Schande aus dem Gedanken geboren, dass man beurteilt wird. Ohne Richter gibt es die Idee des Bösen nicht. Man ist voller Nachsicht gegenüber sich selbst. Man versteht sich, man liebt sich. Ich habe nie das Gefühl gehabt, etwas Böses zu tun. Was mich quälte, kam immer von den anderen, wenn ich mich habe überraschen lassen. Ich bin ein Mensch mit mäßigen Lastern, aber ich glaube, auch pervers, exzentrisch oder sonst wie gestört würde ich mich noch bejahen und verstehen. Als Päderast wäre ich nicht entsetzt über meine Ausschweifung. Als Dieb, Sadist, als Säufer fände ich immer noch ein Mittel, mich zu rechtfertigen. Ich habe einen ausgeprägten Sinn für Frauen und kann wohl sagen, dass ich die körperliche Liebe in ihren unreinsten Formen kennengelernt habe, und doch hatte ich nie das Gefühl, mich zu erniedrigen oder einen unnatürlichen Akt zu vollziehen. Mir war immer wohl in meiner Haut. Gewiss habe ich Langeweile oder auch Ekel erlebt, aber diese vorübergehenden Erscheinungen hatten immer einen handfesten Grund, sei es nachlassendes Begehren, sei es, dass meine Leber nicht mitspielte. Wie könnte ich jemand anderem außer mir selbst dieses gute Gewissen eingestehen, ohne sogleich als unmoralisch zu gelten? Und würde man mir nicht auf der Stelle zu beweisen versuchen, mein gutes Gewissen sei im Grunde nur eine verdeckte Angst? Nein, da ist es mir lieber, ich schweige und schwärze diese Hefte ein.

Und den ganzen Tag warte ich mit diesem köstlichen bangen Gefühl, das die Aussicht auf ein Glas Wasser einem einflößt, wenn man durstig ist, ich warte ab. Ich lebe, aber so, wie man träumt. Dann, gegen zehn Uhr abends, schließe ich mich ein. Und vor mir öffnet sich die Nacht, unendlich weit und tief, abgeschieden. Ich setze mich an meinen Tisch, ohne Eile, von Angesicht zu Angesicht mit dem idealen Gefährten, der schweigt und mir zuhört.

*

Heute Abend bin ich glücklich. Ich hatte ein mulmiges Gefühl gehabt bei dieser neuen Einrichtung, der Umstellung auf andere Gewohnheiten, die mich normalerweise mehrere Tage hilflos macht. Ich habe lange gezögert, bevor ich die Pension Mauduis verließ. Eine gewisse Trägheit. Und die Unannehmlichkeit, mich erklären, Gründe angeben zu müssen. Dabei musste ich fort. Mein Leben dort wurde unerträglich. Mariette hatte eine Macht über mich erlangt, von der ich mich nicht befreien konnte. Ich verstehe selbst nicht mehr, welcher Wahnsinn mich zu ihr getrieben hat. Ein Zimmermädel, ohne Reize. Was half es, dass wir in der letzten Zeit nicht miteinander schliefen, sie kam trotzdem jeden Abend in mein Zimmer. Sie erzählte mir ihr Leben, vom Land, der Liebe im Heu, dem Balg, der dabei herauskommt und von den Großeltern aufgezogen wird. Eine so abgeschmackte Geschichte, dass ich nicht unterscheiden konnte, ob sie es wirklich erlebt oder in irgendeinem Groschenroman gelesen hatte. Ich gähnte vor Langeweile. Nichts langweilt mich mehr als die Geschichten der anderen. Ihr Unglück erscheint mir eingebildet, bar jeder Emotion. Und jeden Abend dieselbe Leier, gefolgt von einem Zärtlichkeitsausbruch. Sie versuchte mich mit Küssen zu erweichen, die ekelhaft nach Tränen schmeckten. Ich hielt durch, widerstand einem Rest an Begehren. Ich hoffte, sie würde begreifen, abhauen und mich in Ruhe lassen. Aber sie ließ sich durch nichts abhalten. Ich musste weg. Übergriffe auf meine Einsamkeit habe ich nie ertragen. Schon als kleiner Junge packte mich die Wut, wenn mein Bruder in mein Zimmer kam.

Dennoch war ich unschlüssig, bevor ich ausgezogen bin. Ein Rest an Selbstachtung. Ich hatte es satt, immer nachzugeben. Flüchten, das ist mir zur Gewohnheit geworden, die Verteidigung von gehetztem Wild. Diesmal wollte ich kämpfen. Außerdem war ich zu träge umzuziehen. Eines Abends habe ich Klartext geredet und Mariette ihren Teil gesagt. Sie glaubte, ich scherzte. Am nächsten Tag habe ich ein Zimmer gesucht.

Alles lief besser als gedacht. Man hat mich nicht gefragt, warum ich ging. Es stimmt, dass die Leute in der Pension Mauduis mich nicht besonders mochten. Ich aß meistens in der Stadt, was mir das fade Essen am Mittagstisch der Pension ersparte.

Jetzt wohne ich in einem Haus am Cours Belzunce. Meine Adresse könnte ich zwar mit einigem Stolz angeben. Aber ich habe ein ziemlich kleines Mansardenzimmer, und es liegt nicht auf der vornehmen Seite, sondern geht nach hinten hinaus auf eine hässliche schmale Parallelstraße. Aber dafür bin ich nur ein paar Schritte von den Theatern, den großen Cafés entfernt. Ich muss nur drei Treppenläufe hinunter, und schon tauche ich in die Menge, in die Lichter ein.

Der Raum wird durch zwei niedrige Fenster erhellt. Ich muss den Kopf senken, um mich über die Straße zu beugen. Dann sehe ich feuchten und grauen Asphalt. Gegenüber erheben sich hohe Häuser mit Fensterläden, die immer geschlossen sind. Ich wünschte mir, irgendwo dahinter eine Frau zu sehen. Wir könnten miteinander sprechen, Freunde werden, ohne uns jemals zu begegnen.

Durch die beiden niedrigen Fenster und die schräge Decke wirkt das Zimmer wie ein Speicher, aber sauber, mit bleich geschrubbtem Holzboden, auf dem die Schritte hallen. Es war nichts Besseres zu finden als diese armselig anmutende Bude. Im November sind die besten Unterkünfte schon von Studenten belegt. Mir bleibt nichts anderes übrig, als das nächste Jahr für einen Wechsel abzuwarten, aber vielleicht habe ich mich dann an dieses Haus gewöhnt. Ich bin nicht sehr wählerisch.

Mein Bett steht in einer Art Alkoven oder vielmehr einer Nische zwischen der Wand und dem ungewöhnlich vorspringenden Kamin. Es ist eine niedrige Couch, bedeckt mit einem groben braunen Wollstoff, ähnlich gewirkt wie Mönchskutten. Zwei Stühle, ein Tisch und ein weiß lackierter Schrank vervollständigen das Mobiliar. Das Waschbecken ist hinter einem Rosenblütenvorhang verborgen. Dienstbotenkammer, Klosterzelle. Egal, irgendwie mag ich dieses Zimmer, vor allem wenn es Nacht wird und ich meine bauchige alte Lampe anschalte, deren ockerfarbener Schein sich wie durch Porzellan verbreitet. Der Ofen bullert. Ich höre nichts von meinem Nachbarn, Nicolas, einem Russen, den ich noch nicht gesehen habe. Die Vermieterin, Madame Frise, hat ihn mir als einen wunderlichen jungen Mann beschrieben, eine Art bärtigen Dichter, der angeblich Mathematik betreibt. Er soll zurückhaltend sein. Hoffen wir es. Ich finde diesen nachbarschaftlichen Kameradschaftsgeist, der in Häusern mit möblierten Zimmern so häufig herrscht, absolut unerträglich. Wie oft musste ich schon vor solcher Kameradschaft fliehen!

Eine schlichte Tür trennt unsere beiden Zimmer. Doch sosehr ich auch die Ohren spitze, ich höre kein Geräusch. Keine Ahnung, ob der Russe ausgegangen ist oder seinerseits nach mir lauscht.

Nur der Ofen schnauft leise und asthmatisch vor sich hin. Diese Tür macht mich nervös. Die beklagenswert dünne Wand zwischen uns verschafft mir einen Zeugen, jemanden, der mich belauern und jede Regung nachvollziehen wird, Geräusch für Geräusch; der zu jeder Nachtzeit weiß, ob ich schlafe oder wache.

Ich muss diesen Nicolas ignorieren. Vom ersten Tag an will ich ihn aus meinem Dasein streichen, mich benehmen, als wäre er ein integraler Bestandteil meiner Einsamkeit. Ich will mir nicht jeden Moment sagen: Er lauscht, er hört mich. Nicht innehalten wie ein auf frischer Tat ertapptes Kind. Ich will das Abenteuer der Pension Mauduis nicht von vorn beginnen, mich nicht mehr vor meinem Zufluchtsort fürchten. Nicolas wird mir das Leben nicht vergiften, wie Mariette es konnte. Ich werde Abstand halten. Der viele Ärger hat mir gewisse Erfahrungen eingebracht, und ich sehe den Tag kommen, da mir alles leichterfallen wird. Vielleicht schaffe ich es dann endlich, wie ein Mann zu leben, meinen Egoismus voll auszukosten, alle Hindernisse, die mir im Weg sind, auszuräumen, ohne beim geringsten Misserfolg aufzugeben. Vielleicht ist diese Zeit gar nicht mehr fern … Denn ich habe so ein seltsames Gefühl, dass ich allmählich ausschlüpfe, Fortschritte mache, mich Tag um Tag ein wenig mehr von jener Kruste aus Dummheit und Ignoranz befreie, die mich gestern noch umgab; dass ich langsam, aber sicher zu einem tieferen Verständnis der Dinge und der Menschen gelange, zu einer genaueren und feineren Wahrnehmung der Welt.

Wenn ich auf den herabblicke, der ich voriges Jahr noch war, scheint es mir, als hätte ich mich ungeschickt, unschlüssig benommen. Mich überkommt regelrecht die Wut, wenn mir durch den Sinn geht, welche Worte ich gesagt, wie ich mich verhalten habe. Zugleich steigt beim Gedanken an meine neuen Kräfte, die immer stärker, immer wirksamer werden, Jubel in mir auf.

Es wäre allerdings auch Zeit, mit vierunddreißig Jahren das reife Alter, wie ich in Ermangelung eines besseren Ausdrucks sagen würde, zu erreichen, in jene Lebensphase einzutreten, die ich mir ruhig vorstelle, in der ich endlich Ich sein werde, selbstsicher und überzeugt, das Richtige zu tun.

*

Ich höre Schritte nach oben kommen. Auf der anderen Seite des Flurs gibt es drei weitere Zimmer, die schöner sind als meines. Dort wohnen drei seriöse Herren, ehemalige Kollegen von Monsieur Frise, dem Ehemann meiner Vermieterin. Sie arbeiten bei der Präfektur. Als ich die Mietsachen besprach, sah ich sie aus dem Haus gehen, würdig und taktvoll. Die gute Frau hat mich sogleich mit allen Einzelheiten ihres Lebens überschüttet.

Die Schritte nähern sich, ausgreifende, feste Schritte. Ziemlich spät für einen Beamten, finde ich.

Die Schritte gehen weiter, an meiner Tür vorbei. Ich habe falsch geraten. Es ist der Russe, ich höre seinen Schlüssel im Schloss knirschen. Ich komme mir ganz komisch vor, etwas blöd, nachdem ich mich trotz all meiner Vorsätze aus Angst, dass er mich belauert, so leise wie möglich verhalten habe. Also gähne ich jetzt lautstark, um meine Anwesenheit kundzutun. So wird er begreifen, dass ich mich nicht geniere.

ICH HATTE RECHT, MISSTRAUISCH zu sein. Der Russe hat mich gehört, er hat an die Tür zwischen unseren Zimmern geklopft. Ich sagte: »Herein«, vergaß dabei jedoch, dass sie ja abgeschlossen sein musste. Tatsächlich war sie es nicht. Wie ärgerlich für mich, der ich mich geschützt wähnte.

Ich schlug eilig mein neues Heft zu. Das war mein Verderben.

»Sie haben geschrieben?«, sagte der Russe.

»Nicht so wichtig.«

»Ein Roman?«

Diese Idee kam mir derart komisch vor, dass ich sekundenlang verdutzt dasaß. Auf den Gedanken, einen Roman zu schreiben, war ich weiß Gott noch nicht gekommen! Aber dann fand ich es amüsant, als Schriftsteller durchzugehen. Also spielte ich mit:

»Eher ein Essay«, sagte ich. »Romane erfordern eine Fantasie, über die ich leider nicht verfüge.«

Er fing an, von Literatur zu reden. Sehr gut, wie mir schien. Sicher ist er ein kultivierter junger Mann, aber die Literatur interessiert mich schon lange nicht mehr. Ich lese wenig, und wenn, dann aus dem Zusammenhang gerissen … Darum fürchtete ich, er könnte mich ausfragen und die Hochstapelei entlarven. Aber es ging alles gut, bis er mich bat, ihn einen Blick in *mein Werk* werfen zu lassen. Ich nuschelte etwas, dann habe ich mich herausgeredet und erklärt, ich zweifelte an mir.

»Solange ich den Schlusspunkt nicht gesetzt habe«, sagte ich, »möchte ich Ihnen lieber nichts zeigen. Es wäre mir sehr unangenehm und würde mich vielleicht hindern, weiterzuschreiben.«

»Wann werden Sie fertig?«

»In acht oder zehn Monaten.«

»Gut. Dann warte ich. Aber Sie müssen mir versprechen, dass ich Ihr erster Leser sein werde.«

Bis dahin hat er es vielleicht vergessen. Oder ich ziehe um. Wütend macht mich nur, dass ich wieder einmal in die Falle gegangen bin. Dieser Kerl ist in mein Leben eingebrochen. Wenn er darauf besteht, kann er mich in die Flucht schlagen. Schon hat meine Freiheit nicht mehr den Geschmack von Vollkommenheit wie noch vor ein paar Stunden. Es ist meine Schuld. Ich hätte entschiedener auftreten, ihn in die Schranken weisen, ihm bedeuten müssen, er mische sich in Dinge ein, die ihn nichts angingen. Aber solche Gedanken kommen mir immer zu spät. Mir fehlt die Abwehr.

Daher mein obsessives Verlangen nach Einsamkeit und geschlossenen Türen. Wenn ich allein bin, atme ich auf, weil ich dann nicht jeden Augenblick um meinen Frieden fürchten muss.

Natürlich könnte ich aufs Land gehen oder mir ein leer stehendes Haus mieten. Geld habe ich genug. Aber so einfach sind die Dinge nicht. Ich, der ich alles täte, um meine Einsamkeit zu bewahren, würde schreien vor Angst, wenn ich mich wirklich allein fühlte. Ich kann den Eindruck von Leere, von Stille um mich herum nicht ertragen. Ich muss spüren, wie das Leben außerhalb meines Zimmers, jenseits der mich schützenden Wände und Mauern weitergeht. Ich brauche das Licht, das lärmende Treiben, eine menschliche Wärme, wie man sie nur in Städten findet.

*

Ich hoffte, der Russe ließe mich bald allein. Aber er setzte sich auf mein Bett, einfach so.

Ehe ich ihn zu Gesicht bekam, und nach der Beschreibung von Madame Frise, hatte ich mir einen struppigen, rohen Kerl vorgestellt. Aber ganz im Gegenteil, er ist ein schöner Mann, sehr groß, breite Schultern, von athletischer Statur. Er ist viel jünger als ich, sicher nicht älter als fünfundzwanzig Jahre. Sobald man ihn sieht, drängt sich ein Wort auf: *Präsenz*. Es ist ein Typ, der sich *präsent* macht. Er ist groß, er ist stark und schwer, aber darum geht es nicht. Ich meine sein Gesicht, davon will ich sprechen, ein regelmäßiges Gesicht mit hellem Teint, dichten, wohlgeformten Augenbrauen und kräftigen Lippen. Ein kurz gestutzter schwarzer Vollbart unterstreicht die Regelmäßigkeit der Züge. Die Nase ist gerade, das Haar seidig und gelockt, ein dunkles Kastanienbraun mit rötlichem Schimmer. Für meinen Geschmack trägt er es etwas lang.

Seine riesigen, fast schwarzen Augen fixieren dich ohne eine Spur von Ironie, mit jenem warmherzigen Glanz, der einen bei Unbekannten immer erstaunt. Ein beunruhigend wacher Blick. Ich fühle mich durchbohrt, erraten. Die ganze Zeit über, solange Nicolas da war, konnte ich seinen Blick nicht ertragen. Er machte mich befangen. Und die lockere Art des jungen Mannes verstärkte meine eigene Unbeholfenheit noch.

Obwohl gut zehn Jahre älter als er, hatte ich das unangenehme Gefühl, wie ein Halbwüchsiger vor einem reifen Mann zu stehen. Jede seiner Bewegungen offenbarte ein ungetrübtes Selbstbewusstsein, während meine Steifheit einen Mangel an Selbstsicherheit verriet, den ich vielleicht zu groß schreibe, der mir aber eigen ist. Ich bin vierunddreißig Jahre alt und benehme mich wie ein Schuljunge. Ich staune über die Welt und die Menschen, über ihre Fraglosigkeit, wie sie in sich ruhen und sich nicht mit Problemen abgeben. Ich dagegen zweifle. Ich suche. Ich wage nicht, mich zu behaupten. Dabei habe ich nichts mehr von der Jugendlichkeit, die meine Schwäche entschuldigen könnte.

Ich fürchte, diese Schwäche ist endgültig. Ich habe mit so vielen Frauen geschlafen, dass ich ihre Gesichter nicht mehr auseinanderhalten kann. Trotzdem bewahre ich die Mentalität eines Anfängers, der die Lust noch nicht kennt. Ich habe meine Eltern begraben, ich habe den Krieg erlebt, habe meinen Vater sterben sehen, sein grauenhaftes Ringen mit dem Tod. Dennoch blicke ich verwundert zu jedem auf, der mit dem Tod vertraut ist, einem Arzt zum Beispiel oder einem Soldaten. Ich vergesse meine eigene Erfahrung. Es kommt mir vor, als hätte ich nicht gelebt, als wäre ich noch ein Kind, das mit ungläubigen Augen auf die Welt der Erwachsenen, ihre Dramen, ihre Leidenschaften schaut.

Sicher werde ich genauso altern, außerhalb der Gemeinschaft, unfähig, am gesellschaftlichen Reigen teilzunehmen. Es sei denn, alles wäre eine ungeheuerliche Lüge, und auch die anderen würden unter der wissenden Miene ihre Lebensunfähigkeit verbergen. Vielleicht lieben sie, ohne dabei je Lust zu empfinden. Vielleicht leiden und sterben sie, ohne ihr Leid zu kennen. Ich wünschte mir, ein einziges Mal richtig zu genießen und richtig zu leiden, sodass ich mir sagen könnte: Mehr hätte ich nicht ertragen können.

*

Nicolas setzte sich also, zog eine Pfeife aus der Tasche und klopfte die kalte Asche auf den Fußboden. Dann schaute er mich an und lächelte.

»Ich bin vollkommen erledigt«, sagte er. »Seit zwei Tagen habe ich nicht geschlafen, ich müsste dringend ins Bett. Aber so ist das. Je später der Abend, umso größer meine Lust zu reden, Leute zu sehen. Vor Ihnen hat hier ein Theologiestudent gewohnt. Jeden Abend besuchte ich ihn auf ein Schwätzchen, das bis drei oder vier Uhr morgens ging. Ich habe viel von ihm gelernt, ein prima Kerl war das.«

»Da werden Sie mit mir weniger verwöhnt, ich habe nicht viel zu sagen.«

»Ihre Anwesenheit genügt mir schon.«

Als ich mich wunderte, wie akzentfrei er sprach, erklärte er mir, er sei in Frankreich geboren. Das setzte sein Ansehen herab. Ich fühlte mich wohler. Ich hatte unbewusst die Revolution assoziiert und ganz vergessen, dass er ja viel zu jung war, um dabei gewesen zu sein.

Sicher war ich ein wenig enttäuscht. Ich habe eine gewisse Schwäche für ferne Abenteuer, für das Exotische. Aber gleichzeitig beruhigte es mich, nur einen gewöhnlichen jungen Mann vor mir zu haben und keinen Helden. Ich gab mir einen Ruck, freundlich zu sein, und bot ihm ein Glas Martini an. Aber er wollte mich unbedingt zu sich einladen.

Sein Zimmer ist etwas kleiner als meins, mit einem einzigen Fenster. Statt des schlechten Weichholztisches, an dem ich schreibe, hat man ihm einen sehr schönen halbmondförmigen Schreibtisch hingestellt, auf dem sich Lehrbücher und nüchterne Broschüren stapeln. Alles ist absolut ordentlich, obwohl Nicolas eine Menge persönliche Gegenstände mitgebracht hat: einen Plattenspieler, eine Trommel, eine Sammlung alter Waagen, Negerwaffen. Während ich Cognac aus einem Wasserglas trank, bemerkte ich ein großformatiges Foto, das über dem Kamin an die Wand gepinnt war und eine nackte Frau zeigte. Ich erhob mich, um sie besser zu sehen.

Es war ein Mädchen von äußerster Schönheit. Auf einem Tisch sitzend, im Profil, die Brust leicht dem Betrachter zugewandt. Ein Bein baumelte im Leeren, und das andere war so an den Körper gezogen, dass es den Bauch verdeckte. Das Gesicht blieb halb im Schatten. Wäre das Mädchen nicht ungewöhnlich schön gewesen, hätte mir das Foto missfallen. Die ausgesuchte Beleuchtung und die banale Haltung hatten etwas Geschmackloses.

Wie ich feststellte, trug das Porträt eine Signatur, Lazerges stand da, der Name eines Modefotografen, dessen Studio sich gleich unten am Cours Belzunce befindet.

»Das ist Anita«, sagte mir der Russe, »ein tolles Mädchen.«

»Da wird Lazerges sich nicht gelangweilt haben«, sagte ich. »Und das Mädchen scheint ja auch nicht prüde.«

Nicolas sah mich spöttisch an. Meine Naivität amüsierte ihn. Ich bedauerte, dass ich mein Erstaunen nicht hatte verbergen können, aber ich stamme noch aus einer Zeit, da die Mädchen es kaum gewohnt waren, nackt zu posieren, jedenfalls nicht die, mit denen ich verkehrt habe, und ich kannte immerhin eine ganze Reihe Weiber.

Es folgte ein Schweigen, währenddessen ich das Foto mit einem gewissen Verdruss betrachtete. Diese Anita war zweifellos die Geliebte des Russen, und ich kam nicht dagegen an, sie mit den Frauen zu vergleichen, die ich selbst besessen hatte, Mädchen für alles, Arbeiterinnen, Bardamen oder Nutten, Frauen ohne Anmut und manchmal nicht mehr ganz jung, von denen sich die hübscheste nicht hätte ausziehen können, ohne irgendeinen Makel zu entblößen, einen wabbeligen Bauch, zu starke oder zu schmale Hüften, eine flache oder unförmige Brust. Bisher hatte ich mich nicht schlechter bedient gefühlt als jeder andere und mir vorgestellt, jene außergewöhnlichen Schönheiten, die man gelegentlich auf der Straße trifft, gehörten übernatürlichen Wesen aus einer eigenen Welt, die sich von der meinen wie das Land vom Wasser unterschied. Und siehe da, eines dieser mythischen Geschöpfe gehörte einem so gewöhnlichen jungen Mann wie Nicolas, der gut gebaut sein mochte, aber im Ganzen doch nichts Besonderes war; weder reicher noch intelligenter als ein anderer, einer, mit dem ich redete, mit dem ich Cognac trank.

In meine Eifersucht mischte sich ein verschwommenes Begehren. Frauen haben immer einen wichtigen Platz in meinem Leben eingenommen, ich kann sogar sagen, sie sind für mich das Einzige, was das Dasein interessant macht, was mich anregt, was mich vor der Langeweile rettet.

Aber ich brachte meinen Verdruss schnell zum Schweigen. Ich kenne mich genau. Ich war nie ein Mann, der Frauen anzieht wie ein Leuchtturm die Möwen, ich habe nie auf den ersten Blick gefallen. Und was in meiner Jugend eine Quelle der Verzweiflung war, denn damals verstand ich es nicht, meinem Glück nachzuhelfen, begründet inzwischen meinen Seelenfrieden. Niemand stellt mir nach, kein Mädchen umschwärmt mich. Ich kann nach eigenem Gutdünken wählen.

*

Die Zeit vergeht mit einer so trägen Langsamkeit, dass mir scheint, ich lebte unbeweglich in einer unveränderlichen Welt. An Nichtigkeiten messe ich mein Alter und erschrecke über die tiefen Veränderungen, die sich ohne mein Wissen in mir vollzogen haben. Ein Wort, ein Satz wirft mich plötzlich in die Vergangenheit zurück. Ich finde mich unversehrt wieder, wie ich mit fünfzehn oder zwanzig war. Ich stoße mich an dem, der ich damals gewesen bin und der mir heute fremd ist. Einen Augenblick wohne ich diesem Phantom inne, teile wieder jeden Einzelnen seiner Gedanken, empfinde eine Sekunde lang die Fülle meiner einstigen Begierden und meine Wut, sie nicht befriedigen zu können: Eine Frau, die ich liebte, ging vorbei. Sie löste einen Mechanismus in mir aus, der meinen Traum beseelte. Meine Lieben waren sich zum Verwechseln ähnlich, jedes Mal gehorchte ich einem Muster, das ich selbst langsam geschaffen hatte. Ich entwickelte mich in einem Käfig, dessen Schloss verriegelt war.

Damals glaubte ich, hässlich zu sein. Ich beugte mich lange über Spiegel, um mich besser kennenzulernen, und versuchte, durch diese Kenntnis auszulöschen, was mein Gesicht an Hässlichkeit enthielt.

Ich entdeckte verborgene Reize an mir und geriet in Rage, weil es mir nicht gelang, sie zur Wirkung zu bringen, sie der Frau, die ich liebte, vor Augen zu führen, wie ich es mit einer Landschaft, einem Gemälde vermocht hätte. Mein Körper, mein Gesicht waren mir extrem wichtig. Ich dachte unentwegt daran, versuchte sie so zu sehen, wie die anderen sie sahen.

Ich staune immer wieder sehr, wenn mir diese so nahe Vergangenheit durch den Sinn geht und ich feststelle, wie wenig dieser Körper, dem einmal meine ganze Besorgnis galt, heute für mich zählt, wie wenig ich mich darum kümmere, was man von ihm hält, was man von ihm sagt. Die erste Frau, die mich geliebt hat, die erste, die mich wollte, hat mich für immer geheilt. Aber trotz der Musik in meinen Ohren habe ich ihr Gesicht vergessen, sogar ihren Namen. Seither bin ich mir meiner Stärken sicher, ich gehe auf die Frauen zu, ohne zu fragen, was sie denken. Ich gefalle oder ich gefalle nicht, egal, ich halte mich nicht bei meinen Misserfolgen auf. Mein anonymes Gesicht, mein mittelmäßiger Körper dienen mir nach Belieben, entsprechen jenem Ideal von Gewöhnlichkeit, mit dem sich so viele Mädchen begnügen. Ich bleibe unbemerkt, und erst in dem von mir gewählten Moment schenkt man mir Aufmerksamkeit. Mit ein wenig Einbildung könnte ich mir weismachen, es sei einzig meine Brillanz, die mir Eindruck verschafft, aber in Wahrheit verhält es sich ganz anders: Mein Geist, wenn es ihn denn gibt, bleibt glanzlos, ich bin nie brillant, keiner von den Männern, um die es plötzlich still wird, weil alle verstummen und zuhören. Ich verdanke meine Erfolge allein diesem Willen, der mich beseelt und mich nie aufgeben lässt. Und auch, wie ich hoffe, meinem heftigen Begehren, das Tugenden in mir weckt, die ich normalerweise gar nicht habe: Mut, Geistesgegenwart, Geduld.

Indessen gebe ich gern zu, dass Anitas Porträt mir enthüllt hat, wie bescheiden meine Ambitionen waren. Ich habe Nicolas nichts davon gesagt, kein Kompliment ist mir entschlüpft, aber ich bin mir sicher, er hat es erahnt, er hat gemerkt, wie mich die Eifersucht beschlich, wie das Begehren in mir aufkam, diese Lust, zu umarmen, zu liebkosen, zu besitzen, bis in den Schlaf hinein.

Er hat versucht, mich zu necken. Mich als Spießer beschimpft. Eine simple Beleidigung. In seinem Alter habe ich alles damit abgebügelt. Spießertum war damals die Summe dessen, was nicht systematisch gegen die herrschende Ordnung verstieß. Seitdem bin ich weiser geworden und habe eine gewisse Disziplin schätzen gelernt. Ich lebe ein bisschen wie ein Tier, *natürlich*. Ich esse, wenn ich Hunger habe, ich schlafe, wenn ich müde bin. Ich gehe meiner Wege, stur geradeaus, ohne dass mich irgendetwas wirklich berührt. Wenn ich unterwegs zufällig auf das Böse oder Lasterhafte, auf das Anormale stoße, das, was Angst macht, was verletzt, schaue ich nicht weg. Ich verwerfe nichts, ich weise keine Schuld zu. Aber das alles erscheint mir fremd, dunkel, unwahrscheinlich. Ich kann mir das Sonderbare und Exzentrische nur schwer als etwas Gegebenes vorstellen. Ich verharre in dem Glauben, es handele sich um einen Irrtum, um ein Missverständnis.

*

Jetzt, da ich wieder in meinem Zimmer bin, lassen meine schlechten Gefühle nach. Die Schamlosigkeit dieser Frau hat mich einen Moment aus der Fassung gebracht, aber warum sollte ich mich darum kümmern? Am Ende werde ich Nicolas noch zustimmen. Ich bin nur ein Spießer. Eine Nichtigkeit schockiert mich. Ich halte mich für abgehärtet, meine, nichts könne mich mehr überraschen, und bei der ersten kleinen Probe kommt meine wahre Natur wieder zum Vorschein: meine Arglosigkeit, die Sehnsucht nach einer Reinheit, die sich durch nichts trüben lässt. Ich will, dass die Welt in Ordnung ist, jedes Ding an seinem Platz, jeder Gedanke gut ausgelotet, in Einklang mit jener Harmonie des Universums, in der ich mich wohl fühle.

Es ist spät: vier Uhr morgens. Langsam überkommt mich der Schlaf. Ich merke, wie er sich durch die größere Stille ankündigt, die über dem Haus liegt. Die Balken sind verstummt, die Möbel knacken nicht mehr, der Ofen ist erloschen. Ich bin von äußerster Klarsicht, wie man sie nur bei einem gewissen Grad von Trunkenheit erreicht, bevor alles untergeht.

Sobald ich mich ausgezogen habe, werde ich ins Bett fallen, ins schwarze Loch des Schlafs sinken, das wie eine Verheißung ist.

Und doch schreibe ich immer noch, zögere den Moment der Entspannung so lange wie möglich hinaus, den Augenblick, in dem ich loslassen, mich wie ein erschöpftes Tier mit dem Gefühl getaner Arbeit ausstrecken werde.

ICH BIN IN EINEM Nebel von Müdigkeit und Traurigkeit erwacht, der mich nicht loslässt. Ich befinde mich in einer jener Phasen, die einem regelmäßigen Zyklus zu folgen scheinen und in denen das Fleisch nichts verlangt. Ich möchte nur schlafen. Wenn ich könnte, würde ich endlos schlafen, aber mehr als vier Stunden pro Nacht sind mir einfach unmöglich, und dann liege ich da, ohne jenen Zustand des Vergessens zu erreichen, in dem ich dahindämmern möchte. Es gelingt mir nicht, zu bestimmen, was für eine Traurigkeit es ist, die mich erfüllt. Sie hat etwas von Ärger und Gewissensbissen, als wäre ich einer Aufgabe entflohen, an die ich mich nicht erinnerte. Heute Morgen bin ich müder aufgewacht, als ich eingeschlafen war. Ein grauer Tag fiel durchs Fenster. Ich hatte vergessen, die Läden zu schließen, und gleich beim ersten Augenaufschlag den Novemberhimmel gesehen, niedrig und dunstig hing er über den Dächern.

Madame Frise brachte mir mein Frühstück, eine Schale fast schwarzen Kaffee mit kaum einer Spur Milch. Sofort habe ich meine ganze Hoffnung in diesen Kaffee gesetzt. Ich dachte, ihn zu trinken würde meine diffuse Angst vertreiben. Aber nein, vergebens!

Ich habe mir eine Zigarette angezündet und die Zeitung gelesen. Die Zeilen verschwammen, der Sinn der Sätze drang nicht zu mir durch. Politik. Boxen. Vermischtes. Es gab eine Zeit, da interessierte mich das alles, wie man sich für ein Radrennen interessiert, ohne recht zu wissen, wen man als Sieger sehen will. Nach und nach ist mein Interesse geschwunden, gleichzeitig mit dem Glauben an eine bestimmte Form des Fortschritts. Nichts gelangt zur Reife. Nichts stabilisiert sich. Die letzte Vollendung, an die ich geglaubt hatte, scheint heute genauso fern wie vor fünfzehn Jahren. Kriege. Streiks. Morde. Vierundzwanzig Stunden Niederlage, abgelöst vom flüchtigen Sieg. Jedes Mal wird alles infrage gestellt. Die Tage vergehen, und die Menschen kommen kein Stück weiter.

Ich habe einen Blick auf die Börsenkurse geworfen. Ich besitze ein paar kanadische Aktien. Sie verlieren hundert Francs, gewinnen sie dann wieder. Ich denke an die mechanische Geste meines Bruders, der jeden Morgen an das Barometer klopfte, obwohl das Wetter ihm ziemlich egal war. So auch meine Aktien. Sie bleiben auf *Veränderlich*, in der Mitte zwischen *Schönwetter*, *Beständig* und *Sturm*.

Ich habe mir an der Kippe eine neue Zigarette angesteckt, dabei sind ein paar glühende Tabakkrümel aufs Bettzeug gefallen. Ich habe sie ausgedrückt. Das hat Dreckspuren hinterlassen, hässliche graue Streifen.

Ich habe die Zeitung auf den Fußboden geworfen und mich tiefer in das warme Bett verkrochen. Ich musste das Aufstehen so lange wie möglich hinauszögern. Denn dann dreht sich der Kopf, das Blut strömt plötzlich in die Beine, die schwer werden wie nach einem langen Marsch.

Wenn ich Heim und Herd hätte, wenn ich arbeiten ginge, wären mir solche Momente von Depression wahrscheinlich unbekannt. *Depression*. Das Wort ist gefallen. An manchen Tagen bin ich wirklich ein armer Teufel. Ich kann mich kaum aufraffen, mich zu rasieren, mich zu waschen. Ich ziehe die Kleider vom Vorabend wieder an, meine zweifelhafte Unterwäsche, die nach kaltem Schweiß riecht. Falten durchfurchen meine Wangen. Ich habe Tränensäcke unter den Augen und einen bitteren Mund, den traurigen Blick eines ausgehungerten Hundes. Ich bin mir selbst zuwider. Manchmal frage ich mich, wie die Leute mich akzeptieren können. Sie scheinen nichts zu merken. Sie geben mir die Hand und sprechen mit mir, als wäre ich ihresgleichen, weder weichlicher noch kläglicher.

Ich habe den Augenblick, da ich mich im Spiegel sehen würde, so lange wie möglich hinausgeschoben. Ich vergrub mich in die Wärme der Laken. Mein Körper war taub für jedes Verlangen. Von den Frauen war mir nur die Erinnerung an Lust geblieben. Keine Verlockung. Keinerlei Durst. Die geringste Bewegung hätte eine ungeheure Anstrengung verlangt, mein Körper klebte am Bett wie eine Leiche. Sogar mein Denken setzte aus. Ich sah dem kommenden Tag nicht entgegen wie ein Mann, der sich etwas erhofft. Ich hoffte nichts. Ich erwartete nichts, weder Freude noch Leid. Ich war allein. Ich habe allein sein wollen und muss für diesen Luxus bezahlen. Manchmal träume ich von einem anderen Leben. Von einer Frau. Kindern. Freunden. Einer Arbeit, die nicht hart und nicht schwierig wäre. Träumen verpflichtet zu nichts. Ich weiß wohl, dass ich nie den Mut aufbrächte, mein Leben zu ändern, und im Übrigen möchte ich es nicht. Aber das Träumen hat mir geholfen, ich stelle mir gern vor, was aus mir werden könnte, wenn mein Wunsch stärker würde.

Zweifellos kommt dieses Gefühl der Schwäche, das mir eigen ist, dieser ständige Eindruck, kein richtiger Mann zu sein, daher, dass ich nicht arbeite. Sein Brot verdienen. Für seinen Lebensunterhalt sorgen. Sich dank seiner Hände, seines Geistes Arbeit ernähren. Lauter Bilder, die zum Klischee gehören, aber deren Wahrheit ich spüre. Ich befinde mich außerhalb der Herde, bin einer, der sich ernähren lässt. Ist es meine Schuld? Manche werden als Fürsten geboren, andere taubstumm oder als Bauern. Ich bin als Privatier geboren worden. Eine Arbeit, wie auch immer geartet, würde mich nicht von dem Gefühl befreien, nutzlos und schwach zu sein. Das wäre höchstens ein Liebhaberspaß, scheinheilige Koketterie. Im Übrigen liebe ich die Faulheit viel zu sehr, um mir die geringste Kraftanstrengung abzuringen. Und gewöhnlich fehlt die Zeit mir mehr, als dass sie mich bedrückt.

*

Gegen elf Uhr ging ich nach draußen. Die Straßen waren leer. Eine kalte Brise vertrieb die wenigen Passanten, die Sonne schimmerte nur schwach durch den dicken Nebel. Im Park habe ich mich etwas ausgeruht, auf einer Bank. Eine Alte setzte sich neben mich. Mit ernster Miene knabberte sie Löffelbiskuits. Vorsichtig, fast bedauernd führte sie das Gebäck an ihren Mund, als misstraute sie ihrer eigenen Gefräßigkeit. Sie tat alles, um den Genuss in die Länge zu ziehen. Es dauerte eine gute Viertelstunde, bis sie die drei Biskuits aufgegessen hatte. Als sie damit fertig war, holte sie eine Pfeife und einen Tabaksbeutel unter ihrem Rock hervor und begann zu rauchen, wobei sie in weitem Bogen ausspuckte. Mir war kalt. Ich hatte keinen Überzieher an. Ich hielt meine Hände zwischen die Schenkel gepresst. Als ich aufstand, gab ich der Alten zwanzig Francs. Sie blickte mich überrascht an, ehe sie sich bedankte. Sie musste mich für einen Clochard gehalten haben. Plötzlich wusste sie nicht mehr, was sie mit ihrer Pfeife machen sollte. Sie hielt sie wie ein fremdes Objekt, dessen Verwendungszweck man nicht kennt. Ein Clochard. Ich habe die Verwunderung in ihren Augen gesehen. Bin ich denn so jämmerlich?

Ich ging zu meinem Bruder. Edle Weine. Spirituosen. Er war nicht da. Charlotte hat mich empfangen. Auch sie hält mich für einen Clochard. Sie vergisst, dass die Hälfte des Ladens mir gehört. Sie holte ihr Rechnungsbuch heraus, das sie wie ein heiliges Missale behandelt. Die Geschäfte laufen schleppend, ich bekam nur hunderttausend Francs. Man bestiehlt mich, ich weiß. Mein Bruder streicht zwei Drittel der Gewinne ein, natürlich, schließlich ist er der Einzige, der arbeitet. Aber was soll's. Wäre er so verarmt, wie er behauptet, würde er sich nicht alle sechs Monate ein neues Auto kaufen, würde meine lieben Neffen nicht auf ein Schweizer Internat schicken. Letztendlich amüsiert es mich, den Idioten zu spielen. Den, der glaubt, was man ihm sagt. Den man bestiehlt, ohne dass er meckert. Ich habe ohnehin zu viel Geld, ich weiß nicht, wohin damit. Ich habe auf nichts Lust. Trauriger Körper.

Charlotte bot mir den üblichen Portwein an. Bei jedem meiner Besuche tischt sie dieselbe Flasche auf, die sie extra für mich bereithält. Wer außer mir würde dieses Vitriol schon trinken? Sie spricht distanziert mit mir, in ihrer lächerlichen Art, das R zu verschlucken, die sie für vornehm hält, englischer Schick. Arme Charlotte. Sie wird nicht schöner. Seit ich sie auf den Hals geküsst habe, als ich ausnahmsweise einmal lustig war, verachtet sie mich ein wenig. Lustmolch. Besessener. Bildet sie sich ein, ich hätte sie im Ernst gevögelt? Ich habe schon Hässlichere erlebt, die aber wenigstens nett waren. Dieses verdorrte Weibsbild regt mich jedes Mal zu dummen Späßen an. Ihr Scheiße zu sagen, nur weil ich sehen möchte, wie ihr Mund sich spitzt, ihr Gesicht zu jenem entsetzten Ausdruck erstarrt, den sie dann gerne annimmt. Heute war mir nicht nach Lachen zumute, ich habe gegen die Gewohnheit verstoßen und mich ohne die harmloseste Zote, ohne das geringste derbe Wort wieder verzogen.

Ich bin lange umhergeirrt. Ich erreichte die Rue des Tourelles. Um die Mittagszeit quoll die Menge hervor wie der Saft einer ausgequetschten Frucht. Es war ein Hupen und Schimpfen auf der plötzlich fröhlichen, unversehens aus ihrer eisigen Traurigkeit erwachten Straße. Ich hatte keinen Hunger. Ich lehnte mich an eine Wand, um den Passanten auszuweichen. Manche rempelten mich an. Eine Gruppe von Studenten sprudelte aus dem Cours

Belzunce, ein Durcheinander schiefer Studentenkappen. Seltsames Volk. Unbekannte Zivilisation. Dieses Studentenleben werde ich nie kennenlernen. Vergebliches Bedauern. Sie missfallen mir mit ihrer zu jungen Selbstsicherheit und ihrem lauten Auftreten, doch ob ich will oder nicht, ich beneide sie. Ich habe ein hübsches Mädchen mit den Augen verfolgt, dann eine nicht mehr ganz junge Frau, deren Gang etwas Obszönes hatte. Orchidee. Schwerer Duft von Unterholz. Schwüle Wärme. Ich wusste nichts mit mir anzufangen. Die Autos glitten in einem ununterbrochenen Strom vorbei, die Straßenbahnen bimmelten. Einen Augenblick lang wurde ich von einem langsam abfließenden Meer von Körpern erdrückt. Ich hörte die Glocken der Kathedrale, ihr schweres Geläut in der Ferne. Hochzeit. Weiße Blumen. Dann, auf einen Schlag, leerte sich die Straße: Ödnis, Tabula rasa, wüstes Gelände, nur verwehende Papierfetzen bezeugen, dass es ein Fest gegeben hat.

Ich fand mich an die Wand gelehnt wieder, wie ein Blinder, der um Almosen bettelt. Und ich war noch immer nicht hungrig. Ich stellte mir das Restaurant vor, die im Sturm besetzten Tische, die Kellnerinnen, die man dreimal rufen muss. Ich war allein. Ob ich zu Mittag aß oder nicht, interessierte niemanden. Ich empfand einen Anflug von Verzweiflung, gleich einem Armen, den alle Welt vergisst. Mit den hunderttausend Francs, die meine

Tasche ausbeulten. Und wenn ich wirklich arm gewesen wäre? Hungrig, ohne dass sich irgendjemand um mich kümmerte? In diesem Moment ging ein recht hübsches junges Mädchen vorbei, das meine Aufmerksamkeit erregte. Mich an meinem eigenen Trübsinn zu weiden hat mir nie etwas bedeutet.

Dieses junge Mädchen ging vorbei, auf der leeren Straße. Es schenkte mir keinen Blick, nicht einmal eine leichte Kopfbewegung, um zu sehen, wer zu dieser Tageszeit wohl so reglos an der Wand lehnen mochte. Diese mangelnde Neugierde machte mich stutzig. Es war ein sehr junges Mädchen, blond; gekämmt wie eine Internatsschülerin, mit einem Pony und langen Haaren, die das Gesicht umrahmten. Sie trug einen marineblauen Mantel und flache Schuhe. Sie kam mir rührend vor, so artig und beflissen, sie hatte die Augen brav geradeaus auf die Straße gerichtet und lief mit ihren kleinen Füßen hurtig weiter, wie jemand, der erwartet wird.

Ich folgte ihr. Ich erhoffte mir nichts. Es ist nicht meine Art, Frauen auf der Straße zu folgen. Aber ich weiß nicht, was mich gepackt hat. Nicht, dass sie von besonderer Schönheit gewesen wäre oder mich übermäßig gerührt hätte. Vielmehr wäre ich jedem Beliebigen gefolgt. Plötzlich war der Wunsch da, nicht mehr allein zu sein, mich an den erstbesten Menschen zu halten, wie eine verirrte Katze. Ich betrachtete die schmalen Schultern, die zarte Halswölbung. Wie alt mochte sie sein? Siebzehn Jahre?

Fünfzehn? Es kam mir nicht in den Sinn, dass mich jemand bemerken und sich über mein Verhalten wundern könnte. Ich dachte an nichts Böses, ich war plötzlich wieder aufgemuntert, glücklich.

An der Ecke bog sie in den Cours Belzunce ein und nahm dann die Rue Lamartine. Sie schien meine Anwesenheit nicht zu bemerken, sie ging ihren hurtigen Trippelschritt, den Blick voraus. Schließlich blieb sie vor einem jener schönen Anwesen stehen, die diesem Viertel eine so friedliche Atmosphäre verleihen, wie auf dem Land. Sie zog eine Kupferglocke, die lange nachhallte, und ich sah ein Portal aufgehen, hinter dem ich einen Garten ausmachte, Palmen, Pfaffenhütchen, einen Rasen und ganz am Ende ein majestätisches kaltes Haus, das einem Gefängnis glich.

Dieses kleine Abenteuer, wenn das Wort nicht zu hoch gegriffen ist, hatte nun doch meinen Appetit geweckt. Ich beeilte mich und ging ins nächste Restaurant. Dem kleinen Mädchen gefolgt zu sein versetzte mich in unerklärliche Erregung, wie eine Glücksverheißung. Dabei würde ich sie mit Sicherheit nicht einmal wiedererkennen. Sie bleibt anonym, ein flüchtiges Bild, das im richtigen Moment auf meinem Weg auftauchte, als ich nicht mehr wusste, woran ich mich halten sollte.

*

Ab zwei Uhr war ich allein im Restaurant. Ein Kellner umschwirrte mich mit feindseliger Miene. Der Geruch von kaltem Fett widerte mich an, ein muffiges Gemisch von Tabakrauch und Wasserdampf, das aus der Küche kam. Ich musste gehen. Nun war ich wieder draußen, ein wenig desorientiert um diese Zeit, da die Stadt ins Arbeitsleben zurückfiel. Heute war wirklich gar nichts mit mir los. Mich plagte eine Art Unruhe, der Eindruck, etwas zu verpassen, aber ich wusste nicht, was. Ich betrat ein Café. Ich trank ein paar Gläser Rum, bis mich ein angenehmer Rausch erfüllte. Ich spürte etwas wie ein Bedürfnis nach Zärtlichkeit, einen Wunsch nach Zuwendung. Doch das alles blieb so vage, dass ich nicht die geringste echte Zärtlichkeit ertragen hätte.

Ich bin bald wieder gegangen, unfähig, meine Unruhe zu beherrschen. Ich konnte nicht still sitzen. Ich lief lange durch die Straßen, ohne etwas zu sehen, ohne etwas zu betrachten, einfach so, der Nase nach. Erst viel später stiegen die Bilder, die meine Augen eingefangen hatten, wieder vor mir auf. Am Ende hat mich die Müdigkeit beruhigt. Mir taten die Beine und der Nacken weh, ich setzte mich auf eine Bank. Über eine Stunde blieb ich dort. Ich rauchte und sah die Leute vorübergehen, deren geschäftige Langsamkeit mir mit meiner ziellosen Eile immer ein Rätsel war.

Auf einmal fuhren unter ohrenzerreißendem Tatütata mehrere Feuerwehrautos vorbei. Eine dicke

Rauchwolke verdüsterte den Himmel. Ich lenkte meine Schritte in Richtung des Feuers. Am Cours Saint-Louis brannte eine Möbelfabrik. Die Flammen verschlangen alle vier Stockwerke. Riesige Freudengarben. Eine Kette von Polizeibeamten drängte die Menge zurück, aber es gelang mir, bis zu jenem inneren Kreis durchzuschlüpfen, wo die Hitze um das lodernde Gebäude fast greifbar war. Dort blieb ich stehen, an dem unsichtbaren Punkt, an dem der Biss des Feuers kein Spaß mehr ist. Ein Feuerwehrmann näherte sich mir. Er muss geglaubt haben, ich sei aus irgendeinem Grund berechtigt, da zu sein, denn er fragte nichts. Feuer hat mich seit jeher angezogen. Ein Urgrund von Gewalt wird angesichts dieser bösen Kraft in mir aufgewühlt. Ich möchte, dass die Flammen immer höher schlagen, der Qualm immer dichter wird. Die tragische Stille wird nur gestört vom Prasseln des Feuers und den Explosionen von platzendem Holz, ein morbides Schaudern fesselt mich. Ich habe Angst. Ich stelle mir einen brüllenden Mann in dieser Hölle vor, als lebende Fackel von den Balken erschlagen. Ich wünsche von ganzem Herzen, dem möge nicht so sein, aber gleichzeitig bin ich enttäuscht, wenn ich erfahre, jegliche Gefahr sei gebannt. Das Grauen lockt mich. Der Schwindel. Am liebsten würde ich diesen Schwindel bis zur Ohnmacht auskosten. Zerfetzte Körper unter der Karosserie eines verunglückten Autos. Unmenschliche Schreie einer Frau. Verzweiflung.

Im Krieg, nach den Bombenangriffen, habe ich geholfen, die Trümmer abzuräumen. Das Grauen war so unerhört, dass man es nicht mehr spürte. Der Tod verlor seinen Sinn. Das Risiko, dem ich selbst in diesen Ruinen ausgesetzt war, wo mit einem Schlag ganze Wände einstürzten, hatte für mich ebenso wenig Bedeutung wie eine ferne Epidemie.

Aber heute, vor diesem Feuer, das niemanden verletzte, kam krampfartig ein gewaltiger Schrecken in mir auf. Ich stellte mir die Hilflosigkeit eines in dieser Falle steckenden Menschen vor, seinen Schmerz, und den einmaligen Moment, in dem er seinen Tod nicht mehr als eine abstrakte Idee begreift, sondern als etwas Unvermeidliches und Besiegeltes.

Der dichte Rauch, die Hitze, die leuchtenden Flammen haben mich langsam berauscht. Ich schwankte. Das Dach brach in einem gigantischen Feuerwerk zusammen, und ein glühendes Stück Holz rollte bis vor meine Füße. Leute haben geschrien. Jemand riss mich mit Gewalt zurück. Der Dampf des Löschwassers brannte in der Kehle. Dann wurde alles still. Mit einem Mal war das Feuer erloschen, wie ein wildes Tier, das man noch lebend wähnte, als es plötzlich tot umfiel. Ich ging nach Hause, erschlagen und angewidert, ein wenig enttäuscht. Ich weiß nicht, was ich mir erhofft hatte, menschliches Leiden, das ich mit gierigen Augen betrachtet hätte, um mich daran zu weiden. Ich würde mich so gern verstehen. Aber in mir steckt ein ganzes Bündel widersprüchlicher Gefühle, die aufeinanderprallen und sich überlagern. Es gelingt mir nicht, meine wahre Natur zu entwirren. Wörter sind zu trocken, um solche Gefühle zu erklären, sie sind außerstande, das Ungewisse, Komplexe, das Nuancierte an diesem Durcheinander von Wünschen und Ängsten in mir auch nur annähernd wiederzugeben. Ich glaube nicht, dass ich schlecht bin, und doch liebe ich es, leiden zu sehen. Aber sobald ich das Leiden sehe, ist es mir unerträglich, ich möchte es aufheben, es lindern, lieber selbst leiden. Schon als kleiner Junge spürte ich dieses widersprüchliche Verlangen. Ich verletzte meine Mutter, bis sie weinte, ich suchte die härtesten Worte, die sie an ihrer empfindlichsten Stelle trafen, und dann fand ich ihre Tränen entsetzlich, ich konnte sie nicht fließen sehen ohne ein Gefühl unendlicher Qual.

*

Kaum zu Hause, warf ich mich aufs Bett. Der Tag war um, recht und schlecht über die Runden gebracht. Einen Augenblick glaubte ich einzuschlafen, so überwältigend schien mir meine Müdigkeit. Aber diese Gnade blieb mir verwehrt. Langsam kehrten die Kräfte zurück. Und in dem stillen Zimmer, wo der Ofen eine diffuse Wärme verbreitete, sah ich die Nacht einkehren, die Dunkelheit nach und nach meine Fenster einnehmen, während die Lichter der Stadt angingen.

Seltsame Träumereien suchen mich heim. Ich sehe mich in einem Fluss schwimmen, der Mittagssonne ausgesetzt. Ich bekomme Lust, einfach unterzugehen. Oder mich von der Strömung davontragen zu lassen, dem offenen Meer entgegen. Man würde mich tot auffinden, irgendwo im Schilf, das die Ufer säumt. In der prallen Mittagshitze muss man den Tod nicht fürchten. Es ist ein wollüstiger Schlaf, man möchte sich darin verlieren, mit Leib und Seele darin versinken, die Glieder treiben lassen, der Kopf wird leicht. Ich gebe diesem Wunsch fast nach, höre auf zu schwimmen und gleite dahin, einen Augenblick lang wie ein Strohhalm vom gelben Flusswasser getragen. Dann, als mein Kopf plötzlich untertaucht, kommt wieder Leben in mich, ich wache auf. Das Wasser dringt mir in die Ohren und macht mich taub. Ich schnaube. Ich verstehe nicht mehr, welcher Schwindel mich gepackt hat. Ich bin enttäuscht, ein Gefühl, das mir mehrere Minuten nachhängt, wie wenn man sich aus einem Traum löst. Ich war einer unbekannten Ekstase nahe, habe sie gestreift, ohne sie erreichen zu können, und mein ganzer Körper leidet unter der Annäherung an die Lust. Ich bin enerviert, den Tränen nahe, tausend Nadeln piksen meine Haut. Dann beruhigt sich alles.

Wie soll man diesen Wachtraum nennen? Sanften Wahn? Unfug? Aber warum abwerten, was mir hilft?

Egal, wie er beschaffen sein mag, es ist ein Traum, der mir Beruhigung spendet, Glück. Langsam, im Lauf der Zeit, habe ich mir ein friedliches Universum geschaffen, in das ich entfliehe. Meine Gesten sind dort vorgezeichnet, ich muss diesem Phantom, das mich erwartet, gehorchen. Falls der Schlaf sich nicht einstellt, dienen mir diese vertrauten Landschaften als Opium, sie befreien mich von jeder Müdigkeit und jeder Unruhe. Es gibt einen Strand, am Ufer einer Insel, wo ich von einer Schlange gebissen einschlafe; es gibt eine verschneite Hochebene, wo die Kälte mich erstarren lässt; es gibt einen bodenlosen Brunnen, in den ich falle, um in einer flüssigen Masse zu versinken, die mich allmählich erstickt. Vielleicht bedeuten diese Träume, in denen der Tod, sanft und gut, immer gegenwärtig ist, nichts anderes als meine Todesangst, dieses Grauen, das so groß ist, dass ich es nicht wage, ihm ins Auge zu sehen, es mir vorzustellen, es zu bezwingen.

*

Ich habe einen Apfel und ein Stück Brot zu Abend gegessen. Ich konnte mich nicht aufraffen, das Haus zu verlassen. Dabei hätte ich Licht und Leben gebraucht, aber heute Abend, schien mir, wäre jede Anstrengung vergebens. Meine anfallartige Unruhe dauert an. Morgen wird es mir sicher besser gehen.

Er wird vergessen sein, dieser schlechte Tag, an dem der einzige Lichtblick das junge Mädchen war, dem ich heute Morgen folgte und dessen Gesicht bereits verblasst.

Um Mitternacht kam Nicolas nach Hause. Er klopfte an meine Tür, und ich hörte auf zu schreiben. Dass er sich nur nicht angewöhnt, mich jeden Abend zu stören.

»Immer noch an der Arbeit?«, sagte er. »Das gibt einen Jahrhundertroman.«

Idiot! Er kam herein und drehte erst einmal eine Runde in meinem Zimmer, stellte Sachen um, schob eine halb offene Schublade zu. Er ging mir etwas auf die Nerven, und doch tat seine Gegenwart mir gut. Ich gebe zu, dass mich die ewige Einsamkeit, in der ich lebe, manchmal bedrückt. Ich hätte gern einen Hund, mit dem ich reden könnte. Während Nicolas hin und her lief, musterte ich ihn. Er kam mir gewöhnlicher vor als gestern Abend. Sein großer Körper hat etwas Plumpes, eine fehlende Anmut, die mir entgangen war. Er sieht gut aus, gewiss, aber dieses gute Aussehen ist leicht dahin, durch ein Nichts zu zerstören. Weniger jung, verlöre er jede Anziehungskraft.

Seit einer Weile schien mir im Nebenzimmer jemand zu rumoren. Gewissheit erhielt ich, als eine Musik ausbrach, ein lärmendes Blechinstrument die Stille zerriss. Nicolas sprang auf.

»Hörst du wohl auf, verflucht noch mal!«

Die Musik verstummte. Ich war überrascht von der Heftigkeit des jungen Mannes, und er hat es offenbar gemerkt, denn er versuchte sich zu entschuldigen.

»Das ist Anita«, sagte er, »das Mädchen, dessen Foto Sie gesehen haben. Sie ist vollkommen verrückt, sie würde auch morgens um drei Uhr auf Kochtöpfe schlagen, ohne sich um den Schlaf anderer Leute zu kümmern ... Anita«, schrie er, »komm rüber!«

Die junge Frau trat ein. Ich war ein paar Sekunden starr vor Staunen. So weit meine Erinnerung zurückreicht, kann ich mich nicht entsinnen, je eine so außerordentliche Schönheit betrachtet zu haben. Andere Frauen besitzen eine eher rührende Anmut, einen sprühenden Charme, aber noch nie habe ich so vollkommene Züge, eine solche Harmonie von Körper und Gestik gesehen. Sie ist ziemlich groß, nicht schwer, sondern prall wie jene archaischen Statuen, deren füllige Formen durch eine geschmeidige Taille, durch feine Gelenke ausgeglichen werden. Ein schwarzes Strickkleid schmiegte sich hauteng um ihren Körper und offenbarte Brüste von fast unnatürlichem Umfang. Sie hat einen recht langen Hals und trägt den Kopf nach hinten geneigt, was ihr etwas sehr Edles verleiht. Der Farbton ihrer Haare liegt undefinierbar zwischen Kastanienbraun und Blond. Straff zu einer komplizierten Hochfrisur zusammengefasst, lassen sie die Schläfen frei und bringen das Gesicht zur

Geltung, ein Gesicht mit vorspringenden Wangenknochen, gerader Nase und blauen, fast ins Violette übergehenden, so großen Augen, dass sie die junge Frau wohl krankhaft wirken ließen, wenn nicht alles an ihr Gesundheit und Ausgeglichenheit ausstrahlte.

Trotz so unerhörter Schönheit kann ich nicht behaupten, Anita hätte jene triebhafte Begierde in mir ausgelöst, die andere, weniger schöne Frauen unmittelbar wecken. Der Abstand zwischen ihr und mir ist zu groß, als dass ich daran gedächt hätte, ihn zu überwinden. Sie gehörte einer mir verschlossenen Welt an. Ich gäbe viel darum, sie zu kennen, aber ich empfinde mehr Neugierde als Glut. Ich möchte sie nackt sehen, den hellen Schimmer ihrer Haut, das Muskelspiel, die sanften Brüste entdecken. Der Gedanke, eine solche Frau werde mir auf immer unbekannt bleiben, weckt in mir eine rein abstrakte Eifersucht. Ich verspüre, ehrlich gesagt, überhaupt kein Verlangen nach ihr, sondern vielmehr Lust, sie zu sehen, zu berühren, zu streicheln wie eine Statue oder ein Tier, um den ästhetischen Genuss, den sie mir bereitet, besser auszukosten.

Sie wirkt abwesend. Ihr Gesicht bleibt reglos. Ihre Augen scheinen dich nicht zu sehen. Sie streckt eine Hand aus, von der du etwas Weiches erwartest, und sie zerquetscht dir die Finger. Sie lächelt nicht, raucht mit einstudierter Lässigkeit, hört gelangweilt zu, ohne je zu antworten, als wäre ihre Rolle darauf beschränkt, da zu sein, eine seltene Pflanze, ein Luxusgeschöpf.

Merkwürdiger Körper. Zu schön und sich dessen bewusst. Nichts erlaubt mir zu behaupten, sie sei dumm, trotzdem macht sie auf mich den Eindruck. Nicolas ist grob zu ihr, es ist verletzend, wie er mit ihr spricht. Man spürt, dass ihn eine unterschwellige Animosität gegen sie beseelt. Er lässt keine Gelegenheit aus, sie wegzustoßen, sie zu kommandieren. Es ist nichts Ausgesprochenes, aber eine Grobheit, die irgendeinen dumpfen Groll verrät. Sie reizt ihn.

Die beiden blieben über eine Stunde lang auf meinem Bett sitzen. Ich fragte mich ängstlich, ob sie mich bald in Ruhe lassen würden. Nicolas redete, hochtrabend und dozierend, wie es seine Art ist. Wir hörten ihm respektvoll und angeödet zu. Er unterbrach sich nur für Sticheleien gegen die junge Frau, deren Gelassenheit etwas Unerträgliches hatte. Es war mir ein Vergnügen, sie schlecht behandelt zu sehen, denn diese Sorte Frau macht mich vollkommen hilflos. Ich hatte es kaum fertiggebracht, ihr Guten Abend und Gute Nacht zu sagen. Abgesehen davon hat sie mir gegenüber nur das Nötigste an gleichgültiger Höflichkeit gezeigt, beinahe Verachtung. Schließlich sind sie gegangen. Sie sind eben erst eingeschlafen, dabei ist es schon nach drei. Die Liebe der anderen hat etwas Schändliches, dieses Geröchel, diese Geräusche. Es macht mich verrückt.

ICH WEISS NICHT, WARUM ich auf der Erde bin, meine einzige Gewissheit ist, dass ich eines Tages sterben muss. Dieses Los aller Menschen hat etwas Absurdes, das zum Verzweifeln wäre, wenn das tägliche Leben nicht ständig für Ablenkung sorgte. Im selben Moment, in dem mich die Angst befällt, geschieht immer etwas, womit ich nicht gerechnet hatte und das mich rettet. Mein ganzes Dasein beruht allein auf körperlichen Freuden, das heißt, ich kenne sowohl die Höhen als auch die Tiefen solcher Freuden. Aber ich kann mich nicht beklagen. Ich bin wie eine Katze, die immer wieder auf die Füße fällt. So wird es bis zum Ende sein, hoffe ich wenigstens.

Heute ist ein großer Tag für mich. Ich liebe. Erfüllt von einer unergründlichen Freude, die mich trägt, einem sanften Gefühl, das mich umgibt, das ich am liebsten laut hinaussingen würde, um aller Welt meine Jugend, meine Freude, meine Zuversicht zu verkünden. Seit mehreren Jahren hatte ich die Lebenslust verloren, den Sinn des Lebens aufgegeben, und nun wurden mir diese Schätze wieder zurückgegeben. Wie gern hätte ich einen Freund, dem ich mich anvertrauen könnte, der mich verstehen und diesen Jubel, dieses Triumphgefühl, dieses Lied beschwingter Leichtigkeit mit mir teilen würde.

Ich weiß nicht, welche Vorahnung mich trieb, als ich gestern auf die Idee kam, dem kleinen Mädchen zu folgen. Ich kannte es nicht. Ich hatte kaum einen Schimmer seines Gesichts gesehen. Ich will lieber von Glück reden als von einer Vorahnung. Mein guter Stern. Mein sicherer Führer.

Heute Morgen bin ich lustlos aufgewacht und habe lange im Bett gefaulenzt. Das Bild von Anita hing mir nach und jenes vage Verlangen, das sie in mir geweckt hatte, das Verlangen nach einem bewundernswerten Körper, einer Umarmung, die ich mir heftig vorstellte, anders als alles, was ich kannte, so wie man es sich erträumt. Ich war vergrätzt, schlechter Laune.

Ich zog mich an und ging hinaus. Es war warm, die Luft war leicht. Die kahlen Bäume hoben sich gegen den bläulichen, fast weißen Himmel ab. Es tat gut, spazieren zu gehen. Schon entfloh meine Traurigkeit mit Riesenschritten, ich fand jene Unbekümmertheit wieder, die im Grunde meine wahre Natur ausmacht, meine Lust, gedankenlos zu flanieren, gemächlich zu rauchen, während die Stunden vergehen und ein Gefühl von Ferien in mir hinterlassen. Schon seit fünfzehn Jahren lebe ich allein, ohne Freunde, und allmählich bin ich überzeugt, dass mir dieses Leben, auch wenn ich es nicht bewusst gewollt habe, durch alle Vorteile, die es mir bietet, genau entspricht: eine Folge kaum greifbarer Zufälle, die nur ein wirklich freier Mann nutzen kann. Ich bin allein. Ich bin niemandem etwas schuldig. Keine Zuneigung bindet mich. Ich glaube, meine Eltern geliebt zu haben, aber ihr Tod war eine Erleichterung für mich. Ich hatte diesen Tod dermaßen gefürchtet, dass nur sein Eintreten mich davon befreien konnte. Die Angst vor einem Unglück vergiftet die schönsten Freuden, verdirbt die hellsten Tage. Nun kann ich sorglos gehen, wohin ich will, ich nehme alles mit, was mir wichtig ist, meine Erinnerungen und mich selbst. Die Stadt bietet sich mir dar. Ich bin bereit, offen wie ein Segel. Ich habe nur die eine Sorge, nicht sensibler zu sein, ein Glück verstreichen zu lassen, weil ich es nicht erkenne.

*

Plötzlich spürte ich eine Art unbestimmten Schmerz. Mein Gedächtnis stieß auf eine Erinnerung. Ich blieb mitten auf der Straße stehen, suchend, was mich so unverhofft getroffen hatte und mir wie eine glückliche Vorahnung erschien. Ich hatte etwas berührt, ich wusste nicht, was, und dieses Etwas würde mich stundenlang in Atem halten, wenn ich es nicht wiederfand. Ein Auto fuhr haarscharf an mir vorbei. Ich erschrak und sprang auf den Gehsteig. Im selben Moment kehrte die Erinnerung zurück. Das kleine Mädchen! Dieses kindliche Geschöpf, dem ich am Vortag gefolgt war.

Ich war enttäuscht. Sonst also nichts, dachte ich. Ich mochte nicht glauben, dass mein Herz für so wenig geklopft hatte. Eine Unbekannte. Ihre Züge trugen schon die Blässe der Vergessenheit. Es blieben nur ein blonder Schopf und ein kleiner blauer Mantel, so gut wie nichts, ein anonymes Bild, wie es auf den Straßen tausendfach vorkommt.

Ich beschloss, sie wiederzusehen. Ich war frei, ich hatte nichts anderes zu tun. Ein dummes Unterfangen, das mir sicher nichts einbringen würde, aber ich beherrsche die Kunst, mein Leben mit solchen fruchtlosen Taten zu bestücken, deren Reiz und Sinn nur in ihnen selbst bestehen. Sich von der Flut leiten lassen, den geringsten Lockungen des Zufalls nachgeben. Ist das nicht eine ebenso weise Haltung, wie seinen Weg immer im Voraus zu planen?

Ich begab mich in die Rue des Tourelles und lehnte mich an jene Wand, von der aus ich sie das erste Mal erblickt hatte. Schon in der Wiederholung dieser Geste fand ich einen Hauch von Abenteuer, ein Ich-weiß-nicht-was, das mich Aufregendes erhoffen ließ. Dabei war ich mir gar nicht sicher, dass ich sie wiedersehen würde. Ich wusste nicht, ob sie jeden Tag hier vorbeiging. Aber ich war zuversichtlich. Natürlich hätte ich vor dem Tor bei ihr zu Hause warten können, da ich ja wusste, wo sie wohnte. Aber das hätte das Spiel verfälscht. Es hätte mir den Spaß verdorben, dieses vielleicht kindische, aber so köstliche Vergnügen, jedes Mal von einem unerklärlichen Zittern befallen zu werden, wenn ich in der Ferne einen blonden Schopf auftauchen sah, eine Kindergestalt, die ihre hätte sein können.

Die Straße war ruhig, dann schlug es zwölf, und das tägliche Gedränge ging los, überall Türen, die sich weit öffnen und jene noch gespannten Gesichter ausspucken, deren Falten die Sonne wie durch ein Streicheln glättet. Im Nu verschluckte mich die Menge, riss mich in ihrem Strudel mit. Es war schwer zu widerstehen. Ich klammerte mich an einen Mauervorsprung, aber der Strom schwoll von Minute zu Minute an. Eine Flut von Oberschülern brandete auf und zwang mich, in einen Hauseingang zu flüchten. Ich fürchtete, meine kleine Unbekannte käme vielleicht früher vorbei als gestern. Ich hätte sie nicht sehen können, und so stieg ich eine Stufe hinauf, suchte unter den tausend Gesichtern das ihrige, von dem mir nichts geblieben war als eine so verschwommene Erinnerung, dass ich beim besten Willen nicht verstand, warum ich ihm so viel Bedeutung verlieh.

*

Die Luft war mild. Allmählich gab die Straße wieder ihr gewohntes Bild ab, lange asphaltierte Gehsteige, verlassener als ein Kieselstrand. Ich war frei. Ich dachte an nichts. Ich hatte die Kraft, bis abends zu warten. Ich verspürte keinerlei Ungeduld, nicht einmal die bange Unruhe, die einen befällt, wenn man auf eine begehrte Frau wartet und deren Leichtfertigkeit fürchtet. Ich wusste, sie würde kommen.

Und sie kam. Ich entdeckte sie aus weiter Ferne, so fern, dass ich nicht weiß, woran ich sie erkannte. Vielleicht an dem hurtigen Trippelschritt. Vielleicht an ihrer kleinen Gestalt, die größer wurde, sich näherte, auf einmal wieder genau dieselbe Silhouette besaß, die mein Gedächtnis nicht zu speichern vermocht hatte, die mir aber jetzt, da ich sie vor Augen hatte, sonderbar vertraut erschien.

Sie schaute mich nicht an. Sie ging vorbei, den Blick fest nach vorn gerichtet, und mir kam diese Wiederholung einer schon erlebten Szene so merkwürdig vor, dass sie mich in Erstaunen versetzte, obgleich ich sie selbst provoziert hatte.

Ich folgte ihr auf dem Fuße, ein wenig geniert bei dem Gedanken, sie könnte mir auf die Schliche kommen. Sie war so jung, dass sie derartige Verfolgungen wohl kaum gewohnt war. Ich hatte Angst, sie würde mich verurteilen, das bereitete mir schlechte Gefühle. Ich schenke der Vorstellung, die man sich von mir macht, nicht die geringste Aufmerksamkeit, und doch quält diese Vorstellung mich ständig, am liebsten wäre ich unsichtbar oder wenigstens so blass, dass ich überhaupt nicht auffiele.

Sie schien mich nicht bemerkt zu haben. Sie ging mit ihrem fast zu gleichmäßigen, mechanischen Schritt weiter, unbekümmert, ohne sich umzudrehen. Und warum hätte sie sich auch beunruhigen sollen? Ich folgte ihr ohne Hintergedanken. Für mich war sie nichts als eine Unbekannte und so anders als diejenigen, die mich normalerweise reizen, dass ich keine Spur von Begehren empfand. Ich verstand selbst nicht mehr, was mich getrieben hatte, sie wiederzusehen. Ich war von keinerlei Gefühl ergriffen worden, als sie aufgetaucht war, keine Freude, nur die Befriedigung darüber, mich nicht getäuscht, nicht vergeblich gewartet zu haben.

So gelangten wir zu dem Anwesen, wo sie wohnte. Dort ließ ich von ihr ab und ging im Corsaire Mittagessen. Ich aß mit gutem Appetit. Meine Freude blieb bestehen. Ich trank eine Flasche Burgunder, genau richtig für jenes Maß an Euphorie, bei dem man zu glauben beginnt, ein großes Glück, das einem verheißen sei, stehe bevor. Ich dachte die ganze Zeit an die Kleine, aber ihr Gesicht war schon wieder entschwunden. Im Übrigen war sie mir wirklich egal. Sicher würde ich sie nie wiedersehen. Diese Intuition, die mich zu ihr getrieben hatte, war fruchtlos geblieben, ich hatte mich geirrt. Ich kenne solche Enttäuschungen zur Genüge. Wie oft schon habe ich eine Landschaft erkundet, die mir aus der Ferne einen Reiz zu besitzen schien, den ihr nur die Erinnerung verlieh.

Ich stand vom Tisch auf, erfüllt von jenem Optimismus, den ich fürchte, weil meine Freude dann so vollkommen ist, dass ein Nichts sie verderben kann, jedes Ärgernis, das normalerweise an mir abgleiten würde, ohne mich zu erreichen: schlechtes Wetter, eine hässliche Frau, ein Bekannter aus alten Zeiten, der vorübergeht und so tut, als kenne er mich nicht. Aber der Himmel war immer noch blau, die Luft so mild, dass man den Glauben an den Winter verlor, und aus den Blicken der Frauen sprach eine Freundlichkeit, die mir zu gelten schien.

Ich schaute auf die Uhr. Es war zwanzig Minuten vor zwei, und schon bevölkerten sich die Straßen mit Leuten, die an die Arbeit zurückkehrten. Zwei streitende Schüler gingen vorbei, und ich weiß nicht, wieso mir der Gedanke kam, das kleine Mädchen sei vielleicht noch nicht von zu Hause aufgebrochen. Sie wohnte gleich um die Ecke, und es kostete mich nichts, nachzusehen und ihr noch einmal zu folgen. Seltsame Verbohrtheit! Dabei trieb mich keinerlei Neugierde, nichts rechtfertigte meinen spontanen Impuls. Aber vor mir lag der ganze Nachmittag mit all den leeren Stunden, die so quälend langsam vergehen. Warum mich nicht auf diese Weise ablenken?

Fast hätte ich sie verpasst. Sie ging gerade los, als ich ankam, und ich musste laufen, um sie einzuholen. Das Gedränge war so dicht, dass ich dauernd fürchtete, sie zu verlieren. Sie überquerte die Straßen, ohne ihre Schritte zu verlangsamen, ungeachtet der Autos. Mehrmals wurde ich durch den fließenden Verkehr von ihr getrennt und war gezwungen, einen Schritt zuzulegen, um meinen Rückstand auszugleichen. Am Ende beschloss ich, mich direkt an ihre Fersen zu heften, blieb weniger als einen Meter hinter ihr. Um diese Zeit bestand keine Gefahr, dass sie mich bemerkte.

Unter dem Arm trug sie eine Ledertasche, die sie noch schulmädchenhafter wirken ließ. Ihre derben Sachen kleideten sie schlecht, und ich konnte nicht erkennen, wie ihre Figur war. Sie lief so schnell, dass ihr blondes Haar im Nacken flatterte. Sie hatte etwas Rührendes an sich, aber so fern von dem, was ich gewöhnlich bei Frauen suche, dass ich sie kein einziges Mal als mögliche Eroberung betrachtete.

In der Rue des Couventines blieb sie vor einem Pensionat stehen, das die ganze Straßenseite einnimmt und aus dessen Park das dichte Geäst der

Bäume über eine mit Efeu bedeckte alte Mauer ragt. Kinder drängten durch das breite Portal, kleine Mädchen von acht bis fünfzehn Jahren, alle in dem gleichen marineblauen Mantel. Eine helle Glocke läutete zweimal, und der schwere Türflügel schlug hinter der letzten Schülerin zu. Ich stand dumm da, wie angewurzelt mitten auf der Straße.

Gegenüber entdeckte ich ein Bistro. Ich ging hinein. Eine alte Frau empfing mich mit der griesgrämigen Miene jener Wirtinnen, denen ihre Stammgäste das Liebste sind. Ich störte ihre Mittagsruhe. Um sie für mich einzunehmen, trank ich mehrere Glas Cognac. Am Ende kamen wir ins Gespräch. Ich erfuhr, dass für die jungen Mädchen um halb fünf Schulschluss sei. Ich beschloss zu warten.

Eine dicke Katze leistete mir Gesellschaft. Ich liebe Katzen und ihre Geschmeidigkeit, diese Anmut, wenn man ihnen aufs Rückgrat drückt. Einmal hat mein Vater mir eine mitgebracht. Ich beeilte mich, sie aus dem Fenster zu werfen, um die Legende zu überprüfen, der zufolge Katzen immer auf die Pfoten fallen. Sie stieß nur einen leisen Schrei aus, aber eher vor Schreck als vor Schmerz. Sie trug es mir nicht einmal nach.

Die Stunden erschienen mir kurz, da ich mir die Zeit vertrieb, indem ich den Kater neckte. Die Alte kam dazu, setzte sich neben mich auf die kunstlederne Bank, und wir beide ärgerten das Tier, zogen es an den Schnurrbarthaaren, kitzelten es mit einem

Strohhalm in den Nasenlöchern. Geduld der Katzen. Macht des Schlafes. Schnurren.

*

Der Nachmittag verging recht mühelos. Als die Glocke läutete, sprang ich auf. Schon galoppierte meine kleine Freundin auf die gewohnte Art davon, ohne einen Blick für ihre Umgebung. Es gelang mir, sie einzuholen. Da tat sie etwas, was mich aus der Fassung brachte. Sie hielt abrupt inne, drehte sich um. Ich hatte gerade noch Zeit, meinerseits stehen zu bleiben.

»Wollen Sie mir noch lange hinterherlaufen?«, sagte sie.

Ich blieb stumm. Mein ganzes Handeln war so mechanisch, so wenig reflektiert gewesen, dass ich nichts vorgesehen hatte. Ertappt, wurde mir schlagartig bewusst, wie unerklärlich mein Verhalten war. Ich stammelte eine vage Entschuldigung, dann ging ich weg. Ich war beschämt. Aber jenseits meiner Scham brach ein sehr viel stärkeres Gefühl hervor, eine wunderbare Offenbarung. Ich liebte dieses kleine Mädchen. Plötzlich, als ich sie zum ersten Mal richtig von vorne sah, begriff ich, was mich zu ihr hin gezogen hatte. Sie entsprach einem Ideal, das ich nie zu suchen wagte, so unerreichbar schien es mir, auf das ich aber irgendwie mein Leben lang gehofft hatte. Sofern das Gesicht die Seele spiegelt, kann ich sagen, dass dieses Mädchen die Fähigkeit besitzt, mich zu verstehen, sich mir mit einer allumfassenden Zärtlichkeit zuzuwenden, wie man sie sonst nie findet. Ihr Gesicht offenbart Tugenden, von denen man träumen mag, aber an die man nicht mehr glaubt, nicht in meinem Alter: Güte, Reinheit, Geduld, Aufopferung, eine Herzensbildung, deren einzige Sorge dem Verständnis des geliebten Menschen gilt. Es ist ein äußerst feines Gesicht, mager beinahe, nicht krankhaft, aber müde, ein glühendes Gesicht, das nicht weiß, was Glück bedeutet. In den schwarzen Augen spiegelt sich jene durchdringende Sanftmut, die zu Tränen rührt. Sie ist sicher nicht schön im üblichen Sinne, sie hat weder Anitas Glanz noch deren Reife, ja nicht einmal dieses Ebenmaß der Gesichtszüge, dem weder Alter noch Krankheit etwas anhaben können, aber sie verfügt über eine Art Aura, die mich tiefer bewegt als Schönheit, die in mir Gefühle aufwühlt, welche ich für immer erloschen glaubte.

Ich ließ sie ohne Bedauern fliehen, nahm ich doch in meinem Innersten die junge Liebe mit, jünger als ein Morgen. Ich konnte auf ihre Gegenwart verzichten. Während der Sekunden, die ich sie betrachtet hatte, war Zeit genug gewesen, mir ihr Bild ins Gedächtnis einzuprägen, die Form ihrer Gesichtszüge, ihren winzigen fleischigen Mund, ihre vom Pony überschattete Stirn, die Farbe ihrer trotz des Zorns nicht hart werdenden Augen. Ich musste diesen Schatz erst einmal nach allen Seiten drehen und wenden, mein Glück ermessen. Ich war glücklich. Ich bin glücklich. Ich erkenne sie wieder, diese Beschwingtheit in meiner Brust, diese Freude an jeder einzelnen Minute. Es fühlt sich an wie eine innere Glut, eine Lust zu singen. Meine Liebe strahlt gleich einem Ofen, warm und gut. Ein Gedanke daran genügt, und schon entstehen Wellen des Glücks, die mir den Atem verschlagen.

Unsere Begegnung hat nur einen Augenblick gedauert, aber ich wusste sofort, was mir geschah, ich fand jenen speziellen Geschmack der Liebe wieder, den ich vergessen, den ich seit vielleicht zwanzig Jahren nicht mehr gespürt hatte. Denn, das ist mir heute klar, alles, was ich seit meiner Jugend empfunden haben mochte, die Schwärmereien, die ich für Leidenschaft hielt, die Unwiderstehlichkeiten eines Abends, waren nur verborgenes Begehren, eine Nostalgie des Glücks, vergebliches Streben nach dem Königreich der Liebe, in das ich heute eindringe.

*

Ich erinnere mich schlecht an das Ende dieses Tages. Ich aß in irgendeiner Kneipe zu Abend. Alles schien mir einfach, ich erreichte eine Wahrheit, die ich geahnt hatte, die mir aber dadurch, dass sie so lange auf sich warten ließ, zur Schimäre geworden war. Angst, Einsamkeit, Langeweile – diese Wörter, die gestern noch einen Sinn besaßen, sind mir jetzt fremd geworden. Ich gehe einem noch fernen, aber ununterbrochen leuchtenden Licht entgegen. Ich beschreite einen Weg, dessen Ziel mir bekannt ist. Ich weiß nicht, wie ich es anstellen werde, das kleine Mädchen zu gewinnen. Zweifellos werde ich auf jede Menge Hindernisse stoßen. Aber an meinem Sieg gibt es keinen Zweifel, und ich lasse die Probleme, die ich zu lösen haben werde, bis morgen ruhen. Ich will mir meine Freude nicht verderben.

Abends musste ich Nicolas ertragen. Er hat mich eine Weile von meinem Glück abgelenkt. Ich empfinde plötzlich eine Nachsicht für ihn, die mich jedes Mal neu überrascht. Statt mir auf die Nerven zu gehen, hat dieser junge Kerl mir Spaß gemacht. Es hat mich gefreut, zu sehen, wie primitiv sich die Liebe bei den andern äußern kann. Er streichelte Anita mit nachlässiger Hand, tätschelte diese zu schöne Statue, als wäre sie ein Haustier. Sie bewahrte mir gegenüber jene Kälte, die mich gestern noch berührt hat, mir aber heute lächerlich erscheint. Was ist sie schon? Nichts, weil sie nicht die eine ist, die Einzige, die mich bewegt. Ich verlor mein Minderwertigkeitsgefühl. Ich war in Schwung, ich wagte es, Anita zu necken. Ich gab lauthals zum Besten, was ich gewöhnlich verschweige, diesen Groll, diese Feindseligkeit, die ich den Menschen gegenüber hege, ohne dass ich wüsste, warum.

Nicolas kam mir zu Hilfe. Gemeinsam zogen wir die junge Frau auf, brachten sie dazu, Dummheiten zu sagen, die ihr erst durch unser Gelächter bewusst wurden. Vergebliche Mühe. Nichts konnte sie aus der Ruhe bringen, sie schlug nicht zurück. Aber nachdem die beiden gegangen waren, ließ Anita ihre Wut heraus. Ihre heisere Stimme schimpfte, drohte. Sie verzieh Nicolas nicht, dass er sie niedergemacht hatte. Zuerst antwortete er nicht, dann regte er sich auf, ohrfeigte sie, ich hörte es klatschen, dann Stille, schließlich ein langes leises Klagen, das Schluchzen einer Frau, die sich selbst beweint, unaufhörlich.

Jetzt empfinde ich ein gemischtes Gefühl aus Befriedigung und schlechter Laune, wie ich es von mir kenne, wenn ich etwas Schlechtes getan habe. Ich hätte den Mund halten können, die Dinge nicht noch schlimmer machen. Aber es hat mich überkommen. Jemand Schwachen zu verletzen rächt mich für meine eigene Schwäche, lindert meine eigenen Misserfolge. Dieses Verhalten hat mir schon manche Feindschaft eingebracht, aber es tut wohl, von denen gehasst zu werden, deren Freundschaft man nicht gewinnen kann. Eine Frau wie Anita wird nie meine Freundin sein. In ihren Augen bin ich nur ein Wurm, ein Staubkörnchen. Sie bezahlt für ihre übermäßige Schönheit. Ich wollte, sie wüsste um meine Verachtung.

DIE NACHT HAT MEINE Liebe nicht zerstört. Morgens fand ich die fast schmerzliche, atemberaubende Beschwingtheit wieder. Ich weiß, dass meine Freude sich beruhigen wird, dass diese körperlichen Symptome vergehen. Danach beginnt jene Fülle des Glücks, die nur in Verbindung mit Leidenschaft entsteht.

Schon um neun Uhr war ich auf den Beinen. Ich muss geschickt vorgehen, ich kann dieses kleine Mädchen nicht wie eine gewöhnliche Frau erobern. Seine Unschuld schützt es besser als irgendeine Schranke. Ich kann es nicht auf der Straße ansprechen, ich kann ihm weder schreiben noch an seiner Tür klingeln. Ich kann auch nicht hoffen, es in einem Café oder Tanzlokal zu treffen. Ein schwieriges Problem, aber ich werde es lösen. Dennoch empfinde ich eine gewisse Angst. Meine üblichen Taktiken helfen mir nicht weiter. Alles ist neu an diesem Krieg, den ich bestehen will. Ich muss mir etwas einfallen lassen, die Dinge neu erfinden. Ich muss mein Alter vergessen, mein Aussehen. Ich darf mir nicht vorstellen, was ein fünfzehn- oder sechzehnjähriges Mädchen wohl von einem Mann denkt, der vierunddreißig ist, nie schön war und sich nicht einmal pflegt. Ich habe nie Wert auf meine Kleidung gelegt. Ich trage meine Anzüge, bis die Ellbogen löchrig, die Aufschläge abgewetzt sind. Meine Hosen haben keine Bügelfalte mehr, meine Wäsche ist alt, nur allzu oft schmutzig. Ich muss mir einen Ruck geben. Meine Trägheit lehnt sich gegen diese Veränderung auf, aber ich spiele eine zu wichtige Partie, um nicht alle meine Chancen zu nutzen. Trotzdem werde ich meiner früheren Rolle nachtrauern, dem vernachlässigten Äußeren, das mir erlaubte, überall unbemerkt zu bleiben.

Ich ging los und gab das Geld, das ich von Charlotte bekommen und noch nicht zur Bank gebracht hatte, für Kleidung, Schuhe und Hemden aus. Dann begab ich mich in die Rue des Couventines, in das Bistro, wo ich gestern Nachmittag auf das Mädchen gewartet hatte. Die Alte erkannte mich wieder. Die Katze kam angeschlichen, rieb sich an meinen Beinen. Die Freundschaft eines Tieres hat mir die Sympathie der Wirtin eingebracht. Ich stürzte mich ins kalte Wasser. Ich bot ihr tausend Francs, damit sie versuchte, einige Erkundigungen über meine kleine Freundin einzuholen. Ich rechne kaum mit Ergebnissen von dieser Seite, aber ich darf nichts unversucht lassen.

Auf der Post erfuhr ich aus dem Telefonbuch, dass unter der Adresse des kleinen Mädchens ein gewisser M. Saulnier lebte, Weinhändler. Edle Weine. Mein Bruder. Ein Glückstreffer. Der Idiot von Philippe könnte mir vielleicht nützlich werden. Die Welt des guten Tropfens ist geschlossen wie ein Ei, dort kennt jeder jeden. Aber ehe ich etwas in Richtung meines Bruders unternahm, musste ich einen Vorwand finden, der ihn nicht stutzig machte. Sobald er ahnt, dass er schaden kann, wird dieses Tier bösartig. Er riecht zehn Meter gegen den Wind, was es Übles anzurichten gibt. Seine Bosheit kennt keine Grenzen.

Im Telefonbuch habe ich auch die Geschäftsräume von Saulnier am Quai des Palus entdeckt. Ich ging hin. Ein schönes Gebäude aus dem achtzehnten Jahrhundert, es stinkt nach Geld. Meine Kühnheit kannte keine Grenzen mehr. Ich trat ein. Ich fragte, ob ich Monsieur Saulnier sprechen könne. Monsieur empfängt nur nach Terminabsprache, erklärte mir eine Sekretärin. Der Herr Minister. Manchmal beneide ich diese Leute, deren Zeit so kostbar ist, dass sie zur Verteidigung eine Dienerschaft bezahlen. Ich blieb hartnäckig. Mademoiselle, Mademoiselle, was tun? Die Spitzenweine von Saulnier, Médoc, Saint-Émilion. Ich komme aus Angoulême, Sonderkorrespondent der großen Tageszeitung *Le Petit Charentais*. Frankreich und seine Provinzen, Mademoiselle, zwei ganze Seiten jeden Donnerstag: unsere Schätze, unsere Weine, unsere Kathedralen, unsere Badeorte. Alte Bollwerke einer wankenden Zivilisation. Eine idiotische Geschichte. Hat sie mir geglaubt? Und warum eigentlich nicht? Ich gab das perfekte Bild des kleinen Journalisten ab, stotternd vor Aufregung, an den Manschetten zupfend. Sie ergriff das Haustelefon, und ich zitterte schon vor Angst beim Gedanken an das, was folgen würde, als ein dicker grauhaariger Mann ins Zimmer hereinplatzte.

»Schnell, Mademoiselle Raymonde, die Akte Beychevelle ...«

»Bitte, dieser Herr ...«

»Keine Zeit.«

»Der Herr ist Journalist.«

»Soll er wiederkommen.«

Er verschwand. Alter Haudegen. Ich hatte gerade Zeit gehabt, sein vierkantiges Gesicht zu sehen, die mit Puder mattierte ziegelrote Hautfarbe, seine weichen fleischigen Lippen.

»Nichts zu machen«, sagte die Sekretärin. »Kann ich Ihnen weiterhelfen? Ich kenne das Haus sehr gut.«

Ich dankte ihr. Was hatte ich mit dem Haus Saulnier zu schaffen? Es war der Vater des kleinen Mädchens, der mich interessierte. Trotzdem erbat ich einige Auskünfte, um kein Misstrauen zu wecken. Die Produktion. Die Marktlage. Gute und schlechte Jahrgänge. Mit kompetenter Miene kritzelte ich ein paar Notizen in mein Heft. Dann riskierte ich ein oder zwei Fragen nach Saulnier persönlich. Woher stammte er? Hatte er das Haus selbst gegründet? Aber nein. Alter Zweig einer berühmten Familie. Ein Bruder auf Martinique. Das Rumsortiment des Hauses. Seit zwölf Jahren Mitglied bei den Rotariern. Bridgemeister. Zwei Cadillacs. Eine Frau, die man nie zu Gesicht bekam. Drei Kinder.

»Die Namen der Kinder? Unsere Leser lieben es, wenn die Großen dieser Welt etwas mit ihnen gemeinsam haben; das Familienleben, die Masern, verpatzte Prüfungen …«

»Zwei Jungen: Didier und Patrick. Sowie ein Mädchen: Isabelle.«

Isabelle. Die Sekretärin dürfte das folgende Schweigen wohl kaum verstanden haben, den zeitlichen Raum, den ich nach diesem Namen entstehen ließ, um seine Süße auszukosten, um die seltsame emotionale Kraft, die von diesen drei Silben ausging, richtig zu genießen. Isabelle. Das kleine Mädchen war kein flüchtiges Bild mehr, das sich meiner Erinnerung gelegentlich entzog, sie hatte einen Namen, ich konnte sie anreden, sie rufen, mit ihr sprechen. Ich erfuhr sogar ihr Alter: sechzehn Jahre. Ihre Brüder waren noch Kinder, sie würden mich kaum stören. Ich entfloh, ohne länger abzuwarten.

*

Ich setzte mich in eine Grünanlage. Die Dinge waren auf einem guten Weg. Nach der Anstrengung spürte ich meine Müdigkeit, jenes matte Gefühl, das einen erfasst, wenn man seine Nerven zu sehr strapaziert hat. Die Lehne der Parkbank tat mir im Rücken weh. Ich hätte schlafen mögen, in einen gnädigen Dämmerschlaf entgleiten, mit ruhigem Gewissen, ruhender Seele. Noch gestern war ich ein einsamer Mann gewesen, der nach seinen Gewohnheiten und Macken lebte. Plötzlich bekam mein Leben einen Sinn. Die kleine Isabelle war der Lichtschein, dem ich entgegenstrebte. Wie ich mich an sie heranmachen würde, wusste ich noch nicht, ich verschob den Rest meines Problems auf morgen.

Ich überließ mich dem sanften Dasein, dem Genuss, nichts mehr zu denken, mich als ein amorphes, sattes Etwas zu fühlen, das sich in der Herbstsonne wärmt. Ich habe solche Augenblicke schon erlebt, Momente, in denen das Herz schlummert, in denen alles nur Ruhe und Frieden ist. Man weiß, dass man liebt, aber so, wie man weiß, dass man atmet. Keine Anstrengung. Keine Emotion. Ein glattes Meer trägt einen, und man treibt dahin wie ein toter Körper. Die Gefühle bleiben auf Sparflamme, ein glimmendes Feuer unter der Asche, ein Brand, der frische Kraft schöpft.

*

Gegen Abend setzte ich mich in Bewegung. Ich kaufte mir ein Stück Brot, das ich im Stehen aß. Ich lief ziellos umher, noch immer wie vor den Kopf gestoßen, ein Zustand, der mich seit nachmittags nicht losgelassen hatte. Bald gelangte ich ans Flussufer. In der Dunkelheit lag der Hafen halbkreisförmig da, und der Fluss spiegelte die tausend Lichter der am Kai vertäuten Schiffe. Festlaternen. 14. Juli. Das schwarze Wasser schimmerte seidig. Es roch nach frischem Schlamm, ein Geruch von Tang und Meer, salzhaltig und beladen mit dem schweren Duft der geteerten Schiffsbäuche. Früher kam ich jeden Tag hierher, angezogen von einer unbekannten Kraft. Der Hafen besaß eine Größe und Harmonie, die mich mit Demut und Furcht erfüllte. Auf dem Pflaster des Kais sitzend lauschte ich den donnernden Kränen, den Sirenen der Schleppboote, dem trostlosen Schrei der Möwen. Ich stellte mir vor, eines Tages an Bord eines Ozeandampfers abzureisen. Langsam würde ich mich vom Ufer entfernen, mit zusammengeschnürter Brust, jenem Gefühl, das einen befällt, wenn man für immer fortgeht. Ich sah mich hinter der weiten Kurve, die den Hafenbecken vorgelagert ist, entschwinden und einen letzten Blick auf die Kirchturmspitzen, die Türme der Kathedrale, die Brückenbögen werfen. Damals hatte ich keinen Zweifel, dass ich gehen würde. Das Ziel war mir ziemlich egal. Es war vor allem der Wunsch nach einem fernen Land, wo alles anders wäre, Männer, Frauen, das Klima, das Licht.

Als Kind versetzten mich die Geschichten von blinden Passagieren in lange Träumereien. Ich malte mir aus, wie auch ich in einem Beiboot kauernd oder im Laderaum versteckt nach Amerika, Indien oder zur Osterinsel segelte. Aber immer fehlte mir der Mut oder die Gelegenheit. Und als ich frei war, zu tun und zu lassen, was ich wollte, zog ich mich noch tiefer in mein enges Leben zurück. Ich habe mein Fernweh in jener dunklen Region meines Selbst begraben, in der wir all das ansammeln, was wir nie erleben werden.

Ich stützte mich mit den Ellbogen auf einen Poller, im Schatten, so nahe am Wasser, dass ich es an die Uferböschung schwappen hörte. Das reichte mir zu meinem Glück. Ich war da, in der Dunkelheit, und der Geruch nach Schlick, nach Erdnuss und Treiböl erfüllte mich mit solchem inneren Frieden, dass alles andere lächerlich, wie ein Hirngespinst erschien.

Eines Tages, als ich fünfzehn war, bin ich genau hier über die Kais geschlendert, durch einen Wald von Fässern, die verladen werden sollten. Ich trug

Leinenschuhe mit einer Bastsohle und bewegte mich so lautlos, dass ich einen Clochard beim Weinabzapfen überraschte. Er sah mich nicht, ich konnte sein Werk beobachten. Mit einem Bohrer machte er drei winzige Löcher in ein Fass und trank genüsslich. Als sein Durst gestillt war, füllte er eine Art Metallkanne, die er um den Hals gehängt trug. Dann zog er Dübel aus seinen Taschen und stopfte die Löcher sorgfältig wieder zu. Dies war der Moment, in dem ich hustete, um meine Anwesenheit kundzutun. Er bekam einen derartigen Schrecken, dass er nicht einmal zu entwischen versuchte. Aber als er merkte, wie jung ich war, beschimpfte er mich erst einmal. Dann bot er mir etwas zu trinken an.

Wir wurden Freunde. Er hieß Raphaël. Er war nicht sehr gesprächig und ich selbst bereits verschlossen. Jeden Tag gegen fünf Uhr, wenn die Schule aus war, ging ich zu ihm, und wir streckten uns, vor dem Wind geschützt, hinter einem Stapel Kisten oder Ballen aus. Wir träumten in der Sonne, bis es Abend wurde, rauchten Zigaretten, die ich mitgebracht hatte, tranken hin und wieder einen Schluck lauwarmen, brombeerfarbenen Wein aus einer Flasche.

Raphaël sprach wenig, aber er brachte mir viel bei. *Was zu futtern* war für ihn das Wichtigste im Leben. Futtern. Sich vollstopfen. Er war nie betrunken und hasste die Säufer, Wein bedeutete ihm kaum etwas. Aber er hatte den Hunger erlebt, und diese Erinnerung machte ihn besessen. Unglücklicherweise litt er an einem Magengeschwür, weshalb er nur wenig zu sich nehmen konnte. Er träumte davon, irgendwann gesund zu werden und sich ein gutes Essen zu leisten, und sei es nur ein einziges Mal, ein Essen, das diesen Namen verdiente, mit Pastete, Kutteln, Lammragout, Frikassee aus Schweinsfüßen. Er starb, ohne dass ihm dieser doch bescheidene Wunsch erfüllt wurde.

Ich war in jenem Alter, in dem man die Welt der Gedanken und ihrer Spielarten entdeckt. Ich hatte zwei oder drei Kameraden, die sich als Dichter bezeichneten. Wir diskutierten hitzig, mit jenem Feuer, das zu schnell erlischt. Ich entdeckte Rimbaud, Jaurès, Erik Satie, neue Horizonte, die in den Menschen gesetzte Hoffnung, die Verzweiflung, die Versklavung der Schwarzen, den Surrealismus, die Lage der Arbeiterschaft und das Problem der Abtreibung, den Kommunismus und de Sade, die Pataphysik und die Psychoanalyse. Das ist zwanzig Jahre her.

Raphaël lehrte mich, meine Schwärmerei zu mäßigen. Er war ein roher Kerl und in vielen Dingen mehr Tier als Mensch. Aber er hatte einen solchen Grad an Elend erreicht, dass ihm das Recht auf eine Meinung sehr wohl zustand. Er hielt meinen Problemen als Jugendlicher die Weisheit des reifen Mannes entgegen, sein Wissen darum, was sich lohnt, dass man es begehre: Sonnenwärme, eine anspruchslose Freundschaft, den großen Frieden des

Abends oder auch das bescheidene Vergnügen eines Glases Wein. Er lachte über meine Besorgnisse, über das Rebellische, das uns umtrieb, mich und meine Kameraden, wenn ich ihm manchmal davon erzählte. *Futtern, futtern*, sagte er dann mit seiner heiseren Stimme, indem er versuchte, alles, was er für wesentlich, für unerlässlich hielt, in diesem einen Wort zusammenzufassen. Der ganze Rest war Nichtigkeit.

Er musste erst sterben, damit mir aufging, wie klarsichtig er gewesen war. Er war sicher mein einziger Freund, der einzige, für den ich ernsthafte Zuneigung empfand, den Wunsch, ihm niemals wehzutun. In treuem Gedenken an ihn versuchte ich, seine Weisheit auf meinen Fall zu übertragen. Die Frauen ersetzten das *Futtern*. Und es kostete mich keine große Anstrengung, mich nicht mehr für das Allgemeinwohl zu interessieren: Gern überließ ich es den anderen, ihre eigenen Probleme zu lösen.

*

Ich beugte mich über das schwarze Wasser. Warum beschwor ich Raphaël herauf? Der Schmerz, der mich befallen hatte, als er starb, war längst verflogen. Ich empfand ein beklemmendes Gefühl, das nicht vom Gedanken an den guten Alten herrührte, sondern an das Kind, das ich gewesen war, an die Zeit, die vergangen ist, die Sonne, die nicht mehr so fröhlich scheint. Jeder Mensch muss das kennen, diesen Schwindel angesichts der fliehenden Zeit, der unerbittlich zurückweichenden Vergangenheit, die sich verliert, sich auflöst. Wahrhaft überleben hieße, die Kindheit wiederzufinden. War ich glücklich damals? So glücklich wie jeder andere, im Kampf mit allem, was einen quält, was die Freiheit einschränkt: die Arbeit, die Eltern, das fehlende Geld, unbedeutende Sorgen, die dennoch verletzen. Warum also empfand ich diesen Schwindel, diese Angst?

Ich reckte mich und ging auf die graue Masse eines Lagerschuppens zu. Ein Zöllner trat aus dem Schatten und kam mir entgegen. Er leuchtete mich mit seiner Laterne an, nuschelte einen undeutlichen Gruß. Ich ging weiter.

Hin und wieder führte mein Weg an einem Frachter vorbei. Durch die erleuchteten Bullaugen sah ich einen Mann, der las, ausgestreckt in seiner Koje, anderswo einen Matrosen, der einen riesigen Kochtopf scheuerte. Alles war friedlich. Immer noch tanzten die Lichter der Schiffe auf den Wellen, bunte Friese eines unsichtbaren Festes. Aber keinerlei Musik durchbrach die Stille. Es war eine ruhige Nacht, in der alles schlief, nur der Puls der Brandung zu meinen Füßen plätscherte.

Ich ging vorsichtig. Überall auf dem Boden lagen Seile und Taue, Bretter, verrostete Anker. Ich folgte einer Spur von Eisenbahnschienen, und manchmal erhob sich neben mir ein Kran, erstarrt wie ein großer Stelzvogel. Ein Hund sprang von einem Fischkutter und beschnupperte mich. Ich scheuchte ihn mit einem Fußtritt. Eine Weile lief er mir nach, dann gab er es auf.

Ich wusste nicht, wohin ich ging. Ich hatte mich an diesen Ort begeben, um mich auf meine Liebe zu besinnen, mich am Gedanken an die kleine Isabelle zu wärmen. Aber ich war unfähig, mich lange auf die Erinnerung an sie zu konzentrieren, es genügte mir, sie irgendwo schlafend zu wissen, verloren im steinernen Wald der Stadt, und schon überließ ich mich wieder jenem inneren Frieden, den sie geschaffen hatte. Mir war wohl, ich dachte an nichts, träumte undeutlich von dem Kind, das ich gewesen war, von diesem Hafen, den ich immer als Freund empfunden habe. Ich litt nicht. Ich war wie benommen. Ich hätte ewig so bleiben mögen, mit diesem diffusen Glücksgefühl, dieser völligen Abwesenheit von Unruhe. Ich hätte bis zum Morgen weitergehen mögen.

Aber nach und nach überwältigte mich die Müdigkeit, meine Beine wurden schwer, die Schultern schmerzten. Ich setzte mich auf eine Seilrolle. Der leichte Rausch, der mich getragen hatte, wich von mir. Ich hatte Durst. Ich dachte an den Rückweg. Ich hatte nicht die geringste Lust auf mein Zimmer, mein schmales Bett. Am liebsten wäre ich an Ort und Stelle eingeschlafen, neben dem Fluss, und erst im Morgengrauen aufgewacht, wenn der anbrechende Tag die Stadt erfrischte und den Nebel vertrieb.

Ich hatte schon einmal hier geschlafen, mich die ganze Nacht in einem gestrandeten Boot verkrochen.

Meine Eltern waren verreist und hatten uns, meinen Bruder und mich, der Obhut einer alten Haushälterin überlassen. Ich war sechzehn Jahre alt. Ich hatte mir eine rauschende Nacht versprochen, wie man sie sich in diesem Alter vorstellt. Gleich nach dem Essen tat ich so, als verschwände ich in meinem Zimmer, und schlich mich durch die Hintertür hinaus. Ich besaß ein bisschen Geld. Auf zu den Frauen, in die dunklen Kaschemmen, dachte ich. Aber kaum war ich auf der Straße, da wusste ich schon nichts mehr mit meiner Freiheit anzufangen. Ich betrat ein Café, nahe dem Bahnhof. Ich trank ein Glas Rum. Der Raum war fast leer. Lange schaute ich den Kartenspielern beim Belote zu, in der Hoffnung, sie würden mich ansprechen. Vergebens. Am Ende schickte mich einer weg. Es störte ihn, dass ich ihm dauernd über der Schulter hing.

Die Bedienung war hübsch. Aber was sollte ich zu ihr sagen? Mit meinen sechzehn traute ich mich nicht. Ich landete in einem Kino. Meine Enttäuschung war so überwältigend, dass ich dem Film nicht folgen konnte und vor dem Ende wieder ging. Ich streunte durch die Gegend um das Rathaus, wo es von Nutten wimmelte. In dieser weit zurückliegenden Zeit genossen die Freudenmädchen in meinen Augen ein undefinierbares Ansehen, sie erschienen mir geheimnisvoll, giftige, Lust spendende Blüten, fremde Wesen, vor denen ich mit Bedauern floh. Eine von ihnen sprach mich an. Ich brauchte nicht mal eine Entschuldigung zu stammeln, sie war es, die mich stehen ließ, als sie mein Alter bemerkte.

Ich verzog mich wieder ins Café, dann in ein anderes und ein drittes. Nach und nach überkam mich ein fröhlicher Rausch, in dem mein Groll, mein verpatztes nächtliches Abenteuer aufging. Als man mir den Ausschank verweigerte, traf mich diese letzte Schmach nicht mehr. Ich ging hinaus, wanderte froh, singend durch die Straßen. So erreichte ich die Kais. Ich legte mich auf den Boden eines alten Kahns und wurde erst am Morgen wieder wach, gerädert, zerschlagen. Es war gerade noch früh genug, nach Hause zurückzukehren, bevor mein Ausreißen entdeckt wurde. Dieses Erwachen in einem Ruderboot, zwischen Hafenarbeitern, die schon mit gekrümmten Rücken Säcke schleppten, hatte einen unendlichen Zauber, eine Süße, die ich nie wieder gefunden habe.

*

Ich blieb lange auf dem zusammengerollten Seil sitzen, und mich packte Lust, dort zu schlafen, die einstige Nacht zu wiederholen. Aber ich war nicht betrunken. Und sowieso war ich aus dem Alter heraus, in dem alles neu erscheint, in dem es reicht, unter freiem Himmel zu schlafen, um ein verdorbenes Vergnügen in eine strahlende Erinnerung zu verwandeln. Ich erhob mich und setzte meinen Weg fort.

Jenseits der Hafenbecken erreichte ich eine Art verwahrlostes Gelände, das sich im Norden der Stadt am Flussufer erstreckt und wo alles endet, was der Hafen abwirft: Eisenschrott, alte Fässer, kaputte Kräne, riesige Anker. An dieser Stelle hört der Kai auf. Weiter hinten befinden sich Holzstege, an denen Schiffe anlegen. Die Gegend ist verlassen, gefährlich. Hatte ich Angst? Nicht einmal. Man erzählt Legenden über diesen Ort, Geschichten von Verbrechen und ausgeraubten Spaziergängern. Manchmal bin ich tollkühn, mir keiner Gefahr bewusst. Das ist so, es ist nicht mein Verdienst.

Ich folgte einer holprigen Straße. Zwanzig Meter vor mir, in der Dunkelheit, glich ein Markstein einer lauernden Gestalt. Ich näherte mich einem kribbeligen Gefühl. Die Reglosigkeit des Steins beruhigte mich, ich wusste genau, es war kein Mensch. Aber der leise Zweifel, der dennoch blieb, erfüllte mich mit einer seltsamen Mischung von Beunruhigung und Mut. Bei jedem weiteren Schritt hoffte ich vage, der Stein würde sich im letzten Moment bewegen, ein Unhold hervorspringen und sich auf mich stürzen.

Dieser köstliche Schrecken wiederholte sich mehrmals, denn der Straßenrand war übersät mit solchen Monolithen in menschlicher Gestalt. Aber bald hatte ich das Spiel satt. Ich langweilte mich. Zur Ablenkung betrachtete ich die Sterne. Orion. Wega. Mir kamen ein paar starke Gedanken, die sich logisch verknüpften. Die himmlische Unendlichkeit ließ mich schwindeln, und ich sinnierte über die sagenhaften Entfernungen, von denen in den Büchern die Rede ist, Lichtjahre, Galaxien. Tote Sterne. Mein eigener Tod. Ich muss ständig daran denken, wie von einem Abgrund angezogen. Keinerlei Verzweiflung geht mit meinen Meditationen einher. Ich stelle mir den Tod nicht als ein Nichts, nicht als totale Finsternis vor, sondern als eine Art lethargisches Leben, in dem man ein gewisses Bewusstsein der Dinge bewahrt. Ich will glauben, dass die Toten uns hören, ich will glauben, dass sie wie wir Wärme und Kälte spüren, dass sie mit nachsichtiger Heiterkeit das Schicksal derer verfolgen, die sie gekannt haben. Ich glaube, dass die Toten manchmal wandeln, dass sie unsichtbar wie Nebel dicht über dem Boden schweben. Es kommt vor, dass ich aus Angst, ihnen zu missfallen, gewisse Gesten unterlasse oder Äußerungen für mich behalte. Wäre ich nicht so darauf bedacht, meine Freiheit zu schützen, könnte ich leicht abergläubisch werden. Tischrücken. Magische Zahlen. Ohnmacht eines Menschen, der von der Angst der anderen überwältigt ist.

*

An einer Kurve entdeckte ich ein Licht, direkt am Wasserrand. Bald erkannte ich eine Holzbaracke von der Art, wie man sie an Baustellen errichtet. Der Lichtschein fiel durch einen Vorhang, der die Tür verdeckte. Zuerst dachte ich, dort wohne vielleicht ein Fischer, aber als ich näher herangekommen war, sah ich ein Schild, ein grobes Brett, auf dem geschrieben stand: *Au Point du Jour, Bar-Restaurant*. Ich trat ein.

Ich befand mich in einem ziemlich großen Raum mit niedriger Decke, erleuchtet von einer Hängelampe, die spärliche Helligkeit verbreitete. Hinten nahm eine Holztheke fast die ganze Wand ein, davor standen vom Gebrauch geschwärzte lange Tische. Als Sitzgelegenheit dienten einfache Bänke ohne Rücklehne. Auf einem Podest in der Ecke spielte ein Blinder Akkordeon, während eine Negerin am Klavier in die Tasten haute. Es war eine Hafenbar der schlimmsten Sorte, eine von denen, wo Fremde nicht gut gelitten sind, vor allem nicht welche mit Krawatte. Fast hätte ich kehrtgemacht, aber als ich die Tür gerade wieder aufstoßen wollte, beschloss ich zu bleiben. Eine Art Vorahnung, als erwartete mich hier irgendein Abenteuer. Oft folge ich solchen spontanen Impulsen. Meistens passiert gar nichts, und ich komme nicht auf meine Kosten. Aber was könnte ich mir sonst erhoffen? Welche andere Route sollte ich verfolgen als diese, die sich mir erst offenbart, nachdem ich eingeschlagen habe?

Ich ließ mich an einem freien Tisch nieder, ohne dass man mich groß beachtete. Es waren nicht viele Leute da. Vier Männer in einer Ecke spielten Poker. Zwei oder drei Mädchen schlürften Fruchtsäfte, gewöhnliche Matrosenliebchen, erbärmlicher als Tiere, verbraucht, zu allem bereit. Von Zeit zu Zeit stand eine von ihnen auf und ging zur Tür, hob den Vorhang, warf einen Blick in die schwarze Nacht. Dann setzte sie sich achselzuckend wieder hin.

»Wo bleiben die nur, verdammt noch mal«, sagte sie ohne Zorn in der Stimme, »wo zum Teufel bleiben sie denn nur?«

»Reg dich nicht auf, Lola«, entgegnete der Wirt. »Sie werden schon kommen.«

Eine kleine Pendeluhr schlug Mitternacht. Langsam wurde ich müde. Alles war still, eine seltsame Ruhe, als wären die wenigen Personen um mich herum schon eingeschlafen. Inzwischen schwiegen auch die beiden Musikanten, sie gähnten, hockten zusammengesunken auf ihren Stühlen. Die Glühbirne leuchtete so schwach, dass der Raum teilweise im Dunkeln lag. Der Wirt stand reglos da, die Ellbogen auf die Theke gestützt. Ich erhob mich und ging zu ihm.

»Geben Sie mir noch einen Cognac.«

Ich hatte Lust zu reden und suchte etwas, was ich sagen könnte, als jene Lola erneut zur Tür ging und sie diesmal weit öffnete.

»Verflucht«, stieß sie aus. »Was soll das, wo bleiben sie denn nur. Jetzt schmoren wir hier schon seit fast zwei Stunden.«

»Mach die Tür zu«, sagte der Wirt.

»Schon gut«, sagte Lola, »schon gut.«

»Worauf wartet sie?«, fragte ich.

»Auf die *Aramis*, einen alten Pott. Der sollte gegen zehn hier festmachen, aber er ist uralt und langsamer als ein Schlepper. Wahrscheinlich hat er die Flut verpasst.«

»Redet das Unglück nicht herbei«, sagte Lola. »Noch mal das Gleiche wie vorhin in Ambès, und ich geh ins Wasser. Drei Stunden haben wir auf'n Tanker gewartet, und was kam dabei heraus? Umgeleitet! Scheiße.«

»So ist das Leben«, sagte der Wirt.

Lola zuckte mit den Schultern und wandte sich mir zu. Mit einem Blick war ich entblößt. Woran sah sie, dass sie mich nicht interessierte? Sie versuchte nicht einmal, mich anzumachen. Dabei war sie gar nicht übel, weniger hässlich als ihre Freundinnen, eine Rothaarige, noch jung, mit ausgezupften Augenbrauen, zu mageren Armen.

Ich kehrte an meinen Tisch zurück. Die Stille im Raum wirkte wie ein schwerer Wein auf mich, machte mich benommen, tauchte mich in einen Dämmerschlaf, in dem ich jeden Sinn verlor für das, was mich umgab. Die Gegenstände, die Wände der Baracke nahmen einen Grauton an, als verschwänden sie in einer Dunstwolke. Doch immer hatte ich tief in mir diesen kleinen Schein, dieses Nachtlicht, Isabelle, wie schwelende Glut, die nur auf einen Hauch wartet, um wieder zu entflammen.

*

Plötzlich zerriss eine Sirene die Nacht. Eine aus Leibeskräften tutende Sirene, schrill wie eine Kindertrompete. Augenblicklich kam wieder Leben in die Bar, ein Vulkanausbruch. Die drei Frauen verschwanden in der Dunkelheit. Der Blinde und die Negerin spielten einen Marsch auf, falsche Akkorde, chaotische Musik. Sogar die Spieler warfen ihre Karten hin und liefen nach draußen. Ich hinterher.

Die *Aramis*, ein Schrotthaufen auf rostrotem Rumpf, legte im Schneckentempo an, vorsichtig. Es brannten mehrere dicke Leuchtlampen, die den Ponton in einen Schein von Azetylengas tauchten. Schatten regten sich, huschten durchs Licht. Ich hörte eine krächzende Stimme, die durchs Megafon verzerrt wurde und komisch schrie: »Achteraus! Achteraus, verflucht!«

Ein Aufprall, Flüche, hüben und drüben wurden Taue geworfen, die Leinen nachlässig gespannt. Dann war der Teufel los, die ganze Mannschaft sprang über die Reling und rannte zum Point du Jour. Einen Augenblick gewahrte ich den Kapitän, einen winzigen Mann mit Eierkopf, der brüllend die Faust reckte: »Schweinebande! Schweinebande!«

*

Ich liebe diese rammelvollen Spelunken, wo sich das Stimmengewirr wie ein Sturm erhebt, die umgestürzten Tische, die plötzlichen Lachsalven der Frauen, das beherzte Akkordeon mit seinen hinausgeschleuderten Triolen, Gesänge, die im Schluckauf enden. Ich nahm meinen Platz wieder ein, und es dauerte nicht lange, da musste ich ihn gegen einen betrunkenen Schweden verteidigen, einen hünenhaften Kerl mit unnatürlich blondem Haar, mit fast weißen Augen, der lärmend auf den Tisch schlug und zu trinken verlangte.

Eine kleines Frauchen tauchte auf, sicher die Gattin des Wirts. Sie half beim Bedienen, und in wenigen Minuten herrschte relative Ruhe. Ich bekam noch einen Cognac. Lola und ihre Gefährtinnen hatten gut zu tun. Sie erschienen ein paar Sekunden und gingen sofort wieder raus, gefolgt von einem Matrosen. Eine gastliche Nacht. Die Süße unbebauten Geländes. Aber was ist, wenn es abends regnet? Wie viele Fragen bleiben unbeantwortet. Dabei wäre es so einfach, sie zu stellen.

Auf einmal war ich hellwach, gestikulierte, brüllte wie die anderen. In mir schlummern niedere Instinkte, an gemeinschaftlichen Freuden kann ich mich nur unter einfachen Leuten, unter Säufern richtig beteiligen. Sie beurteilen mich nicht, sie haben keine Zeit dafür. Und wenn sie es doch einmal tun, besitzen sie das Feingefühl, sich nichts anmerken zu lassen. Sie nehmen mich auf, ohne zu fragen, sie sehen mich nicht mit den mitleidigen Mienen oder neidischen Blicken an, die ich bei meinen üblichen Gefährten erkenne.

Plötzlich betrat der eierköpfige Kapitän das Lokal. Weit entfernt von einer kalten Brise, löste sein Erscheinen eine Kanonade von Flüchen und Schreien aus. Er war ziemlich betrunken. Er steuerte meinen Tisch an und ließ sich neben den Schweden sinken, wie einer, der völlig fertig ist. Der Wirt bediente ihn persönlich. Sie beglückwünschten sich eine Weile. Bier und Rum wurden ausgeschenkt, genug, um eine ganze Schiffsbesatzung zu erledigen. Man wollte mit mir anstoßen. Ich willigte ein. Solche Begegnungen, die nur einen Abend währen, Freundschaften von einer Stunde waren mir schon immer kostbar. Diese durch nichts getrübte Intimität erlaubt eine Freiheit, eine Offenheit, die in langen Beziehungen unmöglich ist.

Die beiden Männer begannen Hasard zu spielen. Ich lehnte ihre Einladung zum Mitspielen ab. Ich habe gut daran getan. Der Schwede betrog schamlos, und ich hätte mich nicht wehren können. Bald hatte er den Kapitän nach Strich und Faden abgezockt. Trotz seiner Trunkenheit muss der kleine

Mann etwas gemerkt haben, denn plötzlich geriet er in heftige Wut.

Er explodierte. Etwa fünfzig Jahre alt, von zwergenhaftem Wuchs, kompensierte er seine körperliche Minderwertigkeit durch ein außerordentlich lebhaftes Temperament. Es regnete Flüche wie Fünf-Francs-Stücke bei einem Ringkampf. Er hatte den Schweden bei der Hemdbrust gepackt und versuchte ihn zu schütteln, aber der Matrose bewegte sich keinen Millimeter, strotzend vor Dummheit, sein feistes Gesicht zu einem vagen Grinsen verzogen.

Das Lokal war verstummt, man stand im Kreis, aber es musste ein gewöhnlicher Zwischenfall sein, denn die Männer schienen sich nicht weiter darum zu scheren. Doch die Sache spitzte sich zu. Der Kapitän, außer sich, verpasste dem Matrosen eine Ohrfeige. Das Geräusch tat mir weh. Gewalt hat mich immer überrascht. Als Junge habe ich mich oft geprügelt, und trotzdem konnte ich mich nie an den Hass, an die entfesselte Angst gewöhnen. Je älter ich werde, umso mehr gerate ich in Panik, wenn Männer sich schlagen. Mein Herz klopft, meine Beine werden schwach. Das Gefühl bei alledem ist keine Angst, sondern Abscheu.

Der Schwede bäumte sich auf und schlug den kleinen Kerl. Es war, als schlüge er mich selbst. Ich sah mich an der Stelle des Kapitäns, mickrig, lächerlich vor diesem riesigen Kerl, der mit der Langsamkeit derer, die sich ihrer Stärke sicher sind, zu seinen Schlägen ausholte. Ich dachte, man würde die beiden trennen, aber man nahm es als seltenen Glücksfall. Man drängte sich etwas näher heran, um besser zu sehen. Ekel. Panik. Raubvogel über einer Feldmaus. Da tat ich etwas Dummes, eine törichte Geste, nicht aus Heldenmut, sondern weil ich mich selbst gemeint fühlte. Ich bekam Lust, mich umzubringen. Augen zu und durch. Mich zerstören. Nichts anderes mehr sein als ein zerschlagener, zu Boden geschmetterter Körper. Ich schlug dem Seemann auf den Kopf, mit aller Kraft.

Erst wusste er nicht, wie ihm geschah. Dann kehrte sich seine Wut gegen mich. Er baute sich vor mir auf, halb belustigt, halb in Rage. Ich hatte gehandelt wie ein Automat. Ich erwartete den Schmerz, den Aufprall seiner Fäuste. Er zögerte zu lange. Mir kam ein weiterer Reflex, ich ergriff eine Bierdose und rammte sie ihm in den Bauch. Er sackte zusammen, riss den Tisch mit um und erbrach sich.

Die nervöse Reaktion ließ nicht auf sich warten. Ich zitterte wie ein nasser Hund. Man trug den stöhnenden Schweden hinaus. Der Kapitän schenkte mir zu trinken ein, aber ich spürte eine innere Kälte, die sich durch nichts vertreiben ließ. Warum hatte ich mich geprügelt? Vielleicht aus Angst. Oder aus Lust an der Angst.

*

Ich schreibe dies am frühen Morgen. Ich musste ein Taxi anrufen, um nach Hause zu gelangen. Unterwegs hat das Zittern aufgehört, und am Ende empfand ich eine gewisse Befriedigung, mich geprügelt zu haben. Der Vorfall ist kaum ein paar Stunden her, und schon versinkt dieser Abend im eintönigen Grau, es kommt mir vor, als lägen die Ereignisse Jahre zurück. Seit einiger Zeit trinke ich zu viel.

ZWEITER TEIL

WAS NÜTZT ES MIR, zu lieben, wenn diejenige, die ich liebe, unerreichbar bleibt? Was nützt es mir, meine Jugend wiederzufinden, die Herzensregungen, die Reinheit, die ich hatte, als ich siebzehn war? Dann schon lieber das Grau in Grau, die tägliche Langeweile, ein trockenes Herz. Das Leben fiel mir schwer, aber wenigstens habe ich nicht gelitten.

Alles ist mir zwischen den Fingern zerronnen. Auf die Gefahr hin, mein Geheimnis zu verraten, habe ich Philippe besucht, ihn so geschickt wie möglich gefragt, ob er Monsieur Saulnier kenne. Er kennt ihn tatsächlich, aber als seinen Konkurrenten. Beide wollen den kanadischen Markt erobern. Sie sind schlecht aufeinander zu sprechen, giften sich an. Geizknochen. Hochstapler. Arschkriecher. Trotzdem habe ich nichts zu bedauern, Philippe hätte mir nicht helfen können. Saulnier lebt in einer anderen Welt. Er ist kein einfacher Weinhändler, sondern ein Aristokrat des edlen Tropfens, er hat seine Loge im Theater, eine Straße trägt den Namen seines Vaters, während unsere Familie nie über das Gutbürgerliche hinausgekommen ist. Statt Kammerdienern hatten wir höchstens Dienstmädchen. Weder hat man mir beigebracht, Frauen die Hand zu küssen, noch, wie man Fingerschalen benutzt, außer beim Essen zur Erstkommunion.

Seit langer Zeit schon bin ich deklassiert, ein Absteiger. Jede Stufe tiefer freut mich umso mehr, es macht mir Spaß, zuzusehen, wie ich immer weiter abstürze. Irgendwann wird der Tag kommen, an dem ich nichts anderes mehr bin als der Clochard, für den man mich manchmal hält. Ich lerne das Vulgärsein. Ich lasse die Grundsätze, auf denen eine gesittete Gesellschaft beruht, einen nach dem anderen fallen. Das bekümmert mich nicht im Geringsten. Ich hätte dabeibleiben und dieser Bourgeoisie, der ich entstamme, bis in ihre kleinsten Anstandsregeln folgen können. Es stand mir frei. Aber ich gehe lieber meinen natürlichen Neigungen nach und suhle mich im Dreck.

Es gefällt mir, dass Isabelle mir überlegen ist. Wenn ich sie bekomme, wird es mir ein Vergnügen sein, sie zu mir herunterzuziehen. Wenn ich sie denn bekomme …

Gestern war ich verrückt. Ich habe geträumt, fühlte mich glücklich. Heute sehe ich glasklar, welche Hindernisse mir im Weg stehen. Alle erscheinen mir unüberwindlich. Ich renne gegen eine Wand. Ich war noch einmal bei der Wirtin des Lokals in der Rue des Couventines, aber sie hat mir keinen Schimmer Hoffnung gelassen. Isabelle kommt, geht, kommt wieder, immer allein. Nur ein unglaublicher Zufall würde erlauben, dass die Gute mehr über sie in Erfahrung bringt. An wen soll ich mich wenden? An welche Tür klopfen? Mein Hirn ist leer. Mir fällt nichts ein, keine Idee. Ich kann nur noch stöhnen.

Die neuen Anzüge, die Schuhe wurden geliefert. Ich, für den jedes neue Kleidungsstück eine Qual ist, der sich in Lumpen am wohlsten fühlt, habe mich voller Freude angekleidet. Mich mit einem unbekannten Vergnügen im Spiegel betrachtet. Nicht aus Eitelkeit, sondern weil ich mit meiner neuen Erscheinung zufrieden war, dem Bild eines noch jungen, eleganten Mannes, der mich anlächelte und nur eine entfernte Ähnlichkeit mit mir besaß. Bücklinge. Höflichkeitsfloskeln. Und wenn mich jemand gesehen hatte? Aber machen die anderen es nicht genauso? Und mit welchem Recht sollten sie mich verurteilen? Leisten sie sich selbst nicht Schlimmeres?

Bevor ich nach draußen ging, habe ich einen Moment gezögert. In abgerissenen Kleidern habe ich nicht das Gefühl, ich fiele auf. Es ist mir nicht peinlich, mein wahres Gesicht zu zeigen. Und jetzt hatte ich plötzlich Angst. Ich fürchtete, ausgelacht zu werden. Würde man die Täuschung entdecken? Würde man mit dem Finger auf mich zeigen? Aber nein. Alles ging gut. Niemand beachtete mich. Sogar die Frauen zeigten mir gegenüber die übliche Gleichgültigkeit. Ihre durch mich hindurchgehenden Blicke. Der unsichtbare Mann.

Ich bezog Stellung vor dem Pensionat. Schließlich war es die kleine Isabelle, für die ich mich verwandelt hatte, und ich hoffte naiverweise, sie würde es bemerken. Schuljunge. Kattun. Sie sah mich sofort. Oh, ihr ernstes Gesicht, ihre nie lächelnden Augen! Ich folgte ihr wie ein Automat, der treue Dackel. Was mochte sie denken? Sicher Schlechtes. Später, sagte ich mir, später, wenn wir uns einmal besser kennen, werden wir gemeinsam über diese ersten Begegnungen lächeln.

Ich hoffte, sie würde mich verscheuchen, wie das letzte Mal. Selbst verletzende Worte wären besser als diese Gleichgültigkeit. Ich hätte meine Chance gehabt. Hätte sie irgendetwas gesagt, wäre es möglich gewesen, zu antworten, mich zu erklären, Bekanntschaft zu schließen. Aber sie verwehrte mir diese Freude. Braves kleines Mädchen, Isabelle. Zu Hause angekommen, schlug sie mir das Tor vor der Nase zu, ohne sich ein einziges Mal umgedreht zu haben. Ich blieb noch lange stehen, reglos am Straßenrand, und wartete worauf?

ICH HABE ZU NICHTS mehr Lust. Jeden Tag folge ich ihr, morgens wie abends. Wenn ich sie nicht mehr wiedersehen dürfte, gäbe es nichts, woran ich mich klammern könnte. Meine einzige Hoffnung. Ich habe die Tugend der gezählten Stunden wiedergefunden, die Geometrie der Minuten und Sekunden. Die Uhren regeln mein Leben. Noch zwei Umdrehungen des Zeigers, sage ich mir, dann ist sie da. Ich, das bindungslose, freie Wesen, habe nie die Zeit gemessen, außer wenn ich liebte.

Die Tage gehen dahin und bringen mir nicht das geringste Licht. Lieben genügt nicht. Ich schlafe immer weniger. Außerdem vermisse ich die Frauen, und manchmal schreit mein Fleisch. Verfluchtes Tier. Ich bin in den Point du Jour zurückgekehrt, die *Aramis* war nicht mehr dort: Der Wirt hat mich wiedererkannt, sich zu mir an den Tisch gesetzt. Er sprach über die Schlägerei. Offenbar war der

Schwede zwei Tage lang außer Gefecht. Der gute Mann erzählte mir die Szene, als wäre ich nicht dabei gewesen. Er konnte es nicht fassen, dass ein mickriges Bürschchen wie ich einen solchen Mordskerl fertiggemacht hatte. Es ist wahrlich das erste Mal in meinem Leben, dass man mich wegen einer physischen Heldentat bewundert.

Ich habe mit Lola geschlafen, der rothaarigen Nutte. Es war nötig. Ich hatte Lust auf eine Frau, und mir fehlte der Mumm, mich auch nur an die kläglichste heranzumachen. Die Verliebtheit nimmt mir jeden Schwung. Ich habe nicht mehr diesen Glauben, diese Glut, um die Trägheit zu bezwingen. Dennoch, das Tier bleibt, das Verlangen nach Vereinigung, und sei es mit einer Nutte.

Notdürftig befriedigt, bin ich in mein Zimmer zurückgekehrt. Ich habe von mir aus bei Nicolas geklopft. Er war früher zu Hause als gewöhnlich und wollte gerade schlafen gehen. Es ist ein Fehler, mich so wenig um die anderen zu kümmern, sie so oberflächlich zu betrachten. Wenn ich sie brauche, stehe ich dumm da, wie gegenüber Fremden, ich kenne ihre Sprache nicht. Ich sehe Nicolas jeden Tag, wir reden oft miteinander, wir leben Seite an Seite, in fast vollständiger Intimität. Und dennoch weiß ich nichts von ihm, ich habe mich nie bemüht, ihn zu verstehen. Heute Abend, als ich seine Gegenwart brauchte, stand ich stocksteif vor ihm, wie ein Blöder, ohne zu wissen, wie ich ihn erreichen sollte, ohne das Schlupfloch zu finden, das mir einen Zugang verschafft hätte.

Trotz allem habe ich mich zu einigen Vertraulichkeiten hinreißen lassen. Ich habe von Isabelle gesprochen, allerdings ohne ihren Namen oder ihr Alter zu erwähnen. Ich habe Nicolas gesagt, ich liebte sie, aber es gebe ein Hindernis zwischen uns, und ich wisse nicht, wie ich es überwinden könne.

Es war demütigend für mich, den zehn Jahre Älteren, ihn um Rat zu fragen. Ich hoffte, er würde mir einen Tipp geben, eine Taktik eröffnen, an die ich nicht gedacht hatte. Aber stattdessen erzählte er mir von seinen eigenen Lieben.

»Dass ich immer noch nicht weiter bin, immer noch an diesem Punkt!«, sagte er.

»An welchem Punkt?«

»Da, wo alles noch bevorsteht. Wo man begehrt, ohne etwas zu besitzen.«

Er erzählte mir seine Geschichte. Man nimmt an, Leute wie er führten ein einfaches Leben. Man vermutet nie, bei denen, die man täglich sieht, auf die verrücktesten Situationen zu stoßen.

Anita ist nicht seine Geliebte. Sie ist seine Frau. Er ging schon seit Langem mit ihr ins Bett, als er an einem durchzechten Abend auf die Idee gekommen war, sie zu heiraten. Vollkommen idiotisch. Er wettete mit Freunden, spätestens in einem Monat sei er ihr Ehemann. Weil er pleite war, musste er die Wette halten.

Anitas Eltern wissen nichts von dieser Heirat. Es sind rechtschaffene Leute, die sich gute Verhältnisse für ihre Tochter wünschen. Nicolas, von dessen Existenz sie keine Ahnung haben, entspricht in keiner Weise ihrer Vorstellung von einem Schwiegersohn. Der junge Mann verkehrt in einem wenig vertrauenerweckenden Milieu. Er bezeichnet sich als Anarchist, trinkt zu viel, hat keine gesicherte Stellung. Schon zwei Mal musste Anita abtreiben.

Dank der heimlichen Ehe hat sie Nicolas vollständig in der Hand. Auf seine Art ist er etwas feige. Er fürchtet, dass sein Schwiegervater, ein aufbrausender Koloss, dem Geheimnis auf die Schliche kommt. Er hasst Anita, kann sie aber nicht loswerden. Jedes Mal, wenn er von Trennung spricht, droht sie ihm, alles zu enthüllen. Er glaubt, sie liebe ihn, aber ihre Anhänglichkeit könnte ebenso gut verkannter Hass sein.

*

Wirklich, Nicolas erstaunt mich immer wieder! So etwas! Dass es solche Menschen gibt! Menschen, die ich kenne! Die ganz normal wirken, genauso beschaffen wie ich!

Und da habe ich von mir geglaubt, ich sei anders als die Allgemeinheit. Was für eine Lektion in Bescheidenheit! Welche Erleichterung! Verglichen mit solchen Absurditäten ist mein Leben ein Musterbeispiel an Besonnenheit. Ein geradliniges Leben, ordnungsgemäß, unter Wahrung des gesunden Menschenverstands und der Gesetze. Kleinbürgerlich vielleicht, aber angenehm, in jenem Gleichgewicht, das mir bei der Geburt gegeben wurde und das erst mit mir vergehen wird.

HÄTTE ICH GEWUSST, WELCHE Qualen ich mir einhandelte, wäre ich dem kleinen Mädchen niemals gefolgt. Was nützt es mir, zu lieben, wenn ich leiden muss? Ich habe nicht einmal mehr die Kraft, auszugehen, und bleibe im Zimmer, bis auf jene Zeiten, zu denen ich sie sehen kann. Ich versuche zu lesen, aber der Sinn der Worte entzieht sich mir, ständig schwebt mir ein Bild vor Augen, dieses müde kleine Gesicht, das sich wie ein Sonnenfleck auf meiner Netzhaut abbildet.

Die Zeit totschlagen. Wenn ich wenigstens schlafen könnte! Aber der Schlaf lässt mich im Stich, ich bin extrem nervös. Nichts Freudiges an dieser Unruhe. Ich sehne mich nach meinem früheren Zustand zurück, nach jenen Tagen, die vielleicht grau waren, aber an denen ich nicht litt.

Gestern Abend hat Nicolas sich meiner erbarmt. Er hat mich eingeladen, und wir waren mit Anita in einem Restaurant, das hinter dem Bahnhof liegt, einem Stammlokal von Eisenbahnern und Angestellten, allen möglichen Bedürftigen, die nach Rauch und Kohle riechen.

Ich habe versucht, liebenswürdig zu sein und zu reden, aber die Worte blieben mir stecken. Ich war gereizt, fühlte mich unwohl in meiner Haut. Allein wäre ich unglücklich gewesen, aber auch die Gesellschaft dieser jungen Leute – die ich inzwischen als Kameraden betrachte – brachte mir keine Spur Erleichterung. Das Trinken verhalf mir schließlich zu einer Art zähneknirschender Fröhlichkeit. Ich kasperte herum, ich, wo mir doch jeder Sinn für Witz oder Humor abgeht.

Anita wird menschlicher. Sie bequemt sich, mir zu antworten, allerdings nur kurz, ungeschickt. Ich erahne ihre Verachtung. Da ich jetzt ihre Geschichte kenne, kann ich mich eines gewissen Mitleids nicht erwehren. Man wünscht sich, eine so schöne Frau wäre unverletzlich. Und immer dieser Abscheu vor Menschen, die anders sind als die Allgemeinheit. Warum brauche ich so viel Bestätigung?

Meine Gefährten haben mich gleich nach dem Essen allein gelassen. Sie wollten noch zu einer Party. Ich hätte weinen können vor Not. Manchmal hat Einsamkeit den Geschmack des Todes. Ich irrte eine Weile umher, in der Nähe des Marché Couvert, wo eine politische Versammlung abgehalten wurde. Früher liebte ich diese Wortgefechte, den Zorn der einen, das Theater der anderen: mit naiver Begeisterung wiederentdeckte alte Ideen, Parolen, Paradoxa, echte oder falsche Entrüstung. Aber angesichts meines winzigen, so deutlichen, so schwer bedrückenden Problems schien mir das alles sinnlos. Man konnte nichts für mich tun. Und ich nichts für die anderen. Ich trollte mich mit meinem Übel.

FREUDE. FREUDENTRÄNEN. Alles lichtet sich in dem Moment, da ich verzweifeln wollte. Ich werde das kleine Mädchen bekommen, ich weiß es.

Heute Mittag folgte ich ihr, als sie aus dem Pensionat kam, wie jeden Tag. Wir gingen durch eine menschenleere Straße, und trotz allem war ich glücklich, weil sie meine Anwesenheit nicht ignorieren konnte. Ich erhoffte mir nur die bescheidene Freude, ihr zu folgen, als etwas geschah, was den Dingen ein ganz neues Gesicht verlieh.

Plötzlich drängte sich eine Gruppe von Oberschülern, vier oder fünf Jungen, ungefähr fünfzehn Jahre alt, zwischen Isabelle und mich. Sie feixten und machten lauthals dumme Späße, wie man es in diesem Alter tut. Das junge Mädchen beschleunigte den Schritt, und ich dachte, die Burschen würden sie bald in Ruhe lassen, aber so schnell gaben sie nicht auf. Sie näherten sich Isabelle, und einer versuchte, ihr die Ledertasche zu entreißen, die sie immer unter dem Arm trägt. Sie begann zu rennen. Die Jungen stürmten hinterher, und ich blieb ihnen im Nacken, nicht beunruhigt, aber neugierig, was passieren würde.

Wir erreichten die Parkanlage, die Isabelle auf dem Nachhauseweg durchqueren muss. Am Eingang zögerte sie eine Sekunde, dann bog sie in eine Allee ein. Um diese Jahreszeit ist der Park verwaist, nur gelegentlich kommen Liebespaare her, manchmal Alte, die sich in der Sonne wärmen. Das kleine Mädchen konnte mit keinerlei Hilfe rechnen, und bald, als die Horde sie eingeholt hatte, gab sie sich geschlagen. Sie hielt inne und drehte sich um.

Zuerst reagierten die Jungen konsterniert. Mit schlenkernden Armen standen sie da, unsicher, wie sie ihren Sieg nutzen sollten. Am Ende erdreistete sich einer von ihnen zu einem neuen Versuch, ihr die Tasche wegzureißen.

Das war der Moment, in dem ich eingriff. Ich wusste, dass die Bengel sich einen Jux machten und meiner kleinen Freundin nichts Böses wollten, aber die Gelegenheit war zu schön. Mit einem Satz war ich da und verteilte ein paar Ohrfeigen. Die Jungen machten sich fluchend aus dem Staub. Ich blieb allein mit Isabelle.

Sie schaute mich ohne ein Lächeln an, mit betretener Miene. Sie wusste nicht, ob sie mir danken oder mich zum Teufel jagen sollte. Ihre Erziehung behielt die Oberhand.

»Danke«, sagte sie. »Vielen Dank.«

Und kehrte mir den Rücken. Aber ich war fest entschlossen, meine Beute nicht mehr loszulassen.

»Mademoiselle, warten Sie ... Ich möchte Ihnen etwas sagen.«

»Lassen Sie mich.«

»Nur ein Wort.«

»Dann sagen Sie schon, man wartet auf mich.«

»Hören Sie, Sie haben sicher bemerkt, dass ich ... also ich meine, jeden Tag ...«

Ich verhedderte mich in meinen Sätzen. In dieser Minute empfand ich nichts für sie, ich war vollauf mit der Schwierigkeit des Augenblicks beschäftigt, mit den Worten, die ich nicht fand. Was sollte ich sagen? Welche Haltung einnehmen? Ich habe mich mit Frauen immer ganz geschickt angestellt, auch wenn ich mich manchmal ranhalten musste, aber eine solche Verlegenheit habe ich noch nie erlebt. Schüchternheit, Unbeholfenheit, kopflose Aufregung, ich weiß nicht, was mich gepackt hat. Es verschlug mir die Sprache.

Und sie ließ mich vollkommen verdattert stehen, schlimmer als ein Schuljunge.

*

Aber nachmittags habe ich an derselben Stelle, auf einer Bank sitzend, gewartet. Sie kann mich nicht sehr gefürchtet haben, denn als sie mich bemerkte, kam sie, statt über einen Seitenweg auszuweichen, ohne Zögern auf mich zu. Ich erhob mich.

»Entschuldigen Sie wegen heute Morgen«, sagte ich. »Ich muss einen seltsamen Eindruck gemacht haben.«

Sie lächelte. Sie antwortete nichts, aber sie verlangsamte, und einen Augenblick lang gingen wir Seite an Seite und schauten uns an. Ich war froh, dass mich niemand sah. Ich kam mir lächerlich vor, das Groteske an meinem Verhalten war mir bewusst, aber zugleich ahnte ich, es war genau das Richtige. Ganz unabsichtlich hatte ich die Haltung eines schüchternen Verehrers angenommen, linkisch, aber nicht bösartig. Sie schien sich gut zu amüsieren. Ich beschloss, mich nicht zu lange aufzudrängen. Diskretion. Taktgefühl. Immerhin fragte ich:

»Wie heißen Sie?«

»Isabelle.«

»Auf Wiedersehen, Isabelle.«

Ich reichte ihr die Hand. Ein wenig erstaunt gab sie mir die ihre, und zum ersten Mal sah nicht ich sie weggehen, sondern sie mich.

*

Ich glaube, ich bin auf dem richtigen Weg. Das Eis ist gebrochen. Von nun an kann ich sie grüßen, ein paar Worte sagen, ohne dass ich fürchten müsste, sie zu verschrecken. Wir sind Freunde. Die Belagerung wird lange dauern, alles, was zu tun ist, steht erst noch bevor, aber ich bin geduldig. So aufgeklärt Isabelle auch sein mag, sie vermutet sicher nicht, was ich von ihr erwarte. Ehe ich zum Ernst der Sache komme, muss ich sie zähmen, ihr Vertrauen gewinnen. Sie dazu bringen, dass sie mich liebt. Erst dann werde ich zum Angriff übergehen.

Die lange Folge der Tage, an denen ich nicht mehr zu hoffen wagte, versinkt in Vergessenheit. Alles ist mir Sonne, Licht, Freude. Ich lache beim Gedanken an meine schwachsinnigen Unternehmungen der ersten Zeit, die Schnapsidee, mich als Journalist auszugeben. Man verkompliziert die Dinge, wo das Leben doch so einfach ist. Aber wie hätte ich wissen sollen, dass mir alles so leicht zufiele? Wie diesen lächerlichen Zwischenfall, der mir die Tore des Glücks geöffnet hat, erahnen?

DEN GANZEN VORMITTAG HABE ich mir das Hirn zermartert, eine Idee gesucht. Ich musste meinen Vorteil absichern. Ein Geschenk schien mir geeignet. Schnickschnack. Eine Überraschung. Mädchen mögen so etwas. Isabelle war sicher keine Ausnahme. Ein Geschenk, also gut. Sehr subtil. Aber etwas Seltenes, Originelles. Nichts, was an die üblichen Geschenke von Verliebten erinnert. Weder Blumen noch Bonbons. Sie nicht beunruhigen, nicht aufscheuchen. Sie wird wohl ahnen, dass ich sie liebe, aber sie muss mich für schüchtern halten, unfähig, mich zu erklären, nicht einmal auf dem harmlosen Umweg über einen Blumenstrauß.

Plötzlich hatte ich es. Ich kaufte am Ufer einen Kanarienvogel, in einem winzigen Käfig, ein gelbes Puschelchen, Augen wie zwei Hirsekörner. Ich postierte mich im Park, dem Ort treu, wo alles angefangen hatte. Ich werde nicht mehr in die Rue de

Couventines gehen. Meine Schleicherei könnte Argwohn erregen. Zu oft habe ich darunter gelitten, wie neugierig die Leute sind.

Als Isabelle auftauchte, versteckte ich den Kanarienvogel hinter meinem Rücken. Sie ging langsamer, aber ich nahm an, dass sie sich nicht trauen würde, mich anzusprechen. Ich rief sie.

War es Neugierde? War es meine Eigenschaft als Erwachsener, die ihr trotz allem Respekt einflößte? Ich spürte, sie war folgsam, tappte in die Falle. Sie blieb stehen.

»Schauen Sie«, sagte ich … Und brachte den Käfig zum Vorschein.

Sie wirkte überrascht. Sie nahm ihn mir aus der Hand und streichelte das kleine Tier mit den Fingerspitzen. Sie liebte Vögel. Zu Hause, sagte sie mir, habe sie eine ganze Voliere voller Kolibris und Wellensittiche.

»Mögen Sie Vögel auch so gern?«, fragte sie.

»Ich habe nie welche gehabt.«

»Und dieser hier?«

»Der ist für Sie, nehmen Sie ihn mit.«

Sie hätte protestieren, laut aufschreien können. Aber nein. Seltsame Zeiten.

»Und Ihre Eltern?«, fragte ich.

»Meine Eltern?«

»Ja. Was werden sie sagen, wenn Sie diesen Käfig mit nach Hause bringen?«

»Ich darf mir doch wohl einen Kanarienvogel kaufen, wenn es mir Spaß macht.«

*

Sobald ich in ihrer Nähe bin, schwindet meine Liebe, erlischt zu einem schwachen Schein. Ich bin dann so damit beschäftigt, ihr zu gefallen, suche so eifrig nach Worten, die ich ihr sagen will, dass meine Leidenschaft im Hintergrund bleibt. Es zählt nur die Schlacht, die ich gerade austrage: wie ich den nächsten Schritt abstecke, wie ich dieses Netz langsam um das kleine Mädchen spanne. Ich muss abwarten, bis sie gegangen ist, um nach Herzenslust zu träumen. Erst dann kann ich mich dem Glück hingeben. Fern von ihr, fühle ich mich entspannt, friedlich. Ich brauche nicht mehr jede meiner Gesten zu beobachten, jedes Wort abzuwägen.

Mein Tagwerk endet gegen fünf Uhr abends, wenn ihre Gestalt hinter einer Wegbiegung entschwindet. Bis zum nächsten Morgen habe ich nichts mehr zu erhoffen. Vielleicht ist das der beste Moment. Ich kehre in mein Zimmer zurück und lege mich aufs Bett. Keine Spur von Müdigkeit. Allmählich erwacht ein sinnliches Wohlgefühl, zieht kribbelnd durch die Beine, in den Bauch hinauf. Ich strecke mich aus.

Ich gebe mich nicht mehr, wie gewöhnlich, morbiden Träumereien hin. Die Idee des Todes selbst erscheint mir trügerisch. Nichts kann mich traurig stimmen, diese Leichtigkeit verderben, die mich beseelt. Meine Träume nehmen eine angenehme Wendung, idyllische Fantastereien, glückselige Meditationen. Die Zeit vergeht mit der gleichen Langsamkeit wie früher, aber heute leitet mich die Hoffnung; was mich quält, ist die Ungeduld, nicht mehr die erstickende Langeweile.

ERSTE PRÜFUNG, ERSTER SIEG.

Ich auf meiner Bank, ungerührte Miene, fieberndes Herz. Sie, die zierlich herangetrabt kommt. Ich hatte mir geschworen, sie nicht zu rufen, nichts zu sagen. Würde sie es wagen, mich von sich aus anzusprechen? In der letzten Sekunde wäre ich fast schwach geworden, so fürchtete ich, sie könne vorbeigehen, ohne stehen zu bleiben. Doch ich hielt durch, und ich gewann. Sie kam zu mir.

»Guten Tag«, sagte sie.

Und für dieses eine Wort hätte ich vor Freude schreien mögen.

»Setzen Sie sich doch«, bat ich.

»Ganz kurz, nur eine Sekunde. Ich werde zu Hause erwartet.«

Schon kokett. Sie lächelt ein einstudiertes Lächeln, aber unter der Grimasse kommt ihre wahre Natur zum Vorschein. Ein Lächeln, das mir direkt ins Herz geht. Ich könnte weinen. Was bin ich für ein Idiot!

Sosehr ich versuche, mich zur Vernunft zu bringen, mir zu sagen: Es ist nur ein Mädchen wie so viele andere, ein bisschen jünger, sonst nichts, sie ist genau wie die anderen, die ich gekannt habe, bitter und hartherzig, bereit, mich zu verletzen, nichts im Kopf, eines jener Weibchen, deren Mechanismen mir so vertraut sind wie dem Uhrmacher das Ticken eines Uhrwerks, es hilft alles nichts, ich fühle mich vor ihr wie neugeboren, ohne Urteilsvermögen, ein willenloser Hund vor seinem Herrchen, selig, glücklich, staunend. Ich weiß nicht mehr, wer ich bin, verleugne den, der ich bisher war. Für sie würde ich auf Händen gehen, würde ich betteln. Ich verliere jegliche Kontrolle über mich, werde schwach, kopflos.

Ich würde die armseligen Worte, die wir gewechselt haben, gern notieren. Aber mein Gedächtnis ist zu unscharf, und auf Papier gebannt wirkt das alles lächerlich naiv: »Lernen Sie Latein, Mademoiselle?« – »Ja, Monsieur, und Englisch.« – »Sind Sie eine brave Schülerin?« – »O ja, Monsieur.« – »Und die Musik, Mademoiselle, spielen Sie Klavier?«

Dass sie naiv sei, will ich gern glauben. Aber ist sie vielleicht dumm? Den Idioten abzugeben, wenn man liebt, mag ja noch angehen. Aber da sie mich nicht liebt, sehe ich nicht, was sie zwingt, mein Gerede zu ertragen. Ihre Geduld erstaunt mich;

offenbar langweilt sie sich nicht. Ist es Höflichkeit? Oder Dummheit? Wenn sie dumm wäre, änderte es an der Sache nichts, ich liebte sie darum nicht weniger. Aber es wäre mir lieber, sie bewiese eine gewisse Schlagfertigkeit. Sie könnte mir etwas behilflich sein. Ich will gern Katz und Maus spielen, aber wenigstens sollte die Maus ein bisschen quieken, ehe sie sich fressen lässt.

SEIT TAGEN HABE ICH dieses Heft nicht angerührt. Ich drehe mich im Kreis. Was bin ich eigentlich für Isabelle? Ein armer Teufel, dem man zwei Worte hinwirft, im Vorübergehen, aus Barmherzigkeit?

Heute Morgen wollte ich die Probe machen, wissen, wie weit ich gehen kann.

»Was für ein Wochentag ist heute?«, fragte ich.

»Donnerstag.«

»Aber dann sehe ich Sie gar nicht mehr? Sie haben schulfrei heute Nachmittag?«

Ich legte einen Deut Bitterkeit in meine Stimme. Sie schien überrascht. Ich glaubte, in ihren Augen einige Sympathie zu lesen, und riskierte es:

»Was machen Sie donnerstags?«

»Es kommt drauf an. Ich bleibe zu Hause, lese oder lerne, oder ich gehe einfach spazieren.«

»Und was haben Sie heute vor?«

»Nichts. Wieso?«

»Was halten Sie davon, wenn ich Sie ins Kino ausführe?«

Sie lief knallrot an, und einen Augenblick glaubte ich, sie würde wütend. Sie lehnte meinen Vorschlag energisch ab und verließ mich früher als gewöhnlich. Zugegeben, es war etwas forsch von mir. Übrigens hatte ich auch nicht erwartet, dass sie die erste Einladung gleich annähme. Ich muss mich gedulden. Ich habe mich in ein Abenteuer gestürzt, das mehrere Monate dauern wird. Wäre ich nicht so abgrundtief verliebt, ließe ich es bleiben. Schon jetzt packt mich die Wut, dass ich diese lächerliche Rolle spielen muss.

Den ganzen Tag war ich schlechter Laune, und Nicolas hat nicht gerade dazu beigetragen, mich aufzuheitern. Um die Essenszeit kam er in mein Zimmer und drückte sich bei mir herum. Ich schuldete ihm eine Einladung und begriff, dass er deswegen gekommen war. Es machte mir Spaß, ihn auflaufen zu lassen: Haben Sie Hunger heute Abend? Ich nicht. Beim Gedanken an ein Restaurant wird mir ganz übel.

Er zog ein seltsames Gesicht. Am Ende hielt er es nicht mehr aus.

»Hören Sie«, sagte er, »leihen Sie mir tausend Francs. Ich warte auf eine Geldanweisung, die sich verzögert, und ich habe seit gestern nichts gegessen.«

»Ich verleihe kein Geld, nie.«

Was für ein Witz! Ich, der sich so leicht ausnehmen lässt! Aber es machte mir Spaß, endlich einmal hart zu sein. Die Krallen zeigen. Beißen. Und Nicolas' Gesicht war das bisschen Mühe wert. Er sah plötzlich älter aus, ängstlich. Wo war Anitas schöner Liebhaber geblieben?

»Verstehen Sie«, fing er wieder an, »diese Geldanweisung, die muss bald kommen. Spätestens in zwei Tagen ...«

»Und Anita? Kann sie Ihnen nicht helfen?«

»Sie ist blank, ihre Eltern geben ihr keinen Sou.«

Na so etwas. Und ich habe die beiden beneidet! Ein schönes Paar. Ich verachte Geld mit der Hochnäsigkeit reicher Leute. Ob ich will oder nicht, ich empfinde einen gewissen Abscheu vor den Armen. Abscheu oder Mitleid? Es läuft auf das Gleiche hinaus. Armut und Krankheit. Reizreaktionen, die Lust zu schreien: Raus mit euch, ihr seid mir lästig! Eine ähnliche Gereiztheit wie angesichts einer Geschmacksverirrung, einem Angriff auf die Schönheit. Ich bin sehr empfindlich. Ich wünsche mir die Welt wohlauf, bei guter Gesundheit.

Der Unglückliche. Er drängte weiter.

»Wenn tausend Francs Ihnen zu viel sind ...«

»Es geht ums Prinzip.«

Dabei schlug mein Herz bis zum Halse, die Knie wurden mir weich! Immer war ich feige gewesen gegenüber anderen, bereit, alles zu akzeptieren, alles herzugeben. Was war los mit mir? Gemessen an der Freude, die ich daraus zog, habe ich teuer für diesen Sieg bezahlt. Nicolas erniedrigte sich endgültig.

»Dann laden Sie mich ein, falls Ihre Prinzipien es gestatten, eine Einladung zu erwidern.«

»Mit Anita, gerne.«

Und schon saßen wir alle drei im Coq Hardi, ich im Begriff, die teuersten Gerichte zu bestellen, Lachs, Gänsestopfleber, Hummer, gefülltes Perlhuhn, ohne mir auch nur die Zusammenstellung eines Menüs zu überlegen, einzig und allein darauf bedacht, so viel Geld wie möglich auszugeben. Reine Flegelei. Wie angenehm, flegelhaft zu sein. Anita, die nicht auf dem Laufenden war, sah mich überrascht an. Ich bestellte weißen Port. Eine Flasche. Und schenkte mir zuerst ein. Eine unerklärliche Rage hatte mich gepackt, Lust, die beiden zu verletzen, sie zu erniedrigen. Ich schaute Anita direkt in die Augen, und alle Hemmungen waren verflogen. Sie war nur ein armes Mädchen, verheiratet mit einem jämmerlichen Wrack, ein armes Mädchen, das zu schön geraten war, dem die Schönheit das Leiden aber nicht ersparen würde. Sie aß anmutig und mit Manieren. Ich dagegen wie ein Schwein, ich lutschte mir die Finger ab, füllte mein Glas bis an den Rand. Da es auf meine Rechnung ging, durfte ich mich wohl benehmen, wie ich wollte. Und wenn es Nicolas nicht passte, sollte er doch gehen! Ich erriet seine Gedanken. Verachtung. Wut. Aber was konnte er sagen?

Er hatte Hunger. Und doch, um mir eine Lektion zu erteilen, erlegte er sich beim Essen ein vornehmes Gehabe auf, das er sonst nicht hat. Der Trottel. Wir sprachen wenig. Meine Rage verwandelte sich langsam in Fröhlichkeit. Nicolas bezahlte für die anderen: diejenigen, die mir wehgetan haben; diejenigen, die ich hasse.

Es war ein Fehler, nicht auf der Hut zu sein. Während er das Perlhuhn und die Stopfleber verschlang, brütete er seine Rache aus. Er wartete, bis ich die Rechnung bezahlt hatte, ehe er aus der Deckung ging.

»Und?«, sagte er dann. »Wie steht es mit diesem jungen Mädchen? Wie weit sind Sie gekommen? Immer noch so schüchtern?«

Mehr hätte er mich nicht erniedrigen können. Aber was antworten? Zugleich zog er Anita an sich, drückte sie, als wollte er sagen: »Ich bin vielleicht ein Hungerleider, aber zum Trost haben die Frauen eine gewisse Schwäche für mich.« Trauriger Idiot.

ICH HABE MICH MIT Nicolas verkracht. Umso besser. Er wird nicht mehr kommen und mich belästigen. Ich hätte ihn ohrfeigen sollen. Aber Mut ist nicht meine Stärke.

Ich fühle mich erleichtert. Ich habe die beiden nie richtig gemocht, und allmählich fand ich, wir sahen uns zu oft. Diese falschen Freundschaften, diese Zufallskameradschaften führen zu bedauerlichen Gewohnheiten. Kaum reicht man den kleinen Finger, wird man mit Haut und Haar geschluckt. Außerdem reicht mir meine ganze Zeit nicht aus, mich um Isabelle zu kümmern. Ich will nur noch sie und sie allein in meinem Leben.

Heute Morgen habe ich an der Ecke der Rue des Couventines auf sie gewartet, und sobald sie auftauchte, stürzte ich ihr entgegen, den Mund zu einem breiten Lächeln verzogen. Hut ab. Händedruck. Ich fürchtete, sie wäre noch zornig. Aber nein. Sie hatte alles vergessen. Ich entschuldigte mich noch einmal: »Was müssen Sie gedacht haben? Wo hatte ich nur meinen Kopf? Sie mir nichts, dir nichts einzuladen, wo wir uns doch kaum kennen.« Ich beharrte so darauf, dass sie ganz aus der Fassung geriet. Sie schien verwirrt. Jetzt war sie es, die sich entschuldigte. »Ich hätte Sie nicht in diesem Ton abweisen dürfen, ich hätte Sie verletzen können. Aber verstehen Sie. Meine Eltern. Und dann dies. Und dann jenes. Und außerdem war ich überrascht, ich hatte nicht damit gerechnet. Aber vielleicht ein andermal ...«

Da zögerte ich. Sollte ich sie beim Wort nehmen? Ihr ein Versprechen entreißen? Oder mich gedulden, mir die Chance entgehen lassen? Die zweite Lösung erschien mir geschickter. Zartgefühl. Takt. Nicht den Eindruck erwecken, ihr nachzujagen. Also wechselte ich das Gesprächsthema: Der Kanarienvogel, ging es ihm gut? Fühlte er sich nicht zu verloren zwischen all den Sittichen? Was für ein Quatsch. Ich frage mich immer noch, ob diese Albernheiten eigentlich von mir kommen, oder ob sie in der Natur des kleinen Mädchens liegen. Ich wusste nie, wie ich mit Kindern reden sollte. Vielleicht macht sie sich insgeheim über mich lustig, über den seichten Ton, den ich bei ihr anschlage? Aber wie sollte ich es wissen? Wer verrät es mir?

Mir kam eine Idee. Da ich mich vernünftig gezeigt und meinen Vorteil nicht ausgenutzt hatte, verdiente ich eine Entschädigung. Eine, die sie mir nicht abschlagen konnte.

»Gestatten Sie mir«, fragte ich, »dass ich Sie Isabelle nenne?«

Ebendarum wollte sie mich gerade bitten. Dieses *Mademoiselle*, das ich dauernd so unterwürfig auf sie loslasse, geht ihr etwas auf die Nerven. Sie gestand es mir ganz offen. Goldiges Herzchen. Klein und rein. Nachmittags sah ich sie wieder, und sie beim Vornamen zu nennen machte mir die Sache einfacher. Wir unterhielten uns freier, wie alte Freunde. Ich sagte ihr, ich hätte ihren Vater einmal irgendwo gesehen, ohne allerdings die Umstände zu erklären.

»Er macht keinen gemütlichen Eindruck, Ihr Herr Vater, Isabelle.«

»Das ist er auch nicht.«

Sie scheint mir nicht glücklich. Sie erzählte mir mit Bitterkeit von ihrer Familie. Ihre Mutter ist krank, sie leidet an einer seltsamen Krankheit und bleibt tagelang im Dunkeln liegen. Jeder Schimmer Licht macht ihr grauenhafte Kopfschmerzen. Sie bringt keine drei Sätze über die Lippen, ohne in Schluchzen auszubrechen. Sie schließt sich zu Hause ein, seit Jahren war sie nicht mehr auf der Straße. Eine alte Haushälterin, Anna, sorgt dafür, dass das Leben weitergeht. Monsieur Saulnier kommt nur zum Essen und zum Schlafen. Ich hatte ihn bei unserer Begegnung richtig eingeschätzt. Er ist ein Grobian.

Es gab gewisse Einzelheiten, die Isabelle mir nicht sagen wollte, aber ich habe begriffen, dass ihr Vater sie schlägt. Armes Kind. Sie lebt quasi allein, weil ihre Brüder noch zu jung sind, um ihr wirklich beizustehen. Und ihre Freundinnen darf sie nicht mit nach Hause bringen, das ist verboten. Sie legt übrigens auch keinen Wert darauf, das Haus hat etwas Schauriges mit dieser Frau, die man plötzlich brüllen hört wie ein wild gewordenes Tier.

*

Sehr gut, das kommt mir gelegen. Unglückliche Kinder haben immer das Bedürfnis, sich anzuvertrauen. Isabelle leidet, und sie wendet sich an mich. Ihre Einsamkeit ist mit ein Grund dafür, dass ich mich ihr relativ leicht nähern konnte. Wäre sie glücklicher, hätte sie mich abgewiesen. Da sie sich an den Erstbesten klammert, stellt sie keine Fragen, schlägt alles, was die Vorsicht ihr rät, in den Wind.

Manchmal wünsche ich mir, sie wäre noch einsamer, noch bedürftiger, damit ihr meine Fürsorge in ihrer ganzen Größe erschiene. Ich liebe es zu trösten. Und doch empfinde ich nicht das geringste Mitleid. Wenn ich ehrlich bin, muss ich zugeben, dass die Berichte über ihre kleinen Nöte, kämen sie nicht meinen Absichten zupass, mir ziemlich auf die Nerven gingen.

SEIT GESTERN BIN ICH einen großen Schritt weiter. Ich hatte es satt, immer über Wellensittiche und Schule zu reden. Dieses Gebrabbel verschaffte mir das Gefühl, meine Zeit zu verschwenden. Das Thema Familie ist unvergleichlich reicher, menschlicher, aufregender. Ich tue so, als ob mich Isabelles Schicksal interessiert. Ich bedaure sie, ich tröste sie. Sie gibt sich zurückhaltend preis, aber nach und nach legt sie ihre Scheu ab.

Und alles an ihr ändert sich, ihr Benehmen, ihre Stimme, die Art, wie sie mich anschaut. Vom einfachen Passanten, der ich war, werde ich zum Freund, zum Vertrauten. Sie kommt mir schlagartig intelligenter vor, sie verliert die Albernheit, zu der ich sie verdammt hatte. Ich glaube, ich bin auf eine regelrechte Goldmine gestoßen, ein Gesprächsthema, das mir erlauben wird, mich unmerklich in ihre Intimsphäre einzuschleichen.

Ich habe sie im Verdacht, eine Rolle zu spielen. Dass sie unglücklich ist, bezweifle ich nicht, aber höchstwahrscheinlich übertreibt sie ihr Unglück. Umso besser. Wenn sie gern jammert, ist sie reif, Trost zu suchen.

»Und Ihre Freundinnen, Isabelle?«

»Ich habe keine Freundinnen.«

»Aber bei wem sprechen Sie sich aus? Wem erzählen Sie Ihren Kummer, Ihre kleinen Freuden?«

»Niemandem.«

Heute Abend haben wir länger geplaudert als gewöhnlich. Auf unserer Bank sitzend, blieben wir über eine Stunde Seite an Seite, und als sie mich verließ, habe ich gespürt, dass sie es bedauerte, dass sie mir noch viel zu sagen hatte.

»Jetzt gehe ich«, sagte sie. »Sonst beunruhigen sie sich noch zu Hause …«

»Warum«, fragte ich, »sind Sie immer so schnell gelaufen, als ich Sie kennenlernte? Werden Sie so streng überwacht, dass Sie rennen müssen?«

»Nein, das ist nur eine Angewohnheit. Im Grunde bin ich sehr frei, niemand kümmert sich um mich. Aber man darf nichts übertreiben, am Ende beunruhigen sie sich doch.«

Sie war also frei. Perfekt. Das machte meine Aufgabe tausend Mal leichter. Ich musste nur noch die Grenzen dieser Freiheit ausloten.

Ich war so glücklich gewesen auf dieser Bank, dass ich mich nicht entschließen konnte, sofort aufzustehen. Ich blieb noch eine Weile. Trotz der Jahreszeit war die Luft wunderbar mild. Kein Windhauch erreichte mich, der Rauch meiner Zigarette stieg senkrecht in den Abend auf. Die reglosen Bäume schützten mich, und durch das Geäst sah ich den Himmel dunkel werden. In solchen glückseligen Momenten erscheint mir das Böse unmöglich. Ich fühlte mich gut, von jeglicher Härte, jeglichem Hass befreit.

Ein schönes Flugzeug flog mit allen Lichtern blinkend über mich hinweg, schön, majestätisch und langsam wie ein Schiff. Eine Glocke läutete. Dann war schwarze Nacht, eine Frische legte sich wie Tau über den Park. Jenseits der Bäume und der Wiesen hörte ich das gedämpfte Raunen der Stadt. Ich hätte einfach dableiben, diese vollkommene Ruhe in mir nicht stören mögen. Aber ein Wächter vertrieb mich, es war Zeit, die Tore wurden geschlossen. Ich verweilte noch einen Moment am Ufer des Sees, wo die Schwäne schliefen. Dann kehrte ich in die Stadt zurück.

*

Heute Abend habe ich mich meiner neuen Kleider entledigt, wie man eine Maske fallen lässt, und die alten Sachen, die abgetretenen Schuhe wieder angezogen. Sofort war ich wieder ich selbst, fühlte mich wieder wohl. Der Unterschied mag minimal sein, und ob gut oder schlecht gekleidet, betrachtet man mich sicher mit den gleichen Augen, aber so bin ich besser bei mir. Ich fühle mich wohl in meiner Haut. Der Haut des Versagers. Warum Versager? Worin habe ich versagt? Was hätte ich anderes erwarten können? Welche Hoffnung hat mich enttäuscht? Man benutzt ungenaue Wörter, ohne nachzudenken. In gar nichts habe ich versagt. Ich wollte nichts anderes vom Leben als meine Ruhe. Ich bin in jeder Hinsicht mittelmäßig, eher hässlich, faul, ohne Talent, ohne Ideale. Bei einer solchen Bilanz würden andere verzweifeln. Ich nicht. Ich habe mich selbst immer klarsichtig beurteilt. Keine Enttäuschung. Keine Bitterkeit. Ich betrachte mich sogar mit einer gewissen Befriedigung. Wenn ich könnte, würde ich mich noch hässlicher machen, ein bisschen mehr abstumpfen. Als Kind habe ich mich dumm gestellt, ein Esel, extra. Die Lust, gesagt zu bekommen, man sei eine Null. Der Klassenidiot. Der Trottel. Später habe ich diese Rolle weitergespielt. Ist es eine Rolle? Ich gehe mit einem blöden Grinsen durchs Leben. Keine einzige der Frauen, die mich geliebt haben, hat mich gekannt. Sie alle haben geglaubt, ich sei dieser Blödmann, den sie vor sich sahen. Es ist so einfach, dem äußeren Schein zu trauen, nicht weiter zu suchen …

Als jämmerliche Gestalt irrte ich durch die Nacht. Ich liebe die Nacht. Ich dringe in sie ein, wie in einen Festsaal, voller Erregung, voller Hoffnung.

Ich bin empfänglich für die Romantik düsterer Straßen, den Mondenschein. Schlechter Geschmack. Aber genau das ist eine meiner Stärken, ich folge immer meinem schlechten Geschmack, suche nie nach etwas anderem.

GESTERN MORGEN, BEIM AUFWACHEN, fiel mir schlagartig ein, dass Sonntag war. Isabelle hatte keine Schule. Plötzlicher Schmerz, fast körperliche Angst. Ist meine Liebe denn so tief, dass ein einziger Tag ohne sie zur unerträglichen Prüfung wird? Ich stand auf. Ich musste etwas tun. Ich fühlte mich ohnmächtig, hilflos. Sie sehen. Einen Blick auf sie werfen, wenigstens aus weiter Ferne. Nadeln, unzählige Stiche. Ich hätte schreien mögen. Ich tigerte in meinem Käfig auf und ab, bereit zu flehen. Aber wer sollte mich erhören? Diese Panik, mein Gott, lass sie mich nie mehr erleben.

Ich wurde erleuchtet. Isabelle war katholisch, sie ging sicher zur Messe. Ich zog mich in aller Eile an. Um zehn Uhr war ich bei ihr, vor dem Anwesen in der Rue Lamartine. Mittags wartete ich immer noch. Plötzlich öffnete sich das Gitter, und ein großer amerikanischer Wagen schob sich auf die Straße. Ich erhaschte meine kleine Freundin im Vorbeifahren, aber sie sah mich nicht. Wie dumm ich dastand! Ich falle in die Kindheit zurück.

Ich hatte nicht damit gerechnet, dass sie im Wagen herauskäme. Einen Augenblick war ich außer mir. Dann fand ich die Beherrschung wieder. Zweifellos war Isabelle nach Notre-Dame gefahren, der einzigen Kirche im Viertel. Ich machte mich im Laufschritt auf den Weg.

Ich hatte mich nicht geirrt. Aus der Deckung eines Pfeilers gewahrte ich die Familie Saulnier: den Vater, die Hände hinter dem Rücken gekreuzt, mit gelangweilter Miene; die beiden Jungen, kleine Affen in kurzen Hosen; und Isabelle auf Knien, ihr blondes Haar mit einem schwarzen Schleiertuch bedeckt. Ich hatte seit ungefähr zwanzig Jahren keine Kirche mehr betreten. Die Frömmigkeit des jungen Mädchens rührte mich zutiefst. Ich bin nicht gläubig, aber die Religiosität einer Frau scheint mir ein Pfand für ihre Reinheit zu sein. Vor Gott niederknien. Sich demütigen. Rebellische Köpfe gehen mir auf die Nerven. Ich kann befreite Frauen schlecht ertragen, diesen fürchterlichen Realismus, den sie vor sich her tragen, sobald sie an nichts mehr glauben. Männer sind da anders, auch der Ungläubigste hat tief in sich immer noch etwas Mystisches.

Beim Herausgehen entdeckte sie mich. Sie neigte sich mir mit einer unmerklichen Kopfbewegung zu. Aber keinerlei Lächeln, ein kleines blasses Gesicht, abgespannte Züge, und diese Augen, die immer in weiter Ferne etwas zu betrachten scheinen, was man selbst nicht sieht.

An ihrer Haltung merkte ich, ihr war nicht daran gelegen, dass ihr Vater mich entdeckte. Ich habe mich diskret in der Menge verloren. Perfekt. Ich bin beruhigt. Die Saulniers sollen nichts von mir wissen, und es ist nur gut, wenn Isabelle mein Spiel mitspielt.

Der Tag verging mühsam. Ich bin nicht mehr aus dem Haus gegangen. Ich empfand einen vagen Schmerz, eine quälende Traurigkeit, die sich weder durch Alkohol noch durch Schlaf vertreiben ließ. Zwanzig Mal war ich drauf und dran, mich aufzumachen, bei irgendeinem Mädchen etwas Wärme zu suchen, einen Trost, den es mir nicht hätte geben können. An solchen Einzelheiten ermesse ich die Heftigkeit meiner Leidenschaft. Ohne Isabelle fühle ich mich wie ein wildes Tier im Käfig, nichts interessiert mich mehr. Ich spüre eine Leere, einen *Mangel*, und das wird zur Obsession. Keinerlei körperliches Verlangen, aber eine Unruhe, wie Opiumraucher sie empfinden müssen, wenn die Droge ihnen fehlt. Als ich Nicolas nach Hause kommen hörte, vergaß ich jede Selbstachtung und klopfte an seine Tür. Ich brauchte eine menschliche Gegenwart, und sei es die eines Feindes. Er empfing mich, als wäre nichts gewesen. Ja, er schien mir sogar liebenswürdiger, spontaner. Er hatte nicht mehr diese spöttische Miene, die er gewöhnlich aufsetzt, wenn er mit mir spricht. Meine Bösartigkeit neulich hat ihn zum Nachdenken gebracht, er glaubte sicher, ich sei unfähig, mich zu verteidigen. Ein Waschlappen, der sich alles gefallen lässt. Und als er plötzlich entdeckte, dass ich gelegentlich auch beißen kann, änderte er seine Meinung, bekam mehr Respekt vor mir. Ich müsste öfter die Zähne zeigen. Aber Verachtung stört mich nicht. Ich ziehe sogar eine gewisse Genugtuung daraus.

Es ist mir nicht unrecht, dass ich mich mit Nicolas versöhnt habe. Wir leben zu nahe beieinander, um uns zu ignorieren. Zerwürfnisse ziehen eine Menge Komplikationen nach sich, Einfachheit ist besser als alles andere.

In der ersten Begeisterung habe ich mich wegen des Abends neulich entschuldigt. Ich empfand sogar einen Anflug von Sympathie für den Russen, eine leichte, aber aufrichtige Zuneigung. Und damit er mir endgültig verzieh, habe ich ihn zum Essen eingeladen. Mit Anita natürlich, deren Schönheit mir schmeichelt. Manchmal habe ich seltsame Anflüge von Stolz, es gefällt mir, in Begleitung einer so schönen Frau gesehen zu werden.

*

»Warum waren Sie in der Messe?«, fragte mich Isabelle.

Ich hätte galant sein können, antworten: Um Sie zu sehen. Oder auch: Weil ich Sie liebe. Aber ich habe mich wohl gehütet und gesagt:

»Das ist doch meine Gemeinde. Da gehe ich jeden Sonntag hin.«

»Ach so!«

»Und Sie? Was haben Sie den ganzen Sonntag lang gemacht?«

»Nichts, mir war langweilig.«

»An einem Sonntag? Wie kann man sich sonntags langweilen?«

»Sie haben mir gefehlt«, sagte sie. »Ich habe niemanden, mit dem ich reden kann.«

Diese Minute bescherte mir den Lohn für unendliche Mühen. Jubel stieg in mir auf, eine Welle von Stolz. Innerhalb von ein paar Tagen hatte ich so gut manövriert, dass sie sich ohne mich langweilte! Statt, wie ich geglaubt hatte, auf der Stelle zu treten, war ich vorangekommen, viel weiter, als es mir schien. Ich hätte mir gewünscht, jemand sähe mir zu, machte sich ein Bild von meiner Geschicklichkeit, meiner strategischen Begabung. Unwillkürlich sagte ich:

»Sie auch, Sie haben mir auch gefehlt.«

»Wirklich?«

Jetzt wurde ich poetisch.

»Sehen Sie, Isabelle, ich bin alt, ich gehöre jener Welt der Erwachsenen an, die Sie noch nicht kennen. Und doch bin ich genauso schwach wie Sie, genauso allein. Noch einsamer sogar, weil ich keine Familie habe, wie Sie, nicht einmal eine feindselige. Sie sind meine einzige Freundin. Mein Sonnenstrahl. Mein Fünkchen Hoffnung. Mein Polarstern. Sie leuchten in meiner Nacht. Und unsere beiden Einsamkeiten helfen einander, stützen sich gegenseitig. Unsere Freundschaft ist rein, schön wie ein Maienmorgen. Vielleicht begreifen Sie sie noch gar nicht in ihrer ganzen Größe, aber ich als der Ältere von uns weiß, wie kostbar sie ist.«

Lange fuhr ich in diesem Stil fort. Die verhaltene Emotionalität meiner Stimme dämpfte die schwülstigen Worte. Trotzdem bekam ich Angst, ich sei zu weit gegangen und Isabelle werde mich auslachen. Aber nein. Ihr standen Tränen in den Augen. Ich hatte richtig gezielt, schon wieder.

Was ist von diesen Tränen zu halten? Ich muss einen kühlen Kopf bewahren, darf mich vom Erfolg nicht berauschen lassen. Zweifellos ist sie gefühlsmäßig so weit, dass Liebe möglich wird, aber ich darf nicht vergessen, dass sie wirklich traurig ist. Es gibt solche Notlagen. Ich habe den empfindlichen Punkt getroffen. *Einsamkeiten, die einander stützen. Kostbare Freundschaft.* Trotzdem komisch, dass ein so nettes Mädchen keine Freundinnen hat.

Auf meine Bemerkung hin gab sie etwas mehr von sich preis. Ihr Vater ist unglaublich hart. Er duldet keine einzige Freundin. Er verbietet ihr, irgendwen nach Hause einzuladen. Väterliche Eifersucht?

Reine Bosheit? Sie weiß es nicht. Aber seine Brutalität kommt sie teuer zu stehen. Man grenzt sie aus. Ihre Freundinnen flüstern hinter vorgehaltener Hand, ihre Mutter sei verrückt. Zuerst hat sie darunter gelitten, aber dann hat sie Position bezogen.

»Im Übrigen«, sagte sie mir, »kann ich Mädchen nicht leiden. Sie reden lauter dummes Zeug, machen Theater wegen nichts und wieder nichts.«

Immer dasselbe, so sind die Frauen! Wo ist die, die nicht mit dem Finger auf die Herde zeigt?

*

Wir haben noch lange geschwatzt. Isabelle ist freier, als ich dachte. Niemand kümmert sich um sie. Sie kommt und geht, wann sie will. Solange sie bei den Mahlzeiten am Tisch sitzt, wird sie nichts gefragt. Zum Glück ist sie von Natur aus ehrlich. Wie viele dieser kleinen Gören, deren Eltern sich keine Gedanken machten, habe ich gekannt, noch unreif und schon verdorben? Bankrott des Jahrhunderts. Gewissenlosigkeit. Die Vorstellung, sie könne etwas Schlechtes tun, ist mir unerträglich. Tartuffe, wird man sagen. Aber das ist zu einfach. Die Wörter fassen die Komplexität meiner Seele nicht, sie gehen an der Ambivalenz meiner Gefühle vorbei: der Lust zu beschmutzen und dem Ekel vor allem, was unrein ist.

Aber ziehen wir einmal Bilanz. Isabelle hat sich ködern lassen, sie ist einverstanden, dass sich eine reine Freundschaft zwischen uns entwickelt. Ich hatte nicht gehofft, so schnell voranzukommen. In den nächsten Tagen will ich sie davon überzeugen, dass ich der Einzige bin, der sie versteht, der Einzige, von dem sie Hilfe erwarten darf. Ich glaube ihren schwachen Punkt zu kennen. Manche Mädchen lieben es, wenn man sie zum Lachen bringt. Andere, wenn man sie bewundert. Noch andere möchten mit Geschenken überhäuft werden. Isabelle aber liebt es, sich unglücklich zu fühlen. Ich werde sie darin bestärken. Mich mit aller Fürsorge, zu der ich fähig bin, über ihr Schicksal beugen.

Das fällt mir leicht. Morbide Genüsse, meine Spezialität. Sie waren die Wiege meiner Kindheit, diese schmerzlichen Geschichten, die ich mir selbst so gern erzählte.

*

Ja, ich verstehe die kleine Isabelle. Ich weiß, wie ich sie erreiche. Wir sind einander näher, als es scheinen mag. Auch ich habe diese düstere Verzweiflung der Kindheit erlebt, wenn man sich noch nicht mit dem Alleinsein abgefunden hat. Nur hatte ich in ihrem Alter keine Frau, die in mich vernarrt gewesen wäre! Stattdessen blieb ich mir selbst überlassen, meinen einsamen Tröstungen, den geschmacklosen Phantomen, derer man bald überdrüssig wird. Für dieses Kind bin ich eine Art Schutzengel, göttliche Vorsehung. Sicher, ich werde dabei auf meine Kosten kommen, aber genauer bedacht, kann ich ihr mehr geben, als sie mir zu bieten hat. Für mich ist sie nur eine Frau unter anderen, während ich für sie der Erste sein werde, der Einzige, der, auf den sie sich ihr Leben lang berufen wird. Und es ist ein großes Glück für sie, dass sie mich getroffen hat, mich, der sie liebt, der bereit ist, sich für sie aufzuopfern. Über das Alter, in dem man für eine Frau sterben würde, bin ich hinaus, ich lege keinen Wert darauf, für jemanden zu sterben, aber ich bin bereit, ihr sehr viel mehr zu geben als mein Leben: eine zärtliche Zuneigung, die sie aufblühen lassen wird, volle Aufmerksamkeit, in jeder Sekunde. Ist sie dessen würdig? Ich glaube, ja.

HEUTE MORGEN, NACHDEM ICH Isabelle verlassen hatte, bin ich bei meinem Bruder vorbeigegangen. Ich brauchte Geld. Ich hätte zur Bank gehen können, aber es bereitet mir ein gewisses Vergnügen, jedes Mal, wenn ich komme, mein Elend zu klagen, Charlottes trauriges Gesicht zu sehen. Sie hat alles von einer Stute. Ihre Haut wirkt gelb und rissig unter der Schminke, ihre hässlichen Zähne springen aus dem Zahnfleisch hervor. Dennoch hat sie ansehnliche Reste, wie man sagt, eine fleischige Kruppe und eine etwas mächtige, aber noch schöne Brust. Isabelle war brav gewesen, und ich fühlte mich beschwingt. Ich gab meiner Schwägerin einen leichten Klaps auf den Hintern. Guter Anfang. Sie errötete, als hätte ich sie gebissen. Und ich, naiv: Aber Charlotte, fühlen Sie sich nicht geschmeichelt, dass man Ihnen immer noch den Hof macht? Mein Gott, dieser gespitzte Mund. Marquise des Flaschenweins. Sah aus wie eine beleidigte Mätresse, sie sich zu kurz gekommen fühlt. Ich wollte gerade fortfahren mit meinen Späßchen, als Philippe auftauchte. Er hatte einen schlechten Tag. Ich weiß nicht, ob es am Beruf liegt, aber mein Bruder bekommt immer mehr Ähnlichkeit mit dem, was er ist: ein Krämer. Er mag seine Anzüge in London kaufen und sieht doch aus wie von der Stange gekleidet. Zu enge Weste. Krawatte aus dem Ausverkauf. Ein goldener Füllhalter prangt in der Brusttasche. Und dazu Ausdrücke wie ein Straßenhändler, die Dialektik des Profitgeiers. Er wirkte besorgt, zwei parallele Falten durchfurchten seine niedrige Stirn.

»Ich muss dich sprechen«, sagte er. »Gerade wollte ich zu dir.«

Na gut. Was hatte ich schon wieder verbrochen? Sofort dachte ich an Isabelle. Hatte Philippe Wind von der Sache bekommen? Aber ich hatte mir nichts vorzuwerfen. Mich packte ein heftiger Zorn gegen mich selbst. Wurde ich denn nie zum Mann? Musste ich mein Leben lang Schuldgefühle haben?

Aber ich lag ganz falsch.

»Es ist die alte Geschichte mit Lepointe«, sagte Philippe. »Er geht in Berufung.«

Lepointe ist einer unserer Pächter. Beim Tod meiner Eltern wollten wir Bargelonne, ein Anwesen, das schon immer im Familienbesitz war, nicht verkaufen, und seitdem haben wir laufend Ärger mit den Pächtern. Ich weiß nicht, was Philippe mit ihnen macht, jedenfalls werden wir mit Prozessen überzogen. Lepointe ist einer der Schärfsten.

»Ich will mich da nicht einmischen«, sagte ich. »Du kennst ja unsere Vereinbarung: Dir das Geld, mir der Frieden.«

»Diesmal ist die Sache ernst. Ein neuer Prozess geht richtig ins Geld.«

»Sieh zu, wie du klarkommst.«

»Aber ich brauche deinen Rat, unbedingt. Bleib doch zum Mittagessen, dann reden wir in Ruhe.«

Also habe ich dort gegessen. Das war mir seit drei Jahren nicht passiert. Drei Jahre lang hatte ich keine Mahlzeit anderswo eingenommen als im Restaurant oder bei mir zu Hause. Ihr Esszimmer ist scheußlich, protzig: dicke Empiremöbel, überladen mit Vergoldungen. Dennoch genoss ich es in gewisser Weise, dort zu sein, in dieser Familienatmosphäre, die ich hasse, die mir aber manchmal fehlt. Sitzkomfort. Philippe hat nicht aufgehört zu reden. Dieser Prozess regt ihn maßlos auf. Er fürchtet zu verlieren, und sicher hat er auch etwas auf dem Gewissen. Ich weiß nichts Genaueres über die Angelegenheit, habe aber trotzdem versucht, ihn zu erschrecken. Ich habe eine kompetente, nachdenkliche Miene aufgesetzt. Dann habe ich skeptisch den Kopf geschüttelt, was ihn sichtlich ärgerte: »Pass auf«, sagte ich, »pass auf. Lepointe hat es faustdick hinter den Ohren.« Meine gespielte Besorgnis hat ihn etwas angesteckt. Sicher bereute er es, mich eingeladen zu haben. Er nannte mich einen Unglücksraben. Ich wollte, er hätte recht! Selbst wenn ich Federn lassen müsste, würde ich diesen Prozess liebend gern verlieren, nur um sein dummes Gesicht zu sehen.

*

Bernard, mein Neffe, aß mit uns. Seine Anwesenheit überraschte mich. Seit Oktober war er im Schweizer Vevey auf einer evangelischen Privatschule. Man erklärte mir, das gute Kind vertrage das Klima schlecht. Armer Liebling! Ich witterte, dass etwas faul an der Sache war, sagte aber nichts. Der Junge ist elf Jahre alt, mickrig, hässlich, mit den Hasenzähnen seiner Mutter. Man sagt, er sähe mir ähnlich. Nicht gerade schmeichelhaft. Er hat einen verschlagenen Gesichtsausdruck, den ich nicht leiden kann. Allerdings, mit offenem Blick könnte ich ihn genauso wenig leiden.

Nach dem Kaffee fasste Philippe das Problem noch einmal zusammen und fragte mich nach meiner Meinung.

»An deiner Stelle würde ich's durchziehen. Man wird schon sehen.«

»Das finde ich auch. *Alea iacta est.*«

Phrasendrescher! Er wartete auf meinen Abgang, aber ich nistete mich ein. Die Sache mit Bernard trieb mich um. Ich hatte nichts anderes zu tun, und die angenehme Wärme, die im Haus herrschte, die Markenliköre, die Zigarren schufen eine Luxusatmosphäre, die mir behagte. Bürgerliche Ruhe. Manchmal frage ich mich, welche tieferen Gründe mich eigentlich treiben, so zu leben, wie ich es tue, wie ein Hungerleider. Und ich finde nichts, außer einer unendlichen Faulheit. So viel Luxus verlangt in der Tat eine Anstrengung, zu der ich unfähig bin. Da lasse ich mich lieber gehen, auch wenn ich darunter leide.

Da ich immer noch nicht aufstand, hätten sie mich fast vor die Tür gesetzt.

»Wir wollen dich nicht rausschmeißen, aber es ist Zeit, wir müssen an die Arbeit.«

»Lasst euch nicht aufhalten«, sagte ich. »Bernard wird mir Gesellschaft leisten. Ich hätte Lust, mir wieder einmal seine Briefmarkensammlung anzuschauen.«

Ich blieb allein mit dem Jungen, der es mit der Angst bekam. Früher hatte es ein paar kleinere Reibereien zwischen uns gegeben.

»Also dann«, sagte ich, »zeig mir deine Briefmarken.«

»Ich hole sie. Sie sind auf meinem Zimmer.«

»Mach dir keine Umstände, ich begleite dich.«

Ich folgte ihm. Sein Zimmer! Das Boudoir einer Edelnutte! Der Geschmack meiner Schwägerin war nie berühmt, und mit dem Alter wird er nicht besser. Rosa Satin an den Wänden, geschmückt mit jenen neckischen Gravuren, die eine Putte auf dem Nachttopf oder ein kleines Mädchen mit nacktem Po beim Marmeladenaschen zeigen. Von seltener Schönheit! Ich drehte den Schlüssel um und steckte ihn in meine Tasche.

»Warum schließt du ab?«, fragte Bernard.

»Dann werden wir nicht gestört.«

Der Junge schien beunruhigt, aber er wagte nicht zu protestieren. Er zog ein dickes Album aus der Schublade und reichte es mir. Zum Schein blätterte ich die Sammlung durch. Aber ich verstehe nichts davon, das hat mich nie interessiert.

»Welches ist dein schönstes Stück?«, fragte ich.

»Diese da.«

Er deutete auf eine Marke. Ich löste sie mit dem Fingernagel ab. Der Kleine stieß einen Schrei aus.

»Und jetzt«, sagte ich, »wirst du mir gestehen, warum du aus der Schweiz zurückgekommen bist. Wenn nicht, kannst du diese Briefmarke vergessen, ich zerreiße sie.«

Ich wusste selbst nicht so genau, worauf ich hinauswollte, aber ich kann diesen Knaben nicht ausstehen und lasse mir keine Gelegenheit entgehen, ihn zu triezen. Sei es aus Angst oder aus Dummheit, er vergisst immer, sich vorzusehen, und ich kriege ihn jedes Mal. Seine Eltern tun nichts, um ihn zu verteidigen, sie fürchten viel zu sehr, ich könnte meine Nase in ihre Buchführung stecken, das wäre mein gutes Recht.

»Also los«, sagte ich ... Dabei hielt ich das winzige Papier zwischen meinen Fingern.

»Man hat mich rausgeworfen.«

»Warum?«

»Einfach so.«

»Sieh dich vor, eine so schöne Briefmarke ...«

»Ich habe einem Mitschüler die Geldbörse gestohlen.«

Früh übt sich. Was für eine schöne Tat, das dürfte meinen Bruder gefreut haben, den ehrlichen und anständigen Mann. Vor lauter Begeisterung hätte ich den Jungen fast ungeschoren gelassen. Trotzdem, eine kleine Strafe für seine unwillige Antwort hatte er wohl verdient. Ich zerriss die Briefmarke. Er sagte nichts, aber die Tränen flossen reichlich, dicke, blöde Tränen. Wie hässlich dieses Kind war! Es übertraf wirklich alles. Seine verschlagenen Augen blieben starr, wie ein stummer Vorwurf auf mich gerichtet.

»Wenn du nicht sofort aufhörst, setzt es eine Ohrfeige.«

Ich ohrfeigte ihn. Er versuchte sich mit den Armen zu schützen. Ich war so wütend, dass ich ihn nach Strich und Faden verprügelte. Seine Passivität hatte etwas Unerträgliches. Unverfrorener Bengel. Reicher Leute Kind. Ich warf ihn auf die Couch und schlug ihn. Dann beruhigte ich mich. Ich muss ihm wehgetan haben. Als ich ging, weinte er immer noch, laute krampfartige Schluchzer.

Meine Nerven waren bis zum Äußersten gespannt. Ich sollte mich nicht in solche Wut steigern, das bringt mir gar nichts. Ich blieb lange bedrückt, beunruhigt. Eine Art Gewissensbisse. Ein Ekel vor mir selbst, wie wenn ich mit einer Frau geschlafen habe, ohne sie zu begehren. Rätselhafte Natur. Diesen Jungen zu schlagen bereitet mir überhaupt kein Vergnügen, aber es ist stärker als ich. Ich empfinde einen unbändigen Hass auf ihn, vielleicht wegen unserer angeblichen Ähnlichkeit.

Die Luft tat mir gut. Meine Gereiztheit legte sich allmählich. Als ich Isabelle wiedersah, war nur noch ein vager Eindruck davon übrig, verschwommener als ein Traum, der mich aber dennoch hinderte, ihr mit jener zärtlichen Sanftmut zu begegnen, die mir normalerweise eigen ist. Ich war zerstreut, missmutig, ich hörte nicht zu, gab schräge Antworten. Ich ging früher als gewöhnlich.

DAS ALTER EINER FRAU spielt eine wichtige Rolle bei ihrer Eroberung. Mit zwanzig sind die Mädchen schwer ansprechbar, sie sind misstrauisch, sie denken ans Heiraten und an die Liebe, und nur selten trifft man welche, die sich auf ein Abenteuer einlassen, das keine Zukunft hat.

Isabelle fehlt noch jede Erfahrung, sie weiß nicht, dass Männer gefährlich werden können. Aber diese Unschuld dient mir nicht etwa, im Gegenteil, sie kehrt sich gegen mich. Isabelle hat keine Ahnung, was ich von ihr will, sie muss es selbst entdecken, und ich kann ihr meine Absichten nur suggerieren. Ein mühsames Unterfangen. Sie ist fromm, sie liest wenig, sie hat keine Freundinnen, ihre Eltern sind gesellschaftlich anerkannte Leute, man weiß, was sich gehört. Lauter Umstände, die es ihr unmöglich machen dürften, sich vorzustellen, sie könnte meine Geliebte werden. Es ist idiotisch, aber so ist es. Ich muss der Wahrheit ins Gesicht sehen. Mich in Isabelles Lage versetzen. Mit ihren Augen sehen, diese so einfache Sache, den Liebesakt, mit dem kindlichen Gemüt eines etwas einfältigen kleinen Mädchens betrachten, dem die Beziehungen zwischen Mann und Frau monströs erscheinen müssen. Wenn man darüber nachdenkt! Bauch an Bauch. Haut an Haut. Wären nicht die Gewohnheit und das Begehren! Natürlich, auf die Dauer denkt man nicht mehr daran, man schläft mit jemand, wie man isst, ohne groß darauf zu achten.

Wie auch immer, es ist unnötig, mich deswegen zu beunruhigen. So weit bin ich nicht. Ich habe noch viel Zeit. Ich mache Fortschritte, aber langsam. Ich tappe im Dunkeln, ich weiß nicht einmal, ob etwas dabei herauskommt. Meine größte Angst ist es, eine Art verliebte Freundschaft zu erreichen, in der Isabelle sich wohlfühlt, ohne weiter gehen zu wollen.

Unsere Gespräche nehmen eine weniger alberne Wende. Sie erzählt mir von ihrer Familie, von ihrer kranken Mutter, ihrem Vater, der nur nach Hause kommt, um zu brüllen, und man spürt, dass sie sich von einem langen Schweigen befreit. Ihre Stimme entfaltet eine Leidenschaftlichkeit, die in den ersten Tagen nicht vorhanden war. Man merkt, dass diese erstickende Atmosphäre, in der sie immer gelebt hat, sie keinen Moment loslässt. Immer wieder kommt sie auf dieselben Kleinigkeiten, dieselben belanglosen Ereignisse zurück. Ich höre geduldig zu.

Man sagt, alles an der geliebten Frau würde einen bezaubern: Ich muss anders sein als die anderen. Diese Geständnisse gehen mir allmählich auf den Geist. Ich hoffe, dass Isabelle es bald leid ist, von sich selbst zu reden, dass sie dann umgekehrt mir zuhört. Obwohl ich eigentlich nicht gern von mir spreche.

*

Ganz gegen meine Gewohnheit schreibe ich dies am helllichten Tag, bevor ich mich gleich mit Isabelle treffe. Es hat sich nämlich etwas Neues ergeben, das mir vielleicht nichts bringen wird, mir aber vielleicht auch einen großen Fortschritt erlaubt. Heute ist Donnerstag. Nachher gehen wir zusammen ins Kino. Das zu arrangieren war ein Kinderspiel. Wir gingen den Cours Belzunce entlang, an La Corbeille vorbei, und ich entdeckte die Plakate eines alten Films, *Le Jour se lève*.

»Oh«, sagte ich, »*Le Jour se lève*. Haben Sie den gesehen?«

»Nein, ich gehe nur selten ins Kino.«

»Schade. Das ist ein hervorragender Film.«

Und da sie nichts sagte:

»Ich wage nicht, Ihnen vorzuschlagen, mit mir reinzugehen, ich fürchte, Sie würden mich wieder in die Schranken weisen, wie letztes Mal.«

»Denken Sie noch daran?«

»Aber ja. Sie machten einen wirklich verärgerten Eindruck.«

»Da täuschen Sie sich ...«

Und um mich ihrer Aufrichtigkeit zu versichern, bat sie mich, sie einzuladen. Einfacher kann man es sich kaum wünschen. Dennoch wundere ich mich die ganze Zeit, wie unbeschwert Isabelle sich auf mein Spiel einlässt. Bevor ich sie kannte, hatte ich sie für äußerst scheu gehalten. Ich zweifle nicht an ihrer Ehrlichkeit, aber ich bedaure diese Einfalt, mit der sie dem Erstbesten ihr Vertrauen schenkt.

*

Manchmal schadet mein Jagdfieber der Erregung, die ich empfinde, wenn ich bei ihr bin. Ich strenge mich dermaßen an, mit ihrer Eroberung voranzukommen, dass ich meine Liebe darüber vergesse. Es drängt mich, sie zu besitzen, die so einfache und so ernste Freude, die ihre Gegenwart mir verschafft, endlich hemmungslos zu genießen. Manchmal rührt es mich schon, nur ihr Haar zu sehen, ihr fast schmerzliches Gesicht, ihre traurigen Augen, den kleinen fleischigen Mund, ihr Lächeln. Dann erfüllt mich eine Zärtlichkeit, ein Wunsch, sie zu streicheln, zu beschützen, zu bedauern. Ich muss mich zusammenreißen, damit ich sie nicht anfasse, nicht meine Hand auf ihre Schulter lege, nicht die Finger hinter ihren Hals gleiten lasse, an die

Stelle, wo die Härchen einen Schatten bilden, einen Flaum. Vorhin, im halbdunklen Kino, sah ich ihr Profil, ich fühlte sie neben mir, den Blick gespannt auf die Leinwand gerichtet, deren Drama mir entging, ich ahnte sie dicht an mich gedrängt, und ihr Rock streifte meine Beine, nie waren wir einander so nahe gewesen. Ich gab mich ganz diesem friedlichen Glück hin, sie an meiner Seite zu haben, sie betrachten zu können, ohne dass ich mit ihr reden musste. Zum ersten Mal empfand ich ungetrübtes Glück. Sie war da, und ich brauchte mich um nichts zu kümmern, als glücklich zu sein.

In der Pause kaufte ich Bonbons. Sie strahlte. Die einfachsten Freuden rühren sie, wie ein armes Kind. Sie ist unverbraucht, staunt über alles. Bis zum heutigen Tag hat sie gelebt wie vom Leben abgeschnitten, ohne die kleinen Freuden, von denen die Mädchen ihres Alters schon genug haben. Das ist meine Chance. Ich erscheine ihr in ihrem Unwissen als eine Art Zauberer aller schönen Dinge. Das geringste Geschenk ist für sie das höchste der Gefühle, sie klatscht in die Hände. Ich entzücke sie.

Wir mussten bleiben, beide Vorstellungen anschauen. Als das Licht zum zweiten Mal erlosch, riskierte ich etwas, was mich bis dahin erschreckt hatte. Ich nahm ihre Hand. Kleine, kalte Hand mit schmalen Fingerchen. Ich hatte Angst, alles zu verderben. Hat sie nicht verstanden, was an meiner Geste zu zärtlich war? Oder willigte sie schon ein?

Sie zog ihre Hand nicht zurück. Ich habe sie gehalten, ohne großes Vergnügen, die ganzen zwei Stunden lang, die der Film dauerte. Erste Preisgabe. Das erste Quäntchen ihres Körpers, das ich besaß. Ich habe in der Dunkelheit der Kinos schon so viele Hände von Frauen gehalten, dass ich einige Willenskraft aufbieten musste, um nicht in die gewohnten Gesten zu verfallen, um nicht, wie so oft, von ihrer Hand den Arm hinaufzugleiten, vom Arm an den Mund, und mich von dort an die Eroberung ihres Körpers zu machen. Ich wünschte mir, ich wäre fünfzehn Jahre jünger. Ich wünschte mir, ich müsste keine Rolle spielen, und die ganze falsche Unbeholfenheit wäre mein natürliches Benehmen. Aber was hilft's. Sosehr die Gesichter der Frauen, die ich geliebt habe, auch verschwimmen und zerrinnen, bewahre ich doch, tief in mein Gedächtnis eingeprägt, die tausend immer gleichen Gesten, mit denen ich sie verführt habe. Ich wünschte mir, ich könnte Isabelle neue Gesten bieten, etwas, was mir noch nie gedient hat. Aber mir fehlt die Fantasie.

Ich trennte mich gegen sieben Uhr von ihr, und so, wie ich sie mit ihrer natürlichen Stimme reden hörte, so ruhig, so bedächtig, hätte ich glauben können, zwischen uns sei nichts geschehen. Ich hätte glauben können, ich habe geträumt. Unschuld oder Gerissenheit? Was sollte ich denken …?

UM FÜNF UHR HEUTE Nachmittag war der Himmel schön, eine klare Nacht kündigte sich an. Wir gingen Seite an Seite, und ich dachte schon, dieser Tag werde mir nichts mehr bringen, es sei wieder mal ein überflüssiger Tag gewesen, einer jener langen Tage, an denen ich verzweifelt das Mittel suche, um Isabelle zu gewinnen, als sie mir von sich aus zu Hilfe kam.

»Ich habe einen Durst!«, sagte sie, »ich kann es kaum erwarten, bis ich zu Hause bin und ein Glas Wasser bekomme.«

Jede andere Frau hätte das gesagt, um sich einladen zu lassen. Aber allmählich kenne ich Isabelle zu gut, um ihr eine solche List zu unterstellen. Ich erreichte, dass sie mir in ein Café folgte, trotz ihrer Angst, gesehen zu werden, und bald saßen wir im Perroquet, einem mir vertrauten Lokal, das ich wegen seiner intimen Nischen besonders schätze, regelrechten kleinen Boudoirs, geschlossen und diskret, in denen sich eine ganze Reihe meiner Abenteuer angebahnt und wieder gelöst haben.

Der Ort bezauberte das junge Mädchen. Sie zögerte lange, ob sie Limonade oder Wasser mit Pfefferminzsirup bestellen sollte, schließlich nahm sie auf meinen Rat einen Gin Fizz, ein harmloses Getränk, das sie aber sehr schnell geschwätzig machte. Wieder ist ein neuer Schritt getan. Von nun an wird dieses Café den Park ersetzen. Die Wärme im Raum, die milde Beleuchtung schaffen dieses friedliche Klima, das die beste Voraussetzung für das Erblühen zarter Gefühle ist. Und der Winter wird uns bald von der Straße vertreiben.

Als wäre diese Geste eine Selbstverständlichkeit, nahm ich Isabelles Hand. Zweite Prüfung, aber diesmal im vollen Licht. Sie lächelte. Ihr Lächeln hat immer etwas Zitterndes, Unsicheres, als würde es gleich in Tränen umschlagen. Sie ist nicht fröhlich. Das wird noch kommen. Ich merkte, dass sie mir etwas sagen wollte, offenbar etwas Schwieriges, denn sie saugte den Atem ein, wie wenn man seinen ganzen Mut zusammennimmt.

Sie entschloss sich:

»Warum halten Sie meine Hand?«

Es verschlug mir die Sprache, so direkt war ihre Frage. Auf einen derartigen Angriff war ich nicht gefasst. Jede Menge Gedanken stürmten auf mich ein. Machte Isabelle sich über mich lustig? War sie beschränkt? Oder viel gerissener, als ich vermutet hatte?

»Raten Sie«, sagte ich.

Ihr Gesicht wurde puterrot. Aha, dachte ich, sie weiß, wovon wir sprechen, sie hat es doch begriffen. Mal sehen, wie sie reagiert.

»Also los, raten Sie …«

»Ich habe keine Ahnung«, sagte sie. »Im Übrigen ist es auch völlig egal.«

Dieses Ausweichmanöver ärgerte mich. Ich war so etwas nicht gewohnt, Jungfrauen, die wegen jedem bisschen erröten, und meine Geduld wurde heftig strapaziert. Aber durch zu schnelles Vorpreschen konnte ich alles verderben. Ich gab die Partie verloren.

Sie selbst griff das Spiel wieder auf. Wir trennen uns jeden Abend an der Ecke der Rue Lamartine, weil ich sie nicht weiter begleiten, nicht riskieren will, von ihrem Vater gesehen zu werden. Heute Abend, nachdem sie mir Auf Wiedersehen gesagt und sich schon einen oder zwei Meter entfernt hatte, drehte sie sich um und sagte mir geradeheraus:

»Ich glaube, ich weiß, warum Sie meine Hand gehalten haben. Nämlich weil … Eben darum, weil Sie mich lieben.«

Dann lief sie weg.

Lange blieb ich stehen, nicht einmal erstaunt, einfach befriedigt. Ich hatte klug gehandelt und wurde dafür belohnt. Ich hatte das gewünschte Ergebnis erzielt. Nichts war normaler als das. Nichts logischer als dieser Satz, dessen Urheber ich im Grunde war. Meine Freude stellte sich erst mit der Zeit ein. Zunächst war da nur ein Raunen, so fern, dass ich es kaum hören konnte, dann schwoll es in mir an, wuchs, riss mich mit in wirbelndem Jubel, einem stolzen Triumphgesang, einer Explosion meines ganzen Wesens. Isabelle wusste, dass ich sie liebte. Sie hatte meine Liebe als etwas Natürliches, etwas Normales akzeptiert, sie hatte mich nicht abgewiesen. Und angesichts dieser intensiven Erleichterung, die ich empfand, jenseits meines Jubels, wurde mir bewusst, wie viel Angst ich all die Tage hindurch gehabt hatte, mit meinen Absichten zu scheitern, wie sehr ich gefürchtet hatte, mein Versuch sei nur ein unmöglicher Wahnsinn: ein sechzehnjähriges Kind zu verführen, ich, der Alte, der es nicht lassen kann, ein Schwerenöter ohne Charme und ohne Witz. Aber ich träumte nicht, ich hatte ihre Stimme noch im Ohr, diese Atemlosigkeit, mit der sie es gesagt hatte, die ihre Erregung verriet. Ich konnte mich nicht irren. Ich hatte gewonnen. Ich habe gewonnen. Ich höre noch, wie schüchtern und leise sie sprach, als hätte sie Angst vor diesen Worten, und dann war da, verbunden mit dieser Angst, die Genugtuung, laut auszusprechen, was sie sich im Stillen schon oft gesagt haben muss.

*

Jetzt wird alles sehr schnell gehen. Befreit von den hinderlichen Fesseln, kann ich die verlorene Zeit aufholen. Allerdings muss ich einen klaren Kopf bewahren. Bloß nicht durchdrehen. Was Isabelle von mir erwartet, ist der Ausdruck einer großen Liebe. Meine Worte genau abwägen. Nicht aus Eitelkeit mit meinen vergangenen Abenteuern prahlen. Allenfalls eine Frau erfinden, um deretwillen ich gelitten hätte. Aber auch da bin ich mir nicht sicher, ob die Rolle der Trösterin dem kleinen Mädchen überhaupt gefiele. Eher Altweibersache. Nein, besser, ich halte mich an meine Person, an das, was sie für meine wahre Natur hält. Ein Einsiedler, genau wie sie, vom Leben verletzt. *Unsere beiden Einsamkeiten, die einander stützen. Verwandte Seelen.*

Im Übrigen werde ich mir gar nicht viel Zwang antun müssen. Schließlich liebe ich Isabelle. Ich liebe sie mehr, als ich sie begehre. Meine Gefühle sind rein. Die einzige Anstrengung besteht darin, auszudrücken, was ich empfinde, mit Worten, die sie von mir erwartet. Ein ganz neues Vokabular. Aber wozu mein Verhalten vorausplanen, ich improvisiere lieber.

SONNTAG. WIE DIE ZEIT vergeht. Ich habe Isabelle den ganzen Tag nicht gesehen. Ich hatte Angst zu leiden. Ich fürchtete die große Leere, diese Zeitspanne, die ich, so schwer es fiel, überwinden musste, wie ein von der Sonne ausgedorrtes Feld. Meine Befürchtungen erwiesen sich als überflüssig. Der Schmerz war erträglich. Ich dachte daran, dass auch Isabelle leiden, dass sie mich vermissen musste, und dieser Trost war ein wirksamer Balsam. Meine Anwesenheit soll ihr unerlässlich werden! Meine Abwesenheit unerträglich beklemmend! Glühend soll sie mich herbeisehnen!

Anita und Nicolas haben den Abend bei mir verbracht. Ich hatte mir geschworen, vor ihnen nie wieder von Isabelle zu sprechen. Schön wär's. Heute Abend, ich weiß nicht, welcher Teufel mich geritten hat, musste ich mich entblößen. Schrecklich, diese Schamlosigkeit, die mich zwingt, alles zu beschmutzen, diese Angst, lächerlich zu erscheinen.

»Stellen Sie sich vor, was für ein Gänschen ich erobert habe, ein junges Ding von sechzehn Jahren.«

Und ich packte aus, bis ins letzte Detail, meine Taktik, meine Annäherungsversuche, meine Zweifel. Hoffte ich auf einen Erfolg? Anita, stierer Blick, sah mich an, als wäre ich betrunken. War ich denn so erbärmlich? Ich langweilte sie. Sie hörten mir gar nicht zu. Sie hatten ihren Schmusetag, flegelten sich auf meinem Bett, und Nicolas liebkoste seine Frau mit jenem ruhigen Selbstvertrauen, das mich auf die Palme bringt. Ich fuhr fort mit meiner Geschichte. Die Worte gefroren mir auf den Lippen: »Ein kleines Mädchen«, sagte ich, »so dumm, dass es eine wahre Freude ist. Stellen Sie sich vor …« Und Nicolas liebkoste die junge Frau, als wäre ich Luft, knabberte an ihrem Ohrläppchen, küsste ihre Augenbrauen, ihre Lider … Drecksäue.

ICH FÜRCHTETE MICH VOR dem Wiedersehen. Oft genug war ich, was die Frauen betrifft, aus allen Wolken gefallen, hatte sie als Liebende verlassen und feindselig wiedergefunden oder umgekehrt, verliebt, als ich dachte, zwischen uns sei alles vorbei! Wer weiß, ob Isabelle nicht nachgedacht hatte, ihre Worte bereute. Sicher hatte sie nicht viel gesagt, aber in ihrem Alter ist jedes Wort bedeutungsschwer.

Ich kannte sie wahrhaftig schlecht. Sie ist keine von diesen Neurotikerinnen, deren Laune sich nach dem Wind dreht. Sie weiß, was sie sagt. Unter der Fassade des naiven Kindes verbirgt sie eine tiefe Klarheit.

Kaum hatten wir uns begrüßt, begriff ich, dass sie eine Erklärung erwartete. Ein heikler Augenblick. Ihr ernstes Lächeln schien zu sagen: Ich habe nichts vergessen. Sie können sprechen.

Ich schwieg lieber. Wir hatten zu wenig Zeit. Ich

mag es langsam, ich hasse es, mich zu beeilen. Ich sprach über unverfängliche Dinge, das zunehmend kalte Wetter, die Stille, die zur Essenszeit in die Stadt einkehrt, das eigentümliche Geräusch auf dem Pflaster, wenn es friert. Isabelle schien enttäuscht. Um ihr etwas zum Nachdenken mitzugeben und sie nicht dieser Halbherzigkeit zu überlassen, sagte ich:

»Heute Nachmittag gehen wir ins Café, wie letztes Mal. Ich muss mit Ihnen sprechen.«

*

War sie auch so aufgewühlt wie ich? Sobald wir im Perroquet saßen, erfasste mich ein idiotisches Zittern, eine Art rein physisches Lampenfieber. Seit einiger Zeit bin ich überempfindlich. Herzschmerzen wegen nichts und wieder nichts, ich ertrage fast gar nichts mehr, die geringste Gefühlswallung, das kleinste Ereignis regt mich auf.

Das Zittern half. Es beglaubigte gewissermaßen, was an meinen Worten suspekt sein mochte.

»Isabelle«, sagte ich. »So ist es: Ich liebe Sie.«

Direkt zur Sache. Genug um den heißen Brei geschlichen. Ich wollte wissen, wie sie reagiert. Es folgte ein Schweigen, währenddessen ich mich zwang, nicht zu denken. Würde sie mir mit Einwänden kommen? Von ihrem Alter reden? Oder von meinem? »Wenn sie diskutiert«, dachte ich, »schmeiße ich alles hin.«

Wir saßen nebeneinander auf der Plüschbank, und ich zwang mich, ihr geradewegs ins Gesicht zu sehen. Sie war wunderschön blass, ein ernstes, fast tragisches Gesicht. Dank meiner Nervosität war ich in Einklang mit ihr. Sie belebte sich, ein unmerkliches Lächeln trat auf ihre Lippen, eher ein Loslassen als ein Lächeln, und sie tat etwas Entzückendes. Sie legte ihre beiden Hände auf meinen Arm und neigte langsam den Kopf, bis ihre Stirn meine Schulter berührte. Uff!

Ich nahm ihre Geste als Geständnis, und sogleich stellte ich die Dinge klar.

»Ich liebe Sie, Isabelle, aber diese Liebe wird mein Unglück sein. Alles trennt uns, unser Altersunterschied, unsere Lebensbedingungen. Sie kennen Ihren Vater besser als ich, und Sie wissen, dass wir von ihm nichts zu erhoffen haben. Was mich betrifft, sage ich es lieber gleich: Ich bin nur ein armer Schlucker, ein Habenichts. Ich habe Ihnen nichts zu bieten als die Kraft meiner Gefühle, ich habe nicht einmal das Recht, Sie in der Öffentlichkeit zu lieben.«

Bis dahin hatte ich sorgfältig darauf geachtet, mein Leben im Dunkeln zu lassen. Sie kennt kaum meinen Namen. Vorsicht. Wer weiß, wie das Abenteuer ausgeht. Auf meinen Versuchsballon gab sie eine reizende Antwort, indem sie instinktiv den schwülstigen Ton, den ich anschlug, übernahm.

»Für die Liebe genügt es, wenn man nur zu zweit ist; dass wir uns lieben, braucht niemand zu wissen.«

Ich drückte ihr einen Kuss auf die Stirn. Ich hätte mir gewünscht, Éliane könnte mich sehen. Die gute Éliane. Sie behauptete, kein Mann führe sich so rüpelhaft und ungeduldig auf wie ich.

Ich wusste mich zu beherrschen. Quälende Durststrecke. Mich dürstet nach ihren Lippen, ihrem Körper. So nahe am Ziel zu sein und doch nicht dranzukommen, versetzt mich in eine schmerzhafte Nervosität. Ich leide tausend Mal mehr denn am ersten Tag, als noch nichts zwischen uns war. Jede Sekunde bändige ich eine zu ungestüme Geste, die sie erschrecken könnte.

*

Wir haben also die Phase der Geständnisse und zärtlichen Worte erreicht. Eine triste Zeit, die zu dauern droht. Außer dem ersten Kuss auf die Stirn habe ich mir erlaubt, sie, als wir auseinandergingen, an mich zu ziehen und meine Lippen auf ihr Haar zu drücken. Keusche Zärtlichkeit. Ich habe immer Angst, hinter dem, was ich darf, zurückzubleiben. Aber bei der geringsten Kühnheit fürchte ich, ich sei zu weit gegangen. Vielleicht werde ich eines Tages über meine Skrupel lachen? Und wenn ich an ein Luder geraten war?

In der Zwischenzeit haben wir liebenswürdige Höflichkeiten im Stil *Dein fürs Leben* ausgetauscht. Wir haben unser gemeinsames Los beklagt, zwei arme Kinder, vom Schicksal gebeutelt. Ich habe mir ein paar bittere Enttäuschungen angedichtet. Not macht erfinderisch. So eifrig kenne ich mich gar nicht. Ich muss aufpassen, dass ich mir nicht widerspreche, nicht heute weiß und morgen schwarz sage. All das ist ziemlich planlos. Ich fürchte ständig ein Wort: heiraten. Natürlich kann ich jederzeit auf mein altes Argument gegen dieses Schreckgespenst zurückgreifen: »Heiraten, ich? Von was sollte ich Sie ernähren? …« Keine Frau hat noch darauf bestanden. Aber kleine Mädchen sind verträumt und halten sich nicht mit solchen Bagatellen auf. Ich muss weiter auf der Hut sein. Ein Klima der Ungewissheit schüren, in dem die Zukunft nie erwähnt wird. Ihr notfalls Angst machen. Sie überzeugen, dass ihr Vater uns umbrächte, wenn er etwas von unserer Liebe ahnte.

G*EHEN WIR IM WALD spaziern* … Der Wolf bin ich. Ob sie es weiß? Vielleicht schon. Auf jeden Fall ist sie mit meinem Vorschlag einverstanden, Donnerstagnachmittag in den Wald von Sénac zu gehen. Ich habe einige gute Erinnerungen an die Gegend. Ich kenne mich dort aus. Tiefe Hochwälder, wo wir unsere Ruhe haben werden. Nicht, dass mir Gedanken an Vergewaltigung oder einfach Unzucht durch den Kopf gingen, so weit sind wir noch nicht; aber ich will die Dinge vorantreiben, etwas mehr erreichen als diese harmlosen Berührungen. Und dafür Kulissenwechsel. Ich bin empfindlich. Ich habe Skrupel, sie im Perroquet zu küssen, mir scheint, ihr erster Kuss wäre verschwendet, wenn ich ihn ihr an einem so vulgären Ort gäbe. Und im Park, nicht auszudenken. Ein schöner Skandal, wenn ich mich erwischen ließe. Meine Schwägerin würde mich erst recht als Lüstling beschimpfen.

Ich weiß nicht, ob es an ihrem Alter liegt oder an ihrem redlichen Charakter, aber Isabelle hat nicht jene Launen, die bei Frauen so häufig sind. Sie macht keine Rückzieher. Bei ihr kommt es manchmal vor, dass ich auf der Stelle trete, aber sie macht mir keine meiner hart erkämpften Errungenschaften streitig. Sie gibt mir ihre Hand und lässt sie mir, sie schenkt mir ihre Stirn, ihr Lächeln, ihr Vertrauen, und zieht sie nicht aus eitler Koketterie wieder zurück. Wären nur alle Frauen so einfach, so ehrlich! Aber noch die Gutmütigste fände es unter ihrer Würde, auf jene Vorbehalte, die sie, wie sie glaubt, begehrenswerter machen, zu verzichten.

Wir kommen spürbar voran auf dem Weg des Herzens, dem einzig gangbaren. Sie hat meine Lektion sehr gut begriffen, und dass wir es bestimmt bereuen würden, wenn wir unser Abenteuer der Öffentlichkeit preisgäben.

»Wissen Sie«, habe ich zu ihr gesagt, »was man mit Männern wie mir, die kleine Mädchen lieben, macht?«

Nein, sie wusste es nicht.

»Man sperrt sie ins Gefängnis.«

Dieser Angstreflex! Sie umklammerte mich mit beiden Armen, als entrisse man mich ihr bereits.

»Warum sagen Sie das?«, fragte sie. »Das ist nicht wahr?«

Und schon hub ich zu einem Vortrag über das Strafrecht an. Sie kann es nicht fassen, dass wir uns strafbar machen. Es bestärkt sie in ihrer Vorstellung von einer feindseligen Welt.

»An so viel Bösartigkeit kann ich gar nicht glauben«, sagte sie.

Reiner geht es nicht! Zuerst hatte ich Angst, sie bekäme vielleicht Gewissensbisse, Skrupel. Nichts ist schlimmer als die manchmal nicht mehr ganz jungen Mädchen, die sich hingeben und dabei schreien: »Mein Gott, was tue ich!« Dumme Puten. Sollen sie doch artig bleiben, wenn die Liebe sie so erschreckt. Ich bin froh, dass Isabelle dieses schöne Gleichgewicht besitzt, das nichts von der Sünde weiß. Es wäre mir selbst unangenehm, wenn ich ihr eine Beunruhigung anmerkte. Trotzdem erstaunlich, dass ihre Erziehung sie nicht stärker geprägt hat.

Ich forschte in diesem Punkt genauer nach.

»Isabelle, glauben Sie nicht, dass wir etwas Schlechtes tun?«

»Schlecht? Warum?«

»Nun ja, überlegen Sie ... Wir lieben einander, aber wir haben nicht die Absicht zu heiraten. Hat man Sie nicht gelehrt, ich weiß auch nicht ... dass die Liebe außerhalb der Ehe ...«

In diesem Moment gingen wir gerade durch die Rue du Hautoir, eine düstere Straße, die bei Einbruch der Dunkelheit noch finsterer erschien. Isabelle blieb abrupt stehen. Sie begann einen Satz und verstummte, wie blockiert von einer Unfähigkeit, sich auszudrücken. Ich insistierte.

»Antworten Sie, Isabelle.«

Und da, zum ersten Mal, sah ich sie zornig werden. Ein gemäßigter, beherrschter Zorn, der trotzdem ihr Gesicht verzerrte. Und diese Wut galt nicht mir, der ich doch versucht hatte, ihren Seelenfrieden zu stören, sondern jenen dunklen Mächten, die sie umgeben und sie verletzen: ihrer Familie, ihren Schulkameradinnen, die sie grundlos zurückgestoßen haben, den Schwestern des Pensionats. Lange entlud sie sich, mit schriller Stimme, den Tränen nahe, lange schmähte sie all diejenigen, die sie knebeln, sie hänseln und deren Grausamkeit sie bis dahin nicht erfasst hatte.

»Und außerdem«, sagte sie, »will ich nichts davon wissen. Aber auch gar nichts.«

Wovon? Ihre Empörung entlockte mir ein Lächeln. Da folgt man auf der Straße einem ganz gewöhnlichen netten Mädchen, und eines schönen Tages entpuppt es sich, man entdeckt ein stürmisches Meer, heimliche Dramen, endlose Horizonte … Ich kann mir übrigens zu dieser Empörung nur gratulieren. Isabelle zieht in den Krieg, aber um mich zu verteidigen, mich, denjenigen, der sie liebt. Denn sie liebt mich, das ist das Seltsamste. Ich habe versucht, aus ihr herauszubekommen, wie sie sich ihrer Liebe bewusst wurde. Ich war neugierig, ein Punkt der Geschichte. Ohne es mir einzugestehen, hoffte ich, etwas von Liebe auf den ersten Blick zu hören: »In dem Moment, als ich Sie sah … Von der ersten Minute an … Unerklärlicherweise hätte es mir geschmeichelt. Aber nein. Ich bin keiner, auf den die Frauen fliegen. Ich muss mich durchsetzen, nach und nach. Erst ganz allmählich hat Isabelle begonnen, mich zu lieben, Tag um Tag ein wenig mehr, mit der Entdeckung unserer Seelenverwandtschaft, »dieser unsichtbaren Übereinstimmung«, sagte sie unbeholfen, »die uns seit ewigen Zeiten zueinander hin getrieben hat«. Von wegen!

EIN SCHARFER WIND FEGTE über die Place des Victoires. Ich wartete auf Isabelle, ein kleines Päckchen in der Hand. Brioches und Schokolade. »Wegzehrung« hätte meine Großmutter gesagt. Wir hatten uns für Punkt zwei Uhr verabredet. Um Viertel vor drei war sie immer noch nicht da. Ich wurde ernsthaft unruhig. Ich mache mich wegen nichts und wieder nichts verrückt. Bei der geringsten Verspätung sehe ich einen Unfall, eine Ohnmacht vor mir. Dann packt mich die Wut. Hat man mich vergessen? Hat man mich gefoppt? Ich sah sie rennen, auf der anderen Seite des langen Platzes, und meine Wut wich einem Gefühl von Dankbarkeit. Atemloses kleines Kätzchen, das mir entgegenlief, zu aufgewühlt, um Worte zu finden.

Schließlich erklärte sie sich.

»Im letzten Moment kam Papa zurück, er hatte Papiere vergessen … Ich wollte nicht, dass er mich aus dem Haus gehen sieht, ich musste eine halbe Stunde warten.«

In einem Anfall von Zärtlichkeit rieb sie ihre Wange an meinem Mantel. »Nicht hier, Isabelle, wenn man uns sähe!« Es machte mich wütend, dass ich mich verstecken muss. Aber welche Freude, Isabelle zügeln zu müssen.

Wir nahmen eine alte Trambahn, und bald erreichten wir die Vororte. Diese Dinger sind von einer Langsamkeit, die zum Verzweifeln ist. Es zieht aus allen Ecken, weil die Fenster nicht richtig schließen, und von Heizung keine Spur. Alle hundert Meter bleibt man stehen, ohne ersichtlichen Grund. Wir waren allein. Im Sommer sind die Wagen voller Kinder und Pfadfinder, aber im Winter macht die Bahn Leerfahrten, eine trübsinnige Raupe, die durch die Landschaft kriecht. Isabelle und ich saßen nebeneinander, stumm, starr vor Kälte. Ich bedeckte ihre Beine mit einem Stück meines Mantels. Sie hatte sich um ihr Äußeres bemüht. Sie hatte Strümpfe angezogen, Schuhe mit Absätzen. Sie trug immer noch den schäbigen blauen Mantel ihrer Schuluniform, aber aus dem Kragen schaute ein Angoraschal hervor, knallgelb. Dieser schlechte Geschmack erfreute mich. Ich mag gut gekleidete Frauen, aber ich finde es auch nicht schlecht, wenn sie überhaupt keinen Sinn für ihr Äußeres beweisen. Ich sehe darin ein Zeichen von Schwäche, eine Unverdorbenheit, die sich nach außen kehrt.

In Sénac stiegen wir aus. Ein paar Minuten später erreichten wir den Wald. Ich war noch nie im Winter dort gewesen, und alles kam mir öde vor, von unsäglicher Traurigkeit. Der Himmel war verhangen, ein trübes Grau, wie wenn sich Schnee ankündigt. Der Boden mit einer dicken Schicht Laub bedeckt, das unter unseren Schritten geräuschvoll knisterte und knackte. Der Wind hatte sich gelegt. Die Kälte blieb eisig, aber das Gehen regte den Kreislauf an, und bald wurde mir wärmer.

Ich war verstimmt. Aus der Ferne war mir dieser Wald als ein bezaubernder Ort erschienen. Und jetzt, wo ich da war, verstand ich nicht mehr, welche verrückte Idee mich hierher getrieben hatte. Mit einem Wort, ich ärgerte mich. Sicher, Isabelle war bei mir, aber wir hätten ebenso gut an irgendeinem angenehmeren Ort zusammen sein können. Ich setzte den Weg bis zum Carrefour de l'Étranger fort, einer großen Lichtung, an der mehrere Reitwege enden. Ich hatte sie in herrlicher Erinnerung, ein wunderschönes Bild vom Sonnenuntergang durch das Geäst junger Ulmen. Aber die Bäume waren kahl und die Sonne kaum zu sehen, versteckt hinter dichtem Nebel, der die Augen blendete.

Ich hielt inne und setzte mich auf den Boden, den Rücken an einen kleinen Hügel gelehnt. Isabelle gesellte sich zu mir. Ich hatte sehr darauf gesetzt, dass die Poesie der Umgebung mir bei meinem Unterfangen behilflich wäre, aber ich musste darauf verzichten. Ich öffnete mein kleines Päckchen, und wir aßen die Brioches und die Schokolade. Wir sprachen wenig. Der Moment des Handelns war gekommen, ich versuchte ruhig Blut zu bewahren. Methode, Lebenskunst. Ich legte meinen Arm um Isabelles Schulter. Gut. Wir waren zu drei Vierteln ausgestreckt, unsere Körper dicht an dicht, und ich fühlte mich, obwohl behindert durch meinen dicken Mantel, ausgesprochen wohl. Ich küsste ihr Haar. Eine unverfängliche rituelle Geste. Ihr Haar. Ein leichter Duft von Eau de Cologne, der Geruch der Sauberkeit. Ich liebe dieses Reinliche an ihr, ihre immer sauberen Fingernägel, die blank polierten Schuhe. Ich glitt vom Haar zur Stirn, die Schläfe hinauf, umkreiste langsam das ganze Ohr, bis in jene Region des Nackens, die sich so seidenweich anfühlt. Dann verfolgte ich dieselbe Spur zurück, über die Wange, noch einmal die Schläfe, die Augenbrauen. Eine zärtliche, eine lange Reise. Ich hätte mich draufgängerischer geben können, weniger wie ein schleckender junger Hund. Ich hätte können. Aber ich bereue nichts, es sei denn, dass diese langsame Annäherung nicht noch länger gedauert hat. Vielleicht habe ich alles selbst erfunden, vielleicht hat meine übergroße Vorsicht Isabelle gewundert, aber nichts hätte mich dazu gebracht, schneller zu machen und den Zauber, der durch solche Langsamkeit entstanden war, aufs Spiel zu setzen.

Von den Augenbrauen glitt ich zu den Lidern, folgte der Nasenlinie, über Berg und Tal, den Grübchen, dem Mundwinkel. Ich berührte ihre Lippen. Eine winzige Verbrennung, Seelenglück. Ich verweilte lange bei dieser sanften Berührung, leichter als ein Atemhauch. Es war eine neue Etappe, eine der wichtigsten. Isabelle rührte sich nicht, lag steif in meinen Armen, die Hände ausgestreckt neben dem Körper. Dachte sie etwas? Oder war sie zu tief bewegt? Ich weiß es nicht. Ich jedenfalls hatte unbändige Lust, aus ihrem Mund zu trinken, mich hineinzuversenken. Aber ich will eins nach dem anderen, alles zu seiner Zeit. Ich hielt mich zurück.

Ich ließ von ihr ab. Sie öffnete die Augen, die sie seit einer Weile geschlossen hielt. Kleine Totenmaske, ohne sichtbare Regung. Allmählich kenne ich sie besser, ich ahne die Bedeutung dieser Augenblicke, die für sie so ernst sind, dass ihre Züge erstarren und sie sich in sich zurückzuziehen scheint, als wollte sie sich sammeln.

Nun küsste sie mich. Ein unbeholfener Kuss, ernsthaft wie der eines Kleinkindes. Mehr Inbrunst als Sinnlichkeit. Aber was konnte ich Besseres erwarten?

Trotz der Kälte blieben wir mehrere Stunden dort, eng aneinandergeschmiegt. Ich kann es kaum erwarten, zu ernsthafteren Spielen überzugehen. Abgesehen davon, dass diese unbefriedigte Erregung mich ermüdet, langweile ich mich etwas mit Isabelle. Wir haben uns nichts Interessantes zu sagen, und ich verspreche mir viel von dem, was noch bevorsteht, um unserer Beziehung etwas Würze zu verleihen.

NUN IST ES SCHON acht Tage her, seit wir in Sénac waren, und es gibt nichts Neues, keinen einzigen Punkt zu verbuchen. Wir lieben einander, wir sagen es einander, wir beschwören es, aber darüber geht es nicht hinaus. Isabelle blüht auf, sie ist glücklich, sie spricht nur noch beiläufig von ihrer Familie, taub für alles außer ihrem Glück. Schön und gut. Aber glaubt sie, es ginge so weiter?

Sicher denkt sie, mit ihren Lippen habe sie mir alles gegeben. Für sie muss die Liebe aus Küssen bestehen. Und ich wage nicht, ihr meine Absichten klarzumachen. Ich weiß nicht, wie ich es anstellen soll, ihr zu zeigen, was ich von ihr erwarte. Wer hätte mir gesagt, dass ich mich eines Tages mit solchen Problemen herumschlagen muss! Aber es ist eine Tatsache. Isabelle schwebt in den Wolken, verklärt ihr Ideal, und ich will ihr unter den Rock. Soll ihr das einer begreiflich machen.

Sie lässt mich zynisch werden, wie ich es eigentlich kaum bin. Es ist schon so weit, dass ich mich ihr gegenüber gar nicht mehr natürlich benehmen kann. Jede Geste ist vorausgeplant, jedes Wort berechnet. Dabei möchte ich mich frei fühlen, wenn ich mit ihr zusammen bin, möchte die Freude, die sie mir bereitet, voll auskosten, ohne diese dauernde Sorge, wie ich mehr von ihr bekomme.

Nachher, bei Schulschluss, hole ich sie vor dem Pensionat ab. Gebe der Himmel mir eine Idee!

*

Kein Zweifel, die Frucht war reif. Die Gewohnheit hatte mir den Blick für die Fortschritte verstellt.

Ich ging sie also abholen, wie jeden Tag, und beim Betreten des Perroquet, das uns zur Gewohnheit geworden ist, kam mir eine blitzartige Eingebung.

»Entschuldigung«, sagte ich, »aber ich habe eine andere Jacke angezogen, ich habe mein Portemonnaie vergessen.«

»Das macht nichts, wir können ja auch einmal spazieren gehen.«

»Na ja«, fuhr ich fort, »es ist frostig, und ich bin sehr erkältet … Wenn Sie nichts dagegen haben, könnten wir das Geld bei mir zu Hause holen. Ich wohne gleich um die Ecke.«

»Wenn wir erst in meinem Zimmer sind«, dachte ich, »warum sollten wir wieder hinausgehen?« Es war mir unangenehm, ihr meine Dachstube zu zeigen, aber ach was! Sie hielt mich für arm, und die schräge Decke konnte sie nur rühren.

Sobald wir ankamen, tat ich so, als suchte ich mein Portemonnaie. Isabelle schnüffelte überall herum, brach über jeden Krimskrams, die gewöhnlichsten Gegenstände in Entzücken aus. Hatte sie sich vorgestellt, ich lebte in einem Dreckloch? Ich trage meistens wieder meine alten Klamotten, und es stimmt, dass ich nicht gerade Glanz verbreite. Sie muss glauben, ich sei vollkommen mittellos, denn jedes Mal, wenn ich ihr ein winziges Geschenk mache, kandierte Maronen oder eine Wundertüte, schimpft sie mich aus, als würde ich mich für sie ruinieren. Zartfühlendes Wesen.

Wir waren also in meinem Zimmer, und ich hatte die erträumte Gelegenheit, meinen Vorteil auszubauen, die subtile Schranke zwischen Geplänkel und Liebe endlich zu überwinden. Ein schwieriger Moment, aber ich fühlte mich guten Muts. Der Ofen knisterte, eine mollige Wärme herrschte im Raum.

»Ist Ihnen nicht zu warm?«, sagte ich. »Legen Sie ruhig ab.«

Ich hatte sie noch nie ohne diesen schrecklichen, unförmigen, ihre Figur entstellenden Mantel gesehen. Ich brannte darauf, zu wissen, wie sie aussah und ob sie mir gefiel.

»Gehen wir nicht ins Café?«

»Wenn Sie darauf bestehen. Aber hier haben wir es genauso gemütlich.«

Sie stimmte gleichgültig zu. Ich war beleidigt. Da waren wir zum ersten Mal allein, in den eigenen vier Wänden, und sie hüpfte nicht vor Freude, klatschte nicht in die Hände. Ich holte einen Aperitif und zwei Gläser, während sie sich endlich auspellte. Ich betrachtete sie, ohne mir mein Interesse weiter anmerken zu lassen. Sie trug einen Pullover und einen marineblauen Rock. Die grässliche Farbe. Ihr Körper? Was soll man sagen? Sie ist ja sehr jung und hat das Spröde der Kindheit noch an sich, die unausgegorenen Formen, deren Harmonie sich erst später entfalten wird. Ihre Brüste sind winzig, die Hüften schmal. Ihre Waisenkinduniform ist nicht gerade vorteilhaft, aber trotz allem, eine gewisse Anmut und Geschmeidigkeit sind nicht zu verkennen. Sie wird einmal schön sein. Sicher kein animalisches Prachtstück wie Anita, aber gerade das Schmächtige und Zerbrechliche an ihr berühren mich.

Sie setzte sich auf die Couch, denn ich hatte wohlweislich meinen Mantel über den einzigen Sessel geworfen, und ich gesellte mich zu ihr. Wir tranken. Alkohol wirkt bei ihr immer sehr belebend. Nach und nach erfasst sie eine leichte Fröhlichkeit, sie lacht, sie schwatzt. Ohne sie betrunken machen zu wollen, kann ich dem Vergnügen nicht widerstehen, zu sehen, wie sie sich entspannt und ihre

Traurigkeit ablegt, die meinen Absichten zwar entgegenkommt, mich aber auf die Dauer anödet.

Ich kippte sie sehr sanft nach hinten, aufs Bett, und streckte mich neben ihr aus. Mein Ziel blieb vernünftig: Sie sollte nur begreifen, dass auch ihr Körper mich interessiert. Ich küsste sie. Sie macht Fortschritte, das muss man sagen. Über die ersten Anfänge sind wir hinaus. Wie zufällig legte ich meine Hand auf ihre Taille. Geschmeidiger Rücken, kleiner Katzenbuckel. Die Wirbelsäule. Sie protestierte immer noch nicht. Sehr gut so weit. Ich wagte noch mehr. Meine Finger berührten ihre Brüste. War ihr das bewusst? Sie blieb vollkommen ernst. Ihr Atem ging langsam, fast unmerklich. Ich knabberte an ihren Lippen. Meine Liebkosungen wurden zielstrebiger. Und kein Genuss bei alledem, sondern äußerste Anspannung, Wachsamkeit jede Sekunde. Nicht zu weit gehen. Sie nicht erschrecken. Was für eine Mühe hat sie mir nicht bereitet!

Für heute war das alles. Gegen Ende hatte ich den Eindruck, ihr eine ungewohnte Besorgnis anzumerken. Sie verteidigte sich nicht, keine einzige abwehrende Geste, aber an ihrer, ich weiß nicht, irgendwie zu großen Starrheit glaubte ich so etwas wie Furcht abzulesen. Zum ersten Mal folgte sie mir nicht mit der gleichen Hingabe. Es wird nötig sein, mehrere Tage lang bei diesem Stadium zu bleiben. Alles läuft zu gut, um eine Dummheit zu riskieren.

GESTERN ABEND HABEN NICOLAS und Anita sich heftiger gestritten als sonst. Und ich musste mir das ansehen, ich, der Schläge hasst. Seit einiger Zeit verstehen wir uns sehr gut. Ich bin so mit Isabelle beschäftigt, dass mir alles fern, bedeutungslos erscheint. Das wirkt sich auch auf mein Wesen aus, ich bin geselliger, weniger dünnhäutig.

Wir saßen bei Nicolas und tranken ein Glas, als Anita eine der alten Waagen aus seiner Sammlung umwarf, seine Lieblingsstücke, die er jeden Morgen mit mütterlicher Fürsorge abstaubt. Ich habe es selbst gesehen. Anita schickte sich an, die Waage aufzuheben, aber Nicolas wollte ihr zuvorkommen, er stürzte herbei und schubste sie. Sie beschimpften sich. Der Anlass war nichtig, aber er rührte an tiefere Animositäten. Nicolas ohrfeigte die junge Frau. Gewöhnlich kassiert sie, ohne etwas zu sagen. Sie musste besonders gereizt sein, denn sie versetzte ihm einen Fußtritt gegen die Beine. Die beiden verkeilten sich und fielen zu Boden. Sie schlugen aufeinander ein, schweigend, mit der linkischen Rage derer, die einander wehtun wollen. Am Ende gewann Nicolas die Oberhand. Die junge Frau erhob sich, ihr Haar war aufgelöst, das Oberteil ihres Kleides zerrissen, man sah ihren Unterrock. Es fehlte nicht mehr viel, und sie wäre in Schluchzen ausgebrochen. Sie ging und knallte die Tür hinter sich zu. Ich hielt mich auch nicht länger auf.

Wieder allein in meinem Zimmer, empfand ich dieselbe Befriedigung und dieselbe Erleichterung, als hätte ich mich selbst geschlagen. Wie süß die Einsamkeit doch ist! Ich habe selten mit Frauen gelebt, aber jedes Mal ist der Versuch schiefgegangen. Entweder sie waren muffelig, oder ich war schlechter Laune, jedenfalls kam immer ein Moment, da das Zusammenwohnen unausstehlich wurde. Einer von uns musste die Flucht ergreifen, und meistens war ich es.

Ich liebe Isabelle, und ehrlich gesagt ärgert mich ihre Abwesenheit, aber ich würde nie den Fehler begehen, mit ihr zu leben. Ja, selbst wenn ich es wollte, könnte ich es nicht.

Wir sind an einen Punkt gelangt, wo alles sich lösen wird. Mit jedem Tag festigt sich meine Stellung. Ich bestricke sie, ich kreise sie ein, ich nehme sie in Besitz. Sie kann mir nicht mehr entrinnen. Ich könnte schneller machen, aber ich verweile gern bei diesen Vorspielen der Liebe. Ich, der nur am Besitzen Freude hat, erlebe zum ersten Mal die Wollust des Wartens, diesen bittersüßen Genuss, mich zu beherrschen.

Jeden Nachmittag nehme ich sie mit hierher, in mein Zimmer, und streichele sie lange. Sie hat jede Spur von eigenem Willen verloren. In der ersten Zeit blieb sie angespannt, ein wenig überrascht, dass ich mich mit solchem Eifer über ihren Körper beuge, dessen Macht ihr nicht bewusst ist. Ich musste viel Geduld und eine gewisse Zungenfertigkeit aufbringen, bis sie einsah, dass Männer diesen Dingen eine Bedeutung beimessen. Naiver, als ich dachte, hatte sie Angst, unsere erhabenen Gefühle könnten unter so gezielten Liebkosungen leiden. Ich klärte sie über ihren Irrtum auf. »Durch deinen Körper, Isabelle, suche ich deine Seele …« und andere Sätze von diesem Kaliber. (Ich duze sie jetzt.) Sie reagiert nicht einmal, sie verliert jede Kritikfähigkeit. Sie glaubt alles, was ich ihr sage, wenn ich meine Worte nur hinreichend mit Gefühl auflade, mit jener pathetischen Überschwänglichkeit, die sie für den Ausdruck der wahren Leidenschaft hält. Ihre Lektüren: Chateaubriand, de Musset. Was sie in den klassischen Handbüchern gefunden hat. Ich muss unbedingt *Rolla* noch einmal lesen, um mein Vokabular aufzufrischen.

Keusche kleine Mumie, langsam lässt sie sich entkleiden, ohne dass ein Lächeln oder ein veränderter

Gesichtsausdruck ihre Gefühle verrät. Ihr Körper bildet einen leuchtenden Flecken auf dem dunklen Grund der Tagesdecke. Weißer als eine Wolke, ein Kinderkörper, rührend und zerbrechlich. Die ersten Male half ich nach: »Ich will dich nackt, damit nichts Fremdes zwischen uns bleibt, ich will dich nackt, wie du warst, als du geboren wurdest, ohne diese hässlichen Stoffe, die deine Reinheit verderben.« Es klappte immer. Im Übrigen hatte ich sie im Lauf der letzten Wochen so befingert, dass es kaum noch etwas zu bewahren gab. Ein Mädchen, das sich Händchen halten lässt, ist verloren. Der Rest ist eine Sache der Geduld.

Sie bleibt reglos, der Länge nach ausgestreckt, während die Dämmerung allmählich ins Zimmer dringt. Ich lösche die Lampe. Im Dunkeln scheint sie mir gefügiger, näher. Wir sprechen nicht. Ich liebkose sie ausdauernd, versuche ihren Körper mit derselben vorsichtigen Langsamkeit zu wecken, mit der ich sie erobert habe. Sie scheint nicht sehr begabt, meine Hand erschreckt sie noch, wenn sie zudringlich wird, aber diese letzten Schamgefühle werden Tag um Tag schwinden, am Ende wird sie begehren, was sie jetzt nur über sich ergehen lässt. Sie ist schön. Ihre kleinen Brüste haben die Festigkeit der Jugend, jene straffe Rundung, die zu früh verschwinden wird. Ihre Schultern sind samtig weich, ihre Haut ist warm. Ich getraue mich noch nicht, meinen Kopf auf ihren Bauch zu legen, an ihr sandfarbenes blondes Vlies, aus Angst, sie könnte sich über eine so intime Geste wundern. Ich küsse sie. Erdrücke sie in voller Montur, damit sie einen Vorgeschmack von der Gewalt der Vereinigung bekommt. Sie bäumt sich auf. Küsst mich ihrerseits. Sie liebt mich. Das ist überhaupt das Seltsamste. Sie liebt mich.

Bisher hatte ich mich nie nach den Gründen gefragt, die Frauen in meine Arme treiben mochten. Ich unterstellte ihnen das gleiche Verlangen des anderen Geschlechts, das ich selbst so heftig empfinde und das sich meistens mit Halbheiten, mit Illusionen begnügt. Aber für Isabelle sieht die Sache ganz anders aus, ihr geht es um Liebe und nicht um Lust, also muss ich *liebenswert* sein, etwas an mir muss ihr so gefallen, dass sie sich mir zuwendet, als wäre ich der Einzige, ihr Gott, derjenige, von dem sie sicher schon geträumt hat, ehe sie mich kannte. Sie liebt mich, und ich bin ein zu alter Hase, um nicht zu erkennen, wie ernsthaft und ungeteilt ihre Gefühle sind. Sie klammert sich an mich, umschlingt mich, hält mich fest, als wäre ich der Einzige auf der Welt, als würde sie, meiner Gegenwart beraubt, alles verlieren. Absurde Liebe. Ein Witz. Was an mir ist bewundernswert? Sie weiß nichts von meiner wahren Natur, und die Albernheiten, aus denen unsere Unterhaltungen bestehen, dürften sie wohl kaum so tief beeindruckt haben. An meinen Körper möchte ich erst gar nicht denken, er widert mich an, serviles altes Wrack, kosend über diesem Kind.

Neben einer so großen Leidenschaft erscheinen meine Gefühle lau. Ich bleibe bei klarem Verstand, sehe jeden Moment auch Isabelles Fehler. Je besser ich sie kenne, umso mehr wird mir ihre Dummheit bewusst. Sie ist so leichtgläubig, dass es schon peinlich wird. Sie stellt meine Worte nie infrage, sie nimmt alle meine Vorschläge widerspruchslos an. Ich weiß kaum etwas von ihren heimlichen Gedanken und glaube fast, dass sie nicht denkt. Meistens schweigt sie, und wenn sie spricht, hat sie nichts zu sagen. Ihre Reden sind leicht wie Blütenstaub, Luftblasen, die sie gleich einem Lachen von sich gibt. Dieses Geistlose bezaubert mich. Ich muss mich nicht anstrengen, um ihr zu antworten. Ich liebe ihr Schweigen, den aufmerksamen Ernst, mit dem sie mich anschaut.

Sie ist die ideale Frau, die Stumme, von der ich immer geträumt habe. Wir bleiben stundenlang Seite an Seite, bis zum äußersten Moment, bevor sie gehen muss. Dann zieht sie sich, beinahe verschämt, im Handumdrehen wieder an. Ich halte sie zurück, streichle noch einmal diese zarte Haut, die unter der scheußlichen Kleidung verschwindet. Sie lässt es geschehen, geduldig, fast gelangweilt. Dann brechen wir auf. Der Winter ist da, die Läden früh erleuchtet, eine Stimmung wie auf einem Fest, wo sich alles tummelt, versengte Laternen, Neonlichter, die den Nebel aufreißen. Ehe wir uns trennen, drücke ich sie ein letztes Mal, voller Spannung, verkrampft vor Begierde. Ahnt sie, welche Gewalt in mir steckt? Ich weiß es nicht. Inzwischen könnte ich sie nehmen, mich befreien. Sie würde nichts sagen, wie sie nie etwas gesagt hat. Aber ich ziehe den Schmerz des Wartens vor. Und, das muss ich wohl zugeben, jetzt, da es mir erlaubt wäre, zögere ich auch, sie zu besitzen. All die Dinge, die ich ihr erst beibringen muss! Eine Faulheit macht sich in mir breit. Ein wenig fürchte ich mich auch. Ich habe Angst, dass sie plötzlich aufwacht, dass sie angesichts des rohen Vorgangs revoltiert, sich löst aus der Starre, in die sie verfallen scheint.

*

Nach einer ersten Kältewelle herrschen jetzt mildere Temperaturen. Das Eis in den Abflussrinnen ist geschmolzen. Sobald ich Isabelle verabschiedet habe, zieht es mich in die Stadt, ich liebe es, durch die Straßen zu laufen, meine Freiheit, meine Einsamkeit wiederzufinden. Acht Uhr. Die Restaurants füllen sich. Auf den Terrassen der Cafés sitzen Studenten und wärmen sich an den Braseros. Vor den Kinos bilden sich Schlangen. Ich komme daher wie ein streunender Hund auf der Suche nach irgendwelchen Abfällen. Ich warte auf meinen Knochen. Ich streiche um die Menschen, in der Hoffnung, dass mir jemand ein Stückchen Leben hinwirft. Die Hände in den Taschen, den Kragen bis an die Ohren hochgezogen, folge ich einer Gruppe, dann einer anderen, wozu? Ich weiß es nicht. Manchmal begegne ich einem alten Freund, und für einen Augenblick kreuzen sich unsere Blicke. Schon lange grüßt mich niemand mehr. Warum will man mich nicht kennen? Ich habe mir nichts vorzuwerfen. Ich habe nie jemandem geschadet.

Heute Abend kehre ich im Richelieu ein, die Terrasse ist brechend voll. Ich setze mich neben einen Amerikaner in Matrosenjacke. Wir schauen einander an. Er sagt etwas auf Englisch, aber ich bedeute ihm, dass ich nicht verstehe. Er gibt sich nicht geschlagen, er insistiert, er bietet mir eine Zigarette an. Armer Penner. Bist du etwa auch hier, weil du irgendeinen abgenagten Knochen suchst? Er redet mit den Händen, ich glaube zu erraten, dass er zwei Kinder hat. »Weit«, sagt er, »Los Angeles.« Aha, das habe ich verstanden. Los Angeles. Ich wiederhole diese Worte. Schon ist er glücklich, er gestikuliert. Wie wenig er braucht.

Ich stehe auf. Er folgt mir. Zwei streunende Hunde, die sich gefunden haben. Ich möchte ihm klarmachen, dass er sich täuscht, dass irgendwo in der Stadt Isabelle an mich denkt. Aber er glaubt, ich sei allein, er hofft auf mich, ich weiß nicht, wie ich ihm den Irrtum begreiflich machen soll. Wir ziehen von einem Café zum anderen. Die Menge fließt allmählich ab, von den Kinos aufgesogen, wie Wasser im Sand versickert. Ich weiß, wo das enden wird, in einem Stundenhotel, mit Mädchen. Salz des Lebens. Menschliche Wärme. Nichts für mich, heute Abend. Ich lasse ihn stehen.

ES MUSS VOLLBRACHT WERDEN. Gleich wird Isabelle mir gehören. Seit zwei Tagen hole ich sie nicht mehr in der Rue des Couventines ab, ich finde es praktischer, von vornherein hier auf sie zu warten. Mit dem Küssen draußen haben wir zu viel Zeit verschwendet. Und irgendwann hätte uns doch jemand überrascht.

In einer Stunde ist sie mein. Ich bin glücklich, dass ich es frei entscheiden kann, ohne dass der Zufall oder die Umstände Einfluss darauf nehmen. Ich werde bis zum Schluss mit klarem Kopf gehandelt haben. Das nennt sich gelungen. Ich erwarte viel von Isabelle. Sie bleibt nicht mehr so steif bei meinen Liebkosungen, und es sieht ganz danach aus, als könnte die erste Lust Folgen haben. Ihre Scham blättert ab wie die Rinde einer Platane. Ein altes Kleid, das sich überlebt hat. Wenn alles gut geht, werde ich das Ereignis feiern. Ich bin schon allzu lange brav. Ich trinke nicht. Ich führe ein Einsiedlerleben, gehe zeitig ins Bett, esse vernünftig. Ein kleiner Ausreißer wird mich auflockern. Ich fühle mich gut in Form, glücklich, meiner Kräfte sicher.

Trotz allem, jetzt, da der Sieg bevorsteht, überkommt mich eine fast unmerkliche Erregung. Nicht dessentwegen, was geschehen wird, da habe ich schon anderes erlebt, sondern bei der Erinnerung an alles, was ich in jüngster Zeit durchgemacht habe, Hoffnungen, Zweifel, Enttäuschungen und mitreißende Freuden. Ein harter Kampf. Habe ich ihn ohne Grund geführt? Ich werde es nie herausfinden. Selbst Isabelle könnte es mir nicht erhellen. Egal. Hauptsache, ich habe gewonnen.

DRITTER TEIL

ICH HABE DEN LIEBESAKT immer mit großem Ernst vollzogen. Aber noch nie hatte ich so sehr wie heute das Gefühl, etwas Rituelles zu tun, ein Opfer darzubringen. Gewiss, meine Lust hielt sich in Grenzen, aber auf die Lust als solche kam es auch nicht an. Sie war nur ein untergeordnetes Thema dieser Tragödie, die wir spielten, Isabelle und ich.

Ich hätte mir gewünscht, dass diese Stunden nie vergingen, dass sie stehen blieben, ewig gegenwärtig. Ich weiß, was danach kommen wird, die Gewöhnung, die gebändigte, wie ein Haustier gezähmte Lust. Ich weiß, was ich bei Isabelle erreiche, mir ist klar, dass sie auf meine Spiele eingehen wird und welche Gefälligkeiten wir einander erweisen werden. So ergeht es jeder Liebe. Man gelangt immer zu früh an einen Punkt, wo die Lust das Gefühl aufzehrt, wo die Freude des Sichwiederfindens das Glück ersetzt, einander zu entdecken.

Nun habe ich seit Wochen auf diesen Tag gewartet. Ich habe mich ängstlich gefragt, was ich empfinden würde, wenn Isabelle mir erst gehörte. Freude? Besänftigte Angst? Ich konnte mir meine Gefühle schlecht vorstellen, und jetzt, da es vollbracht ist, bin ich nicht weiter als zuvor. Es war einer der glücklichsten Momente meines Lebens, aber ich bin unfähig zu sagen, was ihn so glücklich gemacht hat, inwiefern er sich von allem, was ich bisher erlebt habe, unterschied, woher sein seltsamer Reichtum und seine Dichte kamen. Denn schließlich ist Isabelle nicht die erste Frau, die ich liebe und mit der ich schlafe, sie ist zweifellos auch nicht diejenige, die ich am meisten geliebt, am heftigsten begehrt habe.

Es geschah alles in einer andächtigen Atmosphäre, die jede Zügellosigkeit ausschloss. Ich war unsicher, trotz meiner großen Sprüche, und fürchtete, das junge Mädchen könnte sich im letzten Moment auflehnen. Außerdem war mir, noch stärker als gewöhnlich, jede Spur von Fröhlichkeit abhandengekommen. Nicht wenige Frauen haben mir mein trauriges Gesicht vorgeworfen, aber diesmal, glaube ich, war der Ernst mir ausnahmsweise nützlich. Isabelle gehört zu jener Sorte Mädchen, die – seltener, als man meinen mag – nichts halbherzig tun und der banalsten Handlung eine extreme Bedeutung beimessen. Ich habe Frauen gekannt, die ich erst zum Lachen bringen musste, sonst hätten sie sich nicht hingegeben. Meine kleine Freundin dagegen erwartet von mir eine Aufmerksamkeit, die der ihrigen entspricht.

Bevor sie kam, richtete ich das Zimmer her. Ich schloss die Fensterläden. Ich knipste meine altmodische Lampe an und bedeckte das Bett mit einer algerischen Decke, die ich gestern bei einem Antiquitätenhändler gekauft habe. Dieser Überwurf mit breiten rot-grünen Streifen macht den Raum freundlicher und ist vorteilhafter als meine alte Tagesdecke. Ich überlegte einen Augenblick, ob ein Blumenstrauß angebracht sei. Ich mag keine Blumen und beschloss, dass Isabelle sie auch nicht mögen würde.

Sobald sie klopfte, machte ich auf und schloss sie in die Arme. Sie ließ es sich mit ihrer gewohnten Folgsamkeit gefallen. Als wir uns noch kaum kannten, hatten wir einander nicht viel zu sagen, und ich war immer besorgt, sie könnte sich in meiner Gesellschaft langweilen. Ich hatte keine Ahnung, was sie interessierte, und sie trug nichts dazu bei, das Gespräch anzuregen. Seit wir intimer geworden sind, hat sich das Problem von selbst gelöst. Isabelle scheint, genau wie ich, sinnlich genug veranlagt, um auf Worte zu verzichten. Unsere Liebkosungen ersparen uns das Reden, und da ich beim Erwecken meiner kleinen Freundin täglich Fortschritte erziele, wird mir nicht langweilig. Nichts ist so erregend, wie Lust hervorzurufen, erst recht, wenn man sie als etwas Neues lehren muss. Mit einer gefügigen Frau habe ich mich nie gelangweilt, während eine eingebildete Pute, mag sie noch so schön sein, mich in schlechte Laune versetzt, sobald sie sich auch nur bitten lässt. Ich erinnere mich an Georgette, eine Angestellte meines Bruders, mit der ich vor vier oder fünf Jahren etwas hatte. Mit dem Temperament einer Menschenfresserin hätte sie drei Exemplare wie mich gleichzeitig geschafft, aber bevor man ihr den Rocksaum küssen durfte, musste man ihr Gerede ertragen, auf ihre Vertraulichkeiten eingehen, mehr als eine Stunde lang ein fades Geplänkel über sich ergehen lassen. Erst dann war sie bereit, dass es zur Sache ging. Aber auch das nicht ohne Weiteres, denn sie setzte ihre ganze Ehre darein, sich unterkühlt zu geben, und es dauerte noch einmal, bis ihr ausgeprägtes Temperament schließlich mit ihr durchging und sie ihren lächerlichen Stolz samt der angeblichen Kühle vergaß. Zum Glück ist Isabelle absolut aufrichtig. Obwohl sie nur langsam Geschmack an meinen Liebkosungen findet, bemüht sie sich stets mit eifriger Beflissenheit.

*

Ich empfing sie wie jeden Abend, mit einer Anwandlung von Zärtlichkeit, die mich jedes Mal überkommt. Ich mag es, sie zu küssen. Das Privileg der wahren Liebe. Ich sehe in diesem kleinen Zeichen das Pfand einer dauerhaften Freundschaft. Ich wünschte, mein Abenteuer mit Isabelle möge ewig währen. Ich bin über das Alter der Neugierde hinaus. Ich sehne mich nach einem dauerhaften Glück, etwas Stabilem, das mein Leben ins Gleichgewicht brächte und ihm einen Sinn verliehe. Ich bin noch jung, aber allmählich lassen meine Kräfte nach, ich habe nicht mehr meinen alten Schwung. Wenn ich mich wirklich an Isabelle binden könnte, wäre ich vielleicht nicht mehr so unruhig, vom Gedanken an die Zukunft geplagt.

Ich war extrem nervös. »Wenn heute vorbei ist«, sagte ich mir, »kann ich mich gehen lassen. Aber noch muss ich mich beherrschen, darf diesen letzten Akt auf keinen Fall vermasseln.«

Ich zog Isabelle aufs Bett. Meine rituellen Gesten erschreckten sie nicht. Ich entkleidete sie und löschte das Licht. Es war stockdunkel. Ich wollte nicht, dass sie mein Gesicht sieht, ich hatte Angst, dass sie jenes Fieber der Lust bemerkt, das befremden mag, wenn man es nicht kennt. Bis zum Schluss würde ich mit größter, sicher übertriebener Vorsicht zu Werk gehen, aber ich bereue es nicht, vielleicht ist mein Erfolg nur dieser Vorsicht zu verdanken. Ich begann sie zu streicheln. Ihr ganzer Körper war feucht. Ich hatte den Ofen weit aufgestellt, und es herrschte eine erstickende Hitze. Nach und nach belebte sie sich, immer heftigere Schauer durchzuckten ihre Beine. Dann warf sie plötzlich den Kopf zurück. Ihre Hand klammerte sich an meinen Arm, und ich spürte, wie die Nägel sich festzukrallen suchten. Sie war am Rand der Lust, als ich aufhörte. Ich konnte sie nicht sehen, aber ich ahnte, dass sie die Augen wieder aufgeschlagen hatte. Ich küsste sie. Es war kein Küssen, sondern ein Beißen. Ihr Mund hatte nichts Sanftes mehr, es war ein besessener Mund, gierig, der mich einsaugte, mich schnappte. Sie zog mich an sich, wie wild, und drückte mich so stark, dass mir die Luft wegblieb. Ihre Geste hatte etwas Theatralisches, es war die Stunde ihres Lebens, aber wenigstens zierte sie sich nicht. Ich löste mich von ihr und zog mich aus. So seltsam es erscheinen mag, aber mein Verlangen nach ihr war mäßig. Ich war entnervt, klarsichtig wie ein Schlafloser. Ich fing wieder an, sie zu streicheln. Ich wunderte mich fast, wie leicht sie zu ihrer Lust fand, während ich so verspannt blieb. Aber schließlich hat sie auch nicht meine Ängste durchgemacht, meine anfänglichen Zweifel. Für sie ist das Abenteuer ohne Schwierigkeiten abgelaufen. Nur ich spürte, was an diesem Augenblick so bewegend war. Ich nahm sie genau in dem Moment, als die Ekstase sie gegen mich warf. Ihre einzige Verteidigung war ein leiser Klagelaut, wie das Seufzen eines Kindes. Isabelle. Nie habe ich so gut verstanden, wie unwichtig die Lust ist. Triumphgesang, Freudengesang. Jeder Gesang ist lächerlich, wenn ein so großes Wunder geschieht. Ich bedauerte das fehlende Licht. Ich werde nie wissen, wie ihr Gesicht dabei aussah.

Manchmal habe ich mich wegen meiner Unfähigkeit zu lieben für schlecht gehalten, weil ich die Frau nur als Lustobjekt begriff. Und auf einmal enthüllt Isabelle mir mein eigentliches Wesen. Sie verwandelt den zynischen alten Mann, der ich gestern noch war, in einen Menschen ohne Egoismus, dessen Aufmerksamkeit nicht sich selbst, sondern jemand anderem gilt, den es schon glücklich macht, bei der zu sein, die er liebt.

Ich knipste die Lampe an, und ihr Licht, wenngleich so sanft, blendete uns. Lange blieb ich neben Isabelle liegen, fiebrig, glücklich. Kaum eine Stunde war vergangen, seit sie da war. Eine Stunde Ewigkeit. Gewöhnlich wird mir ihre Anwesenheit nach einer Weile lästig. Heute war alles anders. Ich hätte mir gewünscht, dass die wenigen Stunden, die uns blieben, ewig dauerten. Ich empfand unbekannte Gefühle, das Gegenteil von dem, was ich mir vorgestellt hatte. Nicht Stolz. Nicht Beruhigung, sondern eine selige Demut gegenüber diesem kleinen Mädchen, das sich mir hingegeben hatte; keine Dankbarkeit, sondern eine Art gerührte Hochachtung.

Ich hätte unsere Spiele wiederaufnehmen, Isabelle bis zum Abend lieben können. Ich wollte es nicht. Ab und zu sprachen wir, sagten ein paar Sätze, und zum ersten Mal war es mir vollkommen Ernst mit meinen Versprechungen. Ich erhoffte mir nichts mehr, sie hatte mir nichts mehr zu geben, und ich sprach nicht mehr in der ständigen Besorgnis, sie zu erweichen, wer weiß was für Hindernisse zu bezwingen. Zum ersten Mal konnte ich ihr sagen, dass ich sie liebte, ohne etwas anderes zu erwarten als ihr Lächeln.

Wir zögerten das Auseinandergehen bis zur letzten Minute hinaus, denn diese Trennung tat mir weh. Ich begleitete sie bis nach Hause. Ich, der sie sonst so leicht gehen ließ, es so eilig hatte, die erzielten Fortschritte in meinem Kopf zu wälzen, ich empfand, als sie das Eisentor hinter sich schloss und ich sie nicht mehr sah, einen echten körperlichen Schmerz, der mich zerriss, eine Beklemmung. Sie besessen zu haben befreit mich nicht, im Gegenteil. Ich habe Durst nach Isabelle. Ihre Abwesenheit quält mich, ein winziger Schnitt, der immer klaffender wird.

Gleich morgen will ich mir etwas überlegen. Eine Möglichkeit suchen, sie öfter zu sehen. Ich will sie ganz für mich, mich an ihr weiden, mich an ihr sättigen. Mit der Zeit wird mein Durst sich legen, aber im Augenblick leide ich. Und ich hasse das Leiden.

*

Ich konnte mich nicht überwinden, nach Hause zu gehen. Ich fürchtete dieses Zimmer, die Leere im Raum, die Enge der vier Wände. Sicher graute mir auch vor Nicolas' Besuch. Ich brauchte Leben, aber das Gequatsche des Russen zu ertragen ging über meine Kräfte. Ich dachte an den Point du Jour.

Schon lange hatte ich Lust, wieder dorthin zu gehen. Ich hatte ihn verschwommen in Erinnerung, wie den Eindruck einer Landschaft in der Morgendämmerung. Ich war noch einmal dort gewesen, an dem Abend, als ich mit Lola geschlafen hatte, aber da war mir die stille Baracke so anders erschienen als das lärmende Tingeltangel vom ersten Abend, dass ich nicht auf meine Kosten gekommen war. Ich hatte das Gefühl gehabt, der Point du Jour wiche in die Nacht zurück, unfassbar wie jene Nebelschlösser, die sich manchmal über dem Fluss abzeichnen und von einem Luftzug verschluckt werden.

Ich werde nie richtig glücklich sein. Alles trifft mich, alles verletzt mich. Ich möchte alles wiederhaben, was ich je besessen habe, jedes einzelne meiner Abenteuer gleichzeitig erleben, der vielfache Mensch sein, der ich einmal war, das Kind, der Knabe, der junge Mann. Ich möchte im selben Moment an hundert verschiedenen Orten sein, in einer einzigen Umarmung all die auf immer verschwundenen Augenblicke meines Lebens fassen, deren Erinnerung mir wehtut.

Mein Leben ist eine andauernde Jagd nach Erinnerungen. Vor allem die Landschaften verfolgen mich, und danach die Menschen.

Ich ging wieder auf jener langen Straße, die wie ein Königsweg an den Kais entlangführt, breit, gepflastert mit altersrunden Steinen. Der Nordwind blies und riss Schaumfetzen aus der Gischt. Kurze, phosphoreszierende Wellen liefen schräg aufs Ufer zu, trafen es mit geballter Kraft, klatschend wie Ohrfeigen. Über dem schlingernden Grund führten die Lichter der Schiffe eine Art Rundtanz um die gesamte Reede auf. Tiefer Himmel. Drückende, unheilverkündende Wolken. In meinen Mantel gepackt, kämpfte ich gegen den Wind. Manchmal erreichten mich die Spritzer einer heftigeren Welle, besprühten mein Gesicht mit eisigen Tröpfchen. Alles deutete auf einen Sturm hin. Die Haltetaue rieben sich mit dem Geräusch gequälten Metalls an den Planken, klagende und zarte Schreie, wie von einem verletzten Vogel. Die Nacht wurde finster. Auf zwanzig Meter war nichts mehr zu sehen, außer den Schiffslaternen. Atemlos und mit stechendem Herzen schwitzte ich unter meinem Mantel. Dieser Marsch durch den Wind hatte etwas Düsteres. Eine unendliche Traurigkeit stieg von dem Fluss auf, geöffnet wie ein Grab. Manchmal verschwanden die Schaumkronen der Wasseroberfläche unter einer Nebelschwade, und ich war verloren, ohne jeden Anhaltspunkt. Ich ging wie ein Blinder, sogar der Boden blieb unsichtbar.

Ich hätte mir ein günstigeres Wetter aussuchen können, aber ich bereute nicht, dass ich hergekommen war. Die Kälte, die Dunkelheit versetzen mich immer in einen glücklichen Rausch, ich liebe das Gefühl, fern von allem, schwach und verletzlich zu sein. Umso mehr genieße ich dann die wiedergefundene Wärme, das Licht.

Es begann zu regnen. Im Nu war ich durchnässt, das Haar klebte mir im Gesicht, die Tropfen nahmen mir die Sicht. Ich schlotterte. Ich fürchtete mich zu erkälten. Aber ich hätte nichts dagegen gehabt, krank zu werden. Ich sehnte mich fast nach dem Balsam des Fiebers, den leichten Träumereien, denen man sich überlässt, wenn man vergrippt im warmen Bett liegt. Auf einmal tauchen all die für immer verloren geglaubten kleinen Freuden der Kindheit wieder auf: der ungewohnte Duft des Zimmers, die gedämpften Geräusche, die man unter der Bettdecke vergraben mitbekommt, der Geruch von Kräutertee und jenes absonderliche Gefühl, liegen zu bleiben, während es um einen herum weitergeht wie sonst, während das Alltagsleben im Haus seinen gewohnten Lauf nimmt, mit der bekannten, aber durchs Fieber gesteigerten Langsamkeit der Zeit.

Aus der Ferne, durch eine Windböe, hörte ich die Klänge eines Akkordeons, ein paar Töne, und ich wusste, dass der Point du Jour wieder eine rauschende Nacht erlebte. Ich lief schneller. Aber vor der Tür, schon im Begriff einzutreten, packte mich, ich weiß nicht, was. Angst, enttäuscht zu werden? Furcht, dem Schweden zu begegnen? Ich kann es nicht sagen. Man jagt bestimmten Erinnerungen nach, und sobald sie in Reichweite sind, läuft man davon, wie ein Armer. Genau das tat ich.

MIR FEHLT ES VIELLEICHT an Willen im üblichen Sinne des Wortes, aber ich bin eigensinnig und hartnäckig und lasse mich durch nichts abschrecken. Die zähesten Hindernisse stacheln mich an.

Ich wollte, dass Isabelle ihre Tage mit mir verbringt, und ich habe mein Ziel erreicht. Wenn man uns erwischt, was für ein Skandal! Aber wie schön es doch ist, sie bei mir zu wissen, was für eine Freude, sie zur Hand zu haben, nicht mehr auf sie warten zu müssen, nicht mehr stundenlang nach ihren Schritten im Treppenhaus zu lauschen!

Als Kind war ich ein großer Schulschwänzer. Davon ist mir noch etwas geblieben.

»Isabelle, was passiert, wenn du nicht ins Pensionat gehst, wenn du krank bist?«

»Was soll passieren?«

»Schreibt man deinen Eltern? Werden sie benachrichtigt?«

»Nein. Aber wenn ich wiederkomme, muss ich eine Entschuldigung von Papa mitbringen.«

Bestens. Ich bat sie, mir einen Brief von Monsieur Saulnier zu verschaffen, und übte mich die halbe Nacht in der Kunst der Fälschung: *Schwester Oberin, ich bitte, das Fehlen meiner Tochter Isabelle zu entschuldigen, sie musste wegen Anzeichen von Grippe … usw.*

Am nächsten Tag wagten wir das Experiment. Isabelle verbrachte den Nachmittag bei mir. Endlich habe ich die so lange angestrebte Zone des vollkommenen Glücks erreicht. Ohne anzüglich zu werden, kann ich meine kleine Freundin jetzt in aller Freiheit auskosten. Wenn ich mit ihr schlafe, empfinde ich nicht mehr diese Hemmung wie am ersten Tag, diese Angst, sie könnte sich sträuben.

Sie bewahrt eine reizende Schamhaftigkeit, und zugleich lassen ihre Gesten einen schüchternen Wagemut erkennen. Sie ergreift die Initiative; sie versucht sich in ungelenken Zärtlichkeiten. Ich führe sie mit Taktgefühl, als wäre nichts dabei, lasse ihr die Freude der Entdeckung. Wir schalten das Licht nicht mehr aus, und ich kann ihren entzückenden Körper genießen, der zart und geschmeidig ist wie der eines Tiers. Ihre Schönheit erscheint mir von Tag zu Tag deutlicher. Sie gehört nicht zu den Frauen, die sich dem ersten Blick anbieten und deren Zauber dann immer mehr verblasst. Im Gegenteil, ihre Anmut nimmt zu, je besser man sie kennt, es vergeht kein Tag, an dem ich nicht etwas Neues entdecke, eine Linie, die mich rührt, eine Kurve, die mich betört. Am meisten erregt mich ihre Jugend. Ihre helle Haut ist makellos, ich habe vergeblich nach irgendeiner Unvollkommenheit gesucht, nach Streifen oder Marmorierungen, die fast alle Frauen, sogar schon die zwanzigjährigen, verunstalten.

Dieser Durst nach Isabelle ist für mich ein Wunder. Gewöhnlich bin ich nach dem ersten Feuer der Entdeckung ziemlich schnell bedient. Mit ihr nichts dergleichen. Auch wenn ich ihre Gesellschaft den ganzen Tag genossen habe, bleibt mir noch ein Rest Begehren. Sie facht meine Glut an, verleiht mir wieder jene jugendliche Kraft, die durch nichts zu beruhigen ist.

Am nächsten Tag ging sie, mit meinem Brief gerüstet, in die Schule, und ich warte voller Unruhe auf ihre Rückkehr. Vom Ergebnis dieses Versuchs hing mein Glück ab. Für den Fall, dass der Schwindel bemerkt würde, hatten wir uns eine harmlose Geschichte ausgedacht, der zufolge Isabelle während des Unterrichts im Kino gewesen wäre, sich einen Zeichentrickfilm angesehen hätte, von dem die ganze Stadt redet.

Kaum hatte ich sie erspäht, begriff ich, dass es gut gelaufen war.

»Die Oberin hat mich gefragt, ob ich nicht ansteckend sei«, sagte sie.

»Dann bekommst du heute Nachmittag einen Rückfall. Und diesmal wirst du richtig krank, mindestens für eine Woche.«

*

Wir verbringen wunderbare Tage. Doch die Sinnlichkeit allein wäre keine ausreichende Erklärung für meine Freude, mit Isabelle zusammen zu sein, und sicher würde ich das junge Mädchen kaum so leicht ertragen, wenn sich unsere Beziehung nicht derart subtil entwickelt hätte.

Ich habe immer, und ohne ihr je zu begegnen, von einer Gefährtin geträumt, die mich verstünde, die nicht nur ein Vergnügungstier wäre, sondern auch eine Freundin, eine Vertraute, der ich mein Geheimstes preisgäbe. Vom ersten Tag an habe ich geahnt, dass Isabelle diese Gefährtin werden könnte, aber dann fiel es mir so schwer, diesen idealen Punkt zu finden, an dem eine Verbindung zwischen uns möglich wurde, dass ich schon glaubte, ich hätte mich geirrt. Unser Alter erklärt natürlich die unterschiedlichen Interessen, aber das Übel ging tiefer. Sosehr ich auch suchte, ich fand keinerlei Gemeinsamkeit zwischen Isabelle und mir. Von Natur aus schienen wir uns nahe, beide traurig und verschlossen, und trotzdem blieben wir unendlich weit voneinander entfernt, wie zwei Fremde.

Nach und nach wurde diese Schranke aufgehoben. Aber so unmerklich, dass es mir erst später bewusst geworden ist. Lange war ich gelähmt von der Notwendigkeit, sie zu belügen. Erst als mein Ziel erreicht war, wurde ich wieder ehrlich. Es gab keine Zweideutigkeit mehr zwischen uns, und ich konnte mich ihr unbesorgt anvertrauen.

Sie bleibt schweigsam, doch sie hört mir mit so lebhafter Aufmerksamkeit zu, dass ich keine Angst habe, sie zu langweilen. Ich erzähle ihr von mir. Ich bin nicht besonders egoistisch, aber manchmal verstehe ich mich selbst so wenig, dass ich es als wahren Genuss empfinde, mich zu erklären. Und ich glaube, wenn ich einen Zeugen habe, gelingt es mir besser, die tausend widersprüchlichen Strömungen meines Bewusstseins ans Licht zu bringen. Meine Ängste. Mein Groll. Was ich liebe. Was mich wütend macht. Manchmal habe ich versucht, mich durchs Schreiben zu erfassen, mich zu entdecken, aber dabei komme ich nicht weiter, einerseits, weil die Wörter zu trocken sind, und andererseits, weil eine gewisse Faulheit mich dazu treibt, Dinge zu behaupten statt zu analysieren. Vor Isabelle dagegen kann ich mich nicht entziehen. Ich spreche nicht für mich, sondern für sie. Pirouetten verbieten sich von selbst.

Je größer unsere körperliche Intimität wird, desto freier fühle ich mich mit ihr, das geht so weit, dass ich ihr gewisse Dinge sage, die ich nie jemandem anvertraut habe. Zuerst hatte ich Angst, sie mit meinen manchmal brutalen Gedanken zu erschrecken, aber sie bemüht sich, mich zu verstehen, und nichts scheint sie zu schockieren. Dabei tue ich weiß Gott nichts, um mich besser darzustellen, als ich bin! Ich habe diese Leute nie ertragen, die ihre niedrigsten Handlungen mit viel Geschick in etwas Liebenswertes verwandeln. Scheinheiligkeit ist nichts für mich. Gewiss, ich mache mich nicht extra schlecht, aber ich verteidige mich nie, wenn ich mich schuldig fühle.

Ich empfinde es als große Wohltat, mich auf diese Weise auszusprechen. Heute weiß ich, dass ich in meine angeblich freiwillige Einsamkeit gezwungen worden bin. Ich war allein, weil niemand etwas von mir wissen wollte. Oder vielmehr, weil ich noch niemandem begegnet war, der mir helfen konnte. Isabelle ist die verwandte Seele, die ich unbewusst gesucht habe. Während ich diesen Ausdruck – verwandte Seele – ganz am Anfang vorsätzlich gebraucht habe, um sie zu rühren, weiß ich heute, wie wahr er ist.

Ich fühle mich stärker, jünger, befreit von dieser Unruhe, die mich ständig plagte. Ich schlafe besser. Ich bin ausgeglichen wie nie zuvor. Ich kann auf die Straße gehen, ohne sofort jede Frau mit den Augen zu verfolgen, ohne sofort die verzehrenden Gelüste zu empfinden, die mich früher überkamen. Hätte das Wort nicht einen so engen Sinn, würde ich sagen, ich werde keusch. Die Liebe nimmt plötzlich eine neue Bedeutung für mich an, sie ist ein Mittel, mich inniger mit der, die ich liebe, zu verständigen. Sie ist nicht mehr diese Jagd nach einem flüchtigen Vergnügen, das, kaum erreicht, auch schon verpufft. Sondern ganz im Gegenteil, eine dauerhafte und reine Freude, ein zuverlässiges Glück, das mich beflügelt und das mich hält.

*

Diese Leidenschaft macht mich besessen, sie treibt mich in den schlimmsten Leichtsinn. Nicht damit zufrieden, dass Isabelle den ganzen Tag bei mir blieb, wollte ich auch noch die Nacht mit ihr verbringen, in ihren Armen. Mir schien, ich würde sie nicht wirklich kennen, solange wir nicht eine Nacht miteinander erlebt hätten.

»Isabelle«, sagte ich, »heute Abend reißt du von zu Hause aus. Ich warte vor dem Tor auf dich, und dann gehen wir zu mir, ich möchte, dass du bei mir schläfst, wenigstens ein Mal.«

Sie weigerte sich. Ich bestand darauf.

»Wovor hast du Angst?«

»Es geht nicht, unmöglich. Wie soll ich es anstellen, wieder reinzukommen …«

In meiner Begeisterung hatte ich die Einzelheiten nicht bedacht. Ich wollte es, und schon schien mir alles ganz einfach. Doch ich musste ihre Gründe wohl einsehen: Sie konnte zwar ausreißen, die Tür lässt sich von innen öffnen. Aber sie hatte keinen Schlüssel und keine Möglichkeit, wieder ins Haus zu gelangen.

»Also gut«, sagte ich, »dann komme ich zu dir. Das ist einfach. Hör zu. Heute Abend begleite ich dich und schlüpfe hinter dir in den Garten. In der Nacht ist es dunkel, da wird mich niemand sehen. Sobald alles schläft, stehst du auf und lässt mich rein. Bestimmt gibt es irgendwo eine Tür oder ein Fenster für mich …«

»Die Dienstbotentür, hinten. Die wird nie abgeschlossen.«

»Ich schleiche mich in dein Zimmer, und frühmorgens, bevor der Tag anbricht, verschwinde ich.«

Ich wundere mich über meine Kühnheit, meine Risikobereitschaft … Aber Isabelles Leichtfertigkeit wundert mich noch mehr. Wie übermächtig muss sie sich beherrscht fühlen, dass sie mir bei den verrücktesten Ideen so wenig Widerstand entgegensetzt! Wenn ich unanständig wäre, was könnte ich alles von ihr verlangen.

Am selben Abend wagte ich das Abenteuer.

Mit vierunddreißig Jahren fand ich meinen Hang zu Eskapaden und zu allem, was mir geheimnisvoll erschien, unverändert wieder, genauso drängend wie früher, als meine Eltern mich in mein Zimmer einsperrten und ich auf die Gefahr hin, mir den Hals zu brechen, an einem Wasserrohr herunterrutschen musste, um mir irgendeinen Western anzusehen, von dem ich, weil ich nie früh genug weg kam, immer nur den Schluss sah.

Alles lief bestens. Das Haus der Saulniers ist riesig, massiv, eher ein Schloss als ein Haus. Isabelle wohnt im ersten Stock, während ihre Eltern am anderen Ende des Gebäudes im zweiten schlafen. Wir hatten nichts zu befürchten und hätten ohne Sorge, entdeckt zu werden, mit lauter Stimme reden können. Isabelles Zimmer gleicht einem Salon, ausgestattet mit im Halbdunkel schimmernden schönen alten Möbeln. Ich hatte gut zwei Stunden draußen warten müssen, mir war kalt. Ich schlüpfte in das schmale Bett, drängte mich dicht an das junge Mädchen. Neue Gefühle. Eine unbekannte Lust. Wir liebten uns erst im Morgengrauen, als die Straße wieder lebendig wurde, während diese wohl einzigartige Nacht, die mir immer als ein großer Glücksmoment in Erinnerung bleiben sollte, schon zu Ende ging. Wir taten kein Auge zu. Ich konnte unmöglich einschlafen, viel zu erregt von dieser doch so schlichten Freude, bei Isabelle zu sein, ihre Wärme durch den feinen Stoff ihres Schlafanzugs zu spüren, reglos an sie geschmiegt zu verharren, nicht wie bei mir zu Hause, vom Verlangen getrieben oder von der Müdigkeit besiegt, sondern einzig auf dieses Glück konzentriert, uns beieinander zu wissen.

Nach der Zeit, in der ich versucht hatte, Isabelle in meine Spiele einzuweihen, sie in meine Welt, die der Erwachsenen, einzuführen, war dies die Nacht ihrer Revanche. Ich hatte mich zu ihr begeben, fand mit ihr jenes Alter der Kindheit wieder, in dem die Welt so neu ist, dass die kleinste Freude als Herrlichkeit erscheint. Ich empfand wieder wie mit fünfzehn Jahren, oder vielmehr so, wie ich es damals nie erlebt hatte, denn diese Nacht war von einer Reinheit, die mir mit fünfzehn unbekannt gewesen war.

Ich musste verschwinden. Nebel hüllte den Garten ein, blieb im Gras hängen, zerfranste im Geäst der Magnolien. Ich fühlte mich plötzlich von einer kindlichen Traurigkeit erfasst. Es war, als würde ich aus einem Zauberkreis vertrieben. Ich kehrte in die Winterstadt zurück, in die diesige Kälte, wo all die Leute zur Arbeit hasteten, bis obenhin in Schals gewickelt, aus denen nur die noch vom Schlaf verknitterten Augen schauten. In meinem Zimmer war der Ofen ausgegangen, durch die beschlagenen Fenster fiel fahles Licht. Der Geruch von kaltem Rauch. Unordnung. Nie hatte ich mich so allein gefühlt. Ich warf mich aufs Bett und schlief voll angezogen ein.

Aber schon um neun kam Isabelle mich wecken, ich spürte ihr vom Wind gekühltes frisches Gesicht, das sich an meiner Wange rieb, feuchtes kleines Näschen, Katzenmäulchen, ich hörte ihr leichtes Lachen, das mir Guten Morgen sagte. Sie legte sich neben mich, und wir schliefen bis mittags.

Ich glaube nicht, dass dieses Abenteuer sich wiederholen wird. Bei näherer Betrachtung war ich verrückt gewesen, für so geringe Beute so viel zu riskieren. Gewiss, ich war glücklich gewesen, aber der kleinste Zwischenfall hätte genügt, und meine schöne Liebe wäre schlagartig zerstört worden. Verführung Minderjähriger, Einbruch, was weiß ich, was sonst noch alles? Isabelle verstand mich sehr gut. Seien wir geduldig. Vielleicht wird der Zufall uns helfen? Ich wollte diese Nacht, und jetzt, nachdem ich sie gehabt habe, wird meine Lust vergehen.

VORHIN HABEN WIR EINEN Spaziergang am Flussufer gemacht. Eine Unpässlichkeit des jungen Mädchens hindert uns an den gewohnten Spielen, und ich konnte mir schwer vorstellen, den ganzen Nachmittag in trauter Zweisamkeit mit ihr, ohne andere Unterhaltung als unser Gespräch, auf meinem Zimmer zu verbringen. Widrige Umstände, ein Ärgernis.

Wir sind die Kais entlanggegangen. Die lebhafte Stimmung im Hafen gefiel meiner kleinen Freundin. Seit Kurzem liegt ein Kriegsschiff vor Anker auf der Reede, und wir haben über eine Stunde zugeschaut, wie die Matrosen das Kupfer und die Kanonen auf Hochglanz brachten, die Brücke mit eimerweise Wasser scheuerten.

Ich verspürte einen leichten Anflug schlechter Laune, sicher wegen Isabelles Unpässlichkeit. Obwohl sie nichts dafür konnte, nahm ich es ihr übel, dass sie mich um mein Vergnügen brachte. Ihre unbeschwerte Fröhlichkeit regte mich auf. Jede Kleinigkeit entzückte sie, eine fischende Möwe, das Manövrieren eines Schleppers, das komische Aussehen eines Zöllners. Ich liebe diese Kais, die etwas Malerisches an sich haben, von dem ich nie genug bekommen kann. Aber ich ertrug es schlecht, dass Isabelle meine Freude daran teilte. Ihre Ausrufe erschienen mir fehl am Platz, es ging mir auf die Nerven, wie glücklich sie war.

Gott weiß, dass ich sie liebe, aber manchmal belästigt mich ihre Gegenwart. Ich hätte sie nicht hierher bringen dürfen, es ist meine Schuld. Es gibt gewisse geheime Orte, die man auch den teuersten Geliebten verbieten müsste, Orte, an denen sie nichts zu suchen haben. Isabelle besitzt zwar Taktgefühl, aber nicht genug, um zu merken, wann es angebracht wäre, den Mund zu halten. Erst sagt sie lange Zeit gar nichts, und dann rächt sie sich plötzlich und überschüttet mich mit ihren Bemerkungen. Um sie nicht zu verletzen, lasse ich sie reden, aber es wäre mir lieber, sie könnte sich manchmal ein bisschen zurücknehmen.

Ich führte sie aus der Stadt hinaus. Wir folgten einem Leinpfad, der von den letzten Regenfällen ganz aufgeweicht war. Wir wateten durch dicken Schlamm, sprangen über Pfützen und mussten gelegentlich den Kopf einziehen, um einem Dornengestrüpp auszuweichen, das den halben Weg versperrte. An dieser Stelle wird der Fluss schmaler, überall in der Strömung tauchen mit Bäumen bewachsene Inseln auf. Ein metallischer Schaum kräuselte sich auf der Wasseroberfläche. Unter dem tiefen Himmel nahm der Fluss eine bleierne Farbe an, ein mattes, glanzloses Grau. Im Sommer ist es hier sehr schön, Weiden und Haselbüsche beschatten das Ufer, und Fischerboote ziehen über das ruhige Wasser. Aber im Winter wagt sich kein Spaziergänger an diesen Ort, von dem eine tiefe Traurigkeit ausgeht, etwas Trostloses, das einem die Kehle abschnürt.

Manchmal, wenn ich nichts Besseres zu tun habe, komme ich hierher, auch im Winter. Ich strecke mich an einer mit Schilf bedeckten Böschung aus und träume. Das Wasser hat mich immer fasziniert. Ich kann gut schwimmen, aber immer hat mich die Idee verfolgt, mich eines Tages zu ertränken. Ich stelle mir diesen Tod besonders sanft vor, ich verbinde ihn mit dem Schlaf. Auf den Grund des Wassers sinken. In den Schlaf sinken. Dieselben Worte. Ich möchte aus dem Leben scheiden, wie man einschläft, dass mir ein langsames Ersticken den Atem nimmt. Köstliche Qual, der die wildesten Bilder entspringen, Rausch des Ertrinkens. Aber zweifellos werde ich in meinem Bett sterben, denn niemals würde ich den Mut aufbringen, das zu tun, woran ich so oft gedacht habe: mich von der Strömung treiben lassen, dieser unbeweglichen, lähmenden, kräftezehrenden Gewalt des Wassers erliegen.

Wir setzten uns, vor dem Wind geschützt, neben ein Schiffswrack. Es war kalt. Isabelle klapperte mit den Zähnen. Ihr bleiches Gesicht war unschön mit bläulichen Flecken marmoriert. Ich küsste sie, aber nur halbherzig. Ihr Körper hatte mir zu viel Freude verschafft, als dass ich mich noch mit so wenig begnügte. Ich muss sie umarmen, sie ganz besitzen. Und ich denke mit Bedauern an die Zeit, als allein die Berührung ihrer Finger mich mit Glück erfüllte. Ich habe es nie verstanden, meine Lust zu mäßigen. Ich bin gierig, gefräßig. Nichts befriedigt mich. Ich möchte immer weiter, immer mehr. Ich hadere mit mir selbst, dass mich Isabelles Nähe nicht mehr berauscht wie in den ersten Tagen. Ihre Lippen schmecken mir fade, seit sie mir gehören. Sicher, ich bin meiner Liebe noch nicht überdrüssig, ich hoffe sogar, es nie zu werden, aber ich habe den kritischen Punkt erreicht, wo der Geschmack abstumpft, wo das Neue seinen Zauber verliert, wo es nicht mehr reicht, über eine Hand oder das Haar zu streichen, damit der ganze Körper bebt.

Ich kann noch alles retten. Isabelle muss wieder in die Schule gehen. Ihre Abwesenheit wird mein Verlangen stärken, mir den nötigen Zuwachs an Liebe bringen. In den ersten Tagen war mein Hunger so groß, dass ich die Trennung nicht ertragen konnte. Schon der Gedanke daran war mir ein Graus. Aber ich muss mich den Tatsachen beugen. Mit Isabelle werde ich die dauernde Ekstase, von der ich geträumt habe, ebenso wenig erleben wie mit irgendeiner anderen. Dieses Scheitern tut mir weh. Ich hatte mich für stärker, für weniger verletzlich gehalten. Und mich plagt mein Bedürfnis nach Einsamkeit, dem ich nicht entkomme. Es ist ein physiologisches Bedürfnis wie essen und trinken. Ich brauche das Alleinsein, jeden Tag, um neue Kraft zu schöpfen.

Ich fürchtete, Isabelle würde mich nicht verstehen. Darum traf ich Vorsichtsmaßnahmen, ehe ich mit ihr sprach. Ich machte ihr klar, welchen Gefahren wir uns aussetzten, wenn wir so weiterlebten.

»Du kannst nicht länger im Unterricht fehlen«, sagte ich. »Irgendwann machen die Schwestern sich Sorgen und schreiben deinem Vater.«

»Die Post kommt, bevor ich aus dem Haus gehe. Wenn ein Brief dabei ist, kann ich ihn wegnehmen.«

»Und wenn sie anrufen?«

»Dafür gibt es überhaupt keinen Anlass.«

»Aber stell dir vor, sie täten es trotzdem?«

»Warum willst du mir Angst machen? Es ist doch alles gut so.«

»Wie du meinst. Aber wenn eine Katastrophe passiert, ich habe dich gewarnt!«

»Was für eine Katastrophe?«

»Man könnte uns trennen.«

»Dann würde ich fliehen. Ich würde kommen und mit dir zusammenleben.«

»Nein. Weil ich dann im Gefängnis wäre.«

Sie weinte. Schon beim Gedanken, dass man uns trennen könnte, gerät sie außer sich. Sie lässt nicht zu, dass man uns verurteilt, dass man uns schaden will. Sie birgt eine unglaubliche Gewalt in sich, einen grenzenlosen Zorn, der ausbricht, sobald ich auf eine uns übergeordnete menschliche Autorität hinweise. Am Ende hat sie nachgegeben, aber eher mir zuliebe, nicht aus Angst vor der Gefahr. Sie ist bereit, alles aufs Spiel zu setzen, der ganzen Welt zu trotzen. Ihr Charakter hat etwas Absolutes, das mich beunruhigt. Mir schwant, sie ist eines jener eifersüchtigen treuen Wesen, die es nicht lau und nicht geteilt wollen. Nichts liegt mir ferner als der Gedanke, sie zu betrügen. Aber in Zukunft muss ich auf der Hut sein, ihr jede Beunruhigung ersparen, denn ich weiß nicht, welches Ausmaß ihre Reaktionen haben könnten. Der Erfolg meiner Komödie wächst mir über den Kopf. *Große Liebe. Einzige Liebe.* Ich habe diese Worte mechanisch gesagt, ohne wirklich daran zu glauben, aber sie sind in ein reines Herz gefallen, und dort sprießen und gedeihen sie über alle Erwartungen hinaus. Ich stecke in meiner eigenen Falle. Wenn Isabelle stärker wäre und wenn nicht auch ich sie liebte, könnte ich es ernsthaft mit der Angst bekommen. Aber sie ist nur ein kleines Mädchen. Ihr Vertrauen in mich ist ungebrochen, total. Mit dem nötigen Geschick kann ich sie lenken, wohin ich will. Sie kennt keine List, keine Lüge. Ich bin frei, mich ihrer zu bedienen.

ALLES GEHT WIEDER VIEL besser. Dieser Anfall von schlechter Laune ist verständlich. Überbordende Leidenschaft. Die geringste Einschränkung meiner Lust wird unerträglich.

Nach den besagten Fastentagen finde ich meine Ausgeglichenheit wieder. Strahlendes Glück im ganzen Körper. Ein ebener Weg, den ich ungestört beschreite.

Ich habe mich als vernünftig erwiesen. Isabelle geht wieder ins Pensionat, und obwohl es mich ärgert, sie nur ein paar Stunden am Tag zu sehen, halte ich durch. Je weniger wir zusammen sind, umso leidenschaftlicher werden unsere Begegnungen sein. Im Übrigen habe ich sie nicht belogen, unsere Beziehung ist nicht ungefährlich. Jetzt, da die Glut nachlässt, sollte ich an meine Ruhe denken. Es ist auch wünschenswert, dass Isabelle sich nicht einnistet. Sie neigt nur allzu sehr dazu. Sie kann das Wahre nicht vom Falschen unterscheiden.

Jede Schmeichelei blendet sie. Wenn ich ihr sage, ohne sie sei ich ein Körper ohne Seele, sieht sie nicht, wie überzogen meine Formulierung ist, sie glaubt mir aufs Wort. Sprachliche Entgleisungen. Sosehr ich mich auch in Acht nehme, überlasse ich mich zu oft meinem Hang zum Lyrischen, zum Deklamieren. Ich muss den Kurs ändern. Keine kalte Dusche, aber ihr den angemessenen Abstand zwischen uns klarmachen. Ihr die Grenzen aufzeigen, wo ihr Bereich endet, wo meiner beginnt.

Natürlich fehlt sie mir, das will ich nicht leugnen. Sie ist noch zu neu, als dass ich nicht einen Schock empfände, wenn wir uns wiederfinden. Aber lieber hebe ich mir meinen Hunger auf, als mich an ihr zu sättigen. Das nennt sich Weisheit. Und ich mache wieder meine einsamen Spaziergänge. Ich kann Spaziergänge zu zweit nicht leiden. Man redet, und was den Reiz des Spazierengehens ausmacht, geht verloren, diese Art körperlicher Bereitschaft, dieses Vage im Kopf, das die ungewöhnlichsten Träumereien entstehen lässt.

Auch sonst hätte ich dieses Leben nicht mehr lange weiterführen können. Bei aller Macht der Erotik reicht sie mir als Nahrung doch nicht aus. Ich brauche etwas anderes. Gestern Abend war ich bei Nicolas, den ich seit einer Weile vernachlässigt habe. Er hat mich freundlich empfangen und mir Komplimente zu Isabelle gemacht. Unsere Liebesspiele sind ihm nicht entgangen. Da er keine Anstalten macht, seine eigenen zu verbergen, hielt ich es nicht für nötig, mich dafür zu entschuldigen. Trotzdem war da ein Anflug von Schamgefühl, das sogleich vom Gegenteil verdrängt wurde, einer Art zerebralen Erregung bei dem Gedanken, dass wir, Isabelle und ich, einen Zeugen hatten. Ich habe mir Ausschweifungen immer verboten, sicher aus Angst, es könnte mir zu gut gefallen. Meiner Scham entspricht eine gewisse Neigung zum Exhibitionismus. Es missfiele mir nicht, wenn jemand mein Zimmer beträte, während ich mit Isabelle schlafe. Die Verwirrung des jungen Mädchens würde meine Lust erheblich steigern. Ich stelle mir ihr Gesicht vor. Tränen und Schamesröte.

Ich erzählte von meiner Eroberung. Wie ich mir denken konnte, verstand Nicolas mein subtiles Vorgehen, meine Langsamkeit nicht recht. Er musste mich für naiv halten. Umgekehrt erzählte er mir von einigen Abenteuern, deren Brutalität mich nervte. Auch ich habe solche Frauen gekannt, die man im Handumdrehen verführt. Nichts leichter als das! Mit Isabelle war es etwas ganz anderes. Ein kleines Mädchen dazu bringen, dass es sich hingibt, obwohl alles dagegen verschworen scheint. Ich versuchte es dem Russen zu erklären. Aber er ist ein Grobian. Er hat eine vollkommen falsche Vorstellung von den Frauen. Ihm zufolge tun sie einem die niedrigsten Gefälligkeiten, wenn man sie nur darum bittet. Er behauptet, es vergehe kein Tag, an dem ihm nicht die unglaublichsten Angebote gemacht werden. »Sie haben nichts begriffen«, sagte ich. »Sie ist sechzehn. Sie war Jungfrau.« – »Na und?«

Vielleicht hat er ja recht, ich muss zugeben, dass ich jeden Kontakt zur heutigen Jugend vollkommen verloren habe. Doch ich bin mir sicher, dass Isabelle genauso wenig auf dem Laufenden ist wie ich. Zu Recht oder zu Unrecht, ich weiß es nicht. Und verglichen mit Nicolas ziehe ich unsere Idee von der Liebe vor. Etwas Ernstes, Bedeutendes, das man nicht einfach so hinrotzt. Sicher, ich bin extrem arglos, aber in meinem Alter krempelt man sich nicht mehr um.

Wir diskutierten erbittert, und es wäre sicher auf einen Streit hinausgelaufen, hätte Nicolas nicht Cognac und zwei Gläser auf den Tisch gestellt. Die Macht des Alkohols. Seit mehreren Tagen hatte ich nichts getrunken. Und schon erschien mir das Leben einfacher, die Gedanken nicht so wichtig. Der Russe legte eine Platte auf.

»Und die Nachbarn?«, fragte ich. »Fürchten Sie nicht, dass sie wach werden?«

Er zuckte mit den Schultern.

»Ich schulde der guten Frise ein ganzes Quartal. Sie wird sich nicht trauen, etwas zu sagen.«

Dann zwinkerte er mir zu, und ohne dass ich etwas gefragt hatte:

»Wissen Sie, dass sie mit ihren fünfzig Jahren noch ganz schön was drauf hat?«

»Sie wollen mir doch nicht erzählen …«

»Oh doch, mein Lieber. Zweimal in der Woche … Was soll's, irgendwo muss man schließlich schlafen, im wahrsten Sinne des Wortes. Und wenn ich ihr meine Dienste verweigerte, weiß ich wirklich nicht, was aus mir würde.«

Ich brach in Begeisterung aus, aber nur der Form halber. Auch ich habe meine guten Frises gehabt. Wer hatte das nicht? Allerdings kann ich mich damit entschuldigen, dass ich immer aus Lust oder aus Laster, wie man es nennen mag, gehandelt habe, ohne diese niederträchtigen Geldgründe. Jedes Mal, wenn ich ihn sehe, verliert Nicolas etwas von dem Ansehen, das ich ihm unerklärlicherweise am ersten Abend verliehen hatte. Er taugt nicht viel. Trotzdem ist er ein guter Psychologe. Er hat recht, ich bin nur ein naiver Trottel, maßlos sentimental.

STROHFEUER. EIN AUFLODERN, das schnell erlischt. Seit einer Weile hatte ich so eine Vorahnung. Ich spürte, dass meine Leidenschaft für Isabelle abflaute. Dieser aschige Geschmack, diese Traurigkeit der zu Ende gehenden Lieben – ich kenne das nur allzu gut, um noch zu zweifeln. Das Abenteuer ist gestorben, und nichts wird es wieder lebendig machen. Nun habe ich schon etliche Tage die Augen davor verschlossen, wollte der Wahrheit nicht ins Gesicht sehen.

Ich bin unglücklich. Ich falle zu tief. Meine Hoffnung war verrückt, ich hatte an die Dauerhaftigkeit dieser Liebe geglaubt, und nun erweist sie sich als Enttäuschung, am Ende genauso wie meine verflossenen Lieben, mittelmäßig, schäbig. Isabelle weiß noch von nichts. Ich wage nicht mit ihr zu sprechen. Ich fürchte ihren Zorn, ihre Kränkung. Ich bin feige. Und doch halte ich dieses verlogene Leben, diese krampfhafte Komödie von Zärtlichkeit und Freude nicht mehr lange aus.

Das Geheimnis absterbender Gefühle: eine unmerkliche Arbeit im tiefsten Inneren, eine langsame Abwendung im Dunkeln, derer man sich erst bewusst wird, wenn der Schaden irreparabel ist. Dann ist es zu spät für eine Umkehr, für den Versuch zu retten, was zu retten ist. Isabelle wird mir lästig. Ich habe es satt, sie zu sehen, mit ihr zu reden. Nicht einmal ihr Körper bereitet mir noch Freude. Ich kenne ihn in- und auswendig. Ein Körper ohne Geheimnisse, dessen Nacktheit mich nicht mehr berührt, der seine Macht verloren hat, mich kälter lässt als ein Stein. Ich bin kein Tier. Mich reizen nur Frauen, die ich liebe, zu denen ich mich mit meinem ganzen Wesen hingezogen fühle. Damit ich meine Lust genießen kann, brauche ich eine geistige Verbindung zu der Frau. Zwischen Isabelle und mir ist diese Verbindung gerissen. Plötzlich sind wir einander fremder als zwei Unbekannte, deren Wege sich auf der Straße kreuzen. Ich weiß es, ich kann es nicht ändern, ich kann nur versuchen, meinen Schmerz zu vergessen.

Meine Verzweiflung geht tief. Die Enttäuschung ist umso größer, als ich geglaubt hatte, ein Glück zu finden, das zu mir passt. Aber ich habe mich geirrt. Nichts an Isabelle hat mir gefallen. In ein paar Tagen waren ihre wenigen Vorzüge verbraucht: ihre Fügsamkeit, ihre Naivität. Ich sehe nur noch ihre

Fehler. Man kann es ruhig sagen, sie ist dumm, und was ich für Aufmerksamkeit gehalten hatte, war nur ihr Stumpfsinn, die schiere Blödheit, die ihr aus den Augen schaut. Sicher hat unser Altersunterschied damit zu tun, warum es unmöglich war, eine Gemeinsamkeit zu finden, wie ich sie gesucht habe, irgendein Interesse, das wir teilen könnten. Aber ich habe auch andere Mädchen in ihrem Alter gekannt, und keine war so geistlos, so ohne jeden Humor, ohne Fröhlichkeit, ohne Persönlichkeit. Isabelle ist eine Transuse. Nichts interessiert sie, nichts fasziniert sie. Sie isst, sie schläft. Sie lebt, wenn man diese vegetative Existenz leben nennen will. Nichts regt sie auf, sie nimmt alles ohne Murren hin. Diese Willenlosigkeit geht mir auf die Nerven. Es wäre mir tausend Mal lieber, sie würde sich empören, mich gelegentlich zum Teufel jagen. Ich wünschte, sie hätte eigene Gelüste, einen widerspenstigen Charakter. Aber sie ist blass und amorph, undefinierbar wie ein Rauch. Ich bin außerstande, sie zu beschreiben. Sie entzieht sich der Analyse, dem Bildlichen. Sie ist ein Nichts. Ich begreife nicht, welcher Wahnsinn mich zu ihr getrieben hat. Sie war unscheinbarer als ein Regentropfen, kein Zeichen, das sie von den anderen unterschied. Es genügt, sie ein paar Stunden nicht zu sehen, und schon vergesse ich ihr Gesicht, die Farbe ihrer Augen. Sie versinkt in einer grauen Masse, verflüchtigt sich im Nu, gleich einer Nebelschwade.

Ich könnte sie wohl noch besser ertragen, wenn sie das naive Kind der ersten Zeit geblieben wäre. Aber sie gewinnt an Sicherheit. Jeden Tag verliert sie etwas von ihrer Scheu. Sie nimmt mich in Beschlag. Ich gehöre ihr. ICH GEHÖRE IHR. Das ist überhaupt das Stärkste, genau das, was ich nicht ertrage, was ich nie ertragen werde. Dass sie mich liebt, ist allein ihre Sache, damit habe ich nichts zu schaffen. Aber wehe, sie macht mich zu ihrem Sklaven, zu ihrem Eigentum.

Ich hasse diese Intimität des Paares. Egal, welches Zartgefühl die Frau in den ersten Anfängen beweist, am Ende lässt sie immer ihre wahre Natur heraus. Die Reinste entpuppt sich als Liebesdienerin. Vulgäre Gesten, lächerliche Kosenamen, groteske Schwüre. Isabelle ist keine Ausnahme. Mein Schätzchen. Mein Schnuckelchen. Und ihre Hände, die mich abtasten, wie um ihre Macht zu sichern. Sie benimmt sich wie eine Dirne. Meine Lektionen haben Früchte getragen, aber giftige, monströse Früchte. Sie hat die Zurückhaltung der ersten Tage aufgegeben und durch eine Dreistigkeit ersetzt, die täglich zunimmt. Sie kehrt die Rollen um. Das Lehrmädchen geht in Führung. Zu traurig. Ich konnte es noch nie aushalten, dass eine Frau über mich verfügt wie über ein Objekt, ihr Vergnügen bei mir einfordert wie eine Schuld. Ich will frei und ohne Fesseln sein. Ich will nicht, dass jemand ein Recht auf mich, einen Anspruch auf meinen Körper hat. Alles in mir sträubt sich, ich sehe Rot.

Aus Schwäche sage ich nichts. Ich beherrsche meine Wut. Wie soll ich mich nur aus der Klemme ziehen? Gewöhnlich spüren Frauen den Moment, in dem das Interesse eines Mannes abflaut, und ziehen sich entweder aus Stolz oder aus wechselseitigem Überdruss ohne Theater zurück. Ich hatte nie große Mühe, meine Geliebten abzuhängen. Und vor denen, die klammerten, bin ich geflohen. Aber ich habe das Fliehen satt. Ich fühle mich wohl in diesem Zimmer, das Haus ist ruhig, die Nachbarn alles in allem ganz in Ordnung. Außerdem glaube ich, dass dieses Mittel bei Isabelle kaum seinen Zweck erfüllen würde. Sie ist fähig, mir nachzustellen, mich wiederzufinden. Das Einfachste wird sein, ihr klipp und klar zu sagen: Ich habe genug von dir, hau ab. Ein bisschen brutal, aber wie soll man es sonst machen? Ihr Motto ist ganz oder gar nicht. Sie ist unerfahren und nicht imstande, das Gezwungene an meinen Zärtlichkeiten zu erspüren, ich bezweifle übrigens, ob sie es je lernen wird. Sie ist reif für ihr Unglück. Mit ihrem engstirnigen Wesen brockt sie sich eine Menge Enttäuschungen ein. Was kann ich dafür?

Ich sollte mir nicht so viele Sorgen machen, nicht so viel darüber nachdenken, welchen Schmerz ich ihr zufügen werde. Aber man springt nicht über seinen Schatten. Trotz meiner eigenen Nöte macht ihr

Kummer mir zu schaffen. Ich denke unentwegt an ihre Verzweiflung, obwohl ich genau weiß, dass Dramen in diesem Alter schnell vergessen sind. Dabei sollte ich mich besser mit meinem eigenen Schicksal befassen, mit meinem Pech. Die Schläge treffen mich heftiger als andere. Sie hinterlassen Spuren. Ich kann mich noch so zusammenreißen, mir sagen, Isabelle existiere nicht, sie sei Luft, es hilft nichts, ich komme nicht dagegen an, ihretwegen zu leiden oder vielmehr wegen der Vorstellung, die ich mir von ihr gemacht hatte. Ich habe ein Trugbild geliebt, und dessen Abwesenheit schafft in mir eine beängstigende Leere. Ich bin unglücklich, orientierungslos.

Früher habe ich mich leichter abgefunden. Ein Abenteuer, das mich enttäuschte? Ich ließ es fröhlich sausen, schon einem anderen auf der Spur. Heute klammere ich mich fest, ich gebe nur mühsam auf. Vor ein paar Stunden noch, als sie kam, habe ich versucht, mir etwas vorzumachen.

Ich sagte die tagtäglich wiederholten Worte in der Hoffnung, ihr Sinn werde mich neu durchdringen: Mein geliebtes kleines Mädchen, meine kleine Isabelle. Aber sosehr ich es mir auch einreden wollte, sosehr ich an meine Ehrlichkeit zu glauben versuchte, ich begriff, wie nutzlos diese Worte waren und dass ich sie nie mehr mit Überzeugung würde sagen können. Und als sie sich ausgezogen hatte, als ich sie einmal mehr in der Mitte jenes ockerfarbenen Fleckens, den der Schein meiner Lampe zeichnet, an mich gepresst hielt, stellte ich wütend fest, dass alles, was mich an ihr bezaubert hatte, das Schmächtige, ihre fast krankhafte Zerbrechlichkeit, ihre helle, flaumige Haut, ja, ich stellte fest, dass ich genau das nicht mehr leiden konnte: diese fade Blässe, die nicht etwa rührende, sondern bemitleidenswerte Zerbrechlichkeit, diese Schmächtigkeit ohne jede Anmut.

Die geringste ihrer Gesten stieß mich ab, die Art, wie sie mich an sich zog, wie sie lächelte, ihre Lippen spitzte, diese Halsbewegung auf dem Höhepunkt der Lust, der zurückgeworfene Kopf, fratzenhaft, wie tot, dieses ekelhaft Sanfte ihrer Hände. Alles, was mich einmal entzückt hatte, ist mir zuwider. Ich mache es nicht extra, ich wünschte, dem wäre nicht so, alles ginge weiter wie in der Vergangenheit, aber man kann seinen Ekel nicht abstellen, man ist ohnmächtig gegen diesen dumpfen Groll, der einen beim Anblick einer Frau erfasst, die man geliebt hat, die man sich anders als die anderen gewünscht hat und die plötzlich Attitüden und Verrenkungen übernimmt, wie sie allen Frauen gemeinsam sind.

Liegt es am Alter? Ich fange an, die Dinge sehr genau zu nehmen, bekomme Gewissensbisse. Ich hinterfrage mich. Ich zweifle, ob ich recht habe, obwohl alles dafür spricht. Aber wie soll man seinem Gewissen entrinnen, wenn es, wie bei mir, solche Ausmaße annimmt? Ich war immer sensibler, schwächer als andere, ewiges Opfer sinnloser Skrupel, feinfühliger Rücksicht auf den, der sich gegen mich wandte. Ich möchte nicht, dass mich später die Reue packt, dass ich mir vorstelle, ich hätte Isabelle einem vorübergehenden Anflug von schlechter Laune geopfert. Ich forsche. Ich analysiere meine Beweggründe, meine Beschwerden. Aber wie ich mich auch drehe und wende, die Wahrheit holt mich immer ein. Isabelle ist nicht die, für die ich sie gehalten hatte. Ich habe mich guten Glaubens geirrt, beseelt von jener Begeisterung, die mir schon so viele Enttäuschungen eingebracht hat. Ich habe mich nicht geändert, ich bin immer noch derselbe, es ist Isabelle, die sich mir enthüllt hat. Unter ihrer Maske des braven Kindes habe ich die Frau, die sie geworden ist, nicht erkannt, ich konnte nicht ahnen, was für ein ausgehungertes, egoistisches kleines Tier sie mit List und Tücke verbarg.

ICH MACHE SCHRECKLICHE MOMENTE durch. Ich bin das Opfer meiner Feigheit, dieser Lähmung, die ich vor Isabelle immer empfunden habe. Sie lässt mich erstarren. Sie hat nichts, was mir gefallen könnte, ich habe mir meine Liebe von Anfang bis Ende zusammenfantasiert, aus Imponiergehabe. Und jetzt bezahle ich für meinen Wahnsinn. Ich habe mich mit ihr nie so benommen wie mit anderen Frauen. Ich, der ich normalerweise ungeniert und unbekümmert bin, habe alles getan, was meinem Charakter widerspricht. Ich habe mir Hemmungen, Zwänge auferlegt. Was übrigens vollkommen unnötig war, zweifellos hätte ich schneller zur Sache gehen können. Und jetzt falle ich meinem eigenen System zum Opfer. Das geringste Problem bringt mich unglaublich in Verlegenheit. Ehe ich ihr das einfachste Wort sage, zögere ich stundenlang. Lähmung. Altersschwäche. Wie komme ich da wieder raus?

Zum Glück geht das Leben weiter. Gerade ist mir ein unwahrscheinliches Abenteuer passiert, fantastisch. Sicher sind wir von Filmen und Romanen Besseres gewöhnt, aber ich hätte nicht gedacht, dass das wirkliche Leben ein solches Melodram erfinden könnte.

Gestern Abend habe ich, angewidert von meinem Nachmittag, Zuflucht bei Nicolas gesucht. Er ist mir eine große Hilfe. Ich liebe seine rüde Art, sich nicht mit Skrupeln zu belasten. Das baut mich auf. Wenn ich ihn sehe, so selbstsicher, so gleichgültig gegenüber allem, was nicht seine eigene Person ist, fasse ich wieder Mut. Ich hoffe, dass ich in seiner Nähe mein fehlendes Selbstbewusstsein wiederfinde.

Aus Angst, er könne sich über mich lustig machen, wagte ich es nicht, erneut von meiner Geschichte zu reden, aber sobald alles über die Bühne ist, werde ich ihm berichten. Vor ihm stelle ich mich gern in ein günstigeres Licht. Er ist mir trotz allem überlegen, ihm gegenüber fühle ich mich minderwertig. Wenn ich Isabelle vom Hals habe, werde ich ihm die Sache im Detail schildern, damit er sieht, dass ich nicht so naiv bin, wie er glaubt.

Gegen neun Uhr kam Anita. Sie stürzte ins Zimmer, keuchend, völlig verstört, und schrie, noch ehe sie die Tür geschlossen hatte:

»Sie wissen alles! Papa hat mich rausgeschmissen!«

Sie hatte geweint. Ihr sonst so ungerührtes Gesicht war von purer Verzweiflung gezeichnet. Sie warf sich aufs Bett und ergab sich einem regelrechten Nervenzusammenbruch. Nicolas ohrfeigte sie. Ich muss zugeben, er hat Stil. Was dieses arme Mädchen nicht alles einstecken musste! Ich bewundere Brutalität bei den anderen, wo ich selbst so unfähig dazu bin! Und dieses Mittel hat sein Gutes, denn die junge Frau war augenblicklich still.

»Hör auf mit deinem Theater«, sagte er. »Und erklär, was los ist!«

»Sie haben alles erfahren, unsere Heirat, alles ... Papa will mich nicht mehr sehen, er sagt, er bringt mich um, wenn ich wiederkomme.«

»Ein liebenswerter Mensch ... Und was willst du machen?«

»Hilf mir, Nicolas! Lass dir etwas einfallen. Geh zu ihm.«

»Vielen Dank, aber ich hasse es, beschimpft zu werden.«

»Was soll aus uns werden ...«

»Was aus dir werden soll, meinst du wohl.«

Anita brach wieder in Schluchzen aus. Sie tat mir leid, aber ich bekam meine Revanche. Wo war die stolze Anita, die glorreiche Anita, die in ihrer Pracht verächtlich auf mich herabschaute? Eine Viertelstunde lang lag sie dem Russen zu Füßen, den, wie ich bald merkte, die Verzweiflung der jungen Frau mit der gleichen Genugtuung erfüllte wie mich.

»Es reicht«, sagte er. »Machen wir es kurz. Bisher habe ich dich aus Barmherzigkeit ertragen. Ich wollte nicht, dass dein Vater unsere Sperenzchen entdeckt. Aber wenn er jetzt Bescheid weiß, kann ich mir die Rücksicht sparen. Hau ab.«

Sie tobte. Sie verfluchte ihn, sie flehte ihn an. Aber er hielt durch. Er packte sie mit beiden Armen und schleifte sie gewaltsam in den Flur. Er machte die Tür wieder zu. Wir hörten sie noch eine Zeitlang weinen, dann beruhigten sich die Tränen, und es wurde still. Offenbar war sie gegangen.

»Wo wird sie schlafen?«, fragte ich.

»Ich will es gar nicht wissen. Ich hätte es schon lange packen müssen, aber ich hatte nie den Mumm. Endlich, das wäre geschafft.«

»Hat sie Geld?«

»Wohl kaum.«

»Sie hätten vielleicht nicht …«

»Wissen Sie, mein Guter, kümmern Sie sich um Ihre eigenen Angelegenheiten. Bei einer Frau wie Anita hat Mitleid keinen Sinn. Sie hat mir zu viel geboten, als dass ich mir jetzt Sorgen machen würde. Soll sie doch unter der Brücke schlafen oder sich einen Kerl suchen, es ist mir scheißegal. Zum Teufel mit Anita.«

»Und wenn sie zurückkommt?«

»Dann setze ich sie wieder vor die Tür. Sie wird es schon kapieren.«

Einen Augenblick sagten wir nichts. Trotz seiner scheinbaren Unbekümmertheit merkte man dem jungen Mann eine gewisse Erregung, fast eine Beunruhigung an. Ich wollte mich gerade diskret zurückziehen, als er mir vorschlug, ins Kino zu gehen.

»Das wird mir guttun. Ob ich will oder nicht, dieses Mädchen regt mich auf, und wenn ich hier bleibe, muss ich dauernd daran denken.«

*

Wir gingen in *Die geheimnisvolle Sierra*, ein richtiger Schmachtfetzen, der mir gefiel. Nach der Vorstellung zogen wir noch etwas über den Cours Belzunce, und ich lud meinen Gefährten zu einem Bier ein. Das Café war fast leer. Der Winter war zurückgekehrt, und hinter den Fensterscheiben trudelten ein paar Schneeflocken. Wir träumten einen Augenblick vor unseren Halben, dann gingen wir nach Hause.

Ich trennte mich auf dem Treppenabsatz von Nicolas, aber kaum hatte ich mein Zimmer betreten, hörte ich ihn rufen:

»Um Himmels willen! Schauen Sie sich das an, kommen Sie doch mal! Das müssen Sie sich ansehen.«

Ich beeilte mich. Anita saß im Unterrock auf dem zerwühlten Bett. Ihre Augen schienen trocken, aber man sah an ihrem verquollenen Gesicht, dass sie lange geweint hatte. Zufrieden sah sie sich im Zimmer um. Sie hatte saubere Arbeit geleistet.

Ein riesiger Trümmerhaufen erhob sich vor dem Kamin: demolierte, kaputt getretene Waagen, zerfledderte Bücher und Hefte, zersplitterte Rahmen, mit Tinte bekleckste Kleidungsstücke, zerbrochene Schallplatten, der Plattenspieler in seine Bestandteile zerlegt, zerrissene Unterwäsche, wie mit der Schere zerschnippelt ... Eine pedantische, systematische Zerstörung. Nichts war verschont geblieben außer dem Bett, auf dem das holde Kind thronte und uns mit seligem Gesicht anschaute.

Das Schauspiel lohnte sich. So viel Sorgfalt ließ erahnen, mit welchem Fleiß Anita vorgegangen war, mit welchem Eifer, nur nichts zu vergessen. Nichts war ihrem Zorn entgangen. Gewisse Details erfüllten mich mit Freude. Sie hatte die schwarze Schuhcreme entdeckt, mit der Nicolas seine Stiefel poliert, und die Wände damit gewichst. Der Spiegel über dem Waschbecken war sternförmig gesprungen. Ihr eigenes Foto lag zertreten am Boden.

Ich war gespannt, was Nicolas daraus machen würde. Außer dem Geld, das er durch ein derartiges Gemetzel verlor, musste die Zerstörung seiner Waagen ihm besonders nahegehen. Ich erwartete einen Eklat und staunte nicht schlecht über seine Reaktion. Statt zu jammern, statt zu brüllen, bis das ganze Haus zusammenlief, brach er in Gelächtter aus. Ein nervöses Lachen zwar, trotzdem staunte ich. Nicolas lachte! Er amüsierte sich! Er genoss das Komische an der Situation, den Stoff für eine lustige Geschichte. In dem Schrotthaufen wühlend, brachte er Teile von Gegenständen ans Licht, Bruchstücke aus Glas, aus Metall. Er hielt sie mit ausgestrecktem Arm und erklärte mir unter Lachanfällen ihren Ursprung.

Er beruhigte sich mit einem Schlag, er war plötzlich beängstigend ruhig. Er näherte sich Anita, stieß sie rückwärts auf das Bett. Und dort, wortlos, versohlte er ihr den Hintern, verabreichte ihr die schönste Tracht Prügel, die ich je gesehen habe. Dann lud er sie auf seine Arme, trug sie in mein Zimmer und warf sie auf die Couch.

»Nehmen Sie mir das ab«, sagte er. »Ich habe das Gefühl, ich würde sie umbringen.«

Er holte die Kleider der jungen Frau und machte die Tür hinter uns zu.

Ich war ziemlich aufgeschmissen. Ich habe schon einiges erlebt, aber auf solche Situationen bin ich wahrhaftig nicht vorbereitet. Die Ausbrüche meiner Nachbarn machen mich hilflos. Ihre haltlosen Szenen schockieren mich zutiefst.

Anita rührte sich nicht von der Stelle. Sie lag zusammengekauert auf meinem Bett, dreiviertel nackt, ihr ganzer Leib von Schluchzen geschüttelt. Was sollte ich tun? Sie rausschmeißen? Sie trösten? Versuchen, zwischen den beiden zu vermitteln? Ich beschloss abzuwarten. Ich setzte mich in den Sessel und rauchte.

Eine Viertelstunde verging. Ich hörte Nicolas ins Bett gehen, es knarrte unter seinem Gewicht. »Mistkerl«, dachte ich, »in welche Bredouille hat er mich gebracht.« Ich rief ihn.

»Nicolas ...«

»Lassen Sie mich in Frieden.«

»Allmählich habe ich genug«, sagte ich. »Was soll ich mit dem Mädchen machen? Sehen Sie zu, wie Sie damit klarkommen, das ist Ihre Sache, nicht meine.«

»Scheiße.«

Also gut. Ich wusste, wie stur der Russe war und dass es keinen Sinn hatte, ihn weiter zu bedrängen. Anita hatte sich jetzt offenbar wirklich beruhigt. Sie zuckte nicht mehr, ich fürchtete, sie könnte eingeschlafen sein.

»Hören Sie«, sagte ich, »wenn Sie sich besser fühlen, sollten Sie jetzt gehen.«

Sie schien mich nicht einmal zu hören.

»Anita, seien Sie vernünftig. Es hat lange genug gedauert. Ziehen Sie sich an, und gehen Sie woanders hin.«

Da sie immer noch nichts sagte, rüttelte ich sie am Arm. Darauf drehte sie sich um und versetzte mir einen kräftigen Stoß mit dem Ellbogen.

Ich war am Ende. Es wurde langsam spät, ich war müde und wusste einfach nicht, wie ich aus dieser Geschichte herauskommen sollte. Ich habe zu wenig Autorität. In schwierigen Situationen stehe ich immer hilflos da, unfähig, zu reagieren. Ich wartete noch eine Weile, und als nichts geschah, entschied ich mich für die einzig mögliche Lösung, ich zog mich aus und schlüpfte ins Bett.

Ich löschte das Licht. Anita lag auf der Tagesdecke, und zwar so, dass ich zwischen ihrem Rücken und der Wand eingeklemmt war. Eine reichlich unbequeme Lage. Ich versuchte sie wegzudrängen, aber sie ist schwer, und ich hatte größte Mühe, ein bisschen Platz zu gewinnen. Da ich nicht nachließ, belebte sie sich plötzlich, faltete die Decke auseinander und schlüpfte zwischen die Laken, neben mich.

Das Abenteuer nahm eine unverhoffte Wendung, die mir ausgesprochen gut gefiel. Anita hat mich immer gereizt, aber ich kenne meine Grenzen, und darum habe ich nie versucht, sie zu erobern. Ich bin kein Verführer. Ihre übermäßige Schönheit schüchtert mich ein. Aber nach dem, was jetzt geschehen war, hatte sie in meinen Augen jedes Ansehen verloren, ich konnte sie behandeln, wie ich wollte.

Sie drehte mir den Rücken zu. Ich streichelte ihre Schulter. Zuerst kam keine Reaktion, und ich fühlte mich ermutigt, ich schob die Hand unter ihren Arm, bekam ihre Brust zu fassen … Aber da fuhr sie plötzlich aus der Haut.

»Altes Ferkel«, sagte sie, »werden Sie mich wohl in Ruhe lassen!«

Ich ließ es mir gesagt sein. Ich habe meinen Stolz. Wenn eine Frau mich zurückweist, schlafft meine Lust ab. Ich gehöre nicht zu denen, die drängeln und betteln.

Wir verbrachten die Nacht Seite an Seite, und ich konnte kaum schlafen. Das Bett ist sehr schmal, wir waren wohl oder übel eng aneinandergedrängt. Diese dauernde Berührung war mir unerträglich, die reinste Folter. Trotz meiner Kränkung kam ich nicht gegen meine Lust an, ein wildes Verlangen, eine gesteigerte, drängende Begierde, die junge Frau zu umarmen, mich zu entladen. Morgens wagte ich einen neuen Angriff, aber sie ließ mich so kalt abblitzen, dass ich ihr endgültig den Rücken kehrte.

Gegen acht Uhr stand sie auf und zog sich hastig an. Sie war schon an der Tür, als ich ihr hinterherrief:

»Soll ich Nicolas etwas ausrichten?«

»Nicht nötig.«

»Was haben Sie vor, kommen Sie wieder?«

»Natürlich. Ich werde mir Arbeit suchen, aber bis dahin muss ich wohl irgendwo schlafen ... Ach, da fällt mir ein, Sie könnten mir ein bisschen Geld leihen.«

Ich wollte ablehnen, aber sie hatte sich schon meine Jacke geschnappt und zog mein Portemonnaie heraus. Sie nahm sich einen Tausend-Francs-

Schein und verschwand, ohne auch nur Dankeschön zu sagen.

Ich schreibe dies im Bett, und mir schwirrt der Kopf. Habe ich mich wie ein Idiot benommen? Vorhin hat Nicolas die Tür einen Spalt geöffnet und mich gefragt, ob ich eine schöne Nacht verbracht hätte. Er machte sich über mich lustig, so sicher ging er davon aus, dass zwischen seiner Frau und mir nichts gewesen war. Aber ich nehme es ihm nicht übel. Ich beneide ihn um seine Stärke, um seine Seelenruhe.

DIE EREIGNISSE ÜBERSTÜRZEN SICH, es geht so schnell, dass ich kaum nachkomme. Ich glaube, Isabelle hat begriffen. Ich glaube, ich bin sie für immer los.

Gestern noch habe ich gejammert, vergeblich irgendeinen Ausweg gesucht. Und auf einmal bin ich frei, ohne etwas zu tun, um diese Freiheit zu erlangen. Aber fangen wir von vorne an.

Heute Morgen bin ich spät aufgestanden. Die Nacht neben Anita hatte mich mehr verwirrt, als ich zugeben wollte. Ich hatte den Eindruck, meine Chance vertan zu haben. »Und wenn sich dieses Mädchen doch etwas erhoffte, trotz allem?«, sagte ich mir. Ich war nie ein guter Psychologe und tue mich schwer, eine endgültige Ablehnung von einem nachgiebigen Nein zu unterscheiden. Ich bin unbedarft. Ich bekomme die Feinheiten nicht mit. Man treibt sein Spiel mit mir wie mit einem Behinderten.

Ich aß mein Mittagessen zu Hause, und gleich danach legte ich mich auf die Couch. Ich hatte so schlecht geschlafen, dass ein Nickerchen mir willkommen schien. Aber kaum schloss ich die Augen, da rauschte Anita herein.

»Ist mein lieber Gatte in seinem Zimmer?«, fragte sie.

»Ich habe ihn nicht weggehen hören. Er wird aufräumen, versuchen, den Schaden wiedergutzumachen.«

»Ich komme von einem Anwalt.«

»Lassen Sie sich scheiden?«

»Ich würde gern, aber ich habe nicht einen Sou.«

Sie legte sich neben mich.

»Nicolas ist ein Mistkerl«, sagte sie.

»Sprechen Sie leiser, er kann Sie hören.«

»Aber ich will, dass er mich hört. Er ist ein Mistkerl.«

»Sie hätten vielleicht nicht …«

»Was hätte ich nicht? Seine Sachen zerstören sollen? Ist das ein Grund, mich vor die Tür zu setzen?«

»Sie haben selbst angefangen.«

»Musste er mich darum in Ihr Bett werfen wie eine Hure?«

»Ich habe Sie respektiert.«

»Genau das, was er nicht wollte. Er verachtet mich, er wollte nur eins: mich erniedrigen, mich dem Erstbesten anbieten.«

»In dem Fall hat er sich ja ziemlich geirrt.«

»Nein. Ich habe mich geirrt. Ich hätte ihn beim Wort nehmen, mit Ihnen schlafen sollen. Ich kenne ihn. Er platzt vor Eifersucht. Im Moment denkt er nicht nach, aber dann leidet er wie ein Hund … Es ist nicht das erste Mal, dass er mich so abserviert.«

»Wir können wiedergutmachen …«

»Für wen halten Sie mich?«

Ich würde meine Chance nicht ein zweites Mal verpassen. Sicher, ich verdankte Anita nur seiner Rachsucht, aber bei den Mitteln bin ich nicht wählerisch. Zwischen ihr und mir ging es nicht um Liebe. Was ich für sie empfand, war eine glühende Neugierde, ein unendlicher Durst, sie zu kennen, ihren Körper, den ich nur flüchtig gesehen hatte, zu entdecken.

Ich machte das, was immer mein Erfolgsrezept gewesen war, meine alte Taktik, die mir so vertraut ist, dass alles mechanisch, wie von selbst abläuft. Ich stützte mich auf den Ellbogen und küsste sie. Sie wehrte sich der Form halber, aber auf mein Drängen gab sich nach, ihr Mund öffnete sich und erwiderte meinen Kuss. Langsam nahm ich ihren Körper in Besitz, ich streichelte, liebkoste ihre Fesseln, ihre Beine, ihre Knie, ich eroberte sie mit jener vollendeten Langsamkeit, deren Fortschritte kaum wahrnehmbar sind, ich nahm sie ein, wie Wasser den Sand aushöhlt, wie die Nacht den Himmel durchdringt, unmerklich, mit einer Geduld und Beharrlichkeit, die nichts dem Zufall überlassen. Aber kaum war ich oben an den Schenkeln angelangt, bei dieser weichen Haut, samtiger als eine Wange, da konnte ich mir jede Vorsicht sparen. Anita ergab sich. Schon war sie nicht mehr die schmollende Frau, die sich aus Trotz liebkosen ließ, sie wurde ihrerseits aktiv, durstig, zog sich in rasender Eile aus, warf ihr Kleid weg, zog mich an sich …

Ich wusste nicht mehr, was Lust eigentlich ist, ich hatte es vergessen. Isabelle und ihre ewigen Schamgefühle hatten mich um den Geschmack gebracht, keine Spur war mir geblieben, nicht einmal die Erinnerung an diesen Jubel, der wie ein Gesang ausbricht, diese furiose, aus dem tiefsten Inneren emporsteigende Freude. Ich wusste nichts mehr von der Gewalt, die einen beim Anblick eines begehrenswerten Körpers packt, von diesem Wunsch, aus sich herauszufahren, diesem überschießenden Drang nach einem Jenseits … Anita rief mich ins Leben zurück. Plötzlich war es, als ginge ein langer Schlaf zu Ende, ich tauchte aus einem Nebel auf, einer Nacht des Vergessens. Der Sinn der Welt offenbarte sich mir, ich erlangte mein Gleichgewicht wieder, jenen Punkt höchster Freude, die das Leben rechtfertigt.

Und zwischen uns gab es nichts als diese gierige Lust, weder Erinnerungen noch Gefühle noch irgendeine Art der Verständigung: künstliches Einvernehmen, soziale Bindungen, überflüssig wie ein Kropf. Ich war ein unbekannter Mann vor einer unbekannten Frau, anonym, besessen von der Lust, mich in sie zu versenken, mich in ihr zu verlieren, aufzugehen in dieser Frau ohne Gesicht, deren Schönheit das Symbol meiner Träume war, deren Liebeslied die einzige Sprache war, die ich verstehen konnte, und die einzige, die ich vernehmen wollte.

Es waren vollkommene Stunden, von wunderbarer Dichte, runde Goldkugeln, wie die Kolonialherren sie besaßen, Lichtsphären, Sonnen... Die Zeit war aufgehoben. Ich verlor jeden Sinn für die tickenden Sekunden, die wie umgeblätterte Buchseiten verstreichenden Minuten. Ich war nur noch ein in Freude gegossener Mann, ein Block ohne Risse, ein riesiger Block im Herzen der Welt. Irgendwo gab es leidende, gequälte, sterbende Menschen, Menschen, die ihre Existenzberechtigung suchten, wie ein verschütteter Bergmann das Tageslicht sucht. Gestern noch war ich einer von ihnen, und bald würde ich es wieder sein. Aber im Augenblick befand ich mich im Zentrum jener Wahrheit, die verfliegt, sobald man sie nicht mehr fest in den Armen hält, die Welt hatte kein Geheimnis mehr, ich umschlang das große Mysterium, das sich dem Wissen entzieht, die Rechtfertigung meines Lebens, diesen unglaublichen Mythos. Morgen mochte ich leiden, verelenden, mich dem Hass, dem Tod aussetzten, es konnte nichts daran ändern, dass meine einzige Wahrheit ganz und gar in diesem Moment und ähnlichen Momenten, die ich erlebt hatte, enthalten war, in dieser Minute, in der ich nichts anderes mehr war als ein unter Millionen Menschen verlorener Mann, der diese schönste aller Frauen besaß, das Symbol meines ganzen verzweifelten Bestrebens, meiner absolutesten Träume.

Allerdings ließ mein Rausch schon nach wie ein abflauender Sturm, mein Feuer verlor allmählich seine Kraft. Wider Willen verließ ich den höchsten Gipfel, wo die Lust so rein ist, dass nichts sie beschmutzen könnte, fiel bedauernd in jene Zügellosigkeit zurück, die der Wollust ist, was die Schlemmerei dem Hunger. Ich dehnte diese Stunden der Gnade aus, ein erlöschendes Feuer, das jeder Atemhauch noch einmal aufglühen lässt, und meine Gefährtin half mir mit ihrem Können, ihrer erwiderten Leidenschaft.

So etwas wie Anitas Köper habe ich noch nie erlebt, eine derartig bis an ihre Grenzen ausgereizte Schönheit, die den äußersten Punkt erreicht, an dem die Harmonie zerbricht, messerscharf zwischen hässlich und erhaben: Eine zu schmale Taille, zu pralle Hüften, zu gewölbte Brüste, ein zu hohles Kreuz, alles droht sich zur Katastrophe auszuwachsen und hält an der idealen Linie inne, welche die absolute Schönheit vom Monströsen trennt. Ein Nichts, ein Schatten, eine falsch betonte Wölbung könnte dieses Meisterwerk zerstören. Und die Natur hat es gewollt, dass dieses Nichts nicht existierte, dass jede Wölbung genau die Form besaß, die das Gleichgewicht erhielt. Eine solche Kühnheit ist schwindelerregend, Gebete kommen einem auf die Lippen. Am liebsten würde ich beten angesichts dieser Frau, für die ich außer Bewunderung keinerlei Gefühl empfinde, mich vor ihr verneigen. Heidnisches Idol, Göttin uralter Zeiten. Am liebsten würde ich sie anbeten. In einem Anflug von spontaner Demut fuhr ich mit meinen Lippen über diesen Körper, ich wanderte mit meinem Mund über seine Leben verströmende Haut, heiß von jener untergründigen Vitalität, die mein Blut in Wallung brachte, ich liebkoste mit der Zunge das Fleisch, das mich anregte wie fruchtbare Erde, mich verbrannte wie ein von der Sonne überhitzter Strand, ich durchstreifte seine sichtbarsten Schönheiten, seine geheimsten Schätze.

Diesen Moment wählte Isabelle, um das Zimmer zu betreten.

Ich hatte nichts geplant. Ich wusste, dass sie um fünf Uhr kommen würde, und ich wusste auch, dass dieser Zeitpunkt nahte. Aber das Wissen darum blieb mir äußerlich, es drang nicht zu mir durch, kein einziges Mal hatte ich gedacht, Isabelle könne uns überraschen.

Kaum hatte sie die Tür aufgemacht, wurde mir mit einem Schlag bewusst, was mir widerfuhr. Wie ärgerlich, diese Gewohnheit, dass sie immer ohne Klopfen hereinspaziert! Hat man ihr denn gar nichts beigebracht? Ich blieb, wo ich war, wie gebannt, während Anita ihr Gesicht in den Händen verbarg. Ich war aufgewühlt, ein bisschen wütend vielleicht, aber jenseits dieser durch die Überraschung ausgelösten Irritation spürte ich, wie mich eine riesige Erleichterung, eine grenzenlose Hoffnung überkam. Isabelle würde begreifen. Isabelle würde verschwinden.

Sie betrachtete uns ungläubig, mit einem blöden Gesicht, definitiv blöde: offener Mund, runde Augen, ein erstarrtes Lächeln, das schon zur Grimasse geworden ist. Ihr Ausdruck war so karikaturistisch, so überzeichnet, dass er grotesk wirkte. Wie kann man nur so schamlos sein!

Sie rührte sich nicht. Sie stand da, die Arme halb erhoben, einen Fuß vor den anderen gesetzt, wie im Gehen vom elektrischen Schlag getroffen. Ich wartete auf irgendeine Reaktion, Schreie, Fragen … Nach der ersten Überraschung empfand ich nichts anderes mehr als intensive Freude. Das Abenteuer nahm ein Ende.

Isabelle erwachte plötzlich aus ihrer Starre, sie schmolz zusammen wie ein Eisblock am Feuer. Ihr Lächeln erlosch, und Tränen rollten über ihre Wangen, ihre Schultern sackten ab, die Arme fielen herunter. Und auf einmal drehte sie sich um, knallte die Tür … Ich hörte sie die Treppe hinunterstürzen, vier Stufen auf einmal, ihre flachen Kleinmädchenschuhe flogen von Stockwerk zu Stockwerk …

»Wer war das?«, fragte Anita.

»Nichts. Eine alte Freundin.«

»War das die Kleine, von der Nicolas mir erzählt hat?«

»Lass gut sein, das ist Schnee von gestern. Denken wir lieber an uns.«

Aber der Zwischenfall hatte uns abgekühlt, und wir taten uns schwer, wieder in Gang zu kommen.

Trotz allem, was eben zwischen uns geschehen war, bewahrte ich Anita gegenüber ein seltsames Minderwertigkeitsgefühl. Ich konnte einfach nicht vergessen, welche Umstände mir ihre Gunst eingebracht hatten, und war etwas irritiert, dass sie sich mir aus Trotz hingegeben hatte. Ich sagte es ihr. Meine Offenheit erschreckt mich manchmal, ich habe immer Angst, mich zu sehr auszuliefern. Und doch kommt es vor, dass ich alle Vorsicht über den Haufen werfe und den Teufel am Schwanz ziehe.

»Ich bin deiner nicht würdig«, sagte ich, »ich kann nicht erwarten, dass ich dir gefalle.«

»Was redest du? Habe ich dir nicht Beweise genug gegeben?«

»Schau mich an, was für ein Versager ich bin, eine Niete ...«

»O nein«, sagte sie, »nicht das schon wieder! Die alte Leier von Nicolas. Stell dir vor, auch er hält sich für einen Versager, eine Niete.«

Ich hoffte, er hörte uns. Aber Anita sprach zu leise, er konnte es nicht hören. Der große Nicolas, mein lieber Freund! Dann zweifelst du also auch an dir, bist auch nicht jenes Standbild des Stolzes, als das du erscheinen willst …

Ich versuchte, die junge Frau zum Reden zu bringen, aus ihr herauszuholen, was ihr an mir gefallen hatte. Aber sie war unfähig, es zu sagen. Und aus Angst, sie würde die Frage vertiefen, aus Angst, sie könnte sich auf ihre Verachtung besinnen, drängte ich nicht weiter. Ich gefiel ihr? Perfekt. Ich würde mit ihr nicht das gleiche Theater anfangen wie mit Isabelle, mir tausend Fragen stellen, sie zu verstehen versuchen.

*

Sie schläft. Ich sehe ihren Rücken, der das Laken spannt, ihre Schultern, die im Halbdunkel schimmern. Ich wollte nicht schreiben, weil ich fürchtete, ihre Anwesenheit würde mich stören. Aber sie schläft so tief und fest, dass ich das Gefühl habe, allein zu sein, für mich ist sie leicht wie ein Kind, sie existiert nicht, sie treibt meilenweit von mir entfernt dahin, in der Bewusstlosigkeit. Das Haus knarrt und ächzt wie ein altes Schiff. Ich bin allein mit mir, so, wie ich mich mag, ernsthaft, ohne dass mich irgendetwas verletzt oder verpflichtet. Ich kann gehen, wohin ich will, bis zum Morgengrauen wachen. Ich bin frei. Kein fremder Wille kann mich von diesem Platz reißen, mich an der ausgeklügelten und ziellosen Arbeit, die ich verfolge, hindern, nachtaktiver Nager, kritzelnder Maulwurf.

Ich bin glücklich. Anita hat nichts mit dieser Freude zu tun, die mich beseelt. Gewiss, sie hat mir Lust verschafft, sie wird mir noch weiter Lust verschaffen, aber mein Glück ist von einer anderen Tragweite. Ich bin einem Albtraum entronnen, ich atme durch wie ein Mann, der kurz vor dem Ertrinken plötzlich Boden unter den Füßen spürt. Eine riesige Ebene, die sich mir auftut: Land des Schweigens, Einsamkeit.

Ich hatte falsch eingeschätzt, welche Last Isabelle für mich bedeutete. Aus Treue zu einem verschwundenen Gefühl weigerte ich mich, der Wahrheit ins Gesicht zu sehen. Ich wollte nicht anerkennen, wie sehr dieses Mädchen mich störte, welch dumpfer Zorn in mir grollte. Aber heute weiß ich es. Am Ende hätte ich sie gehasst. Umso besser, dass auf diese Weise alles zum Schluss gekommen ist, ungeplant, sonst hätte ich ihr noch wehgetan, und das hat sie nicht verdient.

Der Schock, mich mit einer anderen Frau anzutreffen, dürfte so heftig gewesen sein, dass ihr zum Leiden keine Zeit blieb. Anästhesie. Besser solche Brutalität als eine langsame Enthüllung. Ich habe keinen Zweifel, dass es endgültig aus ist zwischen uns. Sie ist eine von der Sorte, für die Treue mehr zählt als Liebe. Sie wird eine Weile brauchen, um sich zu erholen. Dann wird sie vergessen. Die Volksweisheit hat ihr Gutes. Die Zeit heilt alles, die schlimmsten Verletzungen, die tiefsten Schmerzen. Ich habe schon vor ihr erlebt, was Verzweiflung bedeutet. Und ich bin immer noch da. (Wobei ich mir Isabelles Verzweiflung nicht einmal sicher bin, nichts weist darauf hin, dass ihre Bindung an mich eine so große Bedeutung hatte.) Ich habe alle Formen von Schmerz durchgemacht, und ich habe überlebt, sogar ich, der ich mehr leide als jeder andere. Menschliche Ressourcen. Triebkräfte, die einen vor dem Abgrund bewahren, vor dem Wahnsinn schützen. Ich bin dieser schwarzen Sonne entkommen, die mich so grausam blendete, ich habe es geschafft, mich zu retten, habe das Ufer wieder erreicht. Warum sollte sie es nicht genauso schaffen? Und je heftiger ihr Schmerz, umso gründlicher die Lektion. Jeder muss irgendwann diese Wahrheit entdecken, die besagt, dass ohne den Tod des Herzens kein Friede möglich ist, keine dauerhafte Ruhe ohne absolute Gleichgültigkeit gegenüber dem, was einen rühren könnte.

*

Ich bin ernst. Ein so großes Glück verlangt einen gewissen Ernst im Ton und im Gebaren. Ich dachte, meiner wiedergefundenen Freiheit entspräche der Wunsch zu feiern, eine Lust auf Alkohol, auf Musik.

Aber nichts dergleichen. Diese Freiheit besitzt einen so starken Eigengeschmack, dass ich kein anderes Bedürfnis verspüre, als ihn auszukosten, bis er mir schal erscheint.

Bald wird das Leben für mich wieder beginnen, wie es früher war. Ab morgen werde ich wieder diese Existenz ohne Ziel, aber ohne Zwänge führen, leer und dennoch erfüllter als ein Arbeitsleben. Beschaulichkeit. Süßes Sein. Das Glück zu atmen, schlichte Freuden zu genießen: einen Sonnenstrahl, eine Frau, die vorübergeht, das Grau des Himmels, die Langsamkeit der Tage, die nichts bringen. Ob mich jemand versteht? Wenn ich sehe, wie sie sich alle abhetzen, wie sie Dinge begehren, die für mich keinen Sinn haben, zweifle ich manchmal, ob ich recht habe. Und wenn mich die Langeweile überkommt, wachsen meine Zweifel. Aber kaum gebe ich meine Zurückhaltung einen Augenblick auf, kaum entschlüpfe ich meinem Universum, stürze mich ein paar Tage in diese menschliche Arena, schon tritt mir meine Wahrheit wieder vor Augen, schon gewinnt meine Ruhe ihre unwiderstehliche Anziehungskraft, ihre ganze Macht zurück. Ich kann mich für nichts Bestimmtes interessieren, alles geht mir auf den Geist, alles ist mir lästig. Isabelle wird wohl mein letzter Versuch gewesen sein, mich mir selbst zu entreißen. In Zukunft werde ich zynischer vorgehen, der Liebe nicht mehr in die Falle gehen.

Mit Anita kann mir nichts passieren. Schiere Lust. Tierische Lust. Keinerlei Leidenschaft bei diesen Spielen. Das Abenteuer wird sich von selbst erledigen, wenn wir es satt haben. Möge ich der erste sein … Ich liebe solche Frauen, die nichts von mir fordern, die wieder zu Fremden werden, sobald wir uns getrennt haben. Und ich bin glücklich, dass die Vorsehung es einmal gut mit mir gemeint hat, dass sie mir Anita genau in dem Moment geschickt hat, als ich es am nötigsten brauchte, als ich mich mit Füßen getreten, vollkommen hilflos fühlte. Ich werde noch lange an Isabelle denken, es wird Wochen und Monate dauern, bis sich die Erinnerung an sie in etwas Liebenswertes, Leichtes verwandelt.

Es ist spät. Ich mag diese Kälte der Nacht, meine vor Müdigkeit schmerzenden Kiefer, die Bartstoppeln, die unter den Fingern kratzen. Ich mag dieses erschöpfte Frösteln, das vom Kreuz aufsteigt, in Schauern über die Schultern, über den Nacken läuft, ich mag dieses graue Licht und das Brennen in den Augen, das plötzlich so weiße, wie Quarz blendende Papier, die drückende Stille im Zimmer, wenn ich lausche. Ich möchte die Kraft haben, bis morgens zu schreiben, schreiben und immerfort schreiben wie eine nagende Ratte. Aber meine Hand verkrampft sich um den Stift, die Worte werden unförmig, gleich Raupen, die über die Zeilen kriechen. Und ich sehe Anitas sanfte Schultern, den fast unmerklich geschwungenen Hals; und ich bekomme Lust, die junge Frau zu wecken, die Herrlichkeiten ihres Körpers noch einmal zu genießen, dieses menschliche und gute Meer, in dem ich mich verliere, in dem ich ertrinke, in dem ich sterbe.

WAS FÜR EIN MELODRAM! Und ich mitten drin. Heute Abend gegen fünf, als Anita gerade gegangen war, tauchte Isabelle in meinem Zimmer auf. Ich war so überzeugt, sie nie wiederzusehen, dass ich zuerst einfach baff war, unfähig, auch nur ein Wort herauszubringen.

Sie hatte etwas Tragisches. Ihr Gesicht war kreidebleich, hohlwangig, mit Schatten unter den Augen. Sie ging bis zum Bett, ließ sich fallen und brach in Schluchzen aus. Sicher, ich hatte nicht vor, weich zu werden, aber dieses Kind in Tränen tat mir weh, und ich beschloss, mich so sanft wie möglich zu erklären.

»Isabelle, hör zu ... Ich hatte nicht erwartet, dass ich dich wiedersehen würde, da bin ich ein bisschen in Verlegenheit. Verzeih mir mein Ungeschick. Du musst mich verstehen. Ich bin nur ein armer Teufel, untreu und unbeständig. Ich hätte dich nicht glücklich machen können. Ich hätte dir diesen Schmerz gern erspart und mir gewünscht, die Sache zwischen uns wäre ohne die scheußliche Szene von gestern Abend zu Ende gegangen. Aber jetzt, wo das Unglück geschehen ist, sollten wir besser nicht nachbohren, es uns nicht schwerer machen ... Geh, Isabelle, lass mich.«

»Aber ich verzeihe dir«, sagte sie.

Das hatte ich nicht vorgesehen! Ich hatte nicht gedacht, dass sie so beschränkt wäre! Zack, auf einmal war alles infrage gestellt ... Das ganze Trara fing wieder von vorne an ... Und ich hatte geglaubt, Isabelle sei erledigt, das Abenteuer beendet, ad acta gelegt, vergessen ... Mich packte die Wut.

»Du hast nichts begriffen, Isabelle. Ich habe dich betrogen, meinetwegen. Aber es ist viel schlimmer: Ich liebe dich nicht mehr.«

»Ich verzeihe dir«, sagte sie erneut. »Egal, was du falsch gemacht hast, ich will es vergessen.«

»Kapierst du nicht? ... Es ist aus zwischen uns. Schluss und AUS!«

»Das kann ich nicht glauben.«

Ich hatte noch nie erlebt, dass eine derart klammerte. Sie blieb da, auf dem Bett sitzend, ihren Rock fächerförmig über die Knie gebreitet, die kleinen Fäuste an den Wangen.

»Ich werde um dich kämpfen«, sagte sie. »Ich werde dich dieser Frau entreißen ... Schau, wie ich mich erniedrige, ich habe jede Selbstachtung verloren. Aber das ist mir einerlei, ganz egal, ob ich mich schäme. Ich liebe dich.«

»Hör mal, Isabelle … Ich bin stärker und dickköpfiger als du, nichts wird mich davon abbringen … Jetzt geh und zwing mich nicht, dich rauszuschmeißen.«

Ich hatte sie unterschätzt. Sie ließ nicht locker. Unser Wortwechsel drehte sich im Kreis, lange, unentwegt. Die übelsten Demütigungen, die hässlichsten Worte glitten an ihr ab. Nichts drang zu ihr durch. Sie, die mir alle Lügen geglaubt hatte, weigerte sich jetzt, da ich es ernst meinte, mich zu hören. Ich konnte nicht mehr. Meine Geduld war am Ende.

»Ich habe dich nie geliebt.«

»Das ist nicht wahr.«

»Jedenfalls liebe ich dich nicht mehr.«

»Das ist nicht wahr.«

»Ich kann dich nicht mehr ertragen.«

»Das ist nicht wahr.«

Und ich spürte, je schlimmer unser Missverständnis wurde, umso sicherer fühlte sie sich. Sie hoffte trotz allem. Sie bildete sich ein, ich stellte sie auf die Probe, aber die Wahrheit würde obsiegen, und am Ende lägen wir einander in den Armen. Alles ginge weiter wie gehabt. Ihre Anwesenheit. Ihre Dummheit. Ihre unerträgliche Anwesenheit. Dieses verschlingende Liebhaben, ihre widerliche Freundlichkeit, die Liebe ohne Begehren, die Langeweile, die brodelnde, immer unter dem Deckel gehaltene schlechte Laune. Plötzlich sah ich rot. Mich packte eine ungeheure Wut, ein gigantischer Zorn. Und ich fing an zu brüllen:

»Hau ab … Hau endlich ab, verdammt noch mal!«

Sie kauerte sich zusammen wie ein tödlich verwundetes Tier. Diesmal, spürte ich, hatte ich sie wirklich getroffen. Was meine Reden nicht vermocht hatten, vollendete mein Zorn. Sie hatte endlich verstanden. Wir waren nicht mehr zwei Liebende, die durch einen Streit zusammenfinden wollten, sondern wir waren Feinde. Sie erfasste meinen Hass. Sie begriff seine Ausmaße, erahnte seine Tiefe.

»Hau ab!«, sagte ich etwas leiser.

»Du liebst mich nicht mehr.«

»Das erkläre ich dir seit zwei Stunden.«

»Es ist zu schrecklich … Ich leide«, sagte sie. »Hilf mir, es tut so weh.«

»Ich kann nichts mehr für dich tun.«

»Wenn du mich verlässt, bringe ich mich um.«

»Keine Erpressung. Geh.«

»Ich bringe mich um.«

»Richtig. Aber nicht vor meinen Augen. Ich kann Blut nicht ausstehen.«

»Doch. Jetzt gleich. Hier …«

Man bringt sich nicht aus Liebe um. Ich glaube nicht an diesen Quatsch. Trotzdem empfand ich einen Stich im Herzen, als ich sah, wie sie sich dem

Fenster näherte und es öffnete. Ich war so aufgeregt, dass es schmerzte. Ich war außer mir, angewidert. Ich habe schon unangenehme Momente erlebt, aber nie eine solche Geschmacklosigkeit, ein so schmutziges Melodram. Binnen einer Stunde hatte Isabelle alles verdorben, die guten Erinnerungen zerstört, die ich von ihr hätte bewahren können. In Zukunft werde ich nicht mehr an sie denken können, ohne dass mir sofort diese lächerliche Szene in den Sinn kommt, die schwülstigen Worte, die wir uns an den Kopf warfen, diese ganze Schmierenkomödie, die mich zutiefst schockierte.

Sie öffnete das Fenster, wich zurück, um Schwung zu holen, und schwang sich … Mein Herz klopfte heftig. Ich wusste, dass sie innehalten würde, aber ich konnte meine Angst, diesen stechenden Schmerz in der Brust, nicht beherrschen. Fast hätte ich mich auf sie gestürzt, sie zurückgehalten. Aber mein Reflex kam zu spät. Sie hielt schon inne. Sie schnaufte, halb über den Abgrund gebeugt, ein hässliches Grau im Gesicht, die Hände auf der Fensterbank. Ich konnte mir das Grinsen nicht verkneifen. Ich war erleichtert, und jetzt sprang mir das Komische an der Situation in die Augen. Sie schoss den Vogel ab, Isabelle, mit ihren großen Worten und theatralischen Gesten.

»Komm schon, Kleine, gib dir einen Ruck … zeig, was du dich traust.«

»Ich kann nicht … Ich kann nicht …«

Ihr Gesicht verkrampfte sich, die Züge verzerrten sich, die Tränen quollen über. Eine Sturzflut. Der einzig wahre Balsam. Ich ging hin und klopfte ihr auf die Schulter. Mein Zorn schwoll ab. Sanft schob ich sie zur Tür. Ich war ihr nicht mehr böse. Sie war erst sechzehn, sie musste zu leben lernen. Ich machte die Tür wieder zu. Lebwohl Isabelle, adieu.

*

Ich war am Boden zerstört. Dass Isabelle sich an mich geklammert hatte, ging ja noch, aber dieser vorgetäuschte Selbstmord überschritt alle Grenzen. Aus welchem Roman stammte ein derart schlechter Scherz? Sie hat mir Angst eingejagt, das muss ich zugeben. Sogar jetzt, über acht Stunden danach, habe ich mich immer noch nicht ganz von der Aufregung erholt. Als Anita zurückkam, sagte ich ihr nichts. Aber sie fragte mich von sich aus:

»Bist du krank? Du guckst vielleicht komisch aus der Wäsche.«

»Lass mich in Ruhe. Ich habe zu viel geraucht.«

Sie drängte nicht weiter. Und sie tat gut daran. Ich war bereit, meine schlechte Laune an ihr auszulassen. Ich hätte mich nur allzu gern gerächt, auch auf die Gefahr hin, mich mit ihr zu überwerfen. Stattdessen schlief ich mit ihr, aber ohne großes Vergnügen. Allerdings hatten wir das Thema ja auch am frühen Nachmittag schon erschöpfend behandelt.

Der mittelmäßige Liebesakt verdarb mir endgültig die Stimmung. Zur Ablenkung schlug ich der jungen Frau vor, abends im Coq Hardi zu essen. Wir waren schon einmal dort gewesen, mit Nicolas. Sie nahm freudig an.

Manchmal liebe ich den Luxus. Ich mag diese behagliche Atmosphäre, diese leise sprechenden Leute, die Kellner im Frack, Priester einer Schweigezeremonie, diese zu tief dekolletierten Frauen und die steifen Herren, die sich in anmutigen Gesten üben. Ich mag diese angenagelten Teppiche, die modernen Gemälde, falsche Chagalls und falsche Matisses, diesen Geruch nach Wein und Frauen, nach Pelzen, nach englischen Zigaretten, diese gedämpften Geräusche, das zarte Klirren von Kristall und das Knirschen der Flaschen in den Champagnerkübeln; ich liebe diese Welt, die mit dem Überschreiten der Schwelle beginnt, Aquarium, Grab, Geheimgruft, unbekannte Welt, eine Welt für sich, die im Morgengrauen verschwindet. Ich will glauben, dass diese Orte wirklich existieren, dass die Menschen, die dort hingehen, anders sind als ich, dass sie nicht, wie ich, Gelegenheitsgäste, Zuschauer, Statisten für einen Abend sind. Ich will glauben, dass es tatsächlich eine Welt zum Wohlfühlen gibt, herrlich, kostbar, nutzlos, die weder Sorgen noch Kälte kennt, eine Welt, in die kein Tageslicht dringt, wo die Speisen fremde, andernorts unbekannte Namen haben, wo die Bücklinge des Oberkellners so selbstverständlich sind wie das Abwischen der fettigen Tischplatten in einem Bistro, wo die seltensten Blumen auch im tiefsten Winter blühen, wo das Telefon gedämpft klingelt und man sich für den Gast entschuldigt, wenn er aus Übermut sein Glas umstößt.

Ich brauche solche Momente, genauso wie ich nicht auf Straßenmädchen verzichten kann, hin und wieder, in einem versifften Hotel, oder auf die Kais, oder auf die Imbissbuden, oder auf die Bahnhofshalle, wenngleich ich nie verreise, oder auf die Kaufhäuser, die Bouquinisten, den Papagei an der Börse mit seinem Ogottogott für jeden Krümel, den man ihm reicht; weder auf die Brücke noch auf die Plätze, noch auf den Himmel, die Straße, das Pflaster, den Makadam, die Zeitungsstände, die Sonne … Mein Leben ist reich an diesen kleinen Freuden. Verschiedenartige Geschmäcker, Kontraste, zahllose Bilder. Ich bewege mich in dieser Stadt wie in einem Garten. Ich werde hier sterben. Niemals würde ich fortgehen, aus Angst, anderswo auf den Geschmack zu kommen.

*

Das Coq Hardi gehört mir. Er ist einer jener Orte, an dem so viele meiner Erinnerungen haften, dass man ihn nicht zerstören könnte, ohne auch mich ein wenig zu zerstören. Ich hänge an ihm wie ein Bettler an seinem überdachten Stammplatz. Zuflucht. Früher, wenn eine Frau mir mehr von sich gegeben hatte, als ich von ihr wollte und ertragen konnte, wenn ich es richtig satt hatte, richtig angewidert war, flüchtete ich und kam hierher, sicher, irgendeinen Freund zu treffen, der mich wieder aufbaute, mir wie einem keuchenden Boxer den Schweiß abtupfte, mich umsorgte … Während die Lichter und der Wein mir die glückliche Entspannung schenkten, die jene Frau mir verwehrt hatte, fand ich meine Ruhe, meine Ordnung, meinen Frieden wieder, ich vergaß mein Fieber und kehrte langsam in mich selbst zurück.

Heute Abend ist das Wunder wieder geschehen. Die unwirklichen Lichter, diese Musik, die von wer weiß wo kam, versetzten mich in eine imaginäre Welt, vertrieben die allzu brutale Realität, drängten Isabelle und ihre Tränen, Isabelle und ihre Schreie, Isabelle und das lästige Geschwür ihrer Liebe in die Nacht, in die Kälte zurück. Ich hatte keine Freunde mehr, seit Langem hatte der letzte mich im Stich gelassen, aber ich entdeckte in meiner Begleiterin eine Komplizin, ein Lebewesen, das in der Lage war, mir zuzuhören, mich zu verstehen … Vielleicht hatte ich getrunken, vielleicht hatte ich zu viel Angst gehabt, was weiß ich? Jedenfalls glaubte ich heute Abend, Anitas wahres Gesicht zu entdecken. Solche Illusionen habe ich mir schon zu oft gemacht, um ihnen große Bedeutung beizumessen, ich misstraue meiner Begeisterung, meinem Rausch. Aber manchmal tut es gut, sich zu täuschen. Selbst wenn man unrecht hat, ist es angenehm zu glauben, die Frau an seiner Seite besitze diese schönste aller Gaben, einen zu verstehen, einen nicht wegen des Äußeren zu mögen, sondern um dieses inneren, tiefen, ursprünglichen Ichs willen, an dem man verzweifelt, weil man es niemandem mitteilen kann.

Anita ist nicht nur eine Quelle der Lust. Sie ist eine Frau. Sie spricht, ich höre ihr zu, und was sie sagt, langweilt mich nicht, sondern im Gegenteil, es amüsiert mich. Wir sind Bruder und Schwester. Wir besitzen die gleiche Schamlosigkeit, die gleiche Offenheit. Sie spricht von sich. Und jedes ihrer Worte berührt mich, weil es in mir etwas Entsprechendes gibt, eine Erinnerung, einen Wunsch, ein Bedauern. Der Unterschied zwischen Isabelle und Anita ist so groß, dass ich ihn in jeder Hinsicht auskoste. Ich genieße diese vollendete Frau, die sich mir offenbart, und kann der Lust nicht widerstehen, es ihr zu sagen. Wie war es möglich, dass ich es nicht gemerkt hatte? Wie konnte ich so lange in ihrer Nähe leben, ohne zu ahnen, welche unsichtbaren Bande uns vereinen? Mein Erstaunen entlockt ihr ein Lächeln. Ich weiß schon, dass unser Abenteuer keine Zukunft hat, und ich habe Angst, dass mir das Glück entrinnt, Angst, mein Leben zu verpfuschen.

*

Ich sehne mich nach Frieden. Anita schläft, und ich sehe nur die Flut ihrer Haare, honigfarbene Seide, stille Flut, ich erkenne nur die Masse ihres im Schlaf erstarrten Körpers. Gleich werde ich mich zu ihr legen. Es war ein schwerer Tag für mich, aber morgen fängt meine Freiheit an. Dies ist die letzte Nacht, die Anita hier verbringt. Ich will unser Einvernehmen nicht verderben, ich will diese wunderbare Verbindung zwischen uns bewahren. Morgen werde ich ein Zimmer für sie suchen, nicht weit von hier entfernt, damit ich hin und wieder zu ihr gehen kann. Ich will allein sein. Ich will wieder in mich eintauchen, mich finden. Ich lebe schon zu lange an der Oberfläche. Zu viele Kontakte mit der Außenwelt. Zu viele Abenteuer. Ich bin empfindlich und übersensibel, Geschäftigkeit bringt mir nichts. Ich will erneut in dieses Schweigen einkehren, das allein mir meine Integrität bewahrt.

JETZT BIN ICH DER Gehörnte. Das Wort klingt mir fröhlich in den Ohren.

Nachdem ich gerade angefangen habe, Zuneigung für Anita zu empfinden, macht sie mit mir Schluss. Sie kehrt zu Nicolas zurück. Sie sind sich auf der Treppe begegnet, und es kam, wie es kommen musste, sie zankten sich. In einem Strudel von Beschimpfungen fielen sie einander in die Arme. Ich bin abserviert. Ein armer Verwandter, der ausgeholfen hat. Sie luden mich ein, zur Feier ihrer Versöhnung etwas mit ihnen zu trinken. Ich nahm an. Wozu den Gekränkten herauskehren? Wo ich es doch so wenig bin. Außerdem macht es mir Spaß, Nicolas mit meiner Gegenwart die Freude zu vergällen. Ich kenne diese rein physische Eifersucht. Nicht sehr angenehm. Bestimmte Bilder, die nicht auszulöschen sind, spuken einem im Kopf herum. Man rennt sich fest, stößt auf Erinnerungen an die anderen, die schrecklichsten.

Ich sehne mich nach Anita. Ich habe perfekte Stunden mit ihr erlebt. Eine solch vollkommene Lust werde ich wohl nie wieder finden. Aber früher oder später wäre der Zauber vergangen. Ich hätte Überdruss, Sättigung empfunden. Besser dieses bittersüße Bedauern, der nur halb gestillte Durst.

Meine Tage sind leer. Nach so vielen Abenteuern wird mir die Zeit lang. Ich muss meine Freiheit erst wieder lernen. Ich muss mir die jede Minute geforderte Geduld zurückerobern, die Fähigkeit, grundlos glücklich zu sein. Heute Morgen bin ich nach draußen gegangen. Es hatte nachts geregnet, und die Gehsteige waren nass, aber in den Pfützen spiegelte sich ein Frühlingshimmel, ein noch zaghaft blauer Flecken, ein fast weißes Azur. Die Luft hatte etwas von der Milde, die das Ende des Winters verheißt. Ich weiß, das alles sind nur Illusionen. Ich weiß, die Kälte wird zurückkehren und mit ihr der Schnee. Aber ich will ein Symbol in dieser vorübergehenden Milde sehen. Demnächst werde auch ich wieder erwachen.

Ich bin eine Weile um die Markthallen gestreift. Auf dem Boden faulende Kohlblätter, zertrampeltes Gemüse. Erdiger Geruch, ein Stand mit aufgeschlitzten Fischen, deren Blut auslief, von Hunden getrunken wurde. Wohin nun? Ich dachte an meinen Bruder. Seit dem Tag, an dem ich meinen Neffen verprügelt hatte, war ich nicht mehr dort. Eine Lustlosigkeit überfiel mich plötzlich beim Gedanken an diese Leute, die ich nicht leiden kann. Lustlosigkeit, Ekel, Müdigkeit … Ich ging trotzdem hin.

Charlotte diskutierte mit einem Kunden. »Aber ja, Monsieur. Nicht wahr, Monsieur. Gern geschehen, zu Ihren Diensten, Monsieur, auf Wiedersehen, Monsieur …« Als wir allein waren, geruhte sie mich zu bemerken. »Na so etwas, Sie? Wieder mal blank wahrscheinlich …« Da sie mich auf die Idee brachte, bat ich sie um etwas Geld. Sie gab sich großzügiger als gewöhnlich. Waren es die Schläge für ihren Sohn, die mir ihre Gunst einbrachten? Mit griesgrämiger Miene steckte ich die Scheine ein. Charlotte ist eine der wenigen, denen ich meine Verachtung zu zeigen wage. Ich fürchte sie nicht. Im Gegenteil, sie fürchtet mich.

Um sie zu erschrecken, ließ ich durchblicken, dass mir eine Einladung zum Essen nicht unrecht wäre. Sie stammelte eine Entschuldigung. Man habe mich nicht erwartet. Die Köchin sei krank …

»Geben Sie sich keine Mühe«, sagte ich. »Das war nur ein Scherz.«

»Ich wollte nicht sagen …«

»Aber ja. Sie sind eine schlechte Schauspielerin.«

»Sie sind gemein.«

»Genau so, wie Sie mich kennen.«

»Philippe ist übrigens nicht da.«

»Das hätten Sie früher sagen sollen.«

Ich fasste sie unters Kinn und schaute ihr direkt in die Augen. Ich weiß, sie kann mich nicht ausstehen. Ein Grund mehr, sie zu ärgern.

»Lassen Sie mich los«, sagte sie.

»Ich halte Sie nicht fest.«

»Lassen Sie mich los oder ich schreie.«

»Schreien Sie. Das gibt einen schönen Skandal.«

Ich packte ihr Kinn so, dass sie sich nicht rühren konnte, ohne sich wehzutun. Dann beugte ich mich plötzlich vor und küsste sie auf den Mund. Sie befreite sich mit einem Ruck. Ihren Beschimpfungen fehlt der Pepp, aber sie stößt sie mit Überzeugung aus. Rüpel. Lüstling. Niederträchtiger Kerl. Ihr Vokabular ist beschränkt, schade. Ich winkte ihr und verschwand.

*

Das wäre doch lustig, meinen eigenen Bruder zu betrügen. Ich habe ihn in Liebesdingen schon immer für einen Trauerkloß gehalten. Charlotte reizt mich wenig, wir haben es noch nie zu einem entspannten Umgang miteinander gebracht. Aber mit etwas Geschick lässt sich die Situation umkehren. Frauen sind bereit, das größte Geschwätz zu glauben, wenn man nur mit ihnen zu reden versteht.

Ich höre schon, was ich sagen könnte:

»Früher, Charlotte, war ich noch nicht dieses Wrack, dieser armselige Kerl, den Sie verachten … Ich war voller Leidenschaft, voller Feuer. Das Leben lag vor mir, reich und schön, und in meinem Kopf wirbelten die tollsten Pläne. Ich hätte es weit gebracht, bis ganz nach oben, wenn mich nicht zu meinem Unglück die Liebe überfallen hätte. Ich liebte eine Frau. Aber ob aus Torheit oder extremer Schüchternheit, ich wagte nicht, mich zu erklären, und die Frau, die von meiner Leidenschaft nichts ahnte, heiratete einen anderen, der sich geschickter anstellte als ich. Seitdem bin ich verzweifelt, ich schleppe mich ohne Seele und ohne Ziel dahin, mein Körper ist nur noch eine leere Hülle, die nichts anderes erwartet als den Tod. Und diese Frau, Charlotte, das waren Sie …«

An dieser Nummer muss ich feilen. Wenn ich mich zu sehr langweile, ist das genau das Richtige, eine hübsche Zerstreuung. Charlotte … Das wird amüsant. Es fehlt ihr an Reiz, aber die Herausforderung ist Anreiz genug. Und außerdem könnte ich allerhand über Philippe erfahren, die kleinen Alkovengeheimnisse, auf die ich so versessen bin.

ISABELLE IST TOT. Nichts kann diese Wahrheit ändern, diese grauenhafte Tat ungeschehen machen. Vor meinen Augen erstrecken sich die Zeilen, unschuldig, ordentlich, wie es sich gehört. Die Zeitungsmeldung wirkt wie eine Familienanzeige in Schwarz-Weiß: *»Vorgestern Abend gegen zwanzig Uhr hat sich ein junges Mädchen, die sechzehnjährige Isabelle S…, oberhalb der Eisenbahnbrücke in den Fluss gestürzt. Ein Zeuge des Geschehens, Monsieur Lucas, kam unglücklicherweise zu spät, um dem verzweifelten Mädchen zu helfen. Ihre Leiche konnte erst nach einer schwierigen Suchaktion geborgen werden. Die Polizei hat Ermittlungen aufgenommen, aber bisher sind keine Motive bekannt, die zur Aufklärung dieses erschütternden Dramas beitragen können.«*

Man bringt sich nicht aus Liebe um, das weiß ich. Es bedarf tieferer Gründe. Isabelle war verrückt, genau wie ihre Mutter. Die Vererbungsgesetze sind unausweichlich. Aber alle Gründe der Welt ändern nichts an der Tatsache, dass Isabelle sich getötet hatte, nachdem sie hier weggegangen war, am selben Abend, an dem ich sie verjagt hatte. Ich leide. Ich empfinde einen ungeheuren Schmerz, eine Beklemmung, als wäre ich verantwortlich. Auch wenn ich noch so gut weiß, dass ich nichts damit zu tun habe, kann ich es nicht verhindern, ihr Gesicht ständig vor mir zu sehen: die irren Augen, ihre zitternden Lippen, diesen Blick eines sterbenden Hundes, mit dem sie mich rief, als hätte ich sie von ihrem Schmerz befreien können, dann die Bewegung ihrer zu mir ausgestreckten Hände. Ich kann nicht verhindern, dass es mir wehtut. Ich stoße mich am Tod, diesem einzigartigen Geheimnis. Ich renne gegen eine Wand. Ich möchte meine Angst herausschreien, jenen Schrei ausstoßen, der aus der Tiefe der Zeiten aufsteigt … Ich bin wehrlos, mit leeren Händen, ohnmächtig wie ein Blinder. Mich überkommt eine eisige Kälte. Mein Verstand will es nicht wahrhaben, ich kann nicht hinnehmen, dass Isabelle nicht mehr existiert, dass ihr liebenswerter Körper seine Hitze, seine Wärme verloren hat, dass ihre Gesten auf immer erstarrt sind, dass ihre Augen auf immer leer, ihre Lippen geschlossen bleiben. Ich kann diesen Bruch nicht fassen, diesen Augenblick, in dem das Herz aufhört zu schlagen. Ich kann dieses Namenlose, dieses absolute Ende nicht akzeptieren. Und mein Entsetzen ist umso heftiger, als Isabelle ihren Tod selbst herbeigeführt, ihn gewünscht, ihn gerufen hat. Habe ich ihr denn so viel bedeutet, ich, dem sie so wenig bedeutete? Aber wie soll man sich einen Schmerz vorstellen, der so groß ist, dass nur der Tod ihn lindern kann? Hätte ich diese Not geahnt, wäre ich bereit gewesen, sie zu retten. Ich hätte ihr das Geheimnis der Dinge erklärt, ihr beigebracht, dass nur das eigene Leben zählt, dass der Rest dummes Gequatsche ist, hohle Träume, Illusionen, dass die schlimmsten Wunden sich wieder schließen, dass die Zeit die heftigsten Schmerzen heilt, dass alles vergeht, Freude, Liebe, Leidenschaft, dass sich alles irgendwann verliert. Ich hätte sie die Geduld gelehrt, die Kunst zu vergessen, den Blick nach vorn zu richten, über alles hinweg, was verletzt, was brennt. Aber wie hätte ich es ahnen sollen? Wie ihren Wahnsinn spüren? Zweifellos war sie etwas merkwürdig, leidenschaftlicher, hitziger als andere, aber nichts deutete darauf hin, dass sie eines Tages den Verstand verlöre. Es geht nicht um meine Verantwortung. Sicher, als wir zusammen am Flussufer waren, habe ich ihr von meiner Besessenheit, dieser Sehnsucht nach dem Wasser erzählt, sicher habe ich ihr dabei auch meinen vagen Wunsch erklärt, mich in diesem Fluss zu verlieren, mich zu vernichten, zu sterben, wie man einschläft. Aber das war ein literarischer Wunsch, er hielt sich im Bereich der Worte, denen man nur halbwegs glaubt. Wie hätte ich auf die Idee kommen sollen, dass sie meine Worte auf sich anwenden und sich eines Tages tatsächlich zerstören würde, genau an diesem Ort?

*

Ich hatte mich für unfähig gehalten, so viel Schmerz zu empfinden. Das Alter hat mir nichts von meiner Sensibilität genommen, ich bin immer noch so gefühlsempfindlich, so verletzlich. Obwohl ich mit Isabelle nichts mehr am Hut hatte, leide ich durch ihre Schuld. Ich nehme an allen Nöten, an jeder Verzweiflung teil. Mein Herz ist weit wie eine offene Ebene. Ich muss es ersticken, es in künstlicher Gleichgültigkeit ertränken. Ich muss mich retten. Ich muss meinen Frieden wiederfinden, mir dieses absurde Drama aus dem Kopf schlagen, ich muss lernen, mich abzuhärten, nicht zurückzublicken. Ich werde mich zu beherrschen wissen. Ich sehe schon einen Hoffnungsschimmer, ich ahne diesen gesegneten, über alles erhabenen Moment, in dem mich nichts mehr erreichen noch verletzen wird, in dem ich mich wiederfinden werde, mich und nur mich allein.

Nachwort zur Rezeptionsgeschichte

Isabelle (*La Cendre aux yeux* – dt. *Asche in den Augen*) ist der vierte Roman des erst 27 Jahre jungen Autors Jean Forton, sein erster, der im Ausland übersetzt wurde, und der einzige, der schließlich 1959 mit einem wichtigen nationalen Literaturpreis, dem Prix Fénéon, ausgezeichnet wurde. Im Jahr zuvor hatte sein Landsmann, der um sechs Jahre jüngere Philippe Sollers, diesen Preis, der für »junge Schriftsteller ... aus bescheidenen Verhältnissen« bestimmt war, für sein Werk *Le Défi (Die Herausforderung)* erhalten. Ein gemeinsamer Ausgangspunkt zweier ganz unterschiedlicher Karrieren ...

Leser, die Forton schätzen, halten *Isabelle* – wie der Autor selbst – für sein Meisterwerk. Gewiss ist es sein düsterster und am subtilsten skandalöser Roman. Er provozierte zwar keine Ausrufe der Empörung seitens der wohlmeinenden Presse wie sein Roman *L'Épingle au jeu (Aus der Affäre gezogen)*, dem die Jesuiten, die hier ob ihrer Erziehungsmethoden attackiert wurden, 1960 den Weg zum Prix Goncourt zu versperren wussten. Aber sein Gift ist im Lauf der Zeit immer wirksamer geworden: Wie könnte dieser zynische Verführer eines 16-jährigen Mädchens den heutigen Leser indifferent lassen?

1957 wurde Forton, dessen besonderer Stil sich seit seinem Debütroman *La Fuite (Die Flucht)* im Jahr 1954 durchsetzte, von der Literaturkritik als junge Hoffnung der Gallimard-Schule betrachtet. Man sah einen Erben des klassischen psychologischen Romans in ihm, aber sein eindringlicher Charme rührt von einer eigenartigen Mischung von Scharfsicht und Poesie sowie einer Vorliebe für die Adoleszenz und den Traum her. Für seine Zeitgenossen spiegeln seine Charaktere das Unbehagen der Nachkriegsjugend wider.

Doch erst mit der Veröffentlichung von *Isabelle* wird Forton zum Nationalschriftsteller. Die Anzahl der Kritiken verdoppelt sich im Vergleich zu dem Echo auf seinen vorangegangenen Roman *L'Oncle Léon (Der Onkel Léon)*, und sein Name taucht erstmals in der Pariser Presse, in großen Tageszeitungen und in Kulturmagazinen wie *Arts* oder *La Tribune des Nations* auf. Viele Literaturkritiker geben zu, ihn erst zu diesem Zeitpunkt entdeckt zu haben.

Schließlich nahm die Karriere des jungen Romanciers endgültig ihren Lauf, als er sich auf der Auswahlliste für den Prix Goncourt befand, neben *La*

Modification von Michel Butor und *La Loi* von Roger Vailland. Letzterer gewann zwar den Preis, aber seitdem war auch Forton der französischen, belgischen und Schweizer Literaturkritik ein Begriff.

Schon bald erschien der Roman in Italien, in England und in den USA. Während die italienische Ausgabe, veröffentlicht bei Aldo Garzanti, den Titel *La cenere negli occhi* beibehielt, erschien dieser den angelsächsischen Verlegern wohl zu kryptisch. Der New Yorker Verlag Criterion Books hielt den Titel *Isabelle* für verkaufsfördernder, und der britische Verlag Jonathan Cape ließ sich von dem dem Roman vorangestellten Zitat von Jean de La Fontaine inspirieren und nannte das Buch *A Wolf Adventuring*, »ein Wolf, der das Abenteuer suchte«.

La Cendre aux yeux wurde später als Taschenbuch neu aufgelegt, in England von Penguin Books und in den USA von Hillman. Das Cover der amerikanischen Ausgabe ist insofern interessant, als es zeigt, wie man Ende der Fünfzigerjahre in Amerika meinte, einen französischen Roman verkaufen zu können. Der Titel *Isabelle* steht in großer, geschwungener hellblauer Schrift auf dunklem Fond. Das junge Mädchen im Vordergrund, strahlend und bunt gezeichnet, ähnelt Brigitte Bardot, dem Weltstar jener Jahre: die gleiche Frisur, der Schmollmund, die üppigen Formen. Ihre Haltung ist nachdenklich, aber der Ausdruck schelmisch. Im Hintergrund, in Schwarz-Weiß, eine Männergestalt, über einen Stuhl gebeugt. Die absichtliche Lässigkeit des athletischen Körpers erinnert mehr an die schönen Rebellen des amerikanischen Kinos als an den unscheinbaren Helden Fortons.

Das Zitat aus der *Chicago Sun Times* unterhalb der Figuren spielt auf Vladimir Nabokovs Roman an und rechtfertigt so die Zeichnung dieser Lolita mit dem französischen Vornamen, eines Mädchens, das mit der traurigen und fragilen Heldin Fortons nicht viel gemein hat. Ganz unten auf dem Umschlag liest man in großen roten Lettern: »Winner of the Prix Fénéon«. Die französischen Literaturpreise waren seinerzeit offensichtlich für das amerikanische Publikum noch von Bedeutung.

Das Besondere an *Isabelle* war, dass dieser Roman von der Kritik sofort als Meisterwerk erkannt wurde und sein Autor auf der Höhe seiner Kunst. Und doch gibt es etwas, was den Roman mit seinen Vorgängern verbindet: die Atmosphäre. Diese »graue« Poesie der Stadt beherrscht alle Werke Fortons, von *La Fuite* bis *L'Enfant roi*. Aber *Isabelle* erscheint wie die Vollendung eines Stilwillens, der nunmehr seine höchste Präzision und Klarheit erreicht hat und unterfüttert ist von einem subtilen Humor, der die Grausamkeit der Geschichte noch betont.

Fortons Handschrift ist vollendet in dem, was ein amerikanischer Kritiker als »epigrammatische Wendungen in bester französischer Tradition« bezeichnet und was Jacques Brenner später als seinen »kalten Humor« beschreibt. Denn sein Icherzähler, dieser »abscheuliche Narziss«, wie ihn der belgische Kritiker Jean Mogin nennt, setzt in seinen Tagebuchaufzeichnungen komische Akzente, die dem Roman »die schreckliche Zartheit brutaler Hände« verleihen.

Für den Kritiker der *Chicago Sun Times* übt der Roman eine gefährliche Faszination aus, »wie eine Königskobra in Aktion«.

Die Kritiker bemerken darüber hinaus, dass Forton in seiner Analyse unseres innersten Seins noch nie so weit gegangen sei und dass seine Tour de force darin bestehe, die moralische Monstrosität des perfekten Durchschnittsbürgers aufzuzeigen. Tatsächlich kann man sagen, dass der Held von *Isabelle*, dieser »Einstein der Mittelmäßigkeit« laut Henri Amouroux, den Forton'schen Typen par excellence verkörpert: ein Individuum, das eine Komplexität an Gefühlen unter dem Mantel der Unbedeutendheit verbirgt.

Und genau diese Banalität macht das Gefährliche des erbärmlichen Verführers aus *Isabelle* aus, eine Banalität, die, nach Ansicht eines amerikanischen Kritikers, Bände spricht über die Abwesenheit von Romantik in dieser Epoche. Ein anderer Rezensent begrüßt die Gewandtheit des Autors, der es verstand, den Charakter des Henkers mit ebensolchem Talent zu zeichnen wie den seines Opfers und dabei über generelle menschliche Erfahrungen reflektierte, über Begriffe wie Schande, Sünde, Einsamkeit, Schönheit, Verblendung und Liebe. Man attestierte Forton eine subtile Mischung aus Naturalismus und Poesie, die ebenso an Émile Zola wie an Alain-Fournier erinnere.

In der Eleganz und Nüchternheit der Sprache, der scharfen psychologischen Analyse und dem klaren Aufbau seiner Geschichte erkennen und bewundern die angelsächsischen Kritiker die Charakteristika des klassischen französischen Romans. Und sie sind Forton dankbar, dass er diese nicht der Mode des Nouveau Roman geopfert hat.

Isabelle wurde ein Jahr nach Albert Camus' *La Chute (Der Fall)* veröffentlicht, und einige Kritiker attestierten dem Werk Anklänge an Camus hinsichtlich der »Analogie der verschiedenen Themen« und des unheilbar pessimistischen Zynismus des Helden oder auch seines Verhaltens eines »Fremden des Erotismus«. Man stellte fest, dass die Zerrüttung als Thema in Mode kam, und Robert Sabatier sprach von einem neuen Weltschmerz, hervorgerufen durch den Krieg und dargestellt durch Fortons Helden, einen geistigen Bruder des müßiggängerischen jungen Fähnrichs Bory in *La Sourde oreille*, das einige Monate nach *Isabelle* erschienen war: »Immer noch zwischen zwei Kriegen, zwischen zwei Toten, zwischen zwei Einsamkeiten, stürzt sich der Mensch hier in seine Leidenschaften, so, wie man einen Schrei ausstößt.«

Isabelle rief natürlich auch Vergleiche zu Choderlos de Laclos' *Les Liaisons dangereuses (Gefährliche Liebschaften)* hervor und wirkte wie eine moderne Umsetzung dieses Romans, mit seinem »Don Juan aus dem Sputnik-Zeitalter«: der gleiche klinische Scharfblick, die gleiche analytische Grausamkeit, aber mit einem Valmont ohne Stolz oder forsches Auftreten, selbst wenn er der »Galerie der berühmten Dreckskerle, die unserer Literatur zur Ehre gereichen«, angehört.

Heutige Leser erinnert *Isabelle* eher an die Geschichte der *Lolita*. Es ist erstaunlich, dass kein französischer Literaturkritiker der Zeit darauf anspielte, obgleich Nabokovs Roman, der 1955 beim Pariser Verlag The Olympia Press erschienen war, mit einem Verbot belegt wurde, das die Literaturwelt erschütterte. Und Nabokovs Revolte gegen die Zensur des Innenministeriums sorgte für umso mehr Aufruhr, als zur selben Zeit der Prozess des Verlegers Jean-Jacques Pauvert für die Veröffentlichung der Werke des Marquis de Sade eröffnet wurde.

Aber *Lolita* war in der Originalfassung, also auf Englisch, erschienen, und Gallimard ließ den Roman erst 1958 übersetzen, das heißt ein Jahr nach *Isabelle*. Nur wenige Franzosen hatten es daher 1957 gelesen. Als das angelsächsische Publikum hingegen den Roman von Forton 1960 entdeckte, kannte es *Lolita* sehr wohl, denn dieser Roman war 1958 in den USA neu aufgelegt worden und beinahe so erfolgreich wie Margaret Mitchells *Vom Winde verweht*. Unrichtiger- und ungerechterweise sieht daher ein amerikanischer Kritiker in Fortons Roman eine »Reminiszenz« an Nabokovs Roman, während ein australischer Kollege ihm gar unterstellt, er würde damit die Bedeutung von *Lolita* in der zeitgenössischen Literatur noch betonen wollen. Beide heben jedoch hervor, dass die Heldinnen bis auf ihr Alter keine Gemeinsamkeit haben.

Einige Kritiker fragten sich, ob Fortons Icherzähler einem Psychiater oder Richter vorgeführt werden müsse, und sprachen von ihm als einem sexuell Besessenen, so wie man es bezüglich Humbert Humberts in *Lolita* getan hatte, andere fanden das Thema des Buchs schwierig, deprimierend, schmerzlich, schmutzig, amoralisch.

Wieder andere, die mutiger oder weniger scheinheilig waren, beschuldigten Forton nicht des psychischen Irrealismus, sondern fragten sich, ob er nicht einfach, vielleicht gar unbewusst, eine »Jagd nach dem Glück« darstellte und dabei einen Vorgeschmack auf eine neue Moral gab beziehungsweise, wie ein Kritiker es anlässlich einer Neuauflage 1983 formulierte, auf »das harte Metier des Lebens und die Böswilligkeit, die es ermöglicht, entschlossen voranzuschreiten«.

Zum ersten Mal, und das macht die Stärke dieses Romans aus, hatte Forton eine Figur geschaffen, die imstande war, seine Leser mit heftigem Abscheu zu erfüllen. Der Protagonist aus *L'Oncle Léon* blieb ein sympathischer Verlierer, der aus *Isabelle* ist moralisch abstoßend.

Gezwungen, die Meisterlichkeit seines Stils anzuerkennen, und außerstande, sich der Wahrheit einer so komplexen Figur zu entziehen, einer Figur, die sie vielleicht auf eigene unaussprechliche Sehnsüchte zurückwarf, verliehen die Kritiker einem Unbehagen Ausdruck, das das literarische Schicksal Fortons besiegelte. Aber bereits zur Erstausgabe von *Isabelle* hatte der Schriftsteller und Kritiker Claude-Henri Rocquet eine Sache auf den Punkt gebracht, die für das gesamte Werk dieses einzigartigen Autors gilt, dessen Enthüllungen über uns selbst so schwer auszuhalten sind: »Es genügt, dass sich der Leser nur an einer, rein zufälligen, Stelle mit dem Verführer identifiziert, um selbst als unbescholtener Mensch den Keim der Monstrosität zu spüren. Der ideale Leser wird den Romancier dafür preisen, dass er unter dem Vorwand einer alltäglichen und eher schäbigen Geschichte konstante Triebkräfte unsere Natur bloßlegt und uns diese Wahrheit wieder entdecken lässt, deren Unkenntnis die Welt mit so viel vergossenem Blut belastet und mit so viel alltäglicher Willensschwäche.«

Die Lesergeneration, die Forton nach seinem Tod 1982 entdeckte, hatte derlei Skrupel nicht mehr, da die Psychoanalyse längst unsere inneren Dämonen ans Licht gebracht hatte. Diese Generation sprach jedoch auf die angstvolle Einsamkeit der Forton'schen Helden an, ein Thema, das all seinen Romanen gemein ist.

Francine de Martinoir von der Literaturzeitschrift *La Quinzaine littéraire* sah in *Isabelle* eine Weiterführung des Romans *La Fuite*, insofern als hier der eine Protagonist vollzogen hat, wovon der andere sich begnügte zu träumen: nämlich den Bruch mit jeglicher Art von sozialer Bindung, sei sie familiär oder gefühlsmäßig. Beide verlieben sich in sehr junge Mädchen, aber die Poesie weicht in *Isabelle* dem Drama.

Die Kritik interessierte sich außerdem für das Handwerk des Schreibens, das hier durch das Tagebuch des Erzählers erläutert wird, der darüber »staunt, was das Schreiben alles an die Oberfläche befördert, wie ein eingezogenes Fischernetz, beunruhigende Gefühle, unerwartete Empfindungen, Schmerz, den er nicht in den Griff bekommt, alles, was ihn von ihm selbst entfremdet«.

1983, als Gallimard *Isabelle* und *La Fuite* neu herausbrachte, war Forton in Vergessenheit geraten. Die Pariser Kulturkritik vermochte es, ihn einem ausgewählten Publikum erneut nahezubringen, einem Publikum, das diejenigen Autoren der Fünfziger- und Sechzigerjahre kennenlernen wollte, die im

Schatten der vorherrschenden Moden geblieben waren: der politisch engagierten Literatur zuerst und dann des Nouveau Roman.

Man begann also, Forton neben Raymond Guérin zu erwähnen, jenem anderen Pessimisten aus Bordeaux, der ebenfalls die Einsamkeit der Provinz dem Pariser Gesellschaftsleben vorgezogen hatte. Die Kritik interessierte sich besonders für die Kulisse in *Isabelle*, in der ein untätiger Erzähler umherschlendert wie einst die Helden von Emmanuel Bove. Man begeisterte sich plötzlich für Bordeaux, diese »übermäßig schöne« Stadt, die so schreckliche Leidenschaften hinter ihren glatten Fassaden verberge. Diese Stadt, die nie namentlich erwähnt wird bei Forton, erkannte man an den nächtlichen Kais der Garonne mit ihren glänzenden Pflastersteinen, den verruchten Cafés und den Schiffen im Nebel, dem herbstlichen Stadtpark, den Straßenzügen, gesäumt von stattlichen Häusern mit hermetisch verschlossenen Eisengittern, der Wohlhabenheit der Weinhändler, die überall in der kargen Opulenz dieser kalten und verächtlichen Bürgerlichkeit sichtbar wird.

Kalter Stil, kalte Analysen, kalte Charaktere. Aber auch der Traum einer Flucht aus der bedrückenden Realität in ein imaginäres Universum, wo im nächtlichen Nebel die fantastische Figur einer unerschöpflichen Stadt auftaucht, ein flüchtiges Aufblitzen von Zärtlichkeit und aufrichtiger Liebe.

Und was Nabokov über *Lolita* sagte, um seinen Roman gegen moralische Vorbehalte der Kritik zu verteidigen, darf man auch für *Isabelle* geltend machen:

»*Lolita* enthält keinerlei moralische Lektion. Meiner Ansicht nach funktioniert ein Roman nur in dem Maße, in dem er in mir etwas hervorruft, was ich ganz schonungslos als ästhetische Sinnenfreude bezeichnen würde.«

Es ist diese Sinnenfreude, die wir den neuen Lesern von *Isabelle* wünschen, den Lesern dieses zu lange vergessenen Meisterwerks von Jean Forton.

Catherine Rabier-Darnaudet

Bitte beachten Sie auch
die folgende Seite

Erri De Luca
Der Tag vor dem Glück

Roman
ISBN 978-3-548-61070-2

»Geschichten sind wie Wasser, die in die Tiefe stürzen«: Mit der klaren, bildreichen Sprache des Südens erzählt Erri De Luca die Geschichte eines Waisenjungen, der im Schatten des Vesuvs erwachsen wird. Es ist zugleich eine Liebeserklärung an seine Stadt Neapel: an ihre morbide Schönheit und an ihre stolzen, freiheitsliebenden Bewohner.

»Ein einfaches, großes Buch.« *Gustav Seibt, Süddeutsche Zeitung*

»Eine ganz wunderbare, einzigartige Sprache ... flirrend schön, überraschend und weise.« *Denis Scheck, ARD druckfrisch*

List

www.list-taschenbuch.de

L458

Christian de Montella

Graal,
La neige et le sang

ÉDITIONS FRANCE LOISIRS

Édition du Club France Loisirs,
avec l'autorisation des Éditions Flammarion

Éditions France Loisirs,
123, boulevard de Grenelle, Paris
www.franceloisirs.com

ISBN 2-7441-7535-8

Pour mon grand lecteur, Aurélien

« Qu'est-ce que cela veut dire ? » se demande Perceval. Ce que cela veut dire, j'aurais pu le savoir alors. Mais je rêvais. »

Jacques Roubaud

Nul ne sait
où se trouve
le Val sans Retour.
Et la Terre Gaste,
n'apparaît
jamais au même
endroit selon
les chevaliers que
le roi Pellès
accueille.

Le royaume de Logres est à l'aube d'un long hiver. Nul ne le sait, nul ne s'en doute. Le jaune, l'ocre et le rouge d'un bel automne sont éclatants ; les forêts qui recouvrent les trois quarts du pays bruissent de la course des cerfs, des sangliers, de la fuite des écureuils, du battement d'ailes des perdrix et des faisans. Les premiers vols d'oies sauvages, comme autant de flèches blanches pointées vers le sud, traversent le ciel.

Nul ne le sait, nul ne s'en doute, mais la paix qui règne depuis bientôt dix ans sur Logres est menacée. Alors que, tantôt dans son château de Carduel, tantôt dans sa ville de Camaalot, le roi Arthur, les chevaliers de la Table Ronde et toute la Cour mènent une vie de quiétude et de plaisirs, certains vassaux, certains barons se rassemblent en secret et complotent. La paix a duré si longtemps qu'ils pensent le royaume affaibli. Un roi et ses chevaliers qui ne combattent plus, qui se divertissent de fêtes, de festins, de chasses et de tournois, leur paraissent des proies désormais faciles.

Certes, l'idée de se dresser contre Arthur ne leur serait pas venue seule. À la nuit tombée, certains soirs, depuis des mois, un homme et son escorte se présentent à la grand-porte de leurs châteaux. Ils le reçoivent comme un hôte de marque. Ce n'est pas un homme qu'ils aiment, mais ils le craignent. Portant des armes et vêtu d'étoffes couleur d'or, il s'installe à la place d'honneur de leur table et il parle. Son timbre est grave et sa voix, douce. Il n'élève jamais le ton. Il semble énoncer des évidences : « Arthur a vieilli, dit-il, Arthur est un roi faible. Les Guerriers Roux saxons occupent la côte occidentale du royaume, et qu'a-t-il fait pour les en chasser ? Rien. Il a conclu avec eux une paix de lâche. Il ne mérite plus d'être roi. »

Les vassaux, les barons sont gênés par ce discours. Ils n'en disent rien. Répétons-le : ils craignent cet homme aux habits d'or, Mordret. Et ils redoutent encore davantage sa mère, Morgane la nécromancienne, demi-sœur du roi. Jamais Morgane n'accompagne son fils, mais pourtant chacun sent sa présence. Ils n'ont pas tort : s'ils levaient les yeux, ils verraient un oiseau de nuit, un chat-huant, perché sur une poutre de la salle ou dans l'embrasure d'une meurtrière. L'oiseau les écoute. Il cligne parfois des yeux. C'est Morgane, qui veille sur son fils. Magicienne, elle a choisi cette apparence.

Et Mordret est très persuasif. Il dit, de sa voix douce et basse : « Aidez-moi à devenir roi, à vaincre Arthur. Et je vous promets davantage de pouvoir, de richesses que vous n'en avez jamais eu. Les terres, les fiefs et les privilèges des chevaliers de la Table Ronde, vous vous les partagerez. Que possédez-vous aujourd'hui ? Des miettes. Les pauvres miettes des Marches du royaume. Bientôt, si vous me soutenez, vous en serez les maîtres. » Ils le croient, oublient de le craindre, et l'admirent. Oui, ils se battront à ses côtés. Mort à Arthur et aux chevaliers de la Table Ronde !

Mordret s'en va. Il se rend chez les Saxons. Il leur tient le même discours. Il ajoute : « Allions-nous. Mes forces plus les vôtres, c'est assez pour écraser Arthur et son armée. Allez-vous rester sur la côte, prêts à être renvoyés à la mer ? Non. Nous affronterons Arthur et nous nous partagerons Logres. » Les ducs saxons se concertent, puis annoncent à Mordret qu'il peut compter sur eux. Un chat-huant, au-dessus de leurs têtes, hulule de satisfaction.

Il y a quelques vassaux pour refuser l'alliance. Fidèles à Arthur, ils vont le voir pour lui raconter ce que Mordret leur a proposé. Le roi les écoute, et il est triste. Non pas seulement parce qu'il comprend qu'il pourrait perdre son royaume, mais parce que tant de barons qu'il croyait ses amis, ses compagnons, préparent sa perte. Il appelle Gauvain, son neveu, et Guenièvre, son épouse – ses meilleurs conseillers. Il leur faut prendre des décisions.

— Le plus simple, dit Gauvain, serait d'affronter Mordret en jugement. S'il est tué, ses alliés abandonneront toute envie de guerre.

— Mais qui, aujourd'hui, est meilleur chevalier que lui ? répond Arthur.

— Lancelot, dit Guenièvre.

Arthur et Gauvain baissent la tête. Lancelot est sans doute le plus grand des chevaliers, mais il a disparu depuis dix ans. Est-il mort ? S'est-il fait ermite dans une lointaine forêt d'Écosse ou d'Irlande ?

— S'il est vivant, reprend Guenièvre, un seul homme au monde peut le retrouver : Merlin.

— Merlin, depuis trente ans, est le prisonnier des enchantements de Viviane.

— J'irai voir Viviane. C'est elle qui a élevé Lancelot. Elle délivrera Merlin par amour pour celui qui a été plus que son fils.

Arthur et Gauvain se regardent. Ils pèsent le pour et le contre. Le roi hoche la tête :

— Très bien, Madame. Partez en ambassade au Lac, chez Viviane.

— Quant à moi, dit Gauvain, je vais, avec quelques chevaliers, tâcher de retrouver la trace de Mordret.

C'est ainsi que, le matin suivant, deux escortes quittent Carduel. L'une s'en va vers le nord, à travers le Pays de Galles, conduite par Gauvain. L'autre, accompagnant la reine, s'apprête au long voyage vers le continent, où se trouve le domaine enchanté de Viviane.

Arthur est seul. Seul au sommet du donjon qui surplombe la mer, à l'ouest, et, à l'est, de profondes forêts aux frondaisons rouges comme du sang. Il se demande pourquoi la paix perpétuelle est impossible. Pourquoi Mordret lui en veut tant. Mordret est son seul fils. Une faute, un péché, une erreur dont les conséquences ne cesseront jamais de le poursuivre. Soudain il lève la tête : le V d'un vol d'oies sauvages s'enfuit vers la mer. Oui, se dit-il, le royaume de Logres est à l'aube d'un long hiver...

1

Le Gallois de la Forêt Perdue

Ce matin-là, en pays de Galles, le jeune homme partit dès que l'aube commença d'éclairer les arbres et de blanchir le ciel. Il emporta trois javelots, à son habitude, et monta son cheval préféré, un chaceor* à la fois puissant, vif et docile, capable de tenir une bonne allure quels que soient les difficultés et les pièges du terrain. Il le talonna, et ils partirent allégrement sur les sentiers de la Forêt Perdue.

Le jeune homme portait des vêtements de toile grossière et solide que sa mère, qu'on appelait la Veuve de la forêt, taillait et cousait elle-même. Dans cet accoutrement et avec sa chevelure blonde embroussaillée, il avait l'air d'un jeune sauvage, d'une sorte de bel animal farouche et indiscipliné. Il trottait entre les arbres, sourire aux lèvres, narines palpitantes, heureux de ce bel automne, maître devant Dieu de cette forêt où il avait grandi seul auprès de sa mère. Rien ne le contentait davantage que ces courses matinales à la poursuite du gibier, parmi les odeurs

---

* Les mots suivis d'un astérisque renvoient au lexique en fin d'ouvrage.

d'humus et de feuilles tombées, et le réveil du chant des oiseaux.

La matinée se déroula comme de nombreux matins qu'il passait à la chasse. Personne n'était plus habile que lui au lancer du javelot. Quand un vol de perdrix ou de faisans se dispersait soudain devant son chaceor, dans un frénétique battement d'ailes, il atteignait à tout coup sa cible.

Le soleil n'était qu'à mi-chemin de midi qu'il avait déjà empli sa gibecière. Il repéra les fumées* d'un chevreuil, prit sa trace, tomba bientôt sur des brisées* toutes fraîches : sa joie d'être là, d'être lui-même et de chasser décupla. Il allait trouver une proie à sa mesure.

Quelque temps plus tard, il sut, à la fraîcheur des fumées, que le chevreuil n'était plus très loin. Il s'immobilisa et regarda autour de lui. Puis il ferma les yeux, releva la tête, huma l'air. Dix-huit ans passés dans cette forêt lui avaient donné l'odorat d'un loup. Par-dessus l'odeur forte de son cheval et celle des feuilles mortes en décomposition, il perçut le parfum violent et inquiet du chevreuil. Il rouvrit les paupières et s'apprêtait à prendre la direction de l'ouest, lorsqu'un bruit le surprit.

C'était plus qu'un bruit. C'en étaient dix, vingt. Le son, très reconnaissable, des sabots de plusieurs chevaux martelant le sol de la forêt. Mais aussi celui, nombreux, des heurts du métal sur le métal ou contre le bois des branches. Et, s'approchant de l'endroit où il s'était arrêté, ces bruits métalliques devinrent un vacarme inquiétant. Comme d'une troupe traversant la forêt à sa rencontre.

Le jeune homme, inquiet, tapota l'encolure du chaceor et lui murmura :

— As-tu déjà entendu une chose pareille ?

Le cheval, à son tour, fut pris d'inquiétude.

— Je sais ! dit le jeune homme. Je sais : ma mère depuis toujours me parle des diables qui hantent parfois la forêt... Je ne la croyais plus, mais il semblerait qu'elle ait eu raison...

Il caressa son chaceor entre les oreilles, pour l'apaiser.

— Ne t'en fais pas. Elle m'a toujours dit que, pour me défendre des démons, il fallait que je fasse le signe de la croix. Que ce simple geste vers Dieu et Notre Seigneur Jésus-Christ me protégerait...

Il saisit l'un de ses javelots et l'assura fermement dans son poing.

— Ma mère est une femme. Elle a des terreurs de femme. Je ne ferai pas le signe de la croix. Qu'ils viennent, les démons et les diables ! Mes javelots les attendent...

Sur sa droite, parmi les chênes, apparurent des cavaliers. Ils étaient cinq. Le jeune homme mit son bras en position afin de frapper le premier qui serait à sa portée. Ils avançaient toujours, au trot, droit sur lui. Ils quittèrent la pénombre des futaies les plus denses et jaillirent dans la lumière tranquille du matin.

Le jeune homme retint son bras, stupéfait.

Ce n'étaient pas des démons. Les cavaliers étincelaient dans les rais obliques du soleil. Ils portaient des cottes d'un métal brillant, d'un blanc d'argent, et, suspendues à leur cou ou à leur selle, de grandes images ovales où l'éblouirent le même blanc, le même argent, et des bandes de vermeil, d'écarlate et d'azur, le dessin d'un animal dressé sur ses pattes arrière, des fleurs dorées en forme de fer de lance.

Le jeune homme reposa son javelot contre sa cuisse et murmura au chaceor :

— Par Dieu ! Ce ne sont pas des créatures du diable, ce sont des anges ! Je n'ai jamais rien vu d'aussi beau et d'aussi fascinant... Pardonne-moi, mon Dieu, d'avoir confondu Tes créatures avec celles de Lucifer.

D'un geste sec, il planta son javelot au sol. Puis il descendit de son cheval et, alors que les cinq cavaliers le rejoignaient, il mit un genou à terre. Humble, il courba la tête.

Le premier cavalier retint sa monture et fit un signe aux quatre autres. Ils s'immobilisèrent à quelques mètres du jeune homme.

— Hé, toi ! Relève-toi ! Nous ne voulions pas te faire peur.

Le jeune homme garda cependant la tête baissée et dit :

— Je n'ai pas eu peur. J'ai honte : j'ai failli vous embrocher comme de vulgaires faisans.

Après un instant de surprise, les cinq cavaliers se mirent à rire. Le jeune homme, qui n'avait jamais imaginé que les anges pussent rire, leva sur eux un regard étonné.

— Vous ne m'en voulez pas ?

— De quoi ? demanda en souriant le premier des cavaliers. Tu nous as épargnés, si j'ai bien compris ? Nous ne pouvons que t'être reconnaissants. Relève-toi.

Le jeune homme obéit, lentement. Il n'était pas d'un caractère à obéir si vite, mais toute cette aventure le dépassait. On ne rencontre pas tous les jours une quintaine d'anges dans la Forêt Perdue. Il vit alors que chacun d'entre eux portait à la ceinture une longue épée dont la garde était une croix.

— Je vous avais pris pour des démons. Des créatures de Lucifer, tant vous faisiez de bruit. Je saurai maintenant que les anges sont bruyants comme des diables. Mais les démons ne sont-ils pas des anges déchus ?

Il s'approcha du premier cavalier.

— Êtes-vous l'archange Michel ou l'archange Gabriel? lui demanda-t-il.

Celui-ci le dévisagea un instant, puis, se tournant vers ses compagnons, déclara :

— Quand je l'écoute, je comprends pourquoi on appelle cet endroit la Forêt Perdue !

Tous éclatèrent de rire. Le jeune homme rougit de colère. Ce n'auraient pas été des anges, il se serait vexé et les aurait affrontés, javelot au poing.

— Pour des anges, dit-il néanmoins, je vous trouve agaçants et sans miséricorde.

— Ah ! s'exclama un autre des cavaliers. Ce garçon est naïf mais susceptible ! Prenons garde à nous, messieurs, ironisa-t-il.

— Allons, allons, dit le premier cavalier. Rassurons-le.

Il s'accouda à l'encolure de son roncin*, pencha le visage vers le jeune homme.

— Tu m'as flatté, je l'avoue, en me prenant pour l'archange Gabriel. Mais je ne m'appelle que Gauvain, chevalier du roi Arthur.

— Chevalier?

Le jeune homme hocha longuement la tête.

— Qu'est-ce que c'est, « chevalier »? demanda-t-il enfin.

— Ce que nous sommes.

— Je ne sais pas ce que ça veut dire, mais si c'est vous ressembler, s'exclama joyeusement le jeune homme, je veux bien devenir chevalier ! Comment fait-on?

Gauvain, Bréhu, Yvain, Galehot et Caradigas – c'étaient leurs noms – éclatèrent de rire à nouveau.

— Écoute, dit Gauvain, j'ai l'impression que ce serait un peu long à t'expliquer. Nous en discuterons plus tard. En attendant, je voudrais te poser une question. As-tu vu, ce matin, un chevalier, comme nous, mais au haubert d'or, passer sur un cheval noir?

Sans écouter, le jeune homme s'était approché de la monture de Gauvain. Il désigna la lance accrochée à la selle.

— Qu'est-ce que c'est, Monsieur? Un grand javelot? Il doit être difficile à lancer, ou vous êtes fort comme trois hommes...

Gauvain sourit.

— Cela s'appelle une lance. Et pourtant cela ne se lance pas.

— Alors, à quoi ça sert?

— Quand tu seras chevalier, tu l'apprendras, tenta d'éluder Gauvain. Réponds d'abord à ma question : as-tu vu passer ici un chevalier doré sur un destrier noir?

Le jeune homme ne semblait pas prêter la moindre attention aux questions de Gauvain. Il examinait la lance, les yeux ronds, la bouche dédaigneuse.

— Qu'est-ce qu'une lance qu'on ne peut pas lancer? Je crois, Monsieur, que mes javelots valent mille fois mieux que votre lance. Et ça, poursuivit-il en touchant l'écu de Gauvain, qu'est-ce que c'est?

Gauvain soupira.

— Dis-moi : as-tu grandi comme une bête dans cette forêt, que tu n'es pas capable de répondre aux questions qu'on te pose?

— Et vous, Monsieur, pourquoi ne répondez-vous pas aux miennes?

Le calme et la patience de Gauvain étaient proverbiaux. Un autre que lui aurait frappé le rustre insolent et poursuivi sa route. Il prit la peine d'une explication.

— Très bien. Ce que tu touches là se nomme un écu. Cela me sert à me protéger au combat.

Le jeune homme fit un pas en arrière.

— Comment? se moqua-t-il. Vous avez une lance que vous ne lancez pas, et un écu pour vous protéger? Vous êtes un peu bizarre, Monsieur, si je puis me permettre. Moi, avec un seul javelot, je vous tuerais plus vite que vous ne pourriez vous protéger de votre écu.

Pour la première fois, Gauvain dévisagea véritablement le jeune homme. Lequel lui fit une curieuse impression : à la fois d'une grande sottise, qui n'était peut-être que de l'innocence, et d'une grande noblesse de cœur. Il choisit de ne pas se vexer de la remarque et de tenter d'en savoir plus sur ce jeune homme de haute taille, bien découplé, au regard direct et clair, qu'on aurait pu croire de bonne naissance et d'excellente lignée s'il n'avait porté ces hardes de forestier et n'avait montré si peu de politesse dans sa conversation.

— J'ai une autre question, dit-il. Peut-être répondras-tu à celle-là. Comment t'appelles-tu?

— Perceval, répondit le jeune homme en relevant fièrement le front.

— Perceval... De qui es-tu le fils et le neveu*?

— Je suis le fils de ma mère, Monsieur. Et le neveu de personne de ma connaissance.

Cette réponse fit encore rire les chevaliers. Et les assura qu'ils n'avaient affaire qu'à un manant quelconque, quoique bien plus insolent qu'ils n'en avaient jamais rencontré. Tout garçon de bonne naissance connaît ses deux lignées : la paternelle, même s'il n'en est pas l'aîné; et la maternelle, qui fait d'un neveu l'égal d'un fils. Gauvain tira sur la bride de son roncin.

— Eh bien, jeune Perceval, je te souhaite de rencontrer, la prochaine fois, des chevaliers aussi peu susceptibles que nous. Sinon...

— Sinon quoi, Monsieur ? Voulez-vous dire que je serai obligé de me servir de mes javelots ?

— Si je t'en laisse le loisir... Fini de bavarder. Tu nous as assez divertis.

Gauvain fit un signe à ses compagnons.

— Repartons.

Perceval saisit soudain la monture de Gauvain par le mors, la contraignant à s'immobiliser.

— Une dernière question, Monsieur. Pourquoi portez-vous cette chemise de mailles de fer ?

— C'est un haubert. Tous les chevaliers en portent.

— Par crainte des coups, Monsieur ?

Piqué au vif, Gauvain frappa du pied l'épaule du jeune homme, qui chancela, mais ne lâcha pas le mors.

— Écarte-toi et sois moins arrogant ! Ma patience a ses limites.

Maintenant toujours d'un poing ferme le cheval, Perceval posa tout à coup la pointe de son javelot sur la poitrine de Gauvain.

— Je ne prétends pas, Monsieur, que ma pointe puisse transpercer ce que vous appelez votre haubert. Mais...

Brusquement, il releva son arme droit sur le visage du chevalier.

— ... je marchais à peine, Monsieur, que je tuais un sanglier à vingt pas. Droit dans l'œil.

Gauvain, furieux, saisit dans sa main gantée la hampe du javelot.

— Écoute-moi, Perceval, tu n'es qu'un petit Gallois de la forêt. Nous pourrions te punir définitivement de ton insolence. Nous le devrions.

Il lâcha le javelot, que Perceval rabaissa contre sa cuisse – nullement impressionné, mais attentif et curieux, plutôt. L'affrontement l'amusait. Il se demandait jusqu'où ce faux diable, faux ange, vrai chevalier – mais qu'était-ce qu'un chevalier? – était capable d'aller pour tenter de lui faire peur. Perceval, jamais, n'avait eu peur. Depuis son enfance, folle et libre, dans la forêt, il avait croisé aussi bien des sangliers solitaires que des meutes de loups et des bandes de brigands. Rien ni personne que quelques cris d'assaut et d'imparables jetés de javelot n'aient réduit à merci.

— Pourquoi ne le tentez-vous pas, Monsieur?

Sans répondre, Gauvain fixa ses yeux dans ceux, aussi clairs qu'innocents, de ce Perceval qui le défiait. Il se dit soudain, avec un pincement au cœur, qu'il n'avait jamais croisé dans le regard d'un jeune homme tant d'arrogance depuis sa rencontre, des années plus tôt, avec le jeune Lancelot, qui ne se nommait alors que Lenfant[1].

— J'ignore, dit-il, si tu es plus téméraire que bête. Ou l'inverse. J'estime ton courage et donc pardonne ta bêtise.

Le poing bien serré sur son javelot, Perceval fit trois pas en arrière.

— Je vais vous épargner, Monsieur, car vous m'avez fait réfléchir. Un sanglier aurait-il pu me parler comme vous le faites, j'aurais moi aussi estimé son courage et pardonné sa bêtise. Et peut-être aurais-je voulu me faire sanglier. Or, vous n'êtes pas sanglier, Monsieur, mais chevalier, m'avez-vous dit. Je veux devenir chevalier.

— Ce n'est pas si facile que tu sembles le croire. Mais, d'abord, pourquoi veux-tu devenir chevalier?

— Pour étinceler, comme vous! Et que, traversant une forêt, on me prenne pour un démon, puis pour un ange!

Cette fois-ci, malgré qu'ils en eussent, les chevaliers se retinrent de rire.

---

1. Voir *Le Chevalier sans nom.*

— Cela s'appelle de la vanité, petit Gallois de Perceval. Un chevalier doit être fier mais humble.

Perceval fit une moue dubitative.

— Vous ne m'avez pas l'air si humble que ça, Monsieur.

— Si je ne l'étais pas, tu serais déjà mort.

— Vous ou moi. Qui sait? repartit Perceval sans se démonter. Expliquez-moi plutôt comment je vais devenir chevalier. Depuis que je vous ai vu, il n'y a rien au monde qui me fasse plus envie.

Un autre des cavaliers s'avança près de Gauvain. Il était jeune, mince et d'une mine souriante et fraîche.

— Je m'appelle Galehot, dit-il. Je suis un chevalier nouveau. J'ai reçu à la dernière Saint-Jean la colée du roi Arthur. C'est ainsi qu'on devient chevalier.

— Où est ce roi Arthur? Et qu'est-ce que c'est la colée?

— Une gifle que tu accepteras sans y répondre...

— Jamais! s'exclama orgueilleusement le jeune homme en faisant un pas en arrière.

— Donc, dit Galehot que la conversation amusait, quand, pour te faire chevalier, le roi Arthur te giflera, tu le frapperas en retour?

— Et il vaudra mieux pour lui qu'il sache se défendre! s'écria Perceval, indigné.

— Alors tu ne seras jamais chevalier.

— Ah, bon? fit Perceval, décontenancé.

Il prit le temps de réfléchir. Il demanda enfin :

— Mais c'est quoi, un roi? Quelqu'un qui a le droit de te gifler sans que tu te défendes? Alors, plutôt que chevalier, je préfère être roi.

Sa réplique déclencha quelques rires.

— C'est impossible, dit Galehot.

— Tout est possible! s'exclama Perceval. Tuer un étourneau en plein vol est impossible; les écuyers et les sergents de ma mère me l'ont toujours dit. Mais je peux tuer un étourneau en plein vol. Regardez !

Il leva tout à coup les yeux vers les futaies de la forêt, où passait une bande d'oiseaux gris-beige, petits et rapides. Personne, aucun des chevaliers, ne vit le javelot quitter la main de Perceval. Pourtant, l'instant d'après, il retombait dans la clairière, la pointe ensanglantée. Peu après, un oiseau décapité s'abattait devant les chevaux de Gauvain et de Galehot. C'était un étourneau.

— Alors ? demanda simplement Perceval.

— Alors, répliqua Gauvain qui gardait les yeux fixés sur le javelot et l'étourneau, n'en revenant pas d'un tel exploit, tu viens de me prouver l'impossible. Pourtant tu ne pourras être roi.

— Démontrez-le-moi, dit Perceval.

— Il n'y a rien à démontrer. Les choses sont ce qu'elles sont. Les rois sont des rois. Les chevaliers, des chevaliers. Et les Gallois de la forêt, des Gallois de la forêt.

— Néanmoins, intervint Galehot, il est vrai que rien n'empêche un Gallois de devenir chevalier. Il faut que tu ailles voir le roi Arthur et lui en présentes la requête.

— Où est-il, ce roi ? Je veux porter les mêmes armes* que vous, je veux avoir l'air d'un ange.

— Je vais te l'apprendre, dit Galehot, mais...

— Mais, reprit Gauvain, dis-nous d'abord si tu as vu passer l'homme dont je t'ai parlé tout à l'heure.

— Celui qui vous ressemble ? Mais dont le destrier est noir et le vêtement d'or ?

— Tu as tout compris. Eh bien ?

Perceval sauta sur son chaceor qu'il montait à cru.

— Allons poser la question aux serfs de ma mère, dit-il. Ils labourent depuis l'aube. Ils auront mieux vu que moi.

— Nous te suivons.

Perceval mit son cheval en travers de celui de Gauvain.

— Vous me donnez votre parole, Monsieur, de m'apprendre comment devenir chevalier?

— Mais oui, tu as ma parole. Allons!

Les cinq chevaliers suivirent le jeune Gallois par des sentes à travers la forêt qu'ils n'auraient pu découvrir ni deviner eux-mêmes. Le soleil était à son plus haut quand ils franchirent l'orée des derniers chênes et galopèrent dans des champs où de nombreux paysans travaillaient.

Dès qu'ils entendirent le bruit du galop, puis virent la troupe fondant sur eux, les serfs prirent peur. Les jeunes filles et les femmes se mirent à courir, s'enfuyant vers l'est, où se trouvait leur village. Les hommes empoignèrent leurs fourches et s'apprêtèrent, farouches, à défendre cette terre qu'ils labouraient, ensemençaient, dont ils tiraient récolte et subsistance, contre les cavaliers. Puis, Bertrand, l'homme fort du village, reconnut Perceval, leur jeune seigneur, chevauchant en tête. Il commanda aux fourches de s'abaisser.

— Bertrand, ces Messieurs ont une question à te poser. Réponds-leur comme tu me répondrais.

Perceval avait immobilisé son chaceor à la limite du champ labouré. Les chevaliers s'arrêtèrent, demeurant derrière lui. Bertrand, la fourche sur l'épaule, s'avança de quelques pas.

— Je n'ai qu'une question, l'homme, lui dit Gauvain. As-tu vu ce matin passer un chevalier en haubert d'or sur un destrier noir?

Bertrand regarda Perceval, son jeune seigneur, pour savoir quelle devait être sa réponse. Le jeune homme hocha la tête.

— N'aie pas peur. Et dis ce que tu sais.

Alors Bertrand, après avoir planté sa fourche dans la

terre fraîchement remuée, tourna le buste vers les contreforts des montagnes qui barraient l'horizon. Il tendit la main dans leur direction.

— Un chevalier d'or et son cheval noir sont passés ce matin. Si vous avez de bons yeux, Messire, vous pouvez les voir encore remonter la crête.

Perceval, Gauvain, Galehot et les autres chevaliers levèrent le regard vers la ligne sombre des montagnes. Ils y discernèrent la minuscule silhouette d'un homme à cheval. Oui, le cheval était noir. Et, passant soudain dans le soleil, le haubert de son cavalier brilla : comme de l'or.

— C'est lui, s'exclama Gauvain. C'est Mordret. Allons-y.

Les chevaliers talonnèrent leurs montures, qui avancèrent de quelques pas dans les champs de labour. Perceval claqua vivement des lèvres : son chaceor bondit et se plaça en travers de leur route.

— Doucement, Messieurs, dit le jeune homme. Nous devons d'abord nous entendre sur deux choses. La première, c'est que ces paysans travaillent pour ma mère et que vous ne piétinerez pas leurs labours. La seconde est que vous me devez le nom du château où je trouverai ce roi Arthur qui me fera chevalier – s'il ne me gifle pas trop fort...

Ce disant, il avait empoigné l'un de ses javelots. Gauvain, Galehot et leurs compagnons retinrent leurs chevaux en bordure des champs labourés.

— Va à Carduel, dit Galehot.

— C'est quoi, Carduel ?

— Le château où tu trouveras Arthur.

— Où est-il ?

— As-tu déjà vu la mer ?

— Non. Qu'est-ce que la mer ?

— Tu le sauras quand tu auras trouvé Carduel.

Perceval brandit son javelot.

— Monsieur, vous vous moquez de moi.

— Pas du tout. Prends la direction du sud.

— Et ensuite?

— Demande où est Carduel. On te répondra.

Après une hésitation, Perceval rangea son javelot dans son carquois. Les chevaliers dirigèrent leurs roncins le long des champs labourés, vers le chemin qui menait aux premières pentes des montagnes.

— Messieurs! leur cria Perceval quand ils furent déjà loin. Pourquoi poursuivez-vous ce chevalier d'or au destrier noir?

— Parce que nous sommes des chevaliers d'Arthur, lui répondit Galehot. Que nous voulons éviter la guerre et le saccage!

— Qu'est-ce que c'est, la guerre et le saccage?

Mais le vent d'automne enleva d'une bourrasque mille feuilles mortes et la question de Perceval.

Longtemps, il regarda les chevaliers s'amenuiser jusqu'à atteindre le chemin des lignes de crête. Loin devant eux, au sud-est, le haubert de Mordret lançait parfois un éclat d'or dans le soleil. Il avait plusieurs heures d'avance sur ses poursuivants.

*

Perceval revint au galop à travers la forêt. Il n'avait plus qu'une idée en tête : devenir chevalier. Là, au cœur des bois, où les arbres étaient le plus denses, véritable muraille de chênes, il mit son chaceor au pas et l'engagea dans un étroit passage, connu de lui seul, à la sortie duquel il atteignit une assez vaste clairière. Un manoir modeste, défendu de deux tours, s'y élevait; une petite rivière coulait le long de sa façade. Perceval franchit la passerelle qui menait à la porte et entra dans la cour.

Il laissa son chaceor aux soins d'un écuyer. D'un pas hâtif, il pénétra dans le manoir. Dans la salle, assise auprès du feu, une femme cousait. Elle était maigre, pâle et, quand elle releva les yeux à l'entrée du jeune homme, une sorte de joie inquiète éclaira la mélancolie naturelle de son visage.

— Mon fils, dit-elle, tu rentres bien tard de la chasse. J'étais anxieuse.

Perceval vint s'installer à côté d'elle près de l'âtre.

— Vous n'imaginerez pas ce qui vient de m'arriver, ma mère ! J'ai fait la rencontre la plus extraordinaire de ma vie !

Elle fronça légèrement les sourcils. L'excitation de son fils l'inquiétait. Elle posa doucement une main sur la sienne, mais il était trop agité pour répondre à cette caresse maternelle et écarta théâtralement les bras.

— Je vais devenir chevalier !

Elle poussa un cri imperceptible et se toucha la poitrine, à l'endroit du cœur. Il ne s'aperçut de rien, pas même de la rougeur qui brûlait tout à coup les pommettes de sa mère. Il se redressa et, marchant de long en large, entreprit de lui conter, les mots se bousculant dans sa bouche, sa rencontre et sa conversation avec Gauvain et ses quatre compagnons. Au fur et à mesure qu'il parlait, elle semblait se crisper davantage, dos voûté, poings serrés dans son giron.

— Voilà ! s'exclama-t-il pour conclure. Je n'ai jamais rien vu d'aussi beau au monde que ces hommes ! J'ai donc décidé de partir aussitôt pour ce château près de la mer afin que le roi Arthur me fasse chevalier.

— Non...

C'était à peine un murmure. La femme fit l'effort de redresser la tête et répéta, d'une voix plus ferme :

— Non, mon fils. Non, tu ne feras pas ça.

Décontenancé, Perceval s'approcha d'elle.

— Mais pourquoi ? Vous ne m'avez jamais rien interdit, ma mère.

— C'est la raison pour laquelle tu seras un bon fils et m'obéiras. Il est vrai que je t'ai toujours laissé libre. Mais il est hors de question que tu deviennes chevalier.

— Je ne comprends pas. Savez-vous seulement ce qu'est un chevalier ?

— Je ne le sais que trop.

— Alors, s'emporta-t-il, vous ne pouvez pas m'empêcher d'aller voir ce roi Arthur !

— Écoute-moi : si tu as grandi dans cette Forêt Perdue, si je t'y ai élevé, c'était pour t'épargner.

— M'épargner de quoi ? Expliquez-vous, à la fin !

— Je ne peux rien t'expliquer. J'ai fait le serment de ne jamais te parler ni d'Arthur ni de chevalerie.

— À qui avez-vous fait un serment pareil ?

— À moi-même. Le jour de la mort de ton père.

Ces mots suffirent à calmer la colère de Perceval. Il s'accroupit près de sa mère et lui prit les mains. Il murmura :

— De mon père non plus, vous ne m'avez jamais parlé.

— Ni de ton père, ni de tes frères.

— Mes frères ? J'ai des frères ?

— Tu en as eu deux. Ils étaient beaux comme toi, et tout aussi écervelés. Je les ai perdus. Heureusement, Dieu m'avait accordé la grâce de te faire naître alors que j'arrivais à l'âge où les femmes n'ont plus d'enfant. Je me suis fait le serment que, toi, je ne te perdrais pas.

Des larmes avaient roulé sur ses joues maigres et

ridées. Embarrassé, le jeune homme posa délicatement le bout de ses doigts sur ce visage qu'il avait toujours connu triste et inquiet.

— Ma mère, je comprends que cela a dû être un très grand chagrin pour vous... Mais ce ne sera pas me perdre que de me permettre de devenir chevalier. Je reviendrai vous voir et vous serez fière de moi !

Elle secoua la tête.

— Tes frères m'ont dit un jour la même chose. Ils ne sont jamais revenus.

— Pourquoi ont-ils fait ça ? Les ingrats ! Moi, je reviendrai, soyez-en sûre.

Elle le dévisagea un instant sans rien dire, puis lui passa la main dans les cheveux.

— Il y a seize ans passés, tes frères, suivant leur père, sont partis quelques jours avant la Saint-Jean. C'est à l'occasion de cette fête que le roi Arthur adoube les chevaliers nouveaux. Tes frères ont été adoubés, ils ont reçu la colée de la main du roi, et leur épée. Il est de coutume qu'un grand tournoi* ait lieu après cette cérémonie. Les chevaliers nouveaux, mêlés aux meilleurs des compagnons d'Arthur – les Gauvain, Yvain, Erec, Cligès, et tant d'autres –, doivent y démontrer leur valeur, leur prouesse. Ton père et tes frères y ont été remarquables, dit-on. Ils y ont brillé pendant des heures, culbutant leurs adversaires et s'emparant de leurs destriers et de leurs armes.

Elle soupira, baissa la tête et poursuivit à voix basse :

— La nuit tombait, annonçant la fin de la joute. Grisés sans doute par leurs exploits, ton père et tes frères sont partis dans un dernier assaut. Ils convoitaient, je crois, les armes et le destrier de Mordret, qui était le champion du parti adverse.

— Mordret… murmura Perceval. J'ai entendu ce nom tout à l'heure. Qui est-ce ?

— Mordret est le fils de Morgane, la demi-sœur du roi Arthur – certains prétendent qu'il est aussi le fruit de l'inceste entre ce frère et cette sœur. Il est impitoyable comme l'est sa mère, valeureux comme son père supposé. Le jour du tournoi, il avait quinze ans à peine, mais sa mère lui passe tout et Arthur ne lui refuse rien : il avait obtenu le droit de combattre au tournoi et les hommes de son parti ne s'en sont pas plaints : il montrait déjà une témérité et une ruse de vieux champion.

Elle se passa la main sur le visage, essuyant ses larmes. Elle fixa soudain son regard dans celui de Perceval, qui y lut une haine dont il l'avait toujours crue incapable.

— Donc, alors que le soleil se couche, ton père et tes frères mettent leurs destriers au galop et fondent sur Mordret. Le fils de Morgane avait été isolé lors de l'assaut précédent. Il devait paraître une prise parfaite pour conclure magnifiquement cette journée où ton père et tes frères s'étaient illustrés par leurs exploits. Mais Morgane était dans l'assistance. Elle n'allait pas laisser humilier son fils. Je t'avoue que je disposerais de ses pouvoirs de fée et de nécromancienne*, j'agirais comme elle pour sauver la chair de ma chair…

« Alors que tes deux frères se jetaient à l'assaut de Mordret et allaient l'atteindre, leurs chevaux, ensemble, trébuchèrent. On dit qu'un éclair, un coup de foudre tombé de nulle part – la journée était magnifique, il n'y avait pas eu un nuage –, frappa les destriers en pleine course. Tes frères chutèrent lourdement. À quelques pas de Mordret.

« Le destrier de ton père, qui se trouvait en arrière, prit peur et se cabra. Le temps que ton père le maîtrise, il était trop tard : Mordret se jeta sur lui et, alors qu'il ne pouvait pas se défendre, le frappa de sa lance. Elle se brisa sur l'écu, glissa et son bois désormais plus aigu que la pointe d'une dague transperça le ventre et la hanche de ton père...

Elle se tut, les yeux perdus dans le vague. Perceval serra très fort la main de sa mère.

— Eh bien? demanda-t-il. Et mes frères? Ils ne se sont pas relevés?

Semblant sortir d'un mauvais rêve, elle hocha la tête.

— Ils étaient morts. Ils s'étaient brisé le cou dans leur chute. Quant à ton père...

— Oui, mon père... ?

— Ses écuyers l'ont ramené dans notre château, ainsi que les dépouilles de tes frères. Il est mort quelques heures après son retour. Il n'avait eu que le temps de me raconter le tournoi et la traîtrise de Mordret et de Morgane. Tu n'avais pas deux ans, tu ne te le rappelles pas : je t'ai porté jusqu'au lit où ton père agonisait; il t'a embrassé et il m'a dit : « Prends soin de lui. C'est notre dernier fils. Que ma lignée ne s'éteigne pas. »

« Il a rendu son dernier souffle. C'est alors, en te reprenant dans mes bras, que je me suis fait le serment que tu ne deviendrais jamais chevalier. Dès après les funérailles de ton père et de tes frères, je me suis retirée avec toi dans ce manoir au fond de la Forêt Perdue, où je croyais pouvoir te préserver à jamais des rêves vains de gloire, de tournois et de batailles.

Elle s'affaissa sur son siège et pleura.

— J'ai échoué...

Perceval l'examina avec curiosité, comme s'il découvrait une autre femme que celle qu'il avait toujours prise pour sa mère. Puis il se releva, fit quelques pas en arrière et déclara :

— Vous aviez sans doute les meilleures intentions du monde, ma mère. Mais vous avez fait une mauvaise action. Vous m'avez élevé pour être un lâche.

— Non, gémit-elle. Je t'ai élevé pour que tu vives, pour que tu ne...

— Taisez-vous ! À cause de vous, j'ai honte d'être moi-même. Vous auriez dû m'élever dans le désir de venger mon père et mes frères ! Je dois retrouver ce Mordret et sa mère Morgane. Je dois devenir chevalier pour participer à ce que vous appelez « tournoi » et y affronter face à face ce tricheur, ce bâtard, ce traître !

Ivre de colère, il tourna sur lui-même, puis s'avança à grands pas vers la porte de la salle.

— Perceval ! Je t'en prie...

Il n'écouta pas. Il ne le pouvait pas. Il se représentait Mordret – il croyait le *voir*, silhouette d'or brillant dans le soleil, tel un défi à l'orgueil, monté sur son destrier noir comme la nuit, comme le Mal. Son désir de devenir chevalier, simple caprice d'enfant de la forêt ébloui par la brillance des armes et des hauberts, s'était mué en un féroce besoin de vengeance. Il traversa la cour du manoir, commanda à ses écuyers de lui préparer sur-le-champ le meilleur roncin de l'écurie – une bête solide et rapide, vive sous la bride, qui, se disait-il, valait bien les destriers de combat.

Impatient, il bouscula les écuyers qui, à son goût, ne faisaient pas assez vite leur office, boucla lui-même la selle, enfila un carquois de plusieurs javelots courts et sauta sur le cheval. Les écuyers s'écartèrent, effrayés, quand il fit brutalement volter le roncin et partit au galop hors de l'écurie.

— Perceval !

Il ne prit pas garde au cri de sa mère. Il traversa la

passerelle sur la rivière dans un grand fracas de sabots et de planches. Parvenu face à la muraille des chênes, il fut contraint de retenir sa monture, avant de franchir le très étroit passage qui conduisait vers la forêt et, plus loin, vers le monde. Un instant avant de disparaître, il tourna la tête vers l'entrée du manoir.

Il y vit, loin, petite, frêle et déjà oubliée, la silhouette de sa mère. Elle l'appela encore. Il ne lui répondit pas. Il poussa le roncin dans le passage.

Là-bas, au bord de la passerelle, sa mère était tombée à genoux. « Qu'elle prie et pleure, se dit-il avec mépris, moi je vais me battre et venger mon père, mes frères et mon nom. » La lointaine silhouette de femme s'effondra au sol.

Il n'eut pas un regret, pas un mouvement de pitié ou d'inquiétude. Il traversa la muraille de chênes.

*

Perceval atteignit la ligne de crête des montagnes peu avant la nuit. Le roncin était fatigué. Il le mit au pas, mais continua d'avancer. Il n'arrivait pas à se résigner à s'arrêter pour manger et dormir. D'ailleurs, tout à sa fureur et à son désir de partir vers ce que les chevaliers avaient appelé « la mer » et qu'ils lui avaient dit se trouver au sud, il n'avait pas pris le temps de chasser quelque lièvre ou perdrix qui lui aurait fourni son repas. La lune était haute, presque en son plein, le ciel dégagé et chargé d'étoiles. Dans cette nuit d'argent, Perceval distinguait très nettement le sentier suivant la crête.

Tout à coup, dans un creux, il perçut le halo rougeâtre d'un feu. Prudent, il sauta à bas de son cheval. Le guidant par la bride, il s'approcha lentement.

Un homme était assis sur une souche, tournant

lentement une broche au-dessus d'un foyer de cinq grosses pierres. Les narines de Perceval palpitèrent ; la salive envahit sa bouche. Ça sentait le lièvre rôti et il avait faim. Il s'arrêta à quelques pas.

— Monsieur, qui que vous soyez, je vous demande l'hospitalité.

L'homme mit la main à la garde de son épée et se retourna. Perceval, dans la lueur dansante du feu, reconnut Galehot, le plus jeune des chevaliers qu'il avait rencontrés quelques heures auparavant. Lequel le reconnut également. Écartant les doigts de son épée, il se détendit et dit simplement :

— Je t'offre à dîner, Gallois.

— J'accepte, dit Perceval, mais ne m'appelez pas ainsi.

— Pourquoi ? Tu es gallois, non ?

— Je le suis et j'en ai toujours été fier. Mais je n'aime pas votre façon de prononcer ce mot.

— Ah, non ? Pourquoi ?

— On dirait une injure.

Galehot retira la broche des deux fourches sur lesquelles il la faisait tourner.

— Viens t'asseoir, au lieu de dire des sottises. Et rappelle-moi ton nom – de sorte que je n'aie plus à te traiter de Gallois.

— Perceval.

Le jeune homme lâcha la bride de son roncin et vint s'asseoir en face du chevalier. D'un revers de manche, il s'essuya les coins des lèvres. Il avait de plus en plus faim.

— Où sont vos compagnons ? demanda-t-il tout en regardant Galehot découper le lièvre avec sa dague.

— Ils ont poursuivi leur route. Mon cheval boite. J'ai dû rester en arrière.

Par-dessus le feu, Galehot lui tendit sa part de gibier.

Perceval s'en empara brusquement et, aussitôt, y mordit à pleines dents.

— Tu m'as l'air d'avoir autant d'appétit que d'arrogance, sourit Galehot.

— Qu'est-ce que c'est, l'arrogance ?

Le jeune chevalier hocha la tête.

— Quelquefois, une qualité. Le plus souvent, un défaut mortel. Dis-moi, Perceval, que fais-tu si loin de la Forêt Perdue ?

— Je vais voir le roi Arthur. Comme ça, je serai chevalier.

Galehot claqua des doigts.

— Comme ça ? répéta-t-il. Tu crois qu'on devient chevalier comme ça ?

Et il claqua à nouveau des doigts.

— Et vous, comment vous êtes devenu chevalier ? répliqua Perceval, la bouche pleine.

— « Comment » est une question sans intérêt. Demande-moi plutôt pourquoi.

Perceval haussa les épaules et mordit férocement dans la viande rôtie.

— Bon, alors, si vous y tenez : pourquoi ?

— Parce que j'ai aimé un chevalier. Il était le meilleur du monde. Invincible.

Perceval cessa soudain de mastiquer.

— Comment il s'appelait ? demanda-t-il. Mordret ? Si c'est lui, moi, je le vaincrai.

Galehot l'examina avec une curiosité amusée.

— Mordret ? dit-il. Non, Mordret n'est pas le meilleur chevalier du monde. Il n'est que le plus dangereux. Le plus redouté. Je ne te parle pas de lui.

— Alors de qui parlez-vous ?

— Tu as raison : je parle, je parle, mais pour ne rien dire. Discutons plutôt de toi.

D'un geste sec, Perceval arracha l'os de la cuisse du lièvre.

— Je sais tout de moi. La conversation serait ennuyeuse. Parlons plutôt des chevaliers. Vous avez déjà participé à des tournois ? Vous les avez gagnés ?

— On gagne, on perd, tu sais... L'important est de jouer.

Perceval ricana.

— Jouer pour perdre, ce n'est pas mon genre ! Moi, quand je ferai des tournois, ce sera seulement pour gagner.

Tout en observant, amusé, le jeune Gallois, Galehot goûta du bout des dents sa part de lièvre.

— Le roi Arthur remerciera le Ciel d'avoir un chevalier comme toi.

N'en ayant ni le tempérament ni l'éducation, Perceval ne comprit pas l'ironie et s'écria :

— Et il aura raison ! Sauf que... C'est quoi, être chevalier ?

— Bonne question. Mais difficile. Disons que c'est avoir quelques droits et beaucoup de devoirs.

Perceval jeta par-dessus son épaule les os du lièvre dont il avait rongé la moindre parcelle de viande. Il avait encore faim. Il désigna du doigt la part de gibier que Galehot avait à peine entamée.

— Vous ne mangez pas ? Vous n'avez pas d'appétit ?

Galehot lui lança son morceau de lièvre. Perceval le reçut habilement dans ses mains ouvertes, y planta ses dents, mâcha lentement et demanda :

— Tous les chevaliers sont comme vous ?

Galehot haussa les sourcils, curieux d'entendre ce que

ce petit Gallois inventerait encore comme insolente sottise.

— C'est-à-dire ?

— Eh ben... Vous ne mangez pas grand-chose, vous reconnaissez vous-même que vous parlez pour ne rien dire, et vous êtes si maigre que je suis sûr de vous briser les reins, à la lutte, en moins de temps qu'il ne m'en faudra pour dévorer ce lièvre.

Perceval avala encore quelques bouchées de viande rôtie, attendant que Galehot s'explique. Mais le jeune chevalier ne dit pas un mot, se contentant de le dévisager tranquillement. Agacé, Perceval ricana :

— Alors, je vous insulte, et vous ne réagissez pas ?

— Cela n'en vaut pas la peine. Tu n'es pas chevalier.

— Je suis plus fort que vous.

— Sans doute. Mais, je te le répète, tu n'es pas chevalier. Tu ne peux rien contre moi.

Perceval se dressa soudain sur ses pieds.

— Debout ! s'écria-t-il. On va bien voir !

Galehot se contenta de croiser paisiblement les bras, sans bouger de la souche où il était assis.

— Tu es certain que tu veux devenir chevalier ? demanda-t-il. Pour l'instant, je ne vois qu'un petit Gallois colérique, mal embouché, stupide et sans éducation. Le roi Arthur ne te fera jamais chevalier. Tant pis pour toi.

— Je serai chevalier ! Et je vais vous briser les reins !

Perceval enjamba le feu et se planta face à Galehot. Mais il est difficile d'affronter quelqu'un qui se contente de vous regarder sous le nez en hochant doucement la tête et en disant, avec une tristesse feinte :

— Tu sais, il suffirait d'un rien pour que tu aies moins l'air gallois... Il y a certaines choses qu'un jeune homme doit savoir avant même de prétendre être adoubé.

— Par le Sang du Christ, dites-les-moi, alors !

Galehot se pencha au-dessus des braises et se frotta les mains, comme pour les réchauffer. Il se sourit à lui-même, décidé à s'amuser un peu aux dépens de ce jeune écervelé. Quelles épreuves allait-il pouvoir lui inventer, et à quel point ce petit Gallois était-il assez stupide pour ajouter foi aux plaisanteries qu'on lui racontait ? Galehot réfléchit quelques instants et trouva ceci :

— Je ne te donnerai que la première leçon ; les autres, tu les apprendras par toi-même. Écoute bien : les chevaliers rencontrent souvent des demoiselles. Tu en rencontreras certainement, elles aiment les jeunes gens tels que toi, bien faits de leur personne et toujours audacieux. Beaucoup ont besoin de protection, et elles la cherchent auprès des chevaliers. Et des garçons tels que toi, bien sûr.

Perceval, attentif, se rassit près du feu, écoutant de toutes ses oreilles. Galehot l'examina avec un vague sourire, se demanda s'il avait raison de se moquer de lui à ce point, se répondit que, oui, un certain degré de sottise arrogante mérite sa punition, et inventa :

— Ton premier devoir, quand tu rencontreras une demoiselle, sera de te mettre à son service. Une telle attitude te vaudra l'estime de tous.

— Mais ça signifie quoi, « me mettre à son service » ? Et, pardonnez mon ignorance, mais qu'est-ce que c'est, une demoiselle ?

Galehot ne put s'empêcher de sourire.

— Bonnes questions. Une demoiselle est un être comme toi et moi. Ou plutôt comme ta mère, en beaucoup plus jeune. Deux détails te suffiront à en reconnaître une quand tu la verras : elle portera une robe découvrant sa gorge et le haut de sa poitrine.

— Ma mère n'en porte pas.

— Bien sûr. Mais c'est qu'elle n'est plus une demoiselle. Porte-t-elle des cheveux blonds ou bruns, très longs, qui lui descendent jusqu'aux reins, comme une étoffe d'or ou de soie noire ?

— Non. Jamais. Ses cheveux sont gris comme un jour de pluie.

— Une demoiselle porte sa chevelure ainsi. Tu ne pourras pas te tromper dès que tu la verras.

Perceval prit un air concentré.

— D'accord. Une robe indécente et des cheveux blonds ou noirs qui lui caressent les reins. C'est ça, une demoiselle ?

— Exactement.

— Elle n'a pas honte de se montrer ainsi ?

— Non. C'est son allure de demoiselle.

— Et que devrai-je faire quand j'en trouverai une ?

— Il faudra d'abord que tu lui prennes un baiser.

Perceval rougit et se tortilla sur place.

— Un baiser ?

— Oui. C'est très important, dit gravement Galehot. Si tu ne lui prenais pas ce baiser, elle croirait que tu la méprises.

— Ah, bon ?

— En revanche, ce baiser, elle fera semblant de le refuser. C'est la coutume. Ne t'y laisse pas prendre. Embrasse-la de force s'il le faut, elle t'en sera reconnaissante. Après, elle sera tenue de te faire un cadeau.

— Pourquoi ?

— Parce que, dès que tu l'auras embrassée, elle t'aimera. Il faudra donc qu'elle te donne un gage de son amour. Sa bague, par exemple, ou son aumônière.

Galehot releva les yeux vers le jeune homme, qui l'écoutait avec une attention presque douloureuse.

— Je dois t'avertir que les demoiselles n'agissent pas comme nous, qu'elles disent non quand elles pensent oui, qu'elles refusent quand elles acceptent et, par conséquent, que tu devras toi-même leur prendre la bague ou l'aumônière, gage de leur amour pour toi. Tu as bien compris ?

Perceval hocha sérieusement la tête.

— Je crois. Mais une question d'abord : qu'est-ce que c'est, l'amour ?

Galehot fit mine de réfléchir, de peser chaque mot de sa réponse.

— L'amour, dit-il, l'amour d'une demoiselle pour un chevalier ressemble à l'attirance d'une fleur pour la lumière. La demoiselle est la fleur, le chevalier, sa lumière. Elle ne peut se passer de lui et, grâce à lui, elle conserve sa beauté.

Après l'avoir écouté bouche bée, Perceval secoua la tête.

— Je ne comprends rien à ce que vous me dites.

— Parce que je ne suis pas une demoiselle. Quand tu en rencontreras une – et tel que je te vois, si plaisant à l'œil, tu ne tarderas pas à la rencontrer –, elle t'expliquera à sa façon ce qu'est l'amour. Sans doute ne prononcera-t-elle pas ce mot. Et pourtant tu sauras qu'elle t'aime.

Perceval grogna avec un peu d'agacement.

— Je rencontre une demoiselle, je lui prends un baiser, puis sa bague ou son aumônière, et j'apprendrai ce qu'est l'amour. C'est ça ?

— À peu près, sourit Galehot que la naïveté du Gallois divertissait de plus en plus.

Perceval haussa tout à coup les épaules.

— Alors, c'est facile.

— Peut-être pas autant que tu le crois.

Perceval demeura un moment les yeux fixés sur les braises. Il réfléchissait. Et c'était un autre sujet d'amusement pour Galehot que de voir ce jeune rustre s'absorber tout entier dans cette activité dont il n'avait pas l'habitude : réfléchir.

— Qu'y aurait-il de difficile à prendre un baiser et une bague à une fille ? demanda-t-il enfin.

Estimant qu'il s'était assez diverti, Galehot s'enveloppa dans sa cape et s'allongea sur le flanc.

— Disons que ce sont les difficultés de l'amour. En discuter ne servirait à rien. Fais-en l'expérience.

Il tira un pan de sa cape contre son visage.

— Dors, maintenant, murmura-t-il. Nous en reparlerons quand tu auras rencontré une demoiselle...

Perceval, heureux de connaître tant de nouvelles choses que ne lui avait pas enseignées sa mère, s'allongea à son tour près du foyer de braises, se dit que les vêtements qu'elle lui avait cousus valaient mieux qu'une cape car il n'avait pas froid et, avant de s'endormir, imagina divers épisodes du merveilleux destin qui, désormais, l'attendait.

*

Au réveil, Galehot avait disparu. Que le jeune chevalier fût parti sans lui faire ses adieux chagrina Perceval et le vexa quelque peu. Puis il se dit que cette manière de se conduire était peut-être une autre coutume de la chevalerie, et il n'y pensa plus. Le filet capricieux d'une source coulait en contrebas de la crête. Il y fit boire son cheval et s'aspergea le visage de cette eau glacée. Il reprit sa route.

Bientôt il quitta le chemin de la ligne de crête pour descendre le long du flanc de la montagne, en direction du sud où il lui avait été dit qu'il trouverait la mer et, par conséquent, Carduel, le château du roi Arthur. La journée d'automne était belle comme un été qui ne veut pas finir. Des nuages blanchâtres, vaporeux, s'effilochaient paresseusement dans un ciel d'un bleu gai. Et l'humeur de Perceval s'accordait à ce temps, à ce ciel, à ce bleu. Vers midi, un lièvre déboula entre les pierres, presque sous les sabots de son cheval. Le jeune homme empoigna l'un de ses javelots courts qui, dans un léger sifflement, rattrapa l'animal et le transperça en pleine course. Il laissa son roncin paître dans une prairie pentue et grasse et alluma un feu où il fit rôtir le gibier.

C'est alors qu'il s'était assis sur une grosse pierre et plantait ses dents dans la viande fumante et parfumée qu'il distingua, à cinq cents pas de lui, en aval, ce qui lui parut une maison de toile, qui ne résisterait pas à un grand vent d'orage. Il plissa les yeux : un homme en sortait, montait sur un cheval et adressait un signe à un autre personnage, qui se tenait à l'entrée de la maison de toile. L'homme, le cavalier, était vêtu d'un haubert rouge et se coiffa d'un heaume de la même couleur. Quant à l'autre personne, elle portait une robe blanche qui lui découvrait les épaules et une très longue chevelure d'un noir luisant.

— Une demoiselle, murmura Perceval pour lui-même. Voilà une demoiselle telle que sire Galehot me l'a décrite.

Il regarda le cavalier rouge s'éloigner vers l'orée d'un bois, au trot, puis s'y enfoncer et y disparaître. La demoiselle, quant à elle, rentra dans la maison de toile.

Bien qu'excité à l'idée qu'il allait tantôt suivre les conseils avisés de Galehot, Perceval prit néanmoins le temps de dévorer le lièvre rôti. Il y a un temps pour tout :

l'un, pour se donner des forces ; un autre, pour rencontrer les demoiselles grâce au baiser desquelles on apprendra l'amour.

Après avoir étouffé son feu et s'être nettoyé les doigts, les lèvres et le menton dans une source, il remonta sur son roncin et descendit dans la prairie vers la maison de toile. Parvenu près de l'entrée, il mit pied à terre. La porte était aussi fragile que l'étrange demeure sur laquelle elle s'ouvrait ; il suffisait d'en repousser les pans. Ce qu'il fit, sans hésiter.

L'intérieur était presque entièrement occupé par un vaste lit à couverture d'hermine. Il parut à Perceval assez large pour qu'y dorment cinq hommes. Mais n'y dormait qu'une seule personne : la demoiselle. Étendue sur le flanc, ses très longs cheveux noirs déployés comme une parcelle de nuit jetée sur terre en plein jour, elle posait sa joue dans sa main droite ouverte. Perceval songea qu'il n'avait rien vu de plus beau – à part le vol d'un épervier et l'apparition des chevaliers de la veille – que cette demoiselle qui dormait. Et il se dit que la première épreuve qui lui permettrait de devenir chevalier s'annonçait agréable et facile.

Il mit un genou sur le lit d'hermine, approcha lentement son visage de celui de la demoiselle endormie. Son profil avait une délicatesse qui lui rappela les premières feuilles tendres du printemps. Cette blancheur des tiges à peine poussées, comme si elles étaient encore chargées du lait primordial de la nature. Les lèvres, pourtant, étaient rouges, un peu boudeuses dans le sommeil. Rouges comme les baies de la forêt, fraises sauvages ou framboises. Il n'y avait plus à hésiter. Il se pencha et plaqua soudain sa bouche entrouverte sur ces appétissantes fraises de chair.

D'abord, il fut surpris qu'elles n'eussent pas le goût de fraises. Ensuite, de ce que la demoiselle, ouvrant soudain les yeux, s'écartât dans un sursaut et se mît à hurler, tout en rampant à toute vitesse hors du lit et en se réfugiant dans un coin de la maison de toile.

— Ne craignez rien, demoiselle, lui dit-il en souriant et en traversant le lit à quatre pattes. Je ne vous veux aucun mal. Je ne suis venu que vous prendre un baiser.

Les bras peureusement serrés sur sa poitrine, elle recula encore, autant que le lui permettait la toile de la tente. Elle écarquillait les yeux, ses pommettes avaient rougi, et Perceval s'aperçut que ses yeux avaient la couleur des bleuets en pleine floraison, ses pommettes, celle, éphémère, des coquelicots des prés – et pourtant lui paraissaient incomparablement plus beaux que ces fleurs.

Ayant traversé le lit dans toute sa largeur, il se remit debout et fit un pas vers la jeune fille. Elle hurla :

— Sortez ! Partez d'ici immédiatement !

— Ne vous effrayez pas...

— Mon ami va revenir d'un moment à l'autre : il vous tuera s'il vous trouve ici !

Perceval eut un petit rire de moquerie légère.

— Vous voulez parler du cavalier rouge de tout à l'heure ? Ne vous en faites pas : je l'ai vu partir dans la forêt, il ne reviendra pas de sitôt.

Il fit encore un pas. Elle tendit le bras et le doigt, brutalement, nerveusement :

— N'essayez pas d'approcher !

Toujours souriant avec calme, Perceval haussa les épaules.

— Je crois que nous ne nous sommes pas compris, dit-il. Voyez-vous, je suis en route pour Carduel où le roi

Arthur va me faire chevalier. Et, comme vous le savez peut-être, je dois me conduire comme un futur chevalier. Donc je dois et je vais vous prendre un baiser.

Elle le considéra comme si elle avait affaire à un fou et s'écria :

— Jamais de la vie ! Sortez de cette tente ! Immédiatement !

Perceval se mit à rire.

— Oui, je sais, demoiselle, vous vous comportez comme vous devez le faire. Et je vous en suis reconnaissant. Vous auriez accepté mon baiser sans vous défendre, il n'aurait pas valu grand-chose. Sire Galehot – c'est un chevalier du roi Arthur – m'a tout expliqué. Vous dites non parce que vous pensez oui, vous vous défendez pour me faire comprendre que vous êtes d'accord.

Elle fronça les sourcils, essayant de démêler ce discours incohérent.

— Un chevalier du roi Arthur ? répéta-t-elle. Et c'est lui qui vous a demandé de me... de me prendre un baiser, comme vous dites ?

— Oh, pas à vous particulièrement... Il se trouve juste que vous êtes la première demoiselle que je rencontre, c'est tout. Vous ou une autre...

Une idée tout à coup lui traversa l'esprit, et, soudain dubitatif, il demanda :

— Rassurez-moi : vous êtes bien une demoiselle, n'est-ce pas ?

Les deux taches sur ses pommettes rougirent davantage – d'indignation.

— Me violenter ne vous suffit pas ! Il faut encore que vous m'injuriiez !

Pour la première fois, il sembla mal à l'aise.

— Mais pas du tout... Pas du tout... Je vous interroge,

demoiselle, parce que je ne voudrais pas commettre d'impair.

Il avait l'air si jeune et si... – elle ne savait si le terme « naïf » valait mieux que celui de « crétin » – qu'elle reprit ses esprits et eut moins peur. Elle se dégagea du coin de la tente où elle s'était réfugiée et s'approcha du jeune homme – ce qui était aussi une façon de s'approcher de la sortie de la tente et de, peut-être, tenter la fuite.

— Imaginons, dit-elle lentement, que je vous accorde ce baiser. Vous partiriez d'ici aussitôt ?

— Eh bien, si j'ai ce baiser, j'en serai satisfait, sans doute. Mais...

— Mais ?

— Mais, selon sire Galehot, ce baiser, je dois vous le prendre. Alors, si vous me le donnez, comprenez que je me retrouve dans une situation difficile. Est-ce que, pour un futur chevalier comme moi, un baiser donné vaut autant qu'un baiser pris ?

Cette argumentation spécieuse de Perceval finit de rassurer la jeune fille. S'il était fou, c'était d'une folie douce. Ou il était atteint d'une simple crétinerie, ce que ses vêtements de toile grossière prouvaient sans aucun doute : il sortait tout frais, tout neuf, tout sot, d'une quelconque forêt et quelqu'un s'était moqué de lui. Ce qui ne résolvait pas son problème, dans l'immédiat.

— Alors, dit-elle en s'approchant insensiblement de la porte de la tente, je me sentirais terriblement coupable si, à cause de moi, vous ne pouviez devenir chevalier.

— Merci. Je vois que vous me comprenez.

— En effet. Et c'est pourquoi je ne vous donnerai pas ce baiser !

Ces mots à peine prononcés, elle courut vers les pans

ouverts de la tente, vers la prairie, vers sa liberté – sa survie, peut-être.

Mais Perceval courait plus vite qu'elle et la rattrapa. Il la saisit par la taille, la plaqua contre lui – fut étourdi un bref instant par son parfum – et s'exclama :

— Ce baiser, je vais vous le prendre ! Tout de suite !

Et il appliqua sa bouche sur celle de la demoiselle. Il la tenait violemment serrée contre lui, et fut décontenancé quand elle entrouvrit les lèvres et qu'il sentit la pointe de sa langue mêler sa salive à la sienne.

Il s'écarta.

— Vous n'auriez pas dû vous laisser faire ! protesta-t-il.

— Un baiser est un baiser, répliqua-t-elle. Je parie que tu n'avais jamais embrassé personne.

Il la relâcha. Mais elle demeura collée à lui de tout son corps. Cela le troubla. Pourtant, il ne fit pas un pas en arrière. Il n'y songea même pas – et son corps, pas plus que lui.

— Très bien, dit-elle. Tu l'as eu, ton baiser. Maintenant, va-t'en.

— Je ne peux pas.

Il lui prit la main. Il toucha la bague d'or sertie d'un rubis qu'elle portait à l'annulaire.

— Je dois obtenir de vous un gage.

Elle tenta de lui reprendre sa main. Il ne la laissa pas faire.

— Cette bague m'appartient ! C'est mon ami qui me l'a offerte. Nous nous marions au printemps prochain.

— Mais non ! répliqua Perceval en haussant les épaules. Impossible. C'est moi que vous épouserez. Quand je serai chevalier.

Il lui retira de force la bague à la pierre rouge. Elle se débattit, s'arracha à sa prise et recula de quelques pas précipités.

— Mon ami va vous tuer ! cria-t-elle.

Il passa la bague à l'auriculaire de sa main droite.

— Ce cavalier n'est pas fait pour vous. Je suis sûr qu'il ne vous a jamais embrassée comme moi. Laissez-moi le retrouver, je vais vous en débarrasser. Non, ajouta-t-il, ne me remerciez pas.

Sans prendre garde à la façon dont elle le dévisageait – comme s'il était impossible qu'un idiot pareil ait sa place sur terre –, il se dirigea vers la sortie de la tente. Retenant l'un des pans de toile sur son avant-bras, il se retourna vers elle, très content de lui-même.

— Vous avez eu de la chance que nous nous soyons rencontrés, demoiselle. Maintenant, j'ai à faire : le roi Arthur m'attend. Mais j'aimerais connaître votre nom, afin de vous faire venir à la cour, bientôt.

Elle secoua lentement la tête, incapable de croire qu'elle eût pu avoir affaire à un tel imbécile.

— Vous ne le saurez pas, dit-elle avec rancune. Mais sachez qu'on appelle mon ami le Chevalier Vermeil. Rappelez-vous ce nom. Il vous poursuivra jusqu'à votre mort !

Il lui sourit avec indulgence.

— Je vois bien à présent que vous m'aimez.

— Je vous déteste ! Je vous méprise !

— C'est bien la preuve de votre amour. Et vous n'y pouvez plus rien.

Tranquille et fier de lui, il sortit de la tente.

Folle de rage, la jeune fille se jeta sur le lit, y tapa des poings et voulut éclater en sanglots. Mais les larmes ne vinrent pas. Il n'y avait au fond d'elle que cette colère, cette humiliation et l'image insistante de ce grand jeune homme blond comme jamais elle n'avait cru qu'il pût en exister. Si bête. Si insupportable. Si sûr de soi.

Si beau.

2

La prédiction du fou

Perceval poursuivit sa route vers le sud. Il chevaucha plusieurs jours sans rencontrer personne que des paysans occupés aux labours et quelques perdrix et quelques lièvres qui firent l'ordinaire de ses repas.

Un matin, alors qu'il marchait depuis l'aube, une brise fraîche le frappa, l'enveloppant d'une odeur puissante, poisseuse et inconnue. Quelque temps après, il arrêta son cheval au bord d'une falaise.

En bas, et se déployant jusqu'à l'horizon, s'agitait une eau comme il n'en avait jamais vu, une eau soulevée de vagues qui se brisaient, soudain blanches, sur les écueils et sur une courte plage. Le grondement montait jusqu'à lui, accompagné d'embruns au goût de sel. Il devina que cet espace immense et effrayant, gris-vert sous un ciel de pluie, était ce que les chevaliers avaient appelé la mer. Et il sut qu'il parvenait au terme de son voyage, que le château du roi Arthur, Carduel, n'était plus très loin.

Longeant le bord de la falaise, il scruta les alentours, à la recherche d'une grande maison semblable au manoir de sa mère dans la Forêt Perdue. Il aperçut, dans le lointain embrumé par la bruine, ce qui lui parut d'abord des rochers de très haute taille, massifs et gris, surmontés de flèches de pierre qui semblaient vouloir atteindre le ciel. Continuant d'avancer, l'image se précisa, et il dut reconnaître, stupéfait, qu'il ne s'agissait ni de rochers gigantesques ni de longues flèches de pierre, mais simplement de murailles comme il n'en avait jamais imaginé et de tours si hautes qu'il se dit qu'à leur sommet on devait pouvoir toucher les nuages.

Peu après, sur le chemin, il croisa une charrette, conduite par un tout petit homme contrefait au visage et aux mains noirs, vêtu d'une cotte mal taillée dans une toile grossière et sale.

— Qui es-tu?

— Celui que vous deviez croiser sur votre route, sans doute, chantonna le petit homme en tirant sur les rênes de son cheval de trait. Tout est écrit d'avance, le bien comme le mal, il n'y a pas de hasard, il n'y a que des rencontres.

Perceval approcha sa monture tout près du siège où était posé le petit homme, dont les pieds battaient comme ceux d'un très jeune enfant.

— Le mal ne t'a pas épargné, lui dit-il. Sinon tu ne serais pas si petit et si laid.

L'autre ricana et, singeant un salut révérencieux, répliqua :

— Le nain vous remercie de vos compliments, Gallois.

— Comment sais-tu que je suis gallois?

Le nain releva le visage, écarta les narines, fit mine de humer l'air autour de lui.

— Une question d'odeur. Ça sent la sottise, l'arrogance et le petit gibier. Donc le Gallois.

— Tu cherches à m'insulter? Ton insolence n'est pas à la mesure de ta taille.

— Quand Dieu et la nature vous ont fait comme moi,

on est contraint d'exagérer ses défauts et ses vertus. J'avoue que j'ai beaucoup de défauts. Mais une ou deux vertus.

— Je voudrais bien voir ça ! Tu m'as l'air méchant comme la gale.

— Gallois, Gallois, Gallois... feignit de gémir le nain. Ne m'accable pas... Je pourrais t'apprendre bien des choses...

Ce fut au tour de Perceval de ricaner.

— Ah, ouais ? Donne-moi un exemple, pour voir.

Se massant le front de ses gros doigts courts, le nain sembla réfléchir. Tout à coup, il tendit son index sous le nez de Perceval.

— Je parie que tu vas à la cour du roi Arthur ! Ai-je tort ? Non. Bien que Gallois indécrottable, tu t'es mis en tête de devenir chevalier. Alors, laisse-moi te donner un conseil : méfie-toi de la couleur rouge. Prends garde au vermeil.

Surpris, Perceval répondit :

— J'ai toujours aimé le vermeil. De quoi parles-tu ?

— De ton destin, peut-être ?

— Comment le connaîtrais-tu ?

— Pourquoi ne le connaîtrais-je pas ?

Avant que le jeune homme ait trouvé une réponse, le nain désigna le rubis monté en bague qu'il portait à l'auriculaire.

— Où as-tu volé ça ?

— Je ne l'ai pas volé, répliqua Perceval. C'est un gage d'amour.

Éclatant d'un rire de crécelle, le nain se tapa joyeusement sur les cuisses. Dans son hilarité, il se balançait d'avant en arrière et semblait sur le point de chuter de son siège.

— L'amour ! L'amour, l'amour ! Sais-tu, Gallois ? Je

remercie chaque jour le ciel de m'avoir fait si laid : cela m'épargne de tomber dans le piège des demoiselles.

— Quel piège? Il n'y avait pas de piège. Je lui ai pris un baiser et cette bague, comme je le devais.

Le nain, soudain sérieux, le dévisagea attentivement.

— Sais-tu encore? Je n'avais pas rencontré de varlet* plus stupide et mieux tourné que toi depuis des années. J'ai oublié le nom du précédent, c'était il y a si longtemps... Mais peut-être n'avait-il pas encore de nom?... En tout cas, crois-moi : reste comme tu es. Si tu lui ressembles, tu as de l'avenir.

Agacé, décontenancé, Perceval s'apprêta à tourner bride pour mettre fin à cette conversation. Avec une vivacité inattendue, le nain bondit de son siège et saisit le jeune homme par l'avant-bras.

— Écoute-moi, Gallois : tu cherches Carduel, le château d'Arthur? C'est cette citadelle devant toi. Je pressens que d'amusantes aventures vont avoir lieu dès que ton cheval y posera ses sabots.

Perceval frappa du revers la main du nain pour lui faire lâcher prise.

— Je vais vivre des aventures, certes, et je le pressens mieux que toi. Mais elles seront glorieuses.

Le nain secoua la tête d'un air dubitatif.

— Entre le ridicule et la gloire, il n'y a qu'un espace épais comme un fil. Le fil d'une épée – que tu ne portes pas.

Cela dit, le nain se hissa rapidement sur son siège, reprit les rênes et fit repartir la charrette.

— Adieu, Gallois. Et si tu vois un Chevalier Vermeil, passe au large. Crois-moi. Retourne dans ta forêt. Le bonheur est dans l'ignorance.

Il claqua de la langue. Son cheval partit soudain à vive allure. Perceval, mal à l'aise, regarda s'éloigner la charrette qui brinquebalait.

*

Moins d'une heure plus tard, le jeune homme entrait dans Carduel. Il s'étonna de trouver dans l'enceinte tant de maisons, et si riches, tant de jardins, si fleuris malgré l'automne, une telle foule de marchands et de badauds semblant vivre là comme en un lieu de paix – une paix garantie par les sergents en armes qui se tenaient aux portes de la ville ou patrouillaient dans les ruelles. C'était une ville prospère et gaie.

Il remonta le long des façades, évitant comme il le pouvait les gamins qui soudain traversaient les venelles devant les sabots de son cheval. Une bande d'entre eux lui lança des poignées de boue ou des cailloux en criant des insultes. Perceval ne leur en voulut pas : il avait été lui-même un garnement, et se rappelait les pièges qu'il tendait et les mauvaises farces qu'il inventait quand un cavalier, imprudemment, traversait la Forêt Perdue. Sa mère lui avait enseigné à se défier des étrangers ; il n'avait fait que se soumettre à son éducation. Il était un étranger dans Carduel, il admettait être traité comme tel par des enfants.

Bientôt il parvint en vue de l'imposante entrée du château. Alors qu'il engageait sa monture sur le pont-levis traversant les douves, il vit venir à sa rencontre un chevalier au haubert et aux armes rouges, comme le heaume dont il était coiffé. Il se rappela les paroles du nain et – fut-ce par défi, parce que ces armes vermeilles lui plaisaient ou parce que ce chevalier était l'ami de la demoiselle ? –, il l'interpella au passage :

— Holà, Monsieur ! Vous portez de belles armes.

Surpris, le Chevalier Vermeil arrêta son destrier. Il portait une grande coupe d'or à la main.

— Je suis ravi qu'elles te plaisent, mon garçon, dit-il d'un ton moqueur. Mais je n'ai rien à faire de ton opinion.

C'était un ton dont il ne fallait pas user face à Perceval. Piqué au vif, il en oublia aussitôt les propos du nain.

— Oui, elles me plaisent, dit-il. Elles me plaisent tant que je vais de ce pas demander au roi de me faire chevalier et de me donner vos armes.

Le chevalier éclata d'un rire bref. C'était étrange, ce rire comme jailli de nulle part, derrière ce visage de fer impassible dont, par deux étroites fentes obliques, Perceval ne distinguait que l'ombre des yeux.

— N'hésite pas, mon garçon ! Je viens de voir le roi, de la part de Mordret, mon seigneur et suzerain*. Il m'a semblé si faible et si indécis qu'il a peut-être besoin de jeunes insolents de ta sorte pour échapper au mépris qu'il mérite. Regarde cette coupe d'or : je l'ai prise sous son nez, alors qu'il s'apprêtait à y boire, et ni lui ni ses chevaliers n'ont eu la moindre réaction. Logres, crois-moi, changera bientôt de roi. Je viens de démontrer la faiblesse d'Arthur et de ses hommes.

Perceval ne comprit rien à ce discours, et d'ailleurs s'en moquait. Outre qu'il trouvait que ce chevalier rouge parlait beaucoup trop, un détail seul retint son attention : ce nom qu'il entendait pour la troisième fois.

— Qui est donc ce Mordret ? demanda-t-il. Depuis quelques jours je ne cesse d'entendre parler de lui.

— Apprends que Mordret sera bientôt le nouveau roi de Logres. Va le rencontrer, ce sera lui qui t'adoubera. Si tu le mérites. Mais tu parais le mériter : Mordret aime la jeunesse et l'arrogance.

Perceval était un jeune homme aux idées fixes et

courtes. Et les seules qui le préoccupaient pour l'instant étaient, dans l'ordre : être fait chevalier par Arthur et tuer au combat ce Chevalier Vermeil dont il prendrait les armes. Tout autre sujet ne l'intéressait pas.

— Je n'ai pas le temps de bavarder. À très bientôt, Monsieur ! lança-t-il en talonnant son roncin.

— À tout à l'heure, si tu veux, répliqua le chevalier.

Son rire retentit à nouveau sous le heaume de fer et, traversant un verger, il se dirigea vers un chemin contournant le village.

À peine entré dans la cour du château, Perceval vit plusieurs écuyers et des sergents converger vers lui. Il les ignora, son cheval bouscula du poitrail deux hommes qui s'étaient placés en travers de son chemin et, avisant la grand-porte de la salle* dont les battants étaient ouverts, il y poussa le roncin.

La salle était d'une taille et d'une hauteur inattendues. De nombreux chevaliers et varlets se tenaient autour de trois longues tables couvertes de plats d'or et d'argent, de viandes et de gibier. Rien de cela n'impressionna Perceval qui, voyant un homme aux épaules puissantes et à la barbe grise s'avancer, sourcils froncés, à sa rencontre, lui demanda :

— Lequel de tous ceux-ci est-il le roi Arthur ? Vous, Monsieur, peut-être ?

— Je m'appelle Ké, et je suis le sénéchal, grogna l'homme. Tout ce qui concerne la vie de la Cour est sous ma juridiction. Qu'est-ce que tu veux au roi ?

— Qu'il me fasse chevalier.

Ké fit une grimace, mi-étonnée, mi-méprisante.

— Commence par descendre de ton cheval, dit-il. Nous allons en parler toi et moi.

— Inutile. Je n'ai rien à vous dire. Je viens voir le roi, pas ses domestiques.

Perceval fit exécuter un brusque quart de volte à son roncin pour s'écarter de Ké. Puis il le mena jusqu'à la table principale, où de nombreux chevaliers discutaient avec véhémence, autour d'un homme à la mine sévère qui, assis, ne disait mot, les yeux baissés, ses mains s'entre-frottant nerveusement.

— Il faut rassembler les barons et les vassaux autour de nous, s'exclamait l'un des chevaliers, et nous mettre en marche aussitôt !

— Non, répliqua un autre. Nous devons attendre le retour de Gauvain. Nous ignorons les forces de Mordret. Gauvain nous renseignera.

— Il y a trois semaines qu'il est parti, avec Yvain et les autres, dit un troisième. S'il n'est pas encore revenu, je crains le pire.

— Moi aussi. Ni le duc de Cornouailles ni nos barons des Marches du Nord ne sont ici. Quant aux Saxons*, il paraît qu'ils s'agitent beaucoup, depuis quelque temps, et qu'ils ont formé une assemblée. Ils s'allieront à Mordret : il est capable de toutes les promesses comme de toutes les forfaitures.

— Une chose est certaine, dit le sénéchal Ké, qui, suivant le jeune rustre à cheval, n'avait pu s'empêcher de se mêler à la conversation, nous ne pourrons compter que sur nous-mêmes. La paix a duré trop longtemps, Messieurs. Nous nous y sommes amollis et Mordret le sait !

— Ké, tu as sans doute raison, murmura le roi Arthur gardant le regard tristement baissé sur ses mains qui se malaxaient l'une l'autre. Mais que pouvons-nous faire ? Je ne connais qu'un chevalier capable de battre Mordret. Et il n'est pas parmi vous.

— Lancelot? s'exclama Ké, avec une lourde ironie. S'il n'est pas mort, il nous a abandonnés. C'était une tête brûlée.

— Ké, je t'interdis de parler de lui de cette manière, dit fermement le roi. Lancelot a affronté Méléagant, contré l'influence mauvaise de Morgane et de Mordret. Qui d'autre l'aurait réussi? Qui d'autre m'aurait ramené ma reine?

Ké, au rappel de ces événements dont il était l'un des responsables[1], se renfrogna et grogna dans sa barbe :

— J'aimerais alors qu'on m'explique pourquoi il n'est pas rentré à la Cour obtenir le prix de sa prouesse*. Et pourquoi il est allé jusqu'en Irlande défier des dizaines de chevaliers. Je suis sans doute un vieil âne, Sire, mais cet homme-là était un fou.

— Ké, expliqua patiemment le roi, depuis cinq ans j'attends que ce « fou » vienne prendre sa place auprès de moi. Il y a maintenant dix jours que Guenièvre a franchi la mer et est partie pour le Lac. J'espère qu'elle saura convaincre Viviane.

— Sire, vous croyez vraiment que la Dame du Lac délivrera Merlin?

— Il le faut. Seul Merlin saura retrouver Lancelot. Où qu'il soit. Sinon, dis-moi quel autre chevalier pourra vaincre Mordret avant qu'il ait déclenché la guerre contre Logres?

Perceval, que cette discussion incompréhensible ennuyait, profita du silence qui suivit cette question pour faire avancer son roncin parmi les chevaliers, les obligeant à s'écarter.

---

1. Voir *Le Chevalier sans nom.*

— Il y en a un ! déclara-t-il. Moi.

Arthur leva des yeux étonnés vers le jeune cavalier. Et dut, d'un revers de la main, éloigner le museau de son roncin qui lui frôlait la joue.

— Qui es-tu ?

— Et vous ? répliqua paisiblement Perceval. Vous êtes celui qu'on appelle le roi Arthur ?

Ké et plusieurs chevaliers firent mine de se jeter sur l'impoli. Arthur, d'un signe, les arrêta.

— On m'appelle Arthur, en effet. Et je suis roi. Mais, toi, tu n'as pas répondu à ma question.

— On m'appelle Perceval. Et je suis gallois. Je chevauche depuis plusieurs jours afin que vous me fassiez chevalier.

Arthur, qui avait estimé d'un coup d'œil l'orgueil du jeune homme, ironisa paisiblement :

— Dans ce cas... Je présume que tout l'honneur est pour moi ?

— Je ne sais pas encore ce qu'est un chevalier, mais, qui que soit ce Lancelot dont vous parlez sans cesse, vous n'en aurez pas de meilleur que moi, faites-moi confiance !

— Eh bien... Tu parais très convaincant...

Perceval eut une moue agacée.

— Je ne cherche pas à vous convaincre, roi Arthur. Je sais ce que je vaux. Faites-moi chevalier. Je suis venu pour ça.

Une telle insolence était plus que rare à la Cour : elle était inattendue. Arthur, que les soucis du pouvoir et d'une guerre qui s'annonçait contre Mordret rendaient mélancolique, y trouva le réconfort de l'amusement. Feignant le plus grand sérieux, il considéra ce jeune rustre à cheval qui paradait face à lui.

— Je veux bien te faire chevalier. Tu sembles en avoir l'étoffe. Mais... il te manque les armes.

— Les armes ? J'ai des javelots !

— Oui, je le vois. Seulement, les armes d'un chevalier, ce sont une armure, un heaume, un écu...

— Un haubert ?

— Euh... Et un haubert, en effet. Enfin... tout ce qu'un varlet apporte pour être fait chevalier.

— J'ai ces armes.

— Où donc ?

— J'ai rencontré, venant vous voir, un chevalier aux armes vermeilles. Je les lui prendrai.

— Tu... les lui prendras ?

— Je l'en ai averti. Il n'en sera pas surpris.

— Tu l'en as averti ? Ah... Très bien...

— Oui, s'impatienta Perceval qui ne comprenait pas que le roi se moquait de lui. Il avait d'ailleurs à la main une coupe d'or qu'il vous a volée sous le nez. Il me l'a dit lui-même.

Le roi, surpris, battit vivement des paupières.

— C'est vrai, dit-il. Je m'apprêtais à y boire. Il l'a saisie brusquement, et le vin s'en est répandu sur la table.

— Et vous l'avez laissé partir ?

Arthur hocha la tête.

— Figure-toi qu'un roi, plus souvent qu'un chevalier, doit savoir supporter les offenses.

— Je suis donc fait pour être chevalier ! triompha Perceval. Les offenses, moi, je ne les supporte pas ! Me donnez-vous les armes de ce chevalier vermeil ?

Arthur haussa les épaules.

— Si tu es capable de t'en emparer...

— C'est comme si je les avais déjà !

Cela proclamé, Perceval fit volter son roncin et quitta,

au trot rapide de son cheval, la salle où les chevaliers, les varlets, les écuyers et les demoiselles se demandaient encore quel était ce petit Gallois.

À ce moment, on entendit un rire, un grand rire clair et frais. Tout le monde se tourna vers Enide, car c'était le nom de celle qui avait ri. Et tout le monde s'en étonna : il y avait plus de dix ans qu'Enide n'avait pas ri.

— Que t'arrive-t-il ? grogna Ké.

— Il m'arrive que je viens de voir sortir d'ici un jeune homme qui sera un chevalier comme personne jamais n'en a rencontré !

— Sottises !

— Je le sais, je le sens, j'en suis sûre.

— Merveille ! cria alors une autre voix, nasillarde et comique. Merveille ! Le royaume est sauvé !

C'était Daguenet, le fou de la Cour. Dans son costume chamarré, il dansait absurdement devant la cheminée, mimant la plus grande joie, les clochettes de son tricorne agitant leur son aigrelet.

— Rappelez-vous ma prédiction ! Depuis des années je vous le répète : Enide rira le jour où elle verra celui dont la prouesse de chevalier éclipsera toutes les autres !

Et la jeune fille rit à nouveau.

— Écoutez ! Écoutez-la ! clama le bouffon.

Furieux, Ké s'avança brusquement et la gifla.

— Tout ça n'a aucun sens ! Cesse de rire !

Elle porta la main à sa joue, rougie par le coup, mais n'en continua pas moins de sourire. Daguenet dansa de plus belle devant la cheminée.

— Je vous l'avais prédit ! Je vous l'avais prédit !

— Foutaises et parleries de fou ! grinça Ké et, des deux mains, il bouscula brutalement le bouffon qui trébucha, partit en arrière et s'affala les fesses dans le feu.

— Ké, ça suffit ! s'écria le roi Arthur. Modère tes humeurs, tu m'agaces, à la fin !

Daguenet jaillit hors de l'âtre en poussant de grands cris et s'enfuit en tapant furieusement ses fesses pour y éteindre les flammèches qui avaient pris à son costume. Personne n'osa rire : Arthur avait élevé la voix et Ké, conscient tout à coup de s'être une fois de plus laissé aller à sa nature belliqueuse, baissait piteusement la tête.

— Pourquoi, *pourquoi* joues-tu toujours le vieil âne, Ké ?

— Désolé, Sire...

Le sénéchal haussa les épaules.

— Je suis comme ça...

*

Cependant, Perceval avait quitté le château. Il vit un groupe de cinq chevaliers remonter la grand-rue. Sans s'en préoccuper, il traversa un verger, passa une poterne et, plus loin sur le chemin, il vit le Chevalier Vermeil qui, la coupe d'or à la main, semblait l'avoir attendu. Le jeune homme, en revanche, n'aperçut pas le varlet, du nom d'Ivonet, qui, prenant des raccourcis, l'avait suivi et rejoint, et, installé aux premières loges sur un mur, s'apprêtait à assister à la rencontre du petit Gallois aux hardes de forestier et du chevalier aux armes rouges. Ivonet était connu pour tout savoir de la vie de la Cour, anecdotes et ragots. Il n'allait certes pas se priver du spectacle – et, plus tard, du récit – de cette confrontation.

— Écoutez-moi bien, Monsieur ! s'écria Perceval dès qu'il fut assez près du Chevalier Vermeil. Quittez immédiatement vos armes et déposez-les !

Le rire du chevalier retentit sous son heaume.

— Pour quelle raison, peux-tu me le dire ?

— Parce que c'est avec vos armes que le roi Arthur me fera chevalier. Donc, dès à présent, elles m'appartiennent.

— Arthur n'a donc plus que de petits Gallois de ta sorte à envoyer au jugement* ?

— J'ignore, Monsieur, ce qu'est un jugement, et je m'en moque. Descendez de cheval et donnez-moi vos armes ainsi que la coupe d'or que vous avez volée au roi. Cela vaudra mieux pour vous.

Le chevalier laissa passer un silence, tout en empoignant sa lance d'une main et en serrant la bride de son destrier de l'autre.

— Sais-tu, dit-il enfin, que je n'ai jamais vu de ma vie plus bête et plus présomptueux que toi ?

— Je vous renvoie votre réplique, Monsieur. Je comprends mal que vous préfériez être tué que de m'obéir.

Il tendit son poing où brillait le rubis monté en bague qu'il avait pris à la demoiselle.

— Votre amie m'a donné ce gage. Et, j'allais oublier : elle m'a donné un baiser, aussi. Le rouge de cette pierre et de ses lèvres m'ont fait naître l'envie du vermeil de vos armes.

Aveuglé par la rage, le Chevalier Vermeil éperonna tout à coup son destrier.

— Par Dieu, tu mérites une leçon !

Il se jeta, lance en avant, sur le jeune Gallois. Lequel n'eut que le temps de faire dégager son cheval sur le côté. La lance, néanmoins, le frappa à l'extrémité de l'épaule. Il poussa un cri de douleur.

— Vous m'avez fait mal ! s'exclama-t-il avec indignation.

Il tira vivement un javelot de son carquois et fit volter son roncin. Le chevalier, embarrassé de son armure et de sa lance, mit plus de temps à replacer sa monture face à son adversaire.

— Vous avez eu tort, Monsieur, lui dit simplement Perceval. Je ne voulais que vos armes.

Le Chevalier Vermeil n'eut pas le temps de répliquer. Le javelot jaillit de la main du jeune homme et, sans même en ébrécher les bords, s'enfonça dans la fente de la visière du heaume. Il se planta dans l'œil gauche du chevalier, lui traversa le crâne et sa pointe rejaillit, rouge et blanche de sang et de cervelle, transperçant l'arrière du casque.

Un instant, le Chevalier Vermeil resta en selle, comme foudroyé. Puis sa main droite lâcha la lance, sa main gauche la bride. L'homme chuta lourdement au bord du chemin, dans un bruit de métal entrechoqué.

— Je vous avais averti, Monsieur, soupira Perceval en descendant de sa monture.

Il s'approcha du chevalier, empoigna la hampe du javelot qu'il arracha d'un coup sec et jeta sur le talus. Puis il se pencha sur le mort et voulut lui prendre son heaume. Mais il eut beau tirer, pousser, impossible de le dégager de l'armure. Il renonça, provisoirement. Il avisa l'épée ceinte à la taille du chevalier. Il en empoigna le fourreau et le secoua dans tous les sens. Sans succès. Cette épée qu'il convoitait demeurait indéfectiblement attachée à son propriétaire. De dépit, il jura :

— Par Dieu et tous les saints ! Ces armes ne veulent pas quitter le mort !

Il entendit alors un rire d'adolescent. Il leva la tête. Ivonet, juché sur le mur, lui lança :

— Voulez-vous que je vous aide ?

Perceval le considéra avec agacement.

— Comment le pourrais-tu ? Je crois que ce chevalier

est sorti tout armé du ventre de sa mère. Pour les lui prendre, il faudrait le découper en tranches !

Ivonet, après un autre éclat de rire, sauta souplement sur le chemin. Il rejoignit le jeune Gallois.

— Laissez-moi faire.

Haussant les épaules, Perceval s'écarta. Le varlet se pencha sur le mort et, en quelques gestes précis, lui retira son épée, son heaume et ses jambières. Il réclama l'aide de Perceval pour défaire l'armure et le haubert.

— Vous voyez ? C'était simple, conclut-il quand il eut déposé chacune des armes sur le talus.

Vexé, Perceval ne répondit pas. Mais, quand il vit que le varlet commençait à déshabiller le cadavre, il demanda :

— Que fais-tu ?

— Cette tunique de soie est magnifique et vous irait mieux que vos hardes.

— Quoi ? s'indigna Perceval. Tu voudrais que j'échange les habits chauds et solides que ma mère a cousus contre cet accoutrement de demoiselle ? Tu te moques de moi ?

— Loin de moi cette idée, répondit prudemment Ivonet, comprenant qu'il valait mieux ne pas discuter les opinions de ce fou de Gallois.

— Alors, aide-moi plutôt à revêtir tout cet attirail.

Ce qui fut fait en peu de temps. Ivonet était depuis ses douze ans au service de plusieurs chevaliers de la Cour et les avait vêtus et dévêtus de leurs armes des centaines de fois, en temps de tournoi ou de bataille.

Alourdi par la cuirasse et le haubert, la démarche entravée par les jambières de métal, Perceval fit quelques pas chancelants, maladroits, faillit perdre l'équilibre. Ivonet cacha derrière sa main son sourire moqueur. Puis il apprit au Gallois, d'abord que l'épée et son fourreau étaient deux choses distinctes, ensuite comment tirer cette épée de ce fourreau. Perceval exécuta quelques brusques moulinets ; Ivonet recula prestement, pour se mettre hors de portée.

Après quoi, Perceval rangea soigneusement l'épée, ramassa la coupe d'or qui avait roulé sur le chemin et la tendit au varlet.

— Va la rendre de ma part au roi Arthur. Et dis-lui qu'il n'a plus à s'inquiéter de Mordret. Je m'en occupe.

Il saisit la bride du destrier qui avait appartenu au Chevalier Vermeil.

— Je te fais cadeau de mon roncin. Tu verras, c'est une bête excellente.

Il mit un pied à l'étrier, s'immobilisa soudain, dévisageant Ivonet qui le considérait les yeux écarquillés et un large sourire aux lèvres.

— Qu'as-tu à me regarder de la sorte ? Je te fais rire ?

— Certes pas, Monsieur ! Certes pas... Vous... C'est que, voyez-vous, je n'avais jamais rencontré de ma vie quelqu'un comme vous...

Perceval hésita un instant, décida de prendre cela pour un compliment et se hissa en selle.

— Adieu ! lança-t-il. Préviens le roi que, lorsque je reviendrai, je lui apporterai la tête de ce Mordret !

— Comment le trouverez-vous, Monsieur ?

— Peu importe comment. Je remonte vers le nord. Et je le trouverai.

Ivonet demeura sur le chemin jusqu'à ce que la silhouette du cavalier ait disparu derrière des arbres. Il n'en revenait ni de ce qu'il avait vu ni de ce qu'il avait entendu. Il repartit en courant vers le château. Il allait en avoir à raconter, tout à l'heure !

*

Il y avait grand remue-ménage dans la salle du château. Entre-temps, les cinq chevaliers que Perceval avait entrevus étaient rentrés de leur mission, et chacun s'était précipité pour les accueillir. Fendant la foule d'un pas pressé, Gauvain fit l'accolade au sénéchal Ké, salua quelques dames et alla au-devant du roi.

— Quelles nouvelles, mon neveu? lui demanda Arthur.

— Aucune qui vous fera plaisir. Nous avons perdu la trace de Mordret.

Le roi baissa un front soucieux.

— As-tu rencontré quelques-uns de nos vassaux?

— La plupart avaient quitté leurs terres. Nul n'a su ni voulu nous dire où ils s'étaient rendus. Mais une chose est certaine : ils sont allés rejoindre Mordret. Et, à l'heure qu'il est, je les crois en train de comploter avec lui et de se partager d'avance le royaume.

— Les chiens! jura le sénéchal.

Arthur leva lentement la main.

— Nous ne savons pas ce qu'il ressortira de cette rencontre. Rien n'est sûr encore : certains d'entre eux me resteront fidèles.

Gauvain fit une moue.

— Espérons-le, Sire.

À ce moment, Ivonet rentra précipitamment dans la salle. Essoufflé, frémissant d'excitation, il déboula parmi les chevaliers. Yvain retint l'adolescent au passage.

— Eh bien, varlet! se moqua-t-il. On dirait que le diable est à tes trousses!

— Ce ne serait rien, Monsieur, à côté de ce que j'ai vu!

Ivonet se tourna vers le roi et, les yeux brillants, s'adressa à lui, en lui tendant la coupe d'or qu'il tenait à la main.

— Il a tenu parole, Sire ! J'aurais voulu que vous soyez là quand il a défié le Chevalier Vermeil !

— Mais de quoi me parles-tu ? répliqua le roi qui, tout au souci des nouvelles que lui apportait Gauvain, avait oublié le jeune rustre, son orgueil, sa sottise et son cheval.

— Du Gallois, Sire ! Du Gallois qui vous a demandé les armes du Chevalier Vermeil et qui est allé s'en emparer sur-le-champ !

— Comment cela ? s'étonna le roi. Tu prétends qu'il a poussé la bêtise jusqu'à demander ses armes à ce chevalier ? N'a-t-il donc pas compris que je plaisantais ?

— Sire, je ne crois pas qu'il sache ce que plaisanter veut dire. Le Chevalier Vermeil s'en est aperçu, qui l'a payé de sa vie ! Le Gallois, d'un seul coup de javelot sous la visière, l'a tué net.

Intrigué, sourcils froncés, Gauvain s'approcha d'Ivonet.

— Dis-moi : ce Gallois dont tu parles, il avait donc des javelots ?

— Oui.

— Et comment était-il vêtu ?

— Comme un vagabond de la forêt. Figurez-vous, Monsieur, qu'il a refusé de changer ses hardes contre la tunique de soie de sa victime !

— A-t-il dit son nom ?

— Perceval ! répondit la voix d'Enide, au fond de la salle.

Puis on l'entendit rire aux éclats.

— Perceval ! répéta en écho la voix nasillarde du bouffon, qui bondit face au sénéchal Ké et lui fit une révérence grotesque. Très grand seigneur, voilà la première et la moindre des prouesses que je vous avais prédites !

— Tais-toi donc !

Ké frappa un large coup... qui se perdit dans l'air, Daguenet l'ayant habilement esquivé.

— Très grand seigneur, permettez à un pauvre fou une petite prédiction qui vous est toute personnelle...

— Vas-tu te taire, à la fin !

Le bouffon, se déplaçant tel un singe, fila se mettre à l'abri derrière Gauvain.

— Très grand seigneur, vous n'auriez jamais dû gifler cette demoiselle qui disait vrai. Perceval vous le fera payer avant quarante jours. Il vous brisera le bras droit entre le coude et l'épaule. Et, très grand seigneur, vous en perdrez l'usage pendant la moitié d'une année.

— Je vais te...

— Et je serai remboursé, moi aussi, du coup que vous m'avez donné et du feu qui m'a brûlé le cul !

— Bougre de...

Ké se précipita en avant, se heurta à Gauvain qui le retint fermement par l'épaule tandis que Daguenet s'enfuyait en poussant des cris de poule effrayée.

— L'âge ne vous tiédira donc jamais le sang, dit Gauvain au sénéchal qui se dégageait avec mauvaise humeur.

— Ni ne lui éclaircira la cervelle, renchérit le roi. Ké, comprends-tu ce que tu as fait ?

Le vieux sénéchal haussa les épaules en bougonnant dans sa barbe.

— Je me moque bien des foutaises d'un bouffon...

— Ké, reprit patiemment le roi, il ne s'agit pas de mon fou. Il s'agit de ce jeune Perceval. Tu l'as si mal accueilli qu'il n'est pas revenu ici après avoir terrassé le Chevalier Vermeil. Il se proposait d'être mon chevalier, pourtant.

— Pardon, Sire, mais il n'en avait pas l'air...

Soudain, Arthur se dressa et cogna du poing sur la table. Il avait pâli de colère.

— Et s'il devient mon ennemi, de quoi, toi, auras-tu l'air?

Ké rougit violemment et baissa la tête, grommelant des mots incompréhensibles. Gauvain lui tapota l'épaule, comme pour le réconforter, et se tourna vers le roi.

— Donnez-moi congé, Sire. Je veux dès maintenant retourner dans mon fief.

— Neveu, tu ne vas pas m'abandonner dans ces circonstances?

— Sire, je ne vous abandonne pas. Nous ne pouvons pour l'instant qu'attendre et préparer nos forces. Je vais m'y employer de mon côté. Je sais désormais que rien n'est perdu pour nous. Grâce au sénéchal.

Ké et le roi eurent la même réaction de surprise. Gauvain sourit, tapota encore l'épaule du vieux sénéchal et ajouta :

— Les plus flagrantes maladresses de Ké sont en fait des signes de la Providence.

— Ah, bon? fit le sénéchal, abasourdi.

— Mais oui, Ké. Sans vous, nous ne serions pas ce que nous sommes.

Et, sur ces paroles énigmatiques, Gauvain salua le roi Arthur et quitta la salle. Il se sentait plus léger, plus sûr de lui, plus déterminé qu'il ne l'avait été depuis cinq ans. Depuis qu'il avait rencontré Lancelot et, presque aussitôt, perdu cet ami et ce chevalier incomparables.

Le temps restait clair, malgré l'automne. Le V frémissant d'un vol d'oies sauvages traversait le ciel, très loin audessus des jardins de Carduel. Gauvain alla aux écuries choisir le roncin le plus vigoureux et le plus endurant. Les écuyers le harnachèrent, tandis qu'il songeait à ce petit Gallois qui l'avait pris pour un archange et à cette silhouette, au bord de la mer, dans la neige, que lui aussi avait prise pour un ange, il y a si longtemps...

3

L'ambassade

Après avoir longtemps voyagé, la reine Guenièvre parvint au Lac. Un vieil homme maigre et renfrogné qui, s'étant incliné, se présenta sous le nom de Caradoc conduisit Guenièvre et son escorte sur les chemins menant au château de Viviane. Ce fut assez surprenant de le voir s'enfoncer tranquillement sous les eaux du Lac. Plus surprenant encore quand Guenièvre, après une hésitation, talonna son palefroi et l'obligea à pénétrer à son tour sous la surface brillante et grise, comme si elle allait s'y noyer. Mais on vit l'eau s'écarter, s'ouvrir à son passage, et quand, au moment où sa tête allait être avalée par l'illusion du lac, elle tourna le visage et dit : « Suivez-moi », les hommes de son escorte obéirent.

L'eau d'illusion les frôla comme une brume. À peine eurent-ils avancé de quelques pas, elle s'évanouit, laissant place à une lumière vive et douce à la fois, la lumière d'un printemps perpétuel. Les arbres fruitiers étaient en fleurs ; des pâquerettes jonchaient les prairies qui descendaient en pente abrupte vers le fond d'une vallée où coulait une rivière, autour de laquelle des maisons et un château de pierre grège étaient bâtis. Tout cela donnait un sentiment de paix et d'harmonie.

Guenièvre trottait en tête, au côté du chevalier Erec. Elle se contraignait à dissimuler son émotion : ce lieu idyllique et calme, songeait-elle, avait été celui où avait grandi Lancelot. Toute la maîtrise de soi qu'elle avait apprise comme princesse destinée à régner, puis comme reine de Logres, lui faisait soudain défaut : son cœur battait trop vite, ses joues naturellement pâles avaient rougi, elle respirait avec difficulté. Depuis combien d'années n'avait-elle plus vu Lancelot? Elle ne voulait pas les compter, y songer. Elle se sentait coupable. Coupable de lâcheté. Pire : coupable de trahison. Quelle aurait été sa vie si elle avait eu foi en Lancelot plutôt qu'en les mensonges d'un miroir magique où elle avait cru assister à sa nuit d'amour avec une autre jeune fille[1]? Une vie d'opprobre, certes, une vie à l'écart du monde. Mais aussi une vie d'amour. Qu'y avait-il de plus important? Le respect des chevaliers et du peuple de Logres – qu'elle avait conservé – ou l'amour fou du meilleur chevalier du monde – qu'elle avait méprisé? Depuis dix ans que Lancelot avait disparu, elle se posait la question.

Agacée par ses propres pensées, et leur inutilité, Guenièvre frappa le flanc de son cheval et demanda au vieux Caradoc qui marchait devant elle :

— Serons-nous bientôt arrivés?

— Vous êtes ici, Madame. Remerciez Viviane de ne pas vous avoir noyée quand vous entriez dans le Lac.

— Pourquoi l'aurait-elle fait?

Caradoc s'arrêta sur le chemin, à peu de distance d'un pont-levis abaissé sur la rivière. Il se retourna et regarda la reine droit dans les yeux.

1. Voir *Le Chevalier sans nom.*

— Dame Viviane a aimé Lancelot.

Blessée, et furieuse du regard de reproche que lui lançait le vieux précepteur, Guenièvre répliqua :

— Et moi, je ne crois pas l'avoir détesté.

Caradoc s'inclina avec ce qui parut à Guenièvre de l'ironie.

— C'est toute la différence entre Dame Viviane et vous, reine Guenièvre : ses sentiments sont entiers.

— Prétends-tu que les miens... ?

— ... sont les sentiments de l'épouse d'Arthur. Ils sont forcément mitigés.

— Je n'aime pas tes sarcasmes, précepteur. Que veux-tu dire ?

— Lorsque Lancelot ne s'appelait encore que Lenfant et que j'étais son maître, il me battait chaque soir aux échecs. Sa stratégie était simple et complexe à la fois : il fondait son jeu sur celui de sa reine. Une reine manœuvrière et sans audace mais qui vainquait toujours.

Guenièvre tira si fort sur la bride que son cheval, surpris, se cabra à demi.

— Qu'insinues-tu ? Que je serais cette reine ? Est-ce là le portrait que tu ferais de moi ?

— Madame, vous seule savez, je l'espère, si j'ai dit vrai ou ai parlé en l'air.

Après quoi, Caradoc, d'un pas plus martial qu'on n'aurait pu l'attendre d'un si vieux et si raide personnage, franchit le pont-levis.

*

— Que voulez-vous ?

Viviane se tenait à contre-jour de la fenêtre. Elle avait vieilli comme un fruit se dessèche : son visage, sans rien perdre de ses proportions, était marqué de longues et profondes rides entre les yeux, sur le front et au coin des lèvres.

— Je suis venue chercher Merlin, dit Guenièvre.

Viviane éleva d'un coup la main, doigts ouverts. Une légère brume, semblable à celle du lac d'illusion, estompa son visage. On n'en discerna plus que les quelques lignes de force, qui lui rendaient une apparence de jeunesse et de beauté.

— Merlin m'appartient, répondit-elle.

Guenièvre, qui n'avait besoin d'aucun artifice pour paraître jeune et belle – le temps, mystérieusement, semblait n'avoir pas de prise sur elle –, comprit confusément que c'était là son avantage sur la fée. Elle lui sourit et s'approcha jusqu'à dissiper l'illusion de brume dissimulant les traces du temps sur la figure de Viviane. Elle avait décidé de parler clair, de ne rien cacher de ses véritables sentiments. Elle avait longtemps menti au roi, son mari, certes – et à elle-même. Mais, tandis qu'elle accomplissait ce long voyage, elle avait décidé que seule la franchise la plus grande, et la plus dangereuse pour elle-même, viendrait à bout de la détermination de la Dame du Lac.

— Voilà une affirmation que je n'oserais pas, ni au sujet d'Arthur ni à celui de Lancelot. Ce sont les deux hommes que j'aime ; aucun ne m'appartient.

Surprise que Guenièvre ose avouer d'emblée son amour pour Lancelot, Viviane plissa les yeux et la dévisagea.

— Vous avez juré fidélité à Arthur, dit-elle. J'ignore s'il vous appartient : *vous* lui appartenez.

— Je n'appartiens qu'à moi-même, répliqua Guenièvre. Je me donne, ou me prête, à qui l'a mérité et me plaît.

— Cent fois, Lancelot vous a « méritée », comme vous dites. Vous ne vous êtes jamais ni donnée ni prêtée à lui.

— J'avais été trompée sur ses sentiments.

— Et après ? Vous avez trop d'orgueil pour avoir assez d'amour !

Viviane avait crié ces derniers mots. Consciente de s'être laissé emporter, elle ferma les yeux, reprit la maîtrise d'elle-même et soupira longuement. Cependant, Guenièvre s'était encore approchée, et lui toucha délicatement le bras.

— Je ne suis pas votre ennemie, Viviane. Je ne suis pas non plus votre rivale. Vous saviez, depuis toujours, que Lancelot devait m'aimer. Il m'a aimée. Et je l'aime, moi aussi. En l'avouant, je me mets à votre merci. En l'avouant, je vous donne tout pouvoir sur moi. Viviane, ajouta-t-elle en lui prenant doucement la main, vous avez raison : j'ai été stupide et orgueilleuse. Mais, croyez-moi, depuis des années et des années, je suis punie de ma bêtise et de mon orgueil. Depuis des années – des années, Viviane... –, il ne se passe pas une seconde où je ne pense à Lancelot, où je ne me reproche mon manque de confiance en lui qui nous a séparés avant même que...

Deux larmes se formèrent au coin des yeux de Guenièvre et roulèrent lentement sur ses joues.

— Tant d'années ont passé, Viviane... Délivrez Merlin. S'il vous plaît.

— Pourquoi ?

— Lui seul pourra retrouver Lancelot s'il est encore vivant.

Viviane dégagea doucement sa main de celle de la reine. Préoccupée, elle marcha dans la pièce, les yeux perdus dans le vague. Enfin, elle se retourna vers Guenièvre.

— Très bien. Rendons sa liberté à Merlin.

Guenièvre, émue, joyeuse, fit un pas vers la Dame du Lac. Qui l'arrêta d'un geste.

— Je veux d'abord que vous me fassiez une promesse.

Décontenancée, la reine joignit ses mains sur sa poitrine, les frotta un instant, et finit par dire :

— Quelle que soit cette promesse, Viviane, je la tiendrai.

La fée s'avança, ses yeux clairs rivés à ceux, tout aussi bleus, de Guenièvre. Quand elles furent face à face, presque visage contre visage, Viviane énonça d'une voix ferme :

— Si Merlin le retrouve et le ramène – et je ne doute pas qu'il y parviendra –, Lancelot devra faire son œuvre de chevalier. J'entends par là qu'il aidera le roi Arthur dans sa guerre contre Mordret et les vassaux félons.

— Bien sûr, Viviane. Il le fera. Vous ne pouvez pas en douter.

La Dame du Lac l'examina lentement : le front, les yeux, la bouche. Les yeux, à nouveau.

— Lancelot fera son devoir de chevalier de la Table Ronde. Il ne vous touchera pas. Et vous ne le toucherez pas. Promettez-le-moi.

— Viviane...

— Si jamais vous posiez la main sur lui, ou si jamais vous le laissiez poser la main sur vous, notre pacte ne tiendrait plus.

— Viviane... Pourquoi m'en voulez-vous ? Que vous ai-je fait ? Vous saviez avant moi que Lancelot m'aimerait. De quoi, alors, suis-je coupable ?

— Par votre faute, Guenièvre, Lancelot n'a pas été l'Élu.

— L'Élu... ? De quoi parlez-vous ?

— D'intérêts qui vous dépassent, reine éternellement jeune...

La Dame du Lac agrippa soudain Guenièvre par l'épaule, crochant ses ongles dans la peau blanche de la reine.

— Regardez mon visage. Regardez mes rides. Elles me sont venues depuis que Mordret s'est allié aux Saxons, depuis que Logres risque de passer sous leur joug. Comprenez-vous pourquoi? Non, vous ne comprenez rien : vous êtes amoureuse!... Laissez-moi vous expliquer : ce monde, dont Arthur est le garant et le défenseur, s'effondrera si Mordret est vainqueur...

Les ongles de Viviane s'enfoncèrent si fort dans l'épaule de Guenièvre qu'elle saigna. Mais la reine, fascinée par le visage fripé et violent de la fée, ne bougea pas, sentit à peine la douleur. Viviane se pencha tout à coup à l'oreille de Guenièvre et lui murmura :

— Nous sommes pareilles, vous et moi : nous ne voulons pas vieillir et nous aimons Lancelot. Et pourtant nous sommes très différentes : à cause de vous, de votre amour pour lui, notre monde risque de basculer, de mourir. Or, grâce à moi, grâce à mon amour pour lui, Lancelot peut sauver ce monde – et nous sauver toutes deux, ma belle. Je vieillis à la vitesse où meurt ce monde. Mais vous, vous n'aurez pas même le temps de vieillir : vous disparaîtrez, tout simplement. Vous disparaîtrez dès que ce monde et Arthur mourront...

Viviane relâcha soudain l'épaule nue de Guenièvre et recula de quelques pas, vivement. Il y avait tant de rides sur son visage qu'elle aurait pu avoir mille ans. La reine, le cœur battant trop vite, ferma les yeux.

Elle entendit un bruit de frôlement. Elle rouvrit les paupières. Viviane avait recouvré son allure coutumière, celle d'une dame qui avait été belle et restait altière.

— Allons voir Merlin, dit la fée.

Alors le mur, au fond de la pièce, s'ouvrit sur l'amorce d'un escalier.

*

Ce jour-là, dans sa prison d'air aux tréfonds des souterrains du château, Merlin ne se divertit pas à changer d'apparence au gré de ses humeurs. Quand il vit la reine Guenièvre accompagner Viviane, il sut que l'affaire était sérieuse et que l'heure, enfin, était venue. L'heure de retourner dans le monde réel et d'y agir sur les événements et les hommes.

Ainsi n'apparut-il à Guenièvre ni en sage vieillard à barbe blanche ni en jeune homme séduisant et moqueur, mais tel qu'il était, quand il consentait à son aspect le plus apparemment humain : un homme d'une quarantaine d'années, très brun, grand et fort, au visage sévère. Il y avait près de cinquante ans qu'il feignait d'en avoir quarante, c'était sa façon la plus simple de paraître lui-même.

— Auriez-vous été vous aussi enfermée dans une prison d'air, Guenièvre ? demanda-t-il quand les deux femmes se furent approchées de l'extrême limite après laquelle elles ne pouvaient plus faire un pas : un mur invisible isolait Merlin dans un semblant de clairière où coulait un ruisseau près d'une cabane.

— Pourquoi ? demanda la reine. Ai-je l'air d'une prisonnière ?

— Vous avez l'air exactement de la jeune fille que j'ai présentée à Arthur, il y a… si longtemps. Aussi jeune. Aussi belle.

— Vous me flattez.

Merlin franchit le ruisseau d'un bond tranquille et s'approcha.

— Je vous dis ce que voient mes yeux. Cette jeunesse perpétuelle.

Il posa ses mains à plat sur le mur d'air et d'illusion magique qui le séparait des deux femmes. Il tourna le regard vers Viviane.

— Quant à vous, vous vieillissez, ma chère. Pour vous, le temps passe.

Les lèvres de la fée se serrèrent de rage et d'humiliation. Puis elle se reprit et parvint à sourire, lentement.

— Parmi les enchantements que je t'ai volés, il n'y figurait pas celui de l'éternelle jeunesse. Existe-t-il? demanda-t-elle. M'as-tu caché beaucoup de choses, beaucoup de tes secrets?

— Tu m'as pris ce que tu voulais me prendre. Tu avais déjà la jeunesse et la beauté : pourquoi me les aurais-tu demandées?

— Prétends-tu que je vieillis parce que tu le veux?

Les mains de Merlin s'agitèrent doucement en l'air.

— Tu vieillis, Viviane, *tu deviens laide*, parce que tu es soumise au temps. Croyais-tu lui échapper? Tu ne le peux pas. Pas sans moi.

— Et si je te délivrais?

Merlin haussa les épaules.

— Cela n'y changerait rien. Je ne peux rien pour ta vanité de femme. Mes pouvoirs sont immenses, mais moins que ta vanité. Sais-tu pourquoi tu vieillis si vite, Viviane? Parce que tu m'as enfermé ici. Et que je suis le garant de l'existence de notre monde. Le monde de Pendragron, d'Uther et d'Arthur.

Merlin, tout à coup, s'écarta du mur d'air, fit quelques pas au hasard dans le pré bordant le ruisseau.

— Tu es une fée, Viviane, parce que ce monde-là

existe. Mais s'il venait à disparaître? Si plus personne ne croyait aux fées?...

Il se retourna et tendit le doigt vers Viviane.

— Or notre monde disparaît, mon ancienne toute belle. Arthur et ses chevaliers disparaîtront sous les assauts des Angles, des Saxons et des vassaux félons.

Le doigt toujours tendu, il s'avançait pas à pas vers Viviane.

— Toi et moi, la fée et le magicien, nous ne serons bientôt plus que les personnages de contes qu'on murmure aux enfants pour les endormir et peupler leurs rêves. Juste des noms : Merlin, Viviane... Juste un très vague souvenir...

La Dame du Lac frappa des deux mains ouvertes le mur d'air, puis les laissa là, plaquées contre cette barrière invisible qu'elle avait elle-même suscitée.

— Merlin ! cria-t-elle. Si je te délivre, maintenant, et que tu me fais le serment de retrouver Lancelot et de le remettre dans le monde pour qu'il aide Arthur à vaincre Mordret, est-ce que... est-ce que je redeviendrai jeune – et belle?

Merlin vint poser ses mains contre celles de Viviane. Ne les séparait que l'épaisseur d'un mur d'air, d'une illusion, d'un enchantement.

— Je ne ferai pas ce serment. Qui sait ce qu'est devenu Lancelot? Moi, je l'ignore. Je ne peux que te promettre de tout faire pour le délivrer.

Il s'écarta, recula sans quitter la fée du regard.

— Maintenant, à toi de prendre le risque et la décision de me libérer.

Cela se passa très simplement. Viviane joignit ses mains devant son visage. Elle ferma les yeux. Elle demeura ainsi pendant un temps qui parut à Guenièvre interminable.

Merlin se tenait droit, immobile, au centre de la clairière. Puis, peu à peu, son image devint floue, comme si le mur d'air se faisait liquide – une eau parcourue de frémissements, d'ondes de plus en plus puissantes, jusqu'à ressembler à de hautes vagues translucides, se percutant et se chevauchant sans écume. Le sol se mit à trembler.

Alors une voix grave, rauque, qui n'était pas la sienne, s'échappa de la gorge de Viviane. Elle prononçait, déclamait des mots dans une langue incompréhensible, qui semblait venue du plus lointain du temps, du plus profond d'un univers menaçant et inconnu. Le sol trembla puissamment, tandis que les ondes, à présent luisantes comme un acier liquide, se métamorphosaient en des dizaines, des centaines, des milliers de visages éphémères, grimaçants, hideux, dépourvus de regard. La voix jaillie des lèvres de la fée prit une ampleur terrifiante, comme naissant de ces milliers de bouches. Effrayée, Guenièvre baissa la tête, se plaqua les mains sur les oreilles, ferma les paupières. Elle entendit sourdement la clameur d'une dernière note à la fois très aiguë et très grave. Puis plus rien. Le silence.

La reine rouvrit les yeux.

Viviane gisait au sol, évanouie. La clairière avait disparu : il ne restait plus qu'un souterrain taillé à même le roc, qu'éclairaient quelques torches grésillantes. De cette quasi-ténèbre surgit l'ombre d'un homme. Guenièvre eut un mouvement de recul. L'homme, en quelques pas, fut tout près d'elle et la saisit par le poignet. Elle faillit crier, puis reconnut Merlin.

— Jeune reine, lui dit-il, à présent je m'en vais.

Il jeta un coup d'œil vers Viviane, étendue sur le flanc, non loin d'eux.

— A-t-elle exigé de vous un serment?

— Oui...

Les yeux noirs de Merlin étincelaient comme des braises, scrutant ceux de Guenièvre.

— Je devine lequel. Viviane a eu raison. Mais je devine aussi que ce serment, vous aurez bien de la peine à le tenir.

Le reine abaissa les paupières.

— Je ne le pourrai pas, murmura-t-elle.

— Alors écoutez-moi, écoutez-moi bien : pour avoir refusé l'amour de Lancelot quand il en était temps, vous devrez y renoncer toujours.

— C'est impossible...

Il lui serra plus fort le poignet. Il lui fit mal.

— La survie du royaume de Logres, notre survie à tous, dépend désormais aussi de vous. Lancelot, j'en suis certain, viendra vous voir. Même moi, je ne pourrai l'en empêcher. Vous seule aurez le pouvoir de le tenir à l'écart de vous-même.

— Non, ne me le demandez pas... Je ne le *pourrai* pas, Merlin...

— Il le faudra!

Il lui lâcha le bras, et tout à coup apparut dans sa main une épée dont le fer luisait dans la pénombre.

— Prenez-la.

Elle hésita.

— Prenez cette épée, jeune reine. Obéissez-moi.

Elle tendit lentement une main qui tremblait. Il l'obligea à refermer les doigts sur la garde.

— Si Lancelot vous approche, vous approche tant, de si près que vous croirez n'avoir plus d'autre choix que de le laisser vous prendre dans ses bras, plantez cette épée entre vous et lui. Ayez ce courage.

Du pouce, il lui effleura le front.

— Je ne vous réclame aucune promesse. Je sais que vous agirez comme vous le devez.

Soudain, il s'écarta d'elle et s'approcha de Viviane évanouie. Il la contempla pensivement.

— Je t'ai aimée, Viviane, murmura-t-il. Ai-je eu raison ? Ai-je eu tort ? Qui le sait ? Adieu.

Il partit à grands pas vers l'escalier. Au bas des marches, il se retourna une dernière fois vers Guenièvre qui tenait l'épée croisée sur sa poitrine. Il n'ajouta pas un mot. L'ombre noire de sa cape claqua brusquement comme une voile dans la tempête. Il s'engouffra dans l'escalier.

4

L'apprentissage

Un matin, Perceval parvint à une rivière. Elle était trop large et trop profonde pour qu'il se risque à y engager son cheval. Il décida d'en suivre le courant vers l'aval, en quête d'un gué.

Depuis son départ de la Cour quelques jours plus tôt, il avait traversé une immense forêt et n'avait rencontré personne sur sa route. Cette solitude lui avait permis de réfléchir aux événements qui s'étaient succédé depuis qu'il avait quitté la Forêt Perdue. Le souvenir qu'il préférait, c'était celui de son bref combat contre le Chevalier Vermeil. De temps à autre, il touchait avec satisfaction le heaume rouge suspendu à l'arçon de sa selle, la garde de son épée, la longue lance qu'il portait. Il était comme un enfant qui a obtenu les jouets qu'il convoitait. Puis il songeait à la mission qu'il s'était donnée : retrouver ce fameux Mordret et le vaincre. Tout cela lui paraissait très facile. Il ne doutait pas que son chemin le conduirait naturellement jusqu'au chevalier à la cuirasse d'or qu'il avait vue luire au soleil, très loin sur la crête des montagnes, le jour de sa rencontre avec les chevaliers.

Cependant, la rivière qu'il longeait ne semblait pas

vouloir se faire moins large ni moins profonde. Ses eaux, d'un vert pâle, étaient trouées par endroits de gouffres noirs. Pas un gué, pas un pont. Pas le moindre passage ni le moindre bac. Au contraire, le lit du fleuve s'élargit bientôt, et Perceval leva la tête, huma l'air autour de lui. Oui, cette odeur, il la reconnaissait : c'était celle de la mer. Il pressa sa monture. D'un galop tranquille, il remonta la berge où affleuraient désormais des rochers noirs, acérés. Des mouettes passèrent au-dessus de lui en poussant leur cri strident. Il arrêta son cheval.

Là-bas, devant lui, l'embouchure de la rivière s'évasait sur la mer, et il ne put s'empêcher d'admirer la beauté de ce spectacle : l'eau douce et bleu-vert se heurtait à la marée montante, s'y mélangeait, se laissait submerger par l'eau grise aux reflets bleu sombre, et Perceval assista à cet étrange phénomène : le courant du fleuve s'inversait alors et semblait remonter son cours, comme si l'eau, au lieu de se jeter dans la mer, cherchait à retourner vers sa source. Il était si surpris et si perplexe qu'il n'entendit ni ne sentit venir le cavalier qui s'approchait dans son dos.

— Étonnant, n'est-ce pas? J'ai souvent rêvé que nos vies, lorsqu'elles auraient touché à leur fin comme ce fleuve mourant dans la mer, remontent elles aussi leur cours, fût-ce de quelques jours, quelques heures...

Perceval sursauta, se retourna. L'homme qui avait parlé portait d'élégants vêtements d'hermine et s'accoudait nonchalamment à l'encolure de son cheval. Il ne le reconnut pas aussitôt.

— Ce que tu admires là se nomme le mascaret, reprit l'homme. Voilà une chose que tu n'avais certainement jamais vue ni soupçonnée dans ta Forêt Perdue.

— Qui êtes-vous, Monsieur? Et comment savez-vous que je viens de la Forêt Perdue?

L'homme claqua la langue ; sa monture trottina paisiblement jusqu'à celle de Perceval.

— Alors, Gallois, depuis que tu portes ces armes rouges, tu ne croises donc plus d'archanges ?

Interloqué, le jeune homme plissa les yeux. Il dévisagea son interlocuteur qui le considérait en souriant.

— Vous ! s'exclama tout à coup Perceval. Vous êtes... Gauvain, c'est bien votre nom ?

— Allons, la mémoire te revient. Que fais-tu dans ces parages ?

Perceval redressa fièrement les épaules et déclara :

— Je cherche Mordret, que je vais tuer !

À sa surprise, et à son indignation, Gauvain éclata de rire, comme s'il venait d'entendre une excellente plaisanterie.

— Vous m'offensez, Monsieur !

Mais Gauvain rit de plus belle.

— Pour la dernière fois, Monsieur, cessez !

L'hilarité de Gauvain s'apaisa peu à peu. Du revers de l'index, il essuya les larmes de rire qui perlaient à ses paupières, puis croisa les bras et, la tête songeusement inclinée vers l'épaule, il examina le jeune homme pâle de rage.

— Tu as un don, Perceval. Tu es le garçon le plus sincèrement comique que j'aie rencontré de toute ma vie.

Le jeune homme serra les dents et blêmit encore.

— Si vous étiez armé, Monsieur, je vous ferais rentrer vos stupides moqueries dans la gorge !

— Ho ! Ho ! fit Gauvain en écarquillant les yeux, avant d'éclater de rire à nouveau.

Fou de colère, Perceval porta la main à la garde de son épée.

— Je vais vous... !

Il n'en dit pas davantage. La main de Gauvain s'était tout à coup abattue sur la sienne et l'immobilisait. Leurs visages se retrouvèrent penchés face à face, proches à se toucher.

— Tu mérites une leçon, murmura Gauvain qui souriait toujours.

Et Perceval sentit qu'on l'agrippait par l'épaule. Il n'eut pas le temps de résister : déséquilibré, il vida les étriers et se retrouva projeté au sol, sous les sabots du cheval de Gauvain.

Celui-ci écarta lentement sa monture. Perceval, humilié, le visage et les paumes maculés de boue, se redressa précipitamment, s'empêtra les chevilles dans sa propre épée, chuta lourdement sur les fesses.

— Quand je te disais que tu es comique !

Perceval se releva à nouveau, prenant garde cette fois à ne pas s'entraver dans ses propres armes.

— J'ai tué le Chevalier Vermeil pour bien moins que vos insultes !

Il saisit son épée et, avec maladresse, la tira de son fourreau.

— Battez-vous, Monsieur !

— Aaaahhh ! s'exclama Gauvain en s'appuyant avec encore plus de désinvolture sur le col de son cheval. Dès que tu n'as plus tes javelots, tu ressembles moins à un vulgaire assassin. Bien sûr, c'est loin d'être suffisant pour que tu ressembles à la moitié du quart d'un chevalier...

La lame de Perceval siffla dans l'air. Le jeune homme avançait lentement vers le cavalier.

— Qui vous permet de me traiter d'assassin ?

— Qui, dis-moi, petit Gallois, *qui* t'a permis d'assassiner un chevalier ?

— Je l'ai affronté ! Af-fron-té !

Gauvain fit un geste moqueur.

— D'un coup de javelot sous la visière ? Facile, non, pour un chasseur d'étourneaux comme toi ?

Le chevalier, passant tranquillement la jambe par-dessus l'encolure de son cheval, sauta à terre. Il réajusta les pans de son manteau d'hermine sur ses épaules, en épousseta négligemment le revers.

— Un chevalier, dit-il, se sert d'une lance, d'un écu et d'une épée. D'abord. Un chevalier affronte – *af-fron-te* – son adversaire face à face, à armes égales.

Tout en parlant, Gauvain avait tranquillement retiré son manteau. Après l'avoir replié avec soin, il le déposa sur la selle de son cheval.

— À présent, Gallois, montre-moi ce que tu sais faire de cette épée.

— Contre vous, Monsieur ? Vous n'en avez pas.

— Retiens ce qu'on te dit, Gallois : un chevalier ne se bat qu'à armes égales. Tu as une épée, je n'en ai pas. Je suis chevalier, tu ne l'es pas. Nous sommes donc à égalité.

Perceval hésita, se gratta la tête.

— Écoutez, Monsieur... Je ne peux pas...

— Pourquoi ?

— Ce ne serait pas juste.

— Et moi je te dis que ce sera égal. Attaque-moi.

Le jeune homme ne savait ce qui le mettait le plus mal à l'aise : ce défi qu'il jugeait absurde, ou l'allure et les vêtements de Gauvain, cette cotte, cette chemise et ces chausses finement cousues dans des étoffes fines – « Ce chevalier s'habille comme une demoiselle », pensait-il.

— Attaque-moi, répéta Gauvain. Allez, Gallois, un peu d'initiative !

— Monsieur...

— Ah ! Tu m'agaces ! s'écria le chevalier.

Il se pencha, ramassa un caillou, se releva et le lança sur Perceval. Le jeune homme, abasourdi de ce comportement, eut tout de même le réflexe d'éviter le projectile qui le visait en pleine face.

— Monsieur, enfin...

— Qu'est-ce qui t'arrive ? Attaque-moi, par Dieu et tous ses saints ! Ou est-ce que, sans tes javelots, tu es un couard, un lâche, un moins que rien ?

Gauvain fit mine de ramasser un autre caillou. Les pommettes de Perceval rougirent sous l'insulte. Il poussa une sorte de rugissement hargneux, leva son épée et se précipita sur le chevalier désarmé.

Celui-ci ne bougea pas d'un cil devant l'assaut. Au dernier instant, alors que le jeune Gallois était sur lui et assenait un violent coup d'épée, il glissa, souplement, d'un pas sur le côté. La lame lui frôla l'épaule et s'enfonça à moitié dans la terre meuble de la rive. D'un simple coup de genou dans la hanche, Gauvain déséquilibra Perceval ; du plat de la main, ensuite, il le frappa à l'épaule : le jeune homme tomba sur le dos, lâchant son épée fichée dans la glaise. L'instant d'après, cette épée – *son* épée – était dans la main de Gauvain et la pointe de sa lame lui chatouillait le menton.

— Si j'avais eu ma propre épée, petit Gallois, tu aurais très mal au ventre en ce moment. Trop de fer dans les tripes, ça ne se digère pas...

La pointe de l'épée à la garde vermeille effleura la pomme d'Adam du jeune homme. Gauvain posa le pied sur la poitrine de Perceval.

— Tu sais, lui dit Gauvain, je devrais te trancher le cou pour – c'est le cas de le dire – couper court à ta sottise.

— Faites-le ! grogna Perceval en relevant le menton pour appliquer lui-même sa gorge contre la pointe d'acier.

Une larme de sang coula le long de son cou.

Gauvain retira brusquement l'épée et la planta au ras de l'épaule du jeune homme.

— Assez plaisanté, dit-il. Relève-toi.

Étendu dans la boue, les bras en croix, Perceval s'écria :

— Vous m'avez humilié ! Tuez-moi !

Gauvain se pencha vers lui et murmura :

— Je vais t'expliquer quelque chose de très important : il y a un moment où il faut cesser d'être complètement idiot...

Il se redressa d'un coup et ajouta :

— Ce moment est venu, crois-moi.

*

Gauvain possédait un château sur l'autre rive de l'embouchure du fleuve. C'était un château d'une grande simplicité – juste quatre tours, un donjon central et un carré de murailles – qu'à la Cour aucune dame ou demoiselle n'aurait imaginé comme le sien. On prêtait à Gauvain beaucoup de défauts – véniels –, parce qu'à la Cour il avait choisi de jouer le rôle du plus charmant, du plus frivole des chevaliers, de celui dont la compagnie est le plus agréable aux femmes. Les femmes l'aimaient, il le leur rendait bien. Bien sûr, il faisait partie des meilleurs chevaliers au tournoi et à la bataille ; la plupart des varlets espéraient le servir. Mais seul Arthur sans doute, son oncle et son roi, savait comme Gauvain préférait les femmes aux batailles, les amours aux tournois, faire rire une femme plutôt que décapiter son mari. Gauvain avait toujours vécu sa vie comme si Dieu lui-même lui avait posé la main sur l'épaule. Bref, il était né et vivait comme un homme fait pour le bonheur.

Ce soir-là, il installa Perceval à sa table et le nourrit à profusion. Il le regarda planter les dents dans la volaille et la viande, s'emplir les joues de fruits. Il ne lui posa que peu de questions. Il savait tout ce qu'il avait à savoir sur ce jeune forestier : un gamin audacieux, arrogant, d'excellente naissance et d'éducation imparfaite. Le repas terminé, il le fit conduire par ses varlets à une chambre confortable, où Perceval dormit comme dorment les jeunes gens qui n'ont aucun souci.

*

— Debout !

Perceval sursauta. Il était nu. Il vit que dans la chambre il faisait à peine jour et que Gauvain, armé de pied en cap, se tenait à son chevet.

— Debout, Gallois ! Tu as bien des choses à connaître que tu n'apprendras pas en rêve. Allez ! Debout !

Peu de temps après, encore engoncé de sommeil, Perceval se retrouva dans la cour du château. Deux écuyers lui amenèrent un destrier. Un troisième se mit à le vêtir de ses armes. Cependant, Gauvain apparut dans la cour, son écu pendu au cou, le heaume sous son bras.

— Tu n'es pas encore prêt ?

— Prêt à quoi, Monsieur ? demanda Perceval tandis que l'écuyer lui passait le haubert rouge.

— À devenir un chevalier.

Cela dit, Gauvain, aidé d'un sergent, monta en selle. Il flatta l'encolure de son destrier gris, regardant Perceval que ses écuyers soulevaient sur sa propre monture. Le jeune homme, son heaume à la main dont il ne savait d'évidence que faire, se laissa chahuter par un cheval qui se révélait impatient et rétif. Quand il se sentit déséquilibré, il prit vite son parti : il jeta le heaume dont il n'avait aucune envie de se coiffer, serra les genoux et les cuisses sur les flancs de sa monture et raccourcit sa prise sur la bride. Le destrier se fit obéissant.

— Et maintenant, Monsieur? demanda Perceval.

Le doigt tendu, Gauvain lui désigna, au centre de la cour, une sorte d'épouvantail fiché sur un piquet de bois et pourvu à gauche d'un écu, à droite d'un semblant de lance.

— Regarde-moi ! s'écria Gauvain.

Il éperonna son destrier. Le chevalier et sa monture partirent en un galop soudain. Gauvain brandit face à lui la lance qu'il tenait contre son flanc droit.

Le choc fut net et précis : la pointe de l'arme frappa l'écu en plein centre ; l'épouvantail fit plusieurs tours sur son piquet.

— À toi !

Perceval assura la lance dans son poing et contre sa hanche. Puis il talonna violemment sa monture. Le cheval, sursautant de douleur, fonça tête baissée.

— Tu dois abattre ton adversaire ! cria Gauvain.

Mais Perceval n'avait pas besoin qu'on lui explique ce qui lui paraissait très simple. Son cheval emballé le jetait à toute allure face à l'épouvantail. Et, pour le jeune homme, c'était plus qu'un épouvantail : déjà un ennemi. Au dernier instant, il releva légèrement la pointe de sa lance. Il ne frappa pas le large bouclier conçu pour l'exercice. Il enfonça son arme dans la tête de chiffon de l'épouvantail, et le décapita.

D'abord, Gauvain ne fit aucun commentaire. À cette allure de galop, et sans aucune pratique du tournoi, il y avait une chance sur cent que l'on touche l'adversaire très précisément à cet endroit. Il y fallait soit un miracle, soit une adresse quasi maléfique. Gauvain ordonna à ses écuyers de refaire une tête à l'épouvantail. Après quoi, il descendit de son cheval et s'approcha du leurre de bois et de chiffons.

— Tu l'as frappé en pleine face. C'est bien. Tu es adroit, ou chanceux. Un véritable adversaire sera mobile. Essaie encore.

Perceval tira sur la bride de son destrier et le remit face à l'épouvantail que, désormais, Gauvain tenait contre lui.

— À toi !

Aussitôt, Perceval lança son cheval au galop. Il releva la pointe de sa lance.

Portant l'épouvantail, Gauvain courut. Face au jeune Gallois. À l'ultime seconde, il sauta sur le côté. Il roula dans la poussière de la cour, se releva prestement, jeta un vif coup d'œil à l'épouvantail : il n'avait plus de tête. Alors Gauvain regarda le jeune cavalier et il dut bien constater que cette tête de bois et de chiffons ornait à présent la pointe de sa lance.

Jamais il n'avait vu personne faire preuve d'une pareille adresse.

*

Ils passèrent la journée à cet entraînement. Gauvain enseigna au jeune Gallois comment se servir de l'écu, puis ils firent plusieurs assauts d'escrime. Le chevalier n'en revenait pas de l'aisance avec laquelle Perceval apprenait les gestes justes et les reproduisait. Au crépuscule, il maniait l'écu, la lance et l'épée comme s'il eût suivi des mois d'apprentissage parmi les meilleurs varlets du royaume.

— Rentrons. Nous allons dîner.

Les écuyers se précipitèrent et les aidèrent à dévêtir leur haubert, avant de ramener les destriers aux écuries. Gauvain et Perceval entrèrent dans la salle, où le repas les attendait.

— Je t'offre de demeurer avec moi quelque temps, dit le chevalier lorsqu'ils se furent attablés. Tu es très doué, mais tu pourrais te perfectionner encore.

Perceval planta joyeusement ses dents dans une tranche de viande.

— Je vous remercie, Monsieur, répliqua-t-il, la bouche pleine, du jus et du sang lui coulant sur le menton. Mais je repars demain matin.

— Pourquoi es-tu si pressé ?

— Je vous l'ai dit : j'ai promis de retrouver Mordret et de le tuer.

Gauvain hocha la tête en silence. Il examina le jeune homme qui mangeait avec grand appétit et très peu de manières.

— Alors, dit-il enfin, il faut que je t'enseigne une dernière chose.

Gauvain secoua la tête avec enthousiasme.

— Allez-y, allez-y ! Je vous écoute.

— Voilà : mon jeune ami, tu parles trop.

— Moi ? fit Perceval, sincèrement surpris.

— Tu vas partout en annonçant que tu cherches Mordret pour le tuer. Mais sais-tu seulement à qui tu t'adresses ? Imagine que j'aie été un allié de ce Mordret. Que crois-tu que j'aurais fait ?

— Nous nous serions battus, Monsieur, je suppose...

— Rien n'est moins sûr. J'aurais pu t'accueillir en souriant, t'offrir mon hospitalité, puis, profitant de ton sommeil, te faire assassiner dans ton lit.

— Impossible, Monsieur ! Vous ne feriez jamais ça !

— Moi, non. Un autre, à qui tu parleras trop, et qui te jugera stupide et arrogant, n'hésitera certes pas, si cela peut lui attirer les bonnes grâces de Mordret, qui, vois-tu, est l'un des plus puissants seigneurs de ce temps et compte, malheureusement, beaucoup de partisans.

Perceval avait écouté attentivement. Il haussa à nouveau les épaules.

— Monsieur, je vous remercie de votre sollicitude. Mais, je vous assure, il ne faut pas vous inquiéter pour moi. Il n'est pas né celui qui me tuera, même par traîtrise !

— Tu as raison de montrer autant d'assurance, Perceval : tu es courageux et habile au combat. Pourtant, je te demande d'écouter mon conseil : conduis-toi en chevalier lorsque tu seras reçu par un hôte, qu'il soit prince ou simple vavasseur*. Et se conduire en chevalier, en l'occurrence, c'est d'abord savoir tenir sa langue en toutes circonstances. Ne rien révéler de ses intentions, surtout quand, comme toi, on prétend pourchasser l'un des hommes les plus dangereux du monde. Et, quoi qu'il arrive, quoi que tu voies, quelque étrange ou surprenant spectacle se passe sous tes yeux, sache rester impassible ; ne pose aucune question. L'indiscrétion est une faute.

Les yeux rivés sur Gauvain, le jeune homme avait écouté chaque mot.

— Monsieur, j'ai trop de respect pour vous pour ne pas vous obéir. Je ferai donc comme vous me le demandez.

— Tu sauras te taire ?

— Je saurai me taire.

— À la bonne heure ! s'exclama gaiement Gauvain.

— Cependant, Monsieur...

— Oui ?

— ... vous m'affirmez que je dois me conduire en

chevalier et j'accepte de me conformer à vos vœux. Mais... quand serai-je *vraiment* chevalier?

— Lève-toi.

Ce disant, Gauvain se mit lui-même debout et fit un signe à l'un des écuyers qui se tenaient près de la cheminée. Celui-ci s'inclina légèrement, se dirigea vivement vers un petit coffre déposé sur une table de pierre et l'ouvrit. Gauvain prit Perceval par le poignet et le conduisit au centre de la salle. Puis il se tourna vers l'écuyer qui lui apportait ce que le jeune Gallois reconnut pour un éperon. Un magnifique éperon d'argent.

Cet éperon en main, Gauvain s'adressa au jeune homme :

— Perceval, j'ai le pouvoir devant Dieu de te faire chevalier. Tu seras juste et brave. Tu ne porteras jamais l'épée contre les faibles. Tu aideras de ton bras ou de tes conseils ceux et celles qui seront dans le besoin ou dans l'adversité. En fais-tu le serment?

— Devant Dieu, oui! dit fièrement Perceval.

Alors Gauvain se pencha, mit un genou à terre et fixa lui-même l'éperon d'argent à la cheville droite du jeune homme. Il se redressa, lui donna l'accolade et ajouta :

— Te voilà chevalier.

— Vous ne me giflez pas, Monsieur? demanda Perceval, étonné.

— Ah, oui, sourit Gauvain. La colée... Il n'y a que le roi qui l'administre. C'est son privilège.

Un second écuyer s'approcha d'eux. Gauvain lui prit l'épée qu'il lui tendait et la plaça sur les mains ouvertes de Perceval.

— Je te donne mon épée. Qu'aucune bassesse de ta part n'en souille jamais la lame.

Gauvain recula d'un pas, tandis que le jeune chevalier nouveau glissait lentement l'épée à sa ceinture.

— Une dernière recommandation : si tu combats un chevalier, que tu le vaincs, et qu'il n'est qu'étourdi ou blessé, ne l'achève pas. Ne tue jamais de sang-froid.

— Je vous le promets.

*

Le lendemain à l'aube, Perceval s'apprêtait dans sa chambre lorsque Gauvain y entra, accompagné de deux écuyers.

— As-tu bien dormi ?

— Parfaitement, Monsieur.

L'un des écuyers alla jusqu'au siège où le Gallois avait déposé ses vêtements en vrac et, avec une légère grimace de dégoût, les roula en boule, comme un paquet.

— Hé ! s'indigna Perceval. Laisse ces habits, c'est ma mère qui les a cousus !

Il était prêt à bondir sur l'écuyer ; Gauvain le retint fermement par le bras.

— Je t'ai adoubé, Perceval. Je ne peux laisser un de mes chevaliers courir le monde attifé comme un paysan.

— Enfin, Monsieur... !

— Tiens-tu à me faire honte ?

— Non, mais... Mais je me sentais bien dans ces habits-là ! Et puis ils me viennent de ma mère...

Gauvain eut un sourire mi-moqueur mi-attendri. Il fit signe qu'on emporte les hardes. Le second écuyer déposa à leur place une chemise de lin fin, des chausses rouges et une tunique de soie violette.

— Je te laisse, à présent. Habille-toi et rejoins-moi dans la cour.

Il quitta la chambre, tandis que Perceval, à demi nu, les mains sur les hanches, examinait avec une moue dépitée ses nouveaux atours.

Les premiers rayons du soleil doraient les murs du château quand Perceval enfourcha son destrier. Il serra la main que lui tendait Gauvain, debout près de lui dans la cour.

— Écoute ton instinct et suis mes conseils. Dieu te protège, chevalier.

Leurs mains se séparèrent. Gauvain claqua la croupe du cheval, qui bondit en avant. Perceval sortit du château et s'éloigna vers la mer sans se retourner.

5

L'évasion

L'épervier passait très haut dans le ciel. Il avait survolé des forêts, des vallons, des falaises, la mer ; encore des falaises, des vallons, des forêts. Enfin, il cessa de battre des ailes et, se laissant porter par un léger vent d'altitude, il plana en cercles de plus en plus étroits. Il s'approchait du sol. Son œil rond, intense et noir observait le bois de sapins, au-dessous de lui, et la clairière, ceinte de très hauts murs. Bientôt, il fut assez près pour que les taches de couleur – rouges, bleues, jaunes – qui dessinaient d'élégantes arabesques dans cette clairière se transforment en autant de parterres de fleurs. Une allée de gravier bleu pâle y serpentait.

L'épervier se posa au sommet du mur d'enceinte et continua d'observer. Sous la frondaison des arbres centenaires qui ombraient l'autre extrémité du jardin, deux silhouettes apparurent. Elles marchaient paisiblement côte à côte. L'une était d'une femme à la longue chevelure blonde qui, parfois, se penchait et cueillait une fleur. L'autre était d'un homme à la large carrure, au visage mangé d'une barbe grisonnante comme ses longs cheveux embroussaillés. Le visage incliné vers la femme, il ne cessait de lui parler. L'épervier tourna brusquement la tête ; ses yeux clignèrent. Il écouta.

— Attendez, Madame, disait l'homme, je vais vous aider à cueillir cette fleur.

Il se courba sur le parterre de pervenches ; ses doigts frôlèrent ceux, presque translucides, de la femme, et ils parurent couper ensemble la tige frêle.

— Prenez-la, Madame. Son bleu ressortira parmi ces jonquilles comme l'or de vos cheveux rehausse l'éclat de vos yeux.

Sa voix était étrangement enrouée, sans intonation. Il semblait prononcer des mots usés par une très longue habitude, des mots qu'il n'entendait plus lui-même. L'épervier ouvrit le bec, poussa un cri bref, pareil à l'éclat d'un rire triste et provocant. Battant deux fois des ailes, il se posa sur le gravier bleu de l'allée.

Et, alors que le couple mal assorti de la très jeune femme blonde et pâle et de l'homme vieillissant s'avançait dans sa direction, l'oiseau s'ébroua tout à coup : son plumage gonfla, ses ailes s'étendirent, tout son corps se déplia, se déploya, se métamorphosant en une ample cape d'où jaillirent des bras tendus vers le ciel, puis une tête aux cheveux noirs – la tête émaciée, volontaire, au regard brûlant, au nez courbe et acéré comme un bec de Merlin le magicien.

Le couple ne parut pas avoir vu le prodige. Le regard très clair de la jeune femme était pourtant posé sur Merlin, mais sans aucune autre expression qu'une paix un peu sotte. Quant à l'homme, il ne lâchait pas du regard le visage de celle qu'il accompagnait. Tout le reste semblait lui être étranger.

— Lancelot, je suis venu te chercher, dit Merlin.

L'homme ne réagit pas. Il glissa en souriant quelques

mots chuchotés à l'oreille de la jeune femme. Merlin dut s'écarter d'un pas de côté. La jeune femme continua d'avancer, ignorant la présence du magicien. Il tendit la main pour la prendre par l'épaule : ses doigts ne rencontrèrent qu'une sorte de brume qui se brouilla un instant à son contact, se reforma dès qu'il eut retiré sa main.

Merlin, qui avait reconnu Guenièvre, avait bien sûr deviné qu'elle n'était qu'un double, un leurre de la reine de chair et de sang. Mais il ne s'attendait pas à ce qu'elle ne fût qu'une image, tant l'illusion était parfaite. En connaisseur, il apprécia les talents de Morgane, car il ne faisait aucun doute pour lui que la demi-sœur du roi Arthur, la nécromancienne, avait créé ce jardin, cette fausse Guenièvre et emprisonné le chevalier. Elle seule en était capable. En quelques pas, il rejoignit Lancelot et lui toucha l'épaule.

— Chevalier, regardez-moi.

Oui, l'épaule de Lancelot était bien une épaule humaine : elle en avait la réalité et la chaleur. Mais le chevalier était si profondément, et depuis si longtemps, plongé dans l'illusion du Val sans Retour qu'il semblait s'être fait lui-même illusion – comme un dormeur ne pouvant plus échapper à quelque rêve perpétuel. Il n'entendait pas la voix de Merlin ; il ne sentait pas le contact de sa main. Cette voix et ce contact, trop réels, n'appartenaient plus au monde dans lequel son esprit s'était réfugié.

Merlin éprouva un très court instant de découragement. Cela suffit pour qu'une brèche s'ouvre dans la puissance protectrice de sa propre présence, et que Morgane, soudain, apparaisse.

Grande, haute, brune, d'une beauté d'oiseau de proie, elle se dressa brusquement dans l'allée, quelques pas derrière le couple et Merlin.

— Quelle bonne surprise ! fit-elle d'une voix grinçante. Je n'espérais plus te revoir un jour, fils du diable. Qu'est-il donc arrivé à Viviane pour que tu sois là, comme un grand empoté, parmi mes fleurs ?

— Je crois que j'ai été trop longtemps absent. Je viens remettre un peu d'ordre dans ce monde.

Morgane éclata d'un rire mauvais.

— Quelle prétention ! « Remettre un peu d'ordre dans ce monde »... Il est trop tard, Merlin. Le monde a tourné sans toi, et bientôt ce sera à mon complet avantage !

— À prétentieux, prétentieuse et demie, murmura-t-il.

Il s'accroupit. Il étendit sa paume ouverte au-dessus du parterre de pervenches. Aussitôt elles se recroquevillèrent, fanèrent, brunirent – et il n'y eut plus que des dizaines de lombrics grouillant sur le sol.

— Au fond, dit paisiblement Merlin, tes fleurs te ressemblent.

Il se redressa.

— Merlin ! grinça Morgane. Ne me mets pas en rage, n'essaie pas de contrarier mes projets, sinon...

— Sinon ? demanda doucement le magicien, tout en se massant songeusement les doigts.

— Sinon, entre toi et moi, c'est la guerre !

— Ah bon... Ce n'est que ça, soupira Merlin. Tu sais, après tant d'années passées dans ma prison d'air, je me demandais si mes pouvoirs m'avaient abandonné... On dirait que non, après tout. Regarde.

Le bras tendu, les doigts ouverts, il fit un large geste circulaire englobant tout le jardin. Les fleurs, comme sous le coup d'un gel instantané, se racornirent, tombèrent, s'effritèrent et devinrent autant de vers qui se contorsionnaient hideusement.

— Tu le regretteras, Merlin !

— Mais oui, mais oui... Vois-tu, Morgane, je t'ai connue enfant. J'ai du mal à te prendre au sérieux aujourd'hui.

— Tu ne sais pas ce que sont devenus mes pouvoirs !

— Je sais en tout cas que tu n'es pas assez sûre de ces fameux pouvoirs pour être venue m'affronter en personne.

— Merlin, pour la dernière fois...

— Tais-toi, tu m'agaces. Tu n'es toi-même que l'illusion de toi.

Il braqua sa main aux doigts ouverts sur la nécromancienne. Elle grimaçait de colère et d'impuissance. Peu à peu, les traits de son visage se brouillèrent, s'effacèrent ; elle ne fut plus qu'une haute ombre noire. Alors Merlin abaissa brutalement la main vers le sol : l'ombre noire s'effondra comme un verre se brise, et ses morceaux, parmi le gravier bleu, devinrent un amas furieux de vipères.

Merlin n'eut pas besoin d'user davantage de sa magie. Dès que l'image de Morgane eut été vaincue, transformée en un nid de serpents, son pouvoir sur le Val sans Retour s'évanouit. Les murs infranchissables qui le ceignaient se métamorphosèrent en des millions d'insectes qui s'envolèrent ensemble, dans un vrombissement extraordinaire. Il y eut, au-dessus de la clairière, comme un nuage de ténèbres qui occulta le soleil. Il fit noir. Ensuite, la nuée d'insectes se dispersa aux quatre vents. Quelques instants plus tard, le battement frénétique de leurs millions d'ailes s'estompait, laissant place au seul bruit clair et feutré du ruisseau courant dans le vallon.

— Non ! Guenièvre !

Merlin fit volte-face. Là-bas, à quelques pas de lui, Lancelot tombait à genoux et tendait les bras – les tendait vers la fausse Guenièvre dont l'image, telle une eau en suspension, devenait transparente et *s'écoulait*. Le chevalier tentait de retenir entre ses doigts quelque chose, une parcelle, quelques gouttes de cette image qu'il avait accompagnée, suivie, aimée si longtemps. En vain. La fausse Guenièvre disparut, et Merlin vit sa substance illusoire se répandre dans l'allée, absorbée par le gravier.

— GUENIÈVRE !

Merlin, pour la première fois, éprouva une inquiétude : et si le chevalier n'était plus capable de s'évader de l'illusion créée par Morgane et son propre amour pour Guenièvre ? S'il n'était venu que pour sauver un fou... ? Il se précipita vers Lancelot, l'agrippa par les épaules, le secoua.

— Réveillez-vous, chevalier. Par tous les dieux de l'Ancien Monde, réveillez-vous !

— Là..., murmura Lancelot. Là... Elle est là...

Il pointait le doigt derrière Merlin. Celui-ci tourna la tête. Et ce qu'il vit l'étonna – lui, le fils du diable, que rien ne pouvait étonner. Du gravier de l'allée, à l'endroit où s'était liquéfiée l'image de la fausse Guenièvre, une plante surgissait, et grimpait, et grandissait, étendait ses branches – et, sur ces branches, des fleurs naissaient, s'ouvraient, s'épanouissaient.

C'étaient des roses. Des roses bleues.

— Vous êtes venu me chercher... ?

Merlin se retourna vers Lancelot. Le chevalier, se passant la main sur le visage, toucha sa barbe grise, y laissa courir ses doigts.

— J'ai vieilli... Combien d'années ont passé ?

— Peu importe. Il est temps que vous reveniez dans le monde.

Merlin l'aida à se remettre debout. Chancelant, Lancelot dévisagea le magicien.

— Qui êtes-vous ?... Ne me répondez pas. Si vous m'avez tiré de ce cauchemar, c'est que vous êtes une sorte d'ami.

Lancelot jeta un regard autour de lui. Il n'y avait plus de fleurs. Les lombrics eux-mêmes étaient rentrés dans la terre. Les vipères s'étaient dispersées. Il n'y avait plus de murs. Un cheval, harnaché de blanc, paissait un peu plus haut dans le vallon.

— Je suis libre ?

— Oui, dit Merlin. Mais prenez garde à cette liberté.

— Où est Guenièvre ?

— Avec le roi. Avec Arthur. C'est sa place.

— Elle sait ce qui m'est arrivé ?

— Non. Mais elle m'a envoyé.

Lancelot, les yeux perdus dans le vague, hocha lentement la tête.

— Merci... Vous savez ? Je ne me rends pas compte... Suis-je vivant ou mort ? Est-ce un nouveau rêve, une autre illusion ?

— Tout est illusion, chevalier. Quelles que soient nos vies.

— Peut-être..., murmura Lancelot.

Il s'approcha du rosier planté dans l'allée. Il en cueillit une rose bleue dont il orna sa chemise. Il désigna le cheval qui broutait non loin d'eux.

— C'est le vôtre ?

— Il est à vous. Faites-en bon usage.

Lancelot hocha encore la tête, s'éloigna de quelques pas, s'arrêta.

— Guenièvre... M'aime-t-elle encore ?

Merlin ne répondit pas. Il désigna le cheval.

— Partez, chevalier.

— Elle m'attend ?

Le magicien baissa tristement la tête.

— Je le crains.

Lancelot n'en demanda pas davantage. Il tourna le dos à Merlin et se dirigea vers le roncin. Des phrases mille et mille fois répétées lui tournaient encore dans la tête, celles qu'il avait dites, dites, dites... combien de fois à la fausse Guenièvre ? Il cherchait celles, neuves, jamais prononcées, qu'il trouverait quand il serait enfin face à la véritable reine.

Quant à Merlin, avant de redevenir épervier, il s'interrogeait : était-il décidément trop tard pour sauver Arthur, son royaume, et tout un monde ? Lui aussi, le magicien, le « fils du diable », avait-il vieilli, comme Lancelot ?

Toute sa magie ne pouvait rien contre le temps.

6

Blancheflor

Peu après son départ du château de Gauvain, Perceval avait résolument tourné le dos à la mer. Cet immense espace mouvant, inconnu, le mettait mal à l'aise. Il s'enfonça dans la solitude des forêts.

Il s'y sentit aussitôt mieux. Davantage lui-même. Les troncs des arbres anciens, les fougères, le trottinement du gibier qui s'enfuit, tout cela le ramenait à ce qu'il était, au plus profond de lui : un garçon de la forêt. Les événements avaient été si rapides et si brutaux depuis qu'il avait quitté sa mère qu'il n'avait pas eu le loisir de réfléchir à ce qui lui arrivait. Là, durant les longues journées où il chevaucha tranquillement parmi les chênes, il put faire un retour sur lui-même. Et qu'en ressortait-il? Il avait pris un baiser et une bague à une demoiselle, il avait rencontré le roi Arthur, il avait tué un Chevalier Vermeil dont il portait désormais les armes, il avait passé près de deux jours auprès d'un chevalier de la Table Ronde, Gauvain, qui lui avait montré non seulement ce qu'un chevalier devait savoir faire en maniant l'écu, la lance et l'épée, mais l'avait adoubé et lui avait prodigué des conseils. Il en retenait surtout ceci : toujours « tenir sa langue », ne plus parler à tort et à travers, respecter ses hôtes quoi qu'il arrive...

Après quelques jours passés seul dans la forêt, une sorte de mélancolie lui vint. Celle de son enfance – toute proche, et qui lui semblait déjà si loin –, celle de la Forêt Perdue où il avait grandi et s'était fait lui-même. Il songea alors à sa mère, qui lui avait permis cette enfance libre, et regretta la dureté des propos qu'il lui avait tenus avant de la quitter. Il la revit comme elle lui était apparue, à son dernier coup d'œil en arrière, avant qu'il franchisse les arbres : une silhouette désespérée, au seuil de leur manoir, et s'effondrant au sol quand il avait tourné bride. « Peut-être est-elle morte ? pensa-t-il tout à coup. Peut-être ma brutalité et mes paroles l'ont-elles tuée ? » Peut-être avait-il été un mauvais fils ?

À cette idée, son cœur se serra. À présent qu'il était un chevalier, il ne pourrait honnêtement en suivre les devoirs s'il était coupable de la mort de sa propre mère. Il fallait qu'il sache. Qu'il la revoie. Que cette faute, ce péché, cette forfaiture d'un fils à l'égard de sa mère soient lavés pour toujours par cet acte si simple : retourner à la Forêt Perdue et prendre sa mère – vivante – dans ses bras.

Il éperonna son destrier. Il devait quitter cette forêt. Rentrer chez lui. Le cheval se mit au galop sur l'étroit sentier entre les arbres. Vers l'ouest.

Quelques heures plus tard, alors que le crépuscule s'annonçait, Perceval et sa monture sortirent de la forêt. Bientôt, le son des sabots martelant le sol s'étouffa, s'estompa. Perceval – qui, jusqu'alors, ne voyait rien autour de lui, tant son esprit était fixé sur l'image de sa mère – s'aperçut que le destrier foulait une longue plage de sable, à marée basse. Face à lui, une citadelle se dressait, dominant un gros bourg bâti sur les pentes d'une presqu'île de rochers.

Le jeune homme immobilisa sa monture. Et, alors que le vent de mer le frappait d'embruns invisibles, il examina les parages.

Le soleil couchant, là-bas sur l'horizon courbe, ombrait de violine et de rouge les remparts de la citadelle élevés à pic de la mer. Le village semblait marqué de traces sanglantes ou noires. Et, plus loin, à quelques centaines de pas de l'enceinte, là où s'étendait l'ombre longue du donjon, des tours et des remparts, un camp s'était établi, en un large arc de cercle. Au sommet des tentes jaune d'or, des étendards, couleur de nuit et de sang, claquaient dans la brise.

Perceval talonnait doucement sa monture pour la remettre en marche, quand les derniers rayons du soleil frappèrent le camp. Il se redressa tout à coup, mit la main à la garde de son épée. Dans cette ultime lumière avant le basculement dans la nuit, quelque chose avait lui, brillé, étincelé : une armure. Une armure d'or.

— Mordret ! grogna Perceval.

Il jeta son destrier au galop. Il gardait les yeux rivés sur l'infime silhouette dorée qui lançait des éclats d'or dans le crépuscule. C'était lui. Mordret. Il avait promis de l'affronter. De le tuer.

Quand le cheval commença d'escalader la pente de rochers et de sable qui menait au camp, le soleil finit de basculer dans la mer. Il ne fut plus qu'un halo rouge, ardoise et doré par-dessus la limite maritime du monde. La silhouette de Mordret disparut.

— Allez ! Allez !

Perceval poussa son destrier, des éperons et de la voix, jusqu'au sommet de la pente. Jusqu'aux abords du camp.

Là, il put apercevoir le léger scintillement de l'armure de Mordret qui s'éloignait au galop vers l'est. Perceval voulut partir à sa poursuite. Mais il comprit aussitôt qu'il lui faudrait traverser le camp tout entier, et qu'avant de rejoindre Mordret il devrait se battre contre ses hommes. Ils étaient des centaines. Il n'avait aucune chance.

Il flatta tendrement l'encolure de son cheval, que ce galop et cette escalade avaient essoufflé. Que lui restait-il à faire ? En un instant, il comprit que c'était tout simple : ce camp de tentes en toile dorée était celui de Mordret ; c'était un camp d'assiégeants ; Mordret était l'homme qu'il devait affronter et tuer ; un village et une citadelle assiégés par les troupes de Mordret étaient donc forcément ses amis, ses alliés naturels.

Profitant de la nuit qui s'étendait autour de lui, il contourna le camp et se présenta à la grand-porte de l'enceinte.

*

— Que voulez-vous, chevalier ?

Perceval leva la tête. À droite de la grand-porte, le volet de bois protégeant une ouverture dans la muraille avait été repoussé et un jeune homme était apparu, une torche à la main. À la lueur tremblante de la flamme, il semblait pâle et maigre.

— Je vous prie de me laisser entrer et de m'accorder l'hospitalité pour la nuit.

— Chevalier, ce sera avec plaisir que nous vous accueillerons. Mais vous ne nous en saurez aucun gré, croyez-moi.

Avant que Perceval ait eu le temps de l'interroger sur le pourquoi de cette étrange affirmation, le jeune homme referma le volet. Peu après, un battant de la lourde porte s'entrebâilla. Quatre sergents, l'un après l'autre, sortirent sur le pont et entourèrent Perceval et sa monture. Ils avaient l'épée au côté et chacun une grande hache de guerre suspendue à l'épaule.

Ils l'examinèrent un moment en silence. C'étaient des hommes de haute taille, bien découplés, mais étonnamment amaigris. Dévorant à demi leurs joues creuses, de larges cernes bistre soulignaient leurs yeux où luisait la fièvre.

— Entrez, Monsieur. Entrez à Beau Repaire.

Ils repoussèrent assez la porte pour que le Gallois pût passer avec sa monture. Ils la refermèrent aussitôt derrière lui et la barricadèrent. Ils l'escortèrent dans les rues pentues du bourg.

Pas un feu, pas la moindre flamme de chandelle ne brillait derrière les fenêtres des maisons. La plupart étaient ouvertes, portes battantes dans les bourrasques du vent de mer. Les murs étaient éventrés, les toits effondrés. Parfois, il ne restait debout que quelques ruines noircies par un ancien incendie.

— Que s'est-il passé ? demanda Perceval.

— Au début du printemps, les troupes de Mordret nous ont attaqués par surprise. Nous sommes parvenus à les repousser, mais le village, vous le voyez, Monsieur, a été dévasté. Ceux de ses habitants qui n'ont pas été tués ont fui Beau Repaire.

— Et maintenant ?

— Depuis six mois, nous soutenons le siège. Ce que nos ennemis n'ont pas accompli par les armes, ils espèrent le réussir par la privation, la faim et les épidémies.

Le sergent s'exprimait d'une voix fatiguée, mais d'un

ton résolu. Perceval sentit que cet homme était prêt à mourir plutôt que de se soumettre aux assiégeants.

Ils parvinrent au château surplombant, à l'est, le village, à l'ouest, la mer. Ils entrèrent dans la cour où un varlet s'avança à leur rencontre. Il couvrit les épaules de Perceval d'un léger manteau de soie grise, tandis que les sergents conduisaient son destrier aux écuries. Une douzaine de marches taillées dans le roc menaient à la grande salle du château.

Il y avait là rassemblés, dans la lumière des torches et des bougies de suif, une vingtaine de chevaliers. Ils interrompirent leurs conversations et regardèrent le jeune inconnu aux armes rouges et à la tunique violette s'avancer dans la salle. Tous étaient maigres, livides, leurs gestes ralentis par la fatigue des privations. Ils en ressentirent avec d'autant plus de force la présence pleine de jeunesse, de santé et d'assurance de ce chevalier aux joues d'adolescent.

Tous ces regards fiévreux posés sur lui, et ce soudain silence, troublèrent un peu Perceval. Il chercha une phrase, un mot à prononcer – puis tout à coup se rappela la recommandation de Gauvain : « Lorsqu'on t'offre l'hospitalité, sache tenir ta langue en toutes circonstances. » Alors il referma les lèvres et se tut, se contentant de parcourir l'assistance du regard, sans avoir conscience que cette attitude pouvait passer pour de l'arrogance ou du défi.

Heureusement, la tension qui régnait dans la salle s'apaisa d'elle-même quand une voix jeune et fraîche dit :

— Bienvenue à vous.

Et qu'une jeune femme se mit à descendre les marches pour rejoindre les chevaliers et Perceval.

Elle portait une tunique noire étoilée d'argent, bordée

d'hermine. Ses cheveux blonds lui couvraient les épaules jusqu'aux reins, comme une cape lumineuse et légère. Plus pâle que l'ivoire, son visage était si fin qu'on n'y distinguait que l'éclat rieur et franc de ses yeux bleus fendus en oblique vers les tempes, et la tache rouge, comme du sang, de sa bouche petite. Jamais on n'avait vu une demoiselle d'une telle beauté et d'une telle grâce.

Mais Perceval n'avait, lui, jamais vu grand-chose du monde, et ce qu'il croyait savoir des jeunes filles il le tenait de Galehot et de la rencontre qui s'en était suivie avec l'amie du Chevalier Vermeil. Il ne fut donc nullement impressionné par cette apparition. Pour reconnaître la véritable beauté, il faut l'avoir déjà rencontrée. Dans sa Forêt Perdue, Perceval n'avait jamais entendu ce mot, *beauté*, et si le sentiment, malgré tout, l'en avait frappé quelquefois – un cerf immobile, aux aguets ; le plumage bariolé d'un faisan ; ou simplement le jeu de la lumière dans les nuages ou dans les frondaisons –, il ne s'était jamais dit : « *C'est beau.* » Il prenait les sensations comme elles venaient, puis les oubliait.

Aussi, quand la demoiselle, parvenue au bas des marches, s'avança à sa rencontre, souriante et amicale, il n'éprouva aucun élan vers elle. À l'attitude déférente des chevaliers, à l'élégance de son vêtement, il comprit qu'elle était la maîtresse des lieux. Cela faisait d'elle son hôtesse et il en conclut qu'il n'en devait que suivre davantage le conseil de Gauvain : « tenir sa langue ».

Elle s'arrêta devant lui. Elle parut un peu étonnée de son silence et de sa mine impassible, mais, en bonne hôtesse, ne lui en fit pas le reproche. Elle lui prit gracieusement la main.

— Chevalier, vous ne serez certes pas reçu ici comme vous le méritez. Mais je suppose que, pour parvenir jusqu'à nous, vous avez côtoyé le camp de nos assiégeants et traversé les ruines du bourg. Je n'ai donc rien à vous apprendre de notre situation. Acceptez notre hospitalité pour ce qu'elle est, et je vous souhaite qu'un jour prochain vous en trouviez une meilleure que la nôtre.

Personne, jamais, ne s'était adressé à lui avec tant de douceur et de naturel. Il fut charmé du ton de cette jeune femme et de la douceur de ses doigts qu'elle avait glissés entre les siens.

Après un nouveau sourire, elle l'entraîna dans une pièce à l'écart de la salle. Le plafond en était peint tel un ciel de nuit : il reconnut les étoiles, les constellations qu'il avait souvent admirées dans son enfance. Elle le conduisit jusqu'à un lit. Ils s'assirent côte à côte. Des chevaliers les rejoignirent, s'installant sur des sièges ou à même le sol autour d'eux.

Perceval, le dos raide, les mains à plat sur les genoux, se taisait obstinément. Ce silence lui coûtait, lui qui était très bavard de nature. Il se sentait donc très fier de se conformer avec tant de fermeté aux conseils de Gauvain. Dans les yeux de la jeune femme, il crut deviner de l'incompréhension et il entendit les chevaliers qui commençaient à se parler à voix basse.

— Qui est-il?

— Pourquoi ne dit-il pas un mot?

— Est-il muet?

— Ou sot?

— Il a trop belle allure. Je ne le crois pas idiot, c'est impossible.

— Mais, cependant, d'où sort-il? Ce haubert vermeil, il me semble l'avoir déjà vu.

— Regardez sa cheville droite : il porte un éperon d'argent. Tout neuf. Il vient d'être adoubé. Par un riche vassal.

— Qui, selon toi ?

— Peu importe. Je vous assure, quant à moi, que c'est un idiot.

— Pourquoi ?

— Il a la chance d'être assis auprès de notre Demoiselle, et il ne lui dit pas un mot, c'est à peine s'il l'a regardée.

— Comportement de sot, tu as raison. En tout cas, pas de chevalier.

— Et s'il avait volé son éperon d'argent ?

Indigné, Perceval brûlait de répliquer à tous ces racontars. « Tenir sa langue ! » Certes, mais pas au prix de cette humiliation ! Il avait serré les poings et s'apprêtait à se dresser face à ces hommes qui se moquaient de lui, lorsque la jeune fille posa doucement ses doigts sur son poignet.

— Chevalier, dit-elle, si je ne suis pas indiscrète, puis-je savoir d'où vous venez et ce qui vous a amené chez moi ?

Elle avait compris qu'il ne lui dirait pas un mot si elle ne lui adressait pas la parole la première. Quant à lui, il lui fut reconnaissant de lui offrir l'occasion, enfin, de s'exprimer.

— Ces derniers jours, j'ai traversé la forêt au sud de votre château.

Il tourna le regard vers les chevaliers qui s'étaient tus et l'écoutaient attentivement.

— Auparavant, poursuivit-il avec orgueil, j'ai eu l'honneur d'être adoubé par le chevalier Gauvain et de séjourner dans sa demeure. Il m'a donné quelques conseils et un enseignement dont j'espère me montrer digne.

Une rumeur de surprise admirative parcourut la pièce.

— Mon doux ami, déclara la jeune femme, j'aime comme vous avez dit cela. Vous avez parlé avec beaucoup de délicatesse et de courtoisie. Je connais Gauvain. Qui ne le connaît pas ? C'est un homme d'honneur et le neveu du roi Arthur. Il n'a pu que vous donner le meilleur des enseignements.

La jeune fille se mit debout.

— Permettez-moi de me présenter : mon nom est Blancheflor.

Il se dressa à son tour et inclina la tête.

— Perceval, dit-il simplement.

Elle eut un imperceptible mouvement de surprise. Elle avait heureusement appris à rester assez maîtresse d'elle-même, quelles que soient les circonstances, pour qu'un jeune rustre comme le Gallois ne s'aperçoive rien.

— Eh bien, Perceval, puisque tel est votre nom, reprit-elle en le ramenant dans la salle, notre hospitalité va vous paraître bien médiocre, après celle que vous avez dû connaître chez le puissant et riche Gauvain. Nous n'avons ce soir pour toutes provisions que six miches de pain et, par la grâce de Dieu, un chevreuil qu'un de mes hommes a tué ce matin d'une flèche. Je veux y voir le présage que vous passeriez chez nous.

Sur un signe, elle fit dresser les tables. Les varlets lui obéirent avec empressement. Et c'est avec le même empressement que tout le monde s'assit pour dîner. Ces hommes, que la faim tenaillait depuis des mois, dévorèrent le chevreuil et le pain de très grand appétit. Blancheflor elle-même mangeait avec un visible plaisir, si bien que le repas se termina très vite et sans qu'un mot fût prononcé.

Après quoi, la demoiselle et plusieurs de ses chevaliers accompagnèrent Perceval à sa chambre. Les autres, ainsi que la plupart des sergents, se préparèrent à une nuit de veille et de vigile : depuis le premier assaut des troupes assiégeantes, on craignait une nouvelle traîtrise de leur part, une attaque nocturne en contradiction avec toutes les lois de la chevalerie.

Perceval vit avec satisfaction que le lit qu'on lui offrait était des plus confortables. Il n'en demandait pas davantage. Après lui avoir souhaité le bonsoir, les chevaliers se retirèrent. Blancheflor hésita, puis, baissant les paupières, posa ses doigts fragiles sur le poignet du jeune homme.

— Si j'osais, chevalier...

Tout autre que lui aurait été troublé de ce contact, ému par cette voix soudain timide. Mais Perceval ne s'aperçut de rien. Ce lit, cet oreiller, ces couvertures épaisses, c'était tout ce qui l'intéressait pour l'instant. Il avait beaucoup chevauché, et dormi plusieurs nuits dans la forêt. Il bâilla, s'étira.

Les pommettes de la jeune fille rougirent. Elle recula d'un pas.

— Pardon, chevalier. Vous avez sommeil...

— En effet, reconnut-il en tâtant le matelas.

— Je vous laisse donc.

Et elle quitta vivement la chambre.

Ce n'est que lorsqu'elle eut refermé la porte que Perceval songea comme il avait aimé la subite rougeur de ses pommettes, qui rehaussait son teint, blanc comme la fourrure d'un renard des neiges, et s'accordait au vermeil brillant de ses lèvres. Pensée fugitive, éphémère, qui s'enfuit de son esprit dès qu'il se fut étendu sur le lit. Il s'endormit aussitôt, sans souci et sans rêve.

*

Mais, si Perceval dormait comme un jeune animal dans une tanière bien chaude, Blancheflor, quant à elle, ne put fermer l'œil. Elle se tournait et retournait sur sa couche, sans parvenir à chasser l'angoisse qui la tenaillait depuis quelques jours. Depuis que son vieux sénéchal, qui s'occupait depuis toujours de l'intendance du château, lui avait appris qu'il ne restait pratiquement plus rien des réserves de grain et de viande séchée. Le moment arrivait, s'ils ne voulaient pas mourir de faim, où il faudrait faire un choix terrible : ou bien ouvrir les portes de la citadelle et se soumettre aux hommes de Mordret ; ou bien tenter une sortie, un affrontement à un contre dix, et mourir au combat. Dans les deux cas, Mordret aurait gagné. Et quant à elle... elle n'osait pas même imaginer le sort qui lui serait réservé...

Or, ce jeune chevalier, formé par Gauvain, s'était présenté ce soir chez elle. Elle ne pouvait croire que ce fût un hasard. Dieu l'avait voulu. Certes, elle trouvait les manières de ce Perceval assez inattendues – pour ne pas dire grossières. Et elle connaissait sur lui deux secrets qu'elle aurait dû lui confier dès qu'il s'était présenté. Mais, après tout, que lui importait ? Elle ne lui demandait pas de savoir tenir une conversation, et il serait toujours temps, plus tard, de lui avouer ce qu'il devait savoir... Plus elle y réfléchissait, dans l'anxiété de l'insomnie, plus elle se disait qu'une seule chose comptait : qu'il sache combattre comme un élève de Gauvain devait savoir le faire. Elle disposait au château d'une vingtaine de chevaliers d'excellente éducation – des causeurs remarquables, et délicats, et drôles. Aucun, cependant, qui soit capable, avec une épée et un cheval, d'accomplir l'exploit qui seul – elle en était certaine, à présent, et se redressa sur son lit – les sauverait, elle-même et sa citadelle.

Elle revêtit sur sa chemise un court manteau de soie écarlate et, pieds nus, sans plus se soucier des convenances, sortit de sa chambre et courut silencieusement dans la coursive jusqu'à la porte de Perceval.

Il dormait comme un enfant. Elle alluma une courte chandelle et examina son visage. Un adolescent. À peine si un très fin duvet dorait son menton et ses joues. Pourtant, elle l'avait vu porter des armes de chevalier, monter un destrier de grand prix, il lui avait dit avoir été formé par Gauvain, et elle était sûre qu'il ne mentait pas. Il fallait qu'elle ose. Il fallait le convaincre, le circonvenir. « Le séduire, s'il n'y a pas d'autre moyen », se dit-elle enfin.

Elle s'agenouilla au chevet. Et là, sa décision prise, elle donna libre cours à son angoisse. Elle s'abandonna à elle-même. Elle pleura. Son visage fut bientôt noyé de larmes. Des sanglots lui soulevèrent la poitrine, elle hoqueta, soupira. Tant et si bien que Perceval finit par ouvrir les yeux.

Surpris, il vit le visage défait de Blancheflor penché sur lui. Par réflexe, il lui posa la main sur l'épaule.

— Que vous arrive-t-il? Pourquoi pleurez-vous?

Elle inclina tristement la tête sur le côté et frotta sa joue à la main de Perceval.

— Je pleure parce nous allons tous mourir, chevalier...

— Quoi?

— Je pleure sur mes chevaliers, mes varlets, mes serviteurs, mon château et moi-même. Demain, ou le jour d'après, nous serons à la merci des hommes de Mordret...

— Comment cela?

Elle sentit qu'il était attentif – et troublé : sa main ne la quittait pas et, comme par distraction, lui caressait doucement l'épaule. Elle se glissa dans le lit auprès du jeune homme et s'étendit contre son flanc.

— Vous avez mangé avec nous ce soir nos derniers pains, lui souffla-t-elle à l'oreille en se blottissant davantage contre lui, qui ne se défendit pas. Depuis six mois,

Aguingueron, qui dirige le siège pour Mordret, nous affame sans pitié. J'avais trois cent dix chevaliers ; il ne m'en reste que vingt. Les autres, quand ils ne sont pas morts au combat ou de maladie, m'ont trahie. Même si nous le voulions, nous ne pourrions affronter demain Aguingueron et ses hommes sans y périr jusqu'au dernier...

— J'ignore qui est cet Aguingueron. Mais s'il est chevalier, il ne vous tuera pas, ma belle.

— Ce sera bien pire : je serai sa captive. Il me livrera à Mordret. Je préférerais mourir de mes propres mains !

Il la serra contre lui, fermement.

— Vous ne ferez pas cela ! Je vous l'interdis.

— De quel droit, chevalier ? Puisque je n'aurai pas d'autre choix...

Il la serra davantage, et il éprouva une sensation qu'il n'avait jamais connue : une chaleur et une exaltation de tout le corps qui, à la fois, le rendaient incompréhensiblement heureux et lui brouillaient l'esprit. Il tâcha de se reprendre.

— Écoutez, Blancheflor, il y a certainement une autre solution...

— Oui, murmura-t-elle, il y en aurait une...

Elle approcha ses lèvres de la bouche de Perceval, l'en effleura. Il n'osa plus bouger. Il avait oublié toutes les recommandations de Galehot sur la conduite à tenir avec les demoiselles. Il respirait le parfum de Blancheflor, il s'imprégnait de sa chaleur, il ne pensait plus à rien.

— ... Il suffirait... il suffirait d'un chevalier... D'un chevalier d'assez de prouesse et d'assez haut lignage... Qui ne craigne pas de défier Aguingueron...

Elle lui caressa la joue, l'embrassa. Il n'avait jamais rien éprouvé de pareil.

— Pourquoi, demanda-t-il d'une voix enrouée, pourquoi l'un de vos chevaliers ne l'a-t-il pas déjà fait ?

— Plusieurs s'y sont risqués. Ils ont été vaincus. Humiliés. Aguingueron est un géant...

Tout à coup, elle s'écarta de lui, lui tourna le dos, se remit à sangloter.

— Je ne sais pas pourquoi je vous raconte cela, chevalier... Vous ne pouvez rien contre mon malheur... Demain, dès que vous serez parti, je ferai ouvrir les portes de la citadelle, et que Dieu me protège !

Elle fit mine de quitter précipitamment le lit. Il l'agrippa par l'épaule, la força à se recoucher auprès de lui. Elle résista un peu, à peine – juste assez pour qu'il croie qu'elle pourrait lui échapper.

— Blancheflor, déclara-t-il, il est hors de question que je vous abandonne à qui que ce soit. Et encore moins à Mordret. S'il suffit qu'un chevalier combatte cet Aguingueron...

— Personne ne peut le vaincre...

— Si, je le peux, dit-il avec cette simplicité dans l'orgueil qui le caractérisait.

Elle feignit à nouveau de vouloir s'arracher à lui, partir.

— Non, protesta-t-elle, vous ne connaissez pas Aguingueron !

— Quoi donc ? A-t-il plus de bras, de jambes ou de tête que moi ? Non, n'est-ce pas ? Alors je le battrai.

— Perceval... chuchota-t-elle en approchant ses lèvres de la joue du chevalier.

— C'est dit. N'en discutons plus. Mais je vous réclame une faveur...

— Je vous écoute...

— Passez la nuit avec moi dans ce lit. Il est bien assez large pour deux. Nous y dormirons très bien ensemble.

— Vous croyez?
— Je le désire.
— Alors... moi aussi...

*

Blancheflor s'éveilla la première, peu avant l'aube. Elle courut silencieusement à sa chambre. Ni sa camériste ni ses servantes n'étaient encore debout. Elle recoiffa elle-même ses longs cheveux, puis se vêtit comme la veille au soir, de sa tunique de soie noire étoilée. Elle entendit bientôt dans les coursives les chevaliers et les sergents rentrer de leur garde de nuit et réveiller les autres. Quand le château eut repris vie, elle retourna à la chambre de Perceval. Lui aussi était debout et rhabillé. Elle constata avec satisfaction qu'il ajustait son haubert, mais fit celle qui ne s'apercevait de rien.

— Chevalier, lui dit-elle, pardonnez-moi mon attitude de cette nuit. Je me suis laissé emporter par le chagrin et par la peur. Je vous demande de vous conduire en homme d'honneur et d'oublier tout ce qui a pu se passer entre nous.

— Pour qui me prenez-vous, ma belle? protesta-t-il. Gauvain, mon maître, m'a appris à tenir ma langue.

— Je l'en remercie, alors. Maintenant, partez. Et je vous souhaite de trouver sur votre route des lieux plus agréables et plus hospitaliers qu'ici.

Il leva les sourcils avec étonnement.

— Aucun endroit, nulle part, ne sera plus agréable et plus hospitalier qu'a pu l'être cette chambre, cette nuit.

— Chevalier, fit-elle en baissant pudiquement les yeux, je vous en prie. Nous avons dit que c'était oublié...

— Oublié ? Impossible ! Mais, rassurez-vous, cela restera secret... un certain temps.

— Que voulez-vous dire ?

Il s'empara de son épée et la ceignit à sa taille.

— Cela signifie que vous pouvez dire adieu à vos soucis. Je vais de ce pas rencontrer votre Aguingueron et le défier. Donc, ce soir, il sera mort et ses troupes lèveront piteusement le siège. En conséquence, notre... secret, nous pourrons le révéler à tous dès la fin de cette journée qui promet d'être fort distrayante.

Blancheflor fronça les sourcils.

— Comment cela ? Pourquoi ce soir révélerons-nous ce que vous appelez « notre secret » ?

— C'est tout simple, ma belle : je vais vous épouser !

Elle ne s'attendait certes pas à une telle déclaration. Elle resta cependant maîtresse d'elle-même et réfléchit à la meilleure manière d'y répondre sans avoir tout à fait l'air de la refuser.

— Chevalier, croyez que je suis infiniment touchée par votre proposition. Mais je ne voudrais pas que vous alliez vous faire tuer simplement par amitié pour moi...

— Qui parle de me faire tuer ? Et qui parle d'amitié ? Blancheflor, je vous...

— Chevalier, le coupa-t-elle précipitamment, ne prononcez pas des mots qui me briseront le cœur à jamais si vous persistez dans votre folle entreprise. Vous n'êtes pas d'âge ni de taille à tenir tête à un chevalier aussi dur, aussi fort et aussi grand que celui qui vous attend dehors, devant ces murailles.

De rage, il tapa du pied, comme un enfant.

— Ma belle, s'écria-t-il, votre Aguingueron serait-il trois fois plus géant que vous le prétendez, rien ne m'empêchera d'aller le combattre !

Furieux, il saisit son écu vermeil et marcha à grands pas vers la porte.

— Vous avez raison ! J'ai eu tort de mettre une condition à ma victoire.

Avant de disparaître dans la coursive, il se retourna brusquement vers Blancheflor.

— Quoi que vous disiez, vous ne me ferez pas renoncer à ce combat ni à mon amour pour vous !

— Perceval... Je dois vous faire un autre aveu...

Mais il était parti.

Elle ne le poursuivit pas. Il s'était conduit exactement comme elle escomptait qu'il le fît : c'était pour elle l'essentiel. Si elle avait semblé vouloir le retenir, l'obliger à renoncer, ce n'était que pour mieux piquer son orgueil. Sans doute, se dit-elle, elle avait mal agi envers lui. Elle l'avait séduit, elle avait feint la tendresse afin qu'il combatte pour elle, elle lui avait tu ce qu'elle savait de... Mais, avant d'être une jeune femme, elle était, depuis la mort de son père, le seigneur de cette citadelle, la responsable devant Dieu de la vie de ses derniers chevaliers et serviteurs, ses derniers fidèles. Qu'il vainque Aguingueron, s'il en était capable. Ensuite...

Ensuite, elle devrait lui apprendre le double secret qu'elle avait soigneusement gardé pour elle lorsque, se présentant, elle avait reconnu en lui le Perceval qui...

Mais c'était une autre histoire.

*

Chevaliers et écuyers accompagnèrent le jeune homme jusqu'à l'entrée de la citadelle. Les sergents en faction lui livrèrent passage et lui ouvrirent la grand-porte.

— Monsieur, lui dirent-ils, que Dieu vous vienne en

aide. Et malheur à Aguingueron qui a pris la vie de nos chevaliers !

Quand il vit les larmes couler sur les joues de ces hommes, Perceval en fut trop ému pour leur répondre. Il talonna son destrier, qui s'élança sur le pont au-dessus des douves, en direction du camp des assiégeants.

Ceux-ci avaient remarqué sa sortie. Les gardes s'étaient donné le mot : « Un chevalier inconnu approche ! » On vint chercher Aguingueron dans sa tente, où, à demi nu, il déchiquetait un lièvre rôti à grands coups de mâchoire.

— Eh bien? grogna-t-il quand un sergent entra.

— Seigneur, un chevalier vient de quitter la citadelle. Il avance vers nous.

Aguingueron ricana, puis, se renversant sur son siège, se frappa la poitrine. Elle était large et musclée comme le poitrail d'un cheval de labour. Ses bras étaient plus épais que les cuisses du meilleur de ses chevaliers. Il se dressa d'un coup. Immense, il touchait presque du front la toile de sa tente.

— Quelle est cette ultime farce? N'ai-je pas assez terrassé de ses chevaliers, que Blancheflor m'en envoie encore?

D'un geste brutal, il jeta à terre la table sur laquelle il mangeait.

— Qu'on vienne me vêtir et m'apporter mes armes ! rugit-il. Je vais fesser ce chevalier comme il le mérite ! Et proclamez dans tout le camp qu'avant la nuit tombée nous serons dans Beau Repaire ! Et moi, dans le lit de la prétentieuse Blancheflor !

Le sergent s'éclipsa aussitôt. Peu après, cinq varlets entrèrent dans la tente et s'affairèrent à armer le géant Aguingueron. Son haubert était si lourd qu'il fallait deux jeunes gens pour le soulever et le lui fixer sur le torse.

— Dépêchez-vous !

Deux varlets s'agenouillèrent pour lui attacher ses éperons. Un autre lui présenta son épée. Un autre encore lui proposa son heaume. Aguingueron l'écarta avec mépris.

— Il n'y a plus un chevalier digne de ce nom chez Blancheflor. Elle m'envoie un malade ou un vieillard. Je n'ai pas besoin de heaume. Je vais le culbuter comme à l'exercice !

Le géant sortit de la tente. Dehors, un destrier robuste et charnu avait été préparé pour la joute. Le pied à l'étrier, aidé par deux sergents et deux varlets, Aguingueron souleva son impressionnante masse de muscles et de métal, et se mit en selle. Il saisit dans un seul poing la double bride.

— Allons punir le présomptueux !

On lui présenta sa lance. Il la prit et la cala sous son aisselle comme s'il s'était agi d'une simple et frêle branche. Il mit son destrier au trot.

— Que tout le monde se prépare à entrer dans la citadelle ! ordonna-t-il. Ce siège n'a que trop duré.

Il contourna les tentes jusqu'à la lisière du camp. Ses troupes, déjà, s'étaient rassemblées aux abords, attendant le combat. Il vit, sur les remparts, les hommes de Blancheflor, eux aussi spectateurs. Ce n'est qu'après avoir reconnu la silhouette de la demoiselle parmi ses chevaliers, entre deux créneaux, qu'il consentit à jeter un regard à son adversaire.

Et, aussitôt, il éclata de rire.

Sans doute, ce n'était pas un vieillard ni un malade qu'on lui envoyait. C'était plus drôle : un gamin ! Un gamin blond, sans heaume, aux joues roses et glabres de petit varlet.

— Allons ! s'exclama-t-il dans un dernier éclat de rire.

Je ne peux pas t'affronter : hier encore, tu tétais ta mère ! Retourne dans son giron, et restons-en là !

À sa surprise, le jeune homme lui répondit par d'autres éclats de rire.

— Allons, chevalier ! Vous êtes si gros et si lourd que votre cheval doit prier Dieu qu'on vous jette à terre ! Il me sera reconnaissant de le soulager de vos énormes fesses !

Une rumeur stupéfaite parcourut les rangs des assiégeants. Aucun d'entre eux n'aurait même imaginé qu'on pût défier leur chef sur ce ton injurieux. Aguingueron lui-même fut pris de court et ne put répliquer immédiatement.

— Eh bien ? lui lança Perceval. Avez-vous déjà fini de vous payer de mots ? Vous avez tort, gros homme, car ce sont sans doute les derniers que vous prononcerez avant que je vous envoie en enfer !

— Au diable tes boniments ! rugit Aguingueron. Montre-moi si tu soutiens aussi vaillamment l'assaut que ta langue est bien pendue !

— Je vais démontrer cela à l'instant. Mais d'abord entendons-nous : lorsque je vous aurai vaincu, vos troupes lèveront le camp et abandonneront le siège de cette citadelle !

— Tout ce que tu veux, petit gars ! Je pourrais aussi bien te promettre la lune, les étoiles et tout l'univers ! Crois-moi : tu es déjà mort !

Il n'avait pas même prononcé la dernière syllabe que Perceval éperonnait sa monture. Les deux chevaliers s'élancèrent l'un contre l'autre. Ils tenaient chacun fermement sa lance à main droite, son écu à main gauche. Perceval était fou d'orgueil, Aguingueron fou de rage. L'orgueil fut plus malin que la colère. Alors que le géant se jetait de toute sa force contre son adversaire, celui-ci, d'un habile mouvement de bouclier, parvint à dévier le coup, tandis que sa propre lance percutait l'écu d'Aguingueron en plein centre. Elle vola en éclats, sous la violence extrême du choc. Le géant vida les étriers, bascula en arrière, chuta de cheval. Il se retrouva à plat ventre dans la poussière.

Perceval ne voulut pas profiter de cet avantage, pourtant décisif. Au lieu de charger à nouveau l'homme à terre, il arrêta son cheval et démonta. Il dégaina son épée.

— Relève-toi, gros homme ! Voyons si tu es moins maladroit les pieds au sol que le cul en selle !

Aguingueron, étourdi, se mit à genoux. Il entendit ses hommes hurler son nom pour l'encourager. Il reprit ses esprits. Il se dressa sur ses pieds, tira son épée et, grognant comme un sanglier, se précipita sur son jeune adversaire.

Dès lors, Perceval ne fit que se jouer de lui. Il était plus agile, plus rapide et plus souple. Aguingueron frappait de toutes ses forces – et ses coups ne rencontraient que le vide, sa lame s'enfonçait dans la terre. Perceval faisait un pas de côté, bottait les fesses du géant, s'écartait vivement et lui criait :

— Allons, allons ! Viens apprendre à te battre, gros homme !

L'humiliation d'Aguingueron prit fin quand Perceval, lassé, le décida. En trois passes d'escrime, il contra les attaques peu inspirées du géant, puis, d'un dernier coup, arracha l'épée de ses poignets fatigués.

À bout de souffle, Aguingueron tomba à genoux, puis courba la nuque.

— Par tous les saints..., murmura-t-il, stupéfait. Tu as gagné...

Perceval, excité par son triomphe, leva sa lame... mais ne l'abattit par sur le cou qui s'offrait. Il s'était tout à coup rappelé la recommandation de Gauvain : « Si ton adversaire est vaincu, ne le tue pas sans raison. »

— Jeune ami, disait justement Aguingueron, je reconnais ma défaite. Épargne-moi. Je t'en prie.

Perceval prit une profonde inspiration, ses muscles se relâchèrent, ses nerfs s'apaisèrent, il posa la pointe de son épée au sol.

— Pourquoi devrais-je te laisser la vie ?

— Tu mérites, certes, de me la prendre. Mais à quoi cela te servirait-il ? Qui croira qu'un gamin comme toi, sans traîtrise, a vaincu un guerrier de ma sorte ? Personne... Alors que si tu me laisses la vie, je promets de me porter devant tous comme le témoin de ma propre défaite. De ta victoire.

— Et alors ? Je compterai bientôt tant de victoires qu'on ne pourra mettre en doute que je t'ai humilié !

— Chevalier, une dernière fois, fais-moi grâce. Je me mets à ton entière disposition.

— Je n'en ai que faire. À moins, peut-être, que tu ne te mettes au service de Blancheflor.

Aguingueron secoua la tête.

— Impossible, jeune ami. Je suis cause de la mort de son père et de la plupart de ses chevaliers. À peine aurai-je franchi ses remparts qu'elle me fera jeter dans le plus noir de ses cachots, la plus profonde de ses oubliettes...

Perceval leva son épée.

— Alors, tu as choisi ton sort.

— Non, jeune ami, attends... Voici ce que je te propose : dès à présent, je lève le siège et je pars avec ceux de mes hommes qui me resteront fidèles jusqu'à Camaalot*. Le roi Arthur, qui a quitté Carduel, s'y est installé depuis une semaine. J'y porterai témoignage de ta victoire sur moi et je me mettrai au service de ton roi.

Perceval réfléchit un instant. La proposition était tentante et flatteuse. Il songea à la tête que ferait ce vieux sénéchal bougon de Ké en voyant arriver les captifs qu'il envoyait à Arthur. Il rengaina son épée et posa sa main sur l'épaule du géant.

— Relève-toi. J'accepte ton offre.

Aguingueron baisa humblement la main du jeune chevalier.

— Désormais, je suis ton obligé. Je te dois une vie.

Peu après, plusieurs chevaliers sortirent de la citadelle et rejoignirent Perceval pour le féliciter. Il prit leurs compliments avec simplicité, naturel et une certaine impatience. Une seule chose maintenant lui importait : retrouver Blancheflor. Il ne doutait pas que la prouesse qu'il venait de démontrer lèverait ses réticences à accéder à son vœu : l'épouser. Par devoir, il se contraignit à demeurer quelque temps pour assister au démontage des tentes, au harnachement des chevaux, puis, quand il fut certain que sa mission était accomplie, que le siège était levé, il salua une dernière fois Aguingueron, lequel lui renouvela sa promesse de se rendre chez Arthur et l'assura d'une fidélité jusqu'à la mort.

Les deux hommes se serrèrent la main.

— Dieu te garde, Perceval.

Le géant tourna bride. Le jeune chevalier l'imita et, n'y tenant plus, éperonna son destrier.

Dans l'enceinte de Beau Repaire, Perceval fut acclamé. Il ne ralentit pas l'allure avant d'être entré dans la cour du château. Il sauta à bas de son cheval. Il se hâta jusqu'à la salle.

Là, entourée de quelques chevaliers, Blancheflor

l'attendait. Elle lui tendit gracieusement la main. Il mit un genou à terre, déposa les lèvres sur ses doigts et dit :

— Vous avez recouvré votre liberté, demoiselle.

— Merci.

Il leva les yeux vers elle. Elle était grave, lui parut soucieuse.

— À présent, ajouta-t-il, je viens vous demander de lier votre liberté à la mienne.

Elle ferma les paupières, détourna la tête.

— J'ai honte...

— Mais... de quoi, demoiselle ?

— J'aurais dû vous en parler dès hier soir. Je n'ai pas pu. Je n'ai pensé qu'à moi, à mes hommes, à mon château... Pardonnez-moi.

Effaré, il se redressa.

— Je ne comprends rien à ce que...

Elle l'interrompit d'un geste. Elle se dirigea vers la petite pièce au plafond étoilé. Il la suivit. Ils étaient seuls.

Tandis qu'elle faisait quelques pas, l'air pensif, il s'immobilisa et, bouillant d'impatience, attendit. Enfin, elle tourna les yeux vers lui. Leur tristesse, dont il ne comprenait pas la cause, lui toucha douloureusement le cœur.

— Perceval, je vous dois deux aveux. Le premier, je ne l'ai compris que cette nuit, lorsque, me racontant vos aventures, vous m'avez appris d'où vous veniez et qui était votre mère. Nous sommes cousins.

Elle s'approcha de lui.

— Votre mère et la mienne étaient sœurs.

Il secoua la tête, comme s'il ne pouvait pas le croire.

— C'est la vérité, Perceval. Nous sommes cousins germains. Ce que nous avons fait ensemble cette nuit, Dieu nous protège, était doublement un péché...

— Mais... puisque nous ne le savions pas !

— L'amitié que nous avons aussitôt ressentie l'un pour l'autre aurait dû nous alerter. C'était la voix du sang. Nous avons été assez fous pour la confondre avec celle de l'amour.

— Et quand bien même ! rugit-il. Quand bien même nos mères seraient sœurs, cela n'empêche pas l'amour !

Elle vint à lui. Elle lui prit les mains, avec douceur.

— Vous savez bien que si, Perceval. *Cet amour-là* nous est interdit. Par la loi, par l'Église.

Il s'écarta d'elle, fou de rage, de frustration.

— Je vous aime, Blancheflor ! Je vous veux !

— Doux ami, mon cousin, lui dit-elle à mi-voix, je comprends ce que vous ressentez. Mais ce n'est pas la seule chose que je dois vous apprendre...

— Alors, faites vite. Il ne peut y avoir pire...

— Écoutez-moi, lui dit-elle en lui reprenant les mains, et pardonnez-moi d'avance ce nouveau chagrin.

— Parlez...

— Dès après votre départ, votre mère, Perceval, est tombée très malade.

— Ma mère... ?

Accablé par ce nouveau coup du sort, il ne put ajouter un mot.

— Je n'aurais pas été retenue dans ce château, je me serais précipitée auprès d'elle. À présent, grâce à vous, je le ferai, s'il le faut. Mais, mon cousin...

Enserrant ses mains entre les siennes, elle les déposa sur sa poitrine.

— ... c'est à vous d'aller la voir. C'est vous qui lui manquez.

Et, sans se rendre compte qu'elle était sans pitié, elle crut bon d'ajouter :

— C'est, je crois, de votre absence qu'elle meurt.

— NON !

Le hurlement de Perceval fut si cruel qu'il résonna, sembla-t-il, dans toutes les pièces du château. Il s'arracha aux mains de Blancheflor, quitta la petite salle en courant, passa au milieu des chevaliers sans les voir, les yeux brouillés de larmes et le cœur plein de culpabilité.

Dans la cour, il vit son destrier qu'on menait aux écuries. Il bouscula, renversa les écuyers, sauta en selle et se jeta au galop.

Il devait rentrer chez lui. Il devait rentrer à la Forêt Perdue.

Mais il avait beau pousser son cheval à la limite de son allure et de ses forces, il ne parviendrait plus jamais à échapper à cette image : sa mère, frêle silhouette, s'effondrant à l'entrée de leur manoir – ni à cette certitude atroce : en l'abandonnant, en lui désobéissant, c'était lui, *LUI*, qui l'avait tuée.

7

L'épée d'amour

Aguingueron était un homme simple. Il avait servi Mordret sans jamais se poser de questions : en sa qualité de vassal, il lui devait obéissance et fidélité entières. S'il s'était montré impitoyable face à ses ennemis, c'était simplement pour accomplir son métier de chef de guerre. Vaincu en jugement par Perceval, gracié à l'issue de sa défaite, il se devait de suivre en tout point les lois de la chevalerie. Et ces lois lui enjoignaient de se mettre avec autant de conviction au service de son vainqueur.

Aussi, après avoir donné à ses troupes l'ordre de marcher vers Camaalot pour s'y constituer prisonnières, prit-il la décision de les précéder. Il choisit les trois roncins les plus robustes de l'armée, enfourcha le premier et emmena les deux autres à sa suite. Il put ainsi galoper presque nuit et jour. Un roncin épuisé, il sellait et harnachait le deuxième et reprenait sa route. Quand il parvint aux portes de Camaalot, sa troisième monture, à bout de forces, s'effondra sous lui.

La nuit était tombée. À pied, il se présenta aux gardes. Sa stature et son autorité suffirent à les persuader de le laisser entrer. Un sergent lui proposa un cheval. Il traversa la ville jusqu'au château. Là, des varlets vinrent à sa rencontre. Il leur laissa le cheval, refusa le manteau de soie dont l'un d'eux cherchait à lui couvrir les épaules, et s'aperçut soudain qu'il avait passé trois jours et deux nuits sans dormir et sans manger. Il eut un étourdissement. Il parvint jusqu'à l'entrée de la salle. Ses proportions, le nombre et la taille de ses cheminées où rôtissaient des sangliers et des chevreuils, le nombre et la taille des bougies qui l'éclairaient, la foule de chevaliers, de demoiselles et de serviteurs qui s'y pressaient, discutaient, riaient – tout cela acheva de l'étourdir. Il tomba évanoui.

*

— Et donc, il n'avait pas de barbe aux joues, il faisait la moitié de vous, et il vous a battu en jugement?

— Je vous l'ai dit.

— Et il portait, prétendez-vous, des armes rouges?

— Une tunique violette aussi...

— Et vous a-t-il donné son nom?

Étendu sur une couche dans un coin de la salle, Aguingueron ferma les yeux pour ne plus voir ces visages et ces visages qui n'en finissaient plus de se pencher sur lui et de l'agonir de questions.

— Non... Non, dit-il. J'ignore comment il s'appelle.

— Vous vous êtes battus, pourtant? grinça une voix désagréable.

— Battus, certes, mais pas présentés. Je l'appelais « gamin », il m'appelait... il m'appelait « gros homme ».

On éclata de rire. Aguingueron se redressa d'un coup et grogna :

— Ça suffit!

Les rires cessèrent aussitôt. Puis le géant vit la foule des visages, des grimaces, des rires s'écarter, livrant passage à un homme d'assez haute taille, à la barbe blonde, au regard scrutateur.

— Ton histoire m'intéresse, Aguingueron. Viens t'asseoir à ma table. Je suis sûr que tu as faim.

— Ah, ça, oui !

Le géant se mit debout et suivit l'homme blond jusqu'à une table où seuls étaient restés assis un chevalier de noble et tranquille apparence et une jeune femme d'une très grande beauté.

— Aguingueron, dit l'homme blond, voici Guenièvre, mon épouse, et Gauvain, mon neveu. Quant à moi, je suis Arthur. Le roi que tu as combattu en faisant allégeance à Mordret.

— Sire, protesta le géant, depuis mon serment au « gamin », je suis à votre service.

— Ravi de l'entendre. Assieds-toi. Et raconte-nous ce que tu sais. Quand as-tu vu Mordret pour la dernière fois ?

— La veille de ma joute contre le « gamin ». Mordret est parti au crépuscule, certain que la citadelle se livrerait à mes troupes dès les jours suivants.

— Où allait-il ? demanda Gauvain, en poussant vers le géant une oie farcie.

Narines écarquillées, Aguingueron huma l'arôme de la volaille. Sa main énorme s'abattit sur le plat, arracha une cuisse fumante à la carcasse rôtie et la porta à sa bouche. Il y planta ses dents avec la satisfaction d'un loup égorgeant une brebis.

— Je t'écoute, reprit Gauvain.

— Oui, nous t'écoutons, dit Arthur.

— Voilà, dit Aguingueron. Le plan de Mordret est tout simple. Il va s'emparer de Carduel. Vous y avez laissé peu d'hommes. Mordret en connaît, je crois – il y a grandi –, toutes les faiblesses, toutes les issues, tous les souterrains, tous les secrets.

Aguingueron déchiqueta entre ses doigts la viande accrochée aux os de la cuisse d'oie. Il la fourra dans sa bouche. La graisse lui coula sur le menton, dans la barbe et le cou. D'un même mouvement, Gauvain et Arthur se penchèrent vers lui.

— Et ensuite?

— Ensuite? répliqua le géant, la bouche pleine. Ensuite, c'est très facile...

Il se pencha à son tour sur la table. Il empestait le cheval – la sueur des trois roncins qu'il avait crevés sous lui pour parvenir à Camaalot. Son large faciès vaguement souriant s'approcha, en conspirateur, des visages d'Arthur et de Gauvain.

— Disons que Mordret s'empare de Carduel sans presque aucune opposition. Cela semble naturel, non?

Arthur et Gauvain l'approuvèrent d'un imperceptible mouvement de tête.

— L'hiver, n'est-ce pas, commence dans une semaine? reprit le géant. Et, juste avant l'hiver, Sire Arthur, quelle est votre habitude? Vous retournez à Carduel. On dit qu'il y a là-bas meilleur hiver qu'à Camaalot, que la mer et ses vents adoucissent le climat, que, lorsque vous y arrivez, les cheminées flambent comme l'Enfer, et qu'il y fait encore plus chaud que chez le Diable.

Aguingueron hésita, haussa une épaule.

— Je n'en sais rien, moi. Je n'ai jamais eu l'honneur d'être reçu à Carduel. Mais beaucoup le disent, en Angleterre, en Écosse, et jusqu'en Irlande.

— Qu'en savent-ils? répliqua Gauvain. Ils côtoient Satan de si près qu'ils connaissent la chaleur de ses flammes?

Arthur posa sa main sur le poignet de son neveu pour qu'il reprenne son calme. Gauvain se tut.

— Aguingueron, dit le roi, tu prétends donc que Mordret va investir Carduel ?

— Oui, Sire. Peut-être y est-il cette nuit, déjà, tandis que nous discutons...

— Et ensuite ? Quel est son plan ?

— Je vous l'ai dit : il est tout simple. Quand, dans quelques jours, vous approcherez de Carduel, des sergents, des serviteurs vous accueilleront. Vous entrerez dans votre château. Sans crainte. Vous laisserez vos roncins et vos armes aux écuyers. Vous entrerez, vos hommes et vous, dans une salle où flamberont les grands feux que vous aimez. Les tables auront été dressées. Magnifiques. Appétissantes. Vous vous y installerez, Sire, vous y inviterez votre épouse et votre neveu, Gauvain, et tous les chevaliers qui vous accompagnent. Alors...

— Alors ?

— Alors vous serez comme des rats dans une nasse... Ces sergents, ces serviteurs seront des hommes de Mordret. Ils vous attaqueront vers la fin du dîner, quand la bonne chère et le vin vous auront amollis.

— Impensable ! s'écria Arthur. Mordret est capable de tout, certes, mais pas d'un massacre, pas de cent assassinats !

— Je vous ai dit ce que je sais. Libre à vous de ne pas me croire, Sire...

Aguingueron planta ses dents dans la cuisse d'oie. Arthur regarda Gauvain.

— Quel est ton avis ?

— Je ne crois pas qu'il mente.

*

Une heure plus tard, les chevaux étaient sellés, les chevaliers et les sergents revêtus de leurs armes, le roi Arthur et son neveu Gauvain sur leurs roncins, piaffant en tête de l'armée. Après un court conciliabule avec Gauvain et ses meilleurs chevaliers, Arthur avait décidé de tenir pour vraisemblables les révélations du géant Aguingueron et de marcher aussitôt sur Carduel. Tous étaient d'accord : la guerre contre Mordret couvait depuis trop longtemps, il fallait agir. C'est donc dans une effervescence assez joyeuse que les chevaliers s'étaient préparés à la hâte. Ils avaient d'autant plus envie de combattre que le traquenard tendu par Mordret, selon Aguingueron, allait contre toutes les lois de la guerre et de la Table Ronde. Et qu'il serait, pensaient-ils, très drôle de le prendre à son propre piège.

La plus grande partie des varlets demeurèrent à Camaalot, sous les ordres d'Urien. Il fallait assurer la protection de la reine. Guenièvre n'accompagnait pas son mari, qui ne voulait lui faire courir aucun risque. Pour que l'on croie néanmoins à son entrée à Carduel et que Mordret et ses hommes, s'ils l'avaient déjà investi, ne conçoivent aucun soupçon, Galehot s'était proposé pour prendre sa place. Il s'était rasé de près, déguisé en Guenièvre et voyageait dans une litière avec ses suivantes. Certains chevaliers, pour plaisanter, le déclarèrent « très jolie femme ». Il fallut que Gauvain intervienne, sèchement, pour les rappeler à l'ordre.

— Ou bien vous vous taisez immédiatement, ou bien c'est vous tous que je fais déguiser en femme !

Les rires s'éteignirent. Personne ne désirait porter une robe ; personne non plus ne souhaitait affronter les colères, rares mais célèbres, du neveu du roi.

Les cavaliers se mirent en route trois heures après la nuit tombée. Ils emmenaient avec eux de nombreux chevaux de rechange, de manière à parvenir plus vite à destination. Une trentaine de sergents portaient des torches ; le ciel était noir. Et c'était un spectacle inquiétant que ces hommes à cheval, silencieux, qui avançaient dans les ténèbres, le reflet rougeâtre des flammes jouant sur le métal de leurs hauberts et de leurs heaumes.

Ils avaient à peine fait quelques lieues quand Arthur, qui chevauchait toujours en tête, crut apercevoir une silhouette de cavalier, se déplaçant en sens inverse, à quelques pas de la route, le long de la lisière des bois.

— Tu as vu ? demanda-t-il à Gauvain dont le roncin avançait flanc à flanc près du sien. Là-bas, cet homme... ?

— Où cela ? Quel homme ?

Le roi tendit le bras pour le désigner au moment même où une soudaine trouée dans les nuages d'automne occultant le ciel découvrit une lune à son premier quartier. Une lumière gris-argent nimba la silhouette du cavalier. Juste un instant, avant que la course des nuages cache à nouveau la lune. Assez, cependant, pour que Gauvain murmure :

— Non... Je n'y crois pas...

— Tu l'as reconnu, n'est-ce pas ? dit le roi.

— Et vous aussi ?

— Oui. C'est Lancelot, j'en suis sûr.

— Une ombre, mon oncle... Rien qu'une ombre. D'ailleurs, je ne le vois plus.

— Mais tu l'as vu ? s'exclama Arthur. Ce ne pouvait être que lui.

— Comment serait-il là ? Et pourquoi, si c'était lui, passerait-il à l'écart ?

— Je *sais* que c'est lui ! Tu l'as reconnu toi aussi.

L'ambassade de Guenièvre a été un succès. Merlin a rendu sa liberté à Lancelot !

Exalté, le roi écarta sa monture pour laisser passer son armée. Gauvain le rejoignit.

— Qu'allez-vous faire, Sire ?

— Tu ne comprends pas ? Si Lancelot est de retour, nous n'avons plus rien à craindre de Mordret ! Il est le meilleur des chevaliers, il est revenu pour sauver mon royaume !

— Sire, tant d'années ont passé...

— Qu'importe ! s'écria Arthur. Continue à conduire nos hommes jusqu'à Carduel.

— Qu'allez-vous faire, Sire ?

— Je vais rattraper Lancelot, lui et moi nous vous rejoindrons, et que Mordret alors prenne garde !

— Sire...

— Allez, neveu ! Exécute mes ordres !

Ces derniers mots à peine prononcés, le roi talonna son roncin et partit à la poursuite d'une ombre – d'un souvenir – d'un espoir.

*

Lancelot – car c'était lui – avait sciemment évité de rencontrer la troupe qui marchait à la lumière des torches. Depuis que Merlin l'avait délivré des enchantements de Morgane, libéré du Val sans Retour, il avait franchi des forêts, des vallées, des rivières. Il n'avait qu'une idée en tête : revoir Guenièvre. Une obsession d'autant plus étrange que, durant les années passées dans le Val sans Retour, il n'avait *en effet* vu qu'elle. Tout à coup, renvoyé à la réalité, il lui fallait confronter ce très long mauvais rêve, cette interminable illusion à une Guenièvre de chair et de sang. Non plus une image : une femme.

Agacé par la présence de cette armée qu'il n'avait pas prévue, il mit, dès que la lune disparut dans les nuages, son cheval au galop et s'enfonça sous les arbres. Quelque temps plus tard, il parvint à l'entrée de Camaalot.

Une douzaine de sergents en armes en gardaient la porte principale. Une pluie glacée, épaisse, se mit à tomber. Lancelot descendit de son cheval, observa les alentours. Tout à coup, sans qu'il l'ait entendu arriver, une charrette s'arrêta à son côté.

— Eh bien? lui lança le nain qui la conduisait. À quoi réfléchis-tu? Tu vas prendre froid, chevalier, sous cette pluie. Ou alors te noyer!

Lancelot s'approcha de la charrette.

— J'ai l'impression que toi et moi nous sommes déjà rencontrés...

— Oh, le temps a passé. Et que vaut la mémoire? Tu veux entrer dans Camaalot? Et sans que les sergents te voient?

— Tu comprends vite, nabot.

— Parce que dans mon cœur je ne suis pas ce nabot que tu vois. Je suis un homme, donc j'ai été un enfant : j'ai rêvé, moi aussi, de devenir un chevalier comme toi...

Le nain battit grotesquement des jambes.

— L'enfourchure est trop courte! s'exclama-t-il en riant. À peine si je peux chevaucher un agneau! Monte à l'arrière, chevalier. Prends une mine contrite. Et laisse-moi faire...

Lancelot, qui se dit qu'il n'avait pas d'autre choix, abandonna son roncin et sauta dans la charrette. Le nain fit claquer son fouet. L'attelage s'ébranla. À la grand-porte, un sergent s'interposa, saisissant le cheval de trait par le mors.

— Qu'est-ce que tu fiches là, nabot? À cette heure, tu sais bien que les gens comme toi n'ont pas le droit d'entrer.

— Doux et aimable seigneur, dit le nain en contrefaisant la plus grande humilité, c'est le roi lui-même, que j'ai croisé tantôt, qui m'a ordonné d'amener ce criminel dans ses murs.

Le sergent jeta un coup d'œil à Lancelot. Debout dans la charrette, la barbe et les cheveux gris, dépenaillé, il avait l'allure d'un homme qui a passé des années dans un cachot.

— Qu'est-ce qu'il a fait?

— Cela, aimable et doux seigneur, vous le lui demanderez. Quant à moi, je n'ai pas eu cette audace. Je ne suis que le nain à la charrette : j'emporte vers leur châtiment les criminels qui l'ont mérité.

Fermant un œil, le sergent, de l'autre, examina Lancelot.

— Il n'a pas l'air bien dangereux...

— Je suis de votre avis, repartit le nain, mais ce n'était pas celui d'Arthur, notre roi, que Dieu ait en sa Sainte Garde...

Il feignit de faire rebrousser chemin à ses chevaux.

— Mais, puisque vous en prenez la décision, je désobéirai au roi.

D'un geste rapide, le sergent saisit les brides de l'attelage.

— Qui a prétendu que j'ai décidé une chose pareille? Ce n'est pas un nabot de ta sorte, ni ce vieillard, qui puissent m'effrayer.

— Parlons clair, mon doux seigneur : je m'en vais?

Le sergent jeta un dernier coup d'œil à Lancelot, jugea qu'il avait vraiment l'allure d'un manant sans importance et grogna :

— Passe. Et je ne veux plus t'entendre.

— Grand merci, doux seigneur.

— Tais-toi, te dis-je, et file !

Le sergent rendit les rênes au nain. La charrette pénétra dans Camaalot.

Elle remonta, brinquebalant dans les ornières, jusqu'à l'approche du château.

— Maintenant, chevalier, vous saurez vous débrouiller, je suppose ?

Lancelot sauta à bas de la charrette. Il embrassa d'un regard les murs et les tours de la demeure royale. Ses yeux s'arrêtèrent sur une large fenêtre qui ouvrait sur les jardins.

— Merci, murmura-t-il. Et va-t'en.

— Oh, fit le nain, je m'en vais, chevalier... Le reste, ce qui va arriver à présent, ne me concerne plus.

— Adieu, lança machinalement Lancelot qui n'avait ni vraiment compris ce que le nain sous-entendait ni, en fait, pris garde à ses paroles.

Il s'avança, d'un pas décidé, vers l'entrée du château.

Il n'entendit pas le rire qui, alors, secoua le nain. Il ne le vit pas battre joyeusement de ses jambes trop courtes. Pas plus qu'il ne le vit, riant toujours, sauter hors de la charrette, se retrouver sur ses pieds, tendre ses moignons de bras vers le ciel – et se transformer. Il se mit à grandir, s'amincir. Tellement grandir et s'amincir qu'il devint une femme brune, au visage blême, au nez fin mais busqué comme un bec, aux yeux d'oiseau de proie, à l'interminable chevelure de jais.

— Va voir Guenièvre, ricana Morgane. Va la voir et

l'aimer. C'est tout ce que j'attends de toi. Et moi, j'aime, j'aime, J'AIME que tu m'aides à rendre Merlin ridicule !

Elle ne pouvait plus s'empêcher de rire aux éclats. Elle entendit des sergents courir à sa rencontre. Elle se serait bien amusée à les changer en autant de rats. Mais, bon... Elle n'avait pas de temps, ni de pouvoir à gaspiller. Elle cria une formule magique – quelques mots dans une langue inconnue –, devint un chat-huant et, ouvrant le bec sur un cri moqueur, elle s'envola.

*

— C'est vous... ?

— J'étais si jeune...Vous me reconnaissez ?

— J'étais si jeune aussi, et vous me reconnaissez... Alors, c'est vous...

— Ne pleurez pas.

Lancelot s'était glissé sans encombre dans le château. De longues années auparavant, il n'y avait passé que le temps d'une fête de la Saint-Jean et de son adoubement par le roi Arthur. Mais, lors de ses nuits d'insomnie dans le Val sans Retour, il avait tant revécu le souvenir de ces quelques heures qu'il eut l'impression, grimpant des escaliers et remontant des coursives, se dissimulant dans les encoignures dès que des sergents ou des serviteurs approchaient, d'en connaître le plan comme s'il ne l'avait jamais quitté. Parvenu à la chambre de la reine, il n'avait hésité qu'un instant : il n'avait plus le droit de reculer, trop de temps avait été perdu depuis que Guenièvre l'avait abandonné à lui-même, un matin, au bord d'une falaise.

Il était entré. La pièce était à peine éclairée de quelques bougies. Dans la pénombre d'une embrasure de fenêtre, il avait aperçu une silhouette lui tournant le dos. Il s'était doucement approché.

Elle n'avait pas sursauté. Elle n'avait poussé aucun cri. Elle s'était lentement retournée. Ils s'étaient retrouvés face à face. « Guenièvre... », avait-il murmuré. Il avait levé la main, immobilisant ses doigts tout près de ce visage que le temps semblait n'avoir pas effleuré, que lui-même n'avait pas l'audace de toucher. Elle n'avait pas changé. Il eut honte de se montrer à elle vêtu de ces haillons. Il eut honte de sa barbe grisonnante. Il eut honte d'avoir vieilli.

Elle lui sourit, et soudain il fut pris d'un doute atroce : et si, encore une fois, elle n'était qu'une illusion, un mauvais tour que lui jouait Morgane ? Comment était-il possible que rien, ni les années ni le chagrin, n'ait fané ou ridé son visage ?

À son expression, sans doute comprit-elle son étonnement, et ses doutes. Elle leva la main à son tour et prit délicatement la sienne. Elle sentit qu'il se mettait à trembler, imperceptiblement. Elle attira ses doigts jusqu'à sa joue et les y déposa.

Elle était douce, et tiède, et vivante, et *réelle*.

— C'est vous ? C'est bien vous ?

— J'attendais votre retour.

Alors il put faire enfin ce geste qui lui avait été interdit pendant des années dans le Val sans Retour : il saisit Guenièvre dans ses bras, il la serra contre lui de toutes ses forces, à l'étouffer. Les lèvres contre son cou, il respira son parfum.

— Je vous aime, dit-il.

— Lancelot...

Elle n'en avait pas l'envie, elle crut n'en trouver jamais la force – mais elle parvint à lui faire desserrer son étreinte. Elle s'écarta légèrement de lui. Elle ne pouvait pourtant lâcher des yeux ses yeux, retirer les mains qu'il avait mises sur sa taille.

— Je vous aime, répéta-t-il et cela ressemblait à une question dont il attendait et redoutait la réponse – l'écho.

Elle sut qu'elle n'avait pas le droit de lui mentir. Quelle qu'ait été sa promesse à Merlin. Elle comprenait qu'il avait trop souffert de leur séparation pour qu'elle ose le décevoir tout à fait.

— Moi aussi, Lancelot, je vous ai aimé.

Il recula d'un pas, comme si elle l'avait frappé en pleine figure.

— Vous m'*avez*... ? Vous voulez dire que... ?

— Non !

Elle l'agrippa par les épaules.

— Non, chevalier, si je vous ai aimé, c'est que je vous aimerai toujours. Mais...

— Mais ?

— J'ai dû accepter un marché avec Merlin pour obtenir qu'il vous délivre.

— Lequel ?

— Lancelot, vous le savez comme moi, notre amour est une trahison. Nous avons trahi Arthur dans nos cœurs. Et jamais nous ne pourrons nous laver de cette faute.

— Il n'y a pas de faute à s'aimer ! Je renonce à tout pour vous. Je renonce à être chevalier, je renonce à mon honneur, je renonce à ma vie.

Il l'attira contre lui. Il ne sut pas s'il la forçait ou si elle se laissait faire.

— Si vous m'aimez, renoncez aussi à vous-même. Vous ne serez plus reine, nous serons des parias, mais nous serons ensemble...

— C'est impossible, Lancelot. C'est impossible...

— Vous vous trompez. Vous n'avez qu'à le décider, à me choisir.

— Je vous le répète : mon cœur a trahi le roi. Mais mon corps lui restera fidèle.

— Mensonge!

Furieux, il se mit à arpenter la chambre.

— Vous vous mentez à vous-même! Vous ne pouvez séparer le cœur et le corps! Moi, je l'ai fait, Guenièvre, contraint, forcé, pendant des années, prisonnier avec votre image, prisonnier de votre image, et je ne souhaite à personne de vivre un tel enfer quotidien!

— Calmez-vous, je vous en prie...

— J'ai besoin de vous toucher, Guenièvre, besoin de vous embrasser, besoin que vous soyez à moi!

Elle ferma les yeux, lui tourna le dos, retourna dans la pénombre de la fenêtre. Comme pour s'y cacher.

— Lancelot, vous parliez de renoncer, tout à l'heure. C'est ce que nous devons faire. Nous devons renoncer à nous-mêmes. Nous n'avons pas d'autre choix.

— *Je ne veux pas!*

— Savez-vous ce qui se passe depuis votre disparition – ou, peut-être, depuis que nous nous sommes aimés contre toutes les règles que nous aurions dû suivre? Mordret, le fils de Morgane, a patiemment rallié à sa cause la plupart des seigneurs d'Angleterre, d'Écosse et de Galles, et les envahisseurs angles et saxons. Il s'apprête à faire la guerre. Pis : il a préparé un piège pour assassiner le roi et ses chevaliers. Notre monde peut s'écrouler, Lancelot, en très peu de temps.

Elle se retourna brutalement vers le chevalier. Ses yeux brillaient d'une étrange flamme.

— Et c'est notre faute, Lancelot, notre faute! Moi, la reine, vous, le meilleur des chevaliers, nous avons trahi notre roi ! Que valent le royaume de Logres, la Table Ronde et leurs principes, quand vous et moi les traitons par le mépris ?

— Vous êtes folle... Vous avez trop écouté Merlin, se récria Lancelot. Croyez-moi : s'il y a une bataille, une guerre, je serai le premier à me battre au côté d'Arthur !

— Alors allez vous battre ! hurla-t-elle, hors d'elle. Et laissez-moi ! Laissez-moi...

Elle éclata en sanglots. Lancelot, en quelques pas, fut près d'elle et la prit dans ses bras. Elle s'agrippa à lui et l'embrassa sur la bouche.

— Guenièvre, vous voyez bien que...

Elle le fit taire d'un nouveau baiser.

— Bien sûr, dit-elle, bien sûr que j'ai besoin de vous, besoin que vous me teniez dans vos bras... Bien sûr, je l'avoue, je voudrais lier nos corps comme nos cœurs le sont déjà. Cependant...

Elle se sépara de lui, si vite qu'il ne put la retenir. Elle alla ouvrir un coffre au fond de la chambre. Elle en retira une épée.

— Regardez : cette épée m'a été donnée par Merlin.

Elle en pointa la lame sur Lancelot.

— Nous ne sommes donc capables ni l'un ni l'autre d'accepter encore de ne pas nous toucher. Très bien. C'est ainsi. Il y a un lit dans cette chambre. Allons nous y étendre. Mais à une condition : que je plante cette épée entre nous. Nous devons nous imposer et surmonter cette épreuve.

Lancelot saisit brusquement la lame dans son poing nu. Du sang se mit à sourdre entre ses doigts.

— Vous êtes impitoyable, Guenièvre. Mais, puisqu'il le faut... Je planterai cette épée moi-même.

*

Ils s'avancèrent jusqu'au lit, chacun de son côté. D'un geste, Guenièvre en retira la couverture d'hermine. D'un geste qui semblait une réponse, ou un défi, Lancelot ficha l'épée de Merlin dans le mitan du matelas. De telle sorte que les deux tranchants de la lame menacent quiconque voudrait franchir cette frontière symbolique.

Puis, ne quittant pas du regard les yeux du chevalier, Guenièvre fit glisser sa robe. Nue, elle se coucha dans le lit. Lancelot, à son tour, retira ses vêtements – ses hardes. À son tour, il prit place, nu, dans ce lit.

Quand il vit Guenièvre si proche, il ne put s'empêcher de tendre la main pour la toucher. Son bras s'égratigna à la lame de l'épée.

— Pardon, murmura-t-il.

— Pourquoi ? dit-elle.

Et elle lui prit le bras, posa ses lèvres sur la blessure, sans cesser de le fixer dans les yeux.

Peu après, ils s'étaient endormis.

*

Quand Arthur pénétra dans Camaalot, il avait le cœur en joie. Il était certain d'avoir vu Lancelot dans cette ombre fuyant le long de la forêt. Il l'avait peu connu, mais assez pour savoir sa valeur incomparable. Son extraordinaire prouesse. Lancelot n'avait-il pas vaincu Méléagant, le ravisseur de Guenièvre ? N'avait-il pas affronté les épreuves les plus difficiles, franchi, par exemple, le Pont de l'Épée ? Pourquoi, ensuite, n'était-il jamais revenu à Camaalot pour obtenir la récompense de ses exploits, Arthur ne se l'était jamais expliqué. Lancelot, après avoir vaincu Méléagant et sauvé la reine, s'était perdu dans des combats douteux contre la plupart des chevaliers d'Écosse et d'Irlande, et contre beaucoup de ducs saxons et leurs capitaines. Certes, il les avait vaincus, mais quel besoin avait-il d'ajouter ces victoires toujours recommencées à sa prouesse contre Méléagant, qui, à elle seule, lui aurait valu, à la Table Ronde, une place à la droite du roi? Arthur ne l'avait jamais compris.

Entrant dans Camaalot, il s'étonna de ne voir ni sergents ni chevaliers lui couper la route. Sa capitale d'été semblait, pour le moins, mal défendue dès qu'il n'y était plus. Il arriva dans la cour du château sans que personne n'ait tenté de l'arrêter en route. Sans doute, se dit-il pour se rassurer, est-ce parce que je suis le roi : ils m'auront reconnu de loin, n'auront pas osé me contrôler. Il lui vint néanmoins une question : et si Aguingueron s'était joué de moi? S'il m'avait envoyé, avec mes meilleurs hommes, à Carduel, pour laisser le champ libre à une attaque surprise des hommes de Mordret?

Arthur, descendant de cheval, jeta un coup d'œil autour de lui. Non, rien ne paraissait différent. D'ailleurs, quatre varlets se précipitaient à sa rencontre pour s'occuper de sa monture et lui proposer un manteau de soie. Il les écarta d'un geste.

— Un chevalier est-il entré ici, il y a moins d'une heure?

Les varlets se consultèrent du regard. Le moins timide d'entre eux répondit que, non, personne n'avait pénétré dans cette cour depuis le départ des troupes.

— Ne mettez pas mon cheval à l'écurie. Je repars dans peu de temps.

Arthur laissa là les varlets et entra dans la salle. Il y faisait noir. Un sergent, en faction devant la porte, se précipita et dit à son roi qu'il allait lui chercher sur-le-champ une torche.

— Inutile. Une chandelle suffira.

Le sergent alluma rapidement la mèche de ladite chandelle et la tendit à Arthur.

— Reprends ta garde. Au fait... Personne n'est entré, tout à l'heure ?

— Non, Sire.

— Tu en es sûr ?

— Je l'aurais vu.

La chandelle à la main, Arthur traversa la salle. La lueur tremblante de la flamme levait des ombres inquiétantes et immenses dans la vaste pièce. « J'ai dû rêver, se dit le roi. Ou bien Lancelot n'est pas venu chez moi. » Il gravit les premières marches de l'escalier menant aux chambres. « Je t'ai trop aimé, Lancelot, songea-t-il. Et j'ai, aujourd'hui, trop besoin de toi. Ce sont mon amitié et mon espoir qui ont dû susciter ton fantôme... »

Arthur longea une, deux, trois coursives, monta un autre escalier. Il régnait dans le château un silence inquiétant. Le roi se demanda encore une fois si les révélations d'Aguingueron n'avaient pas été un piège. La lueur de la chandelle ne lui ouvrait dans les ténèbres qu'un pas ou deux d'avance sur la nuit.

Il parvint devant la porte de la chambre de Guenièvre. Aucun rai de lumière sous la porte. « Elle dort, se dit-il. Elle dort, et je vais l'effrayer : elle me croit parti pour affronter Mordret. Laissons-la se reposer... »

Arthur recula d'un pas. « Allons-nous-en. » Un cri abominable lui vrilla les nerfs. Éclatant dans la coursive. À la lueur de la chandelle, il crut apercevoir l'ombre battante d'un oiseau s'engouffrant dans l'escalier. Et ce cri... « Un chat-huant », se dit-il.

Mauvais présage.

Un violent courant d'air avait failli souffler la flamme de sa bougie. Il la protégea de la main. Le cri de l'oiseau de nuit retentit à nouveau, se répercuta en écho : « Ha hi ! Ha hi ! Ha hi ! » Il crut entendre : « Trahi ! Trahi ! Trahi ! » Il poussa la porte de la chambre.

La fenêtre était ouverte. Le vent battait dans les tentures. Le roi, la paume en conque pour protéger la flamme de sa chandelle, s'avança dans la chambre.

Il découvrit d'abord un corps blanc, mince et rond à la fois, étendu sur le flanc. À la blondeur de la chevelure, il reconnut sa femme. Guenièvre.

Un pas encore. Puis un autre.

La lueur de la chandelle dévoila peu à peu un autre corps, de l'autre côté du lit. Nu, lui aussi. Couché dans la même position que Guenièvre, genoux repliés, bras croisés contre la poitrine. C'était le corps endormi d'un homme de forte stature, à la barbe et aux cheveux gris.

Arthur crut devenir fou. De jalousie. De chagrin. À peine avait-il le dos tourné que Guenièvre le trompait avec un autre homme... Un homme vieillissant, hirsute... Sans s'en rendre compte, il fit encore quelques pas.

C'est alors qu'il vit l'épée.

Une lame à demi plantée dans le matelas, entre les deux corps. Entre sa femme, nue, et cet étranger, nu lui aussi. Arthur contourna le lit, s'approcha de l'homme. Il n'avait qu'une envie, qu'une pensée : le tuer. Il se pencha lentement sur lui.

Ce profil. Ces pommettes. Ce menton.

Effaré, Arthur examinait l'homme couché près de sa femme. Lancelot... C'était Lancelot. Ou, plus précisément : c'était l'homme mûr en quoi le temps l'avait changé.

— Lancelot...

À peine ce nom prononcé, Arthur se redressa. Encore une fois, il considéra les deux corps, couchés face à face. Et qu'une épée séparait.

Une épée.

Dans un mouvement de jalousie meurtrière, Arthur s'en empara. Il la souleva, prêt à frapper Lancelot, à le décapiter.

« Il m'a trompé ! »

Il ne parvint pas, d'abord, à achever son geste. Ses yeux se portèrent sur sa femme, sur Guenièvre, nue, et dormant paisiblement.

« Elle m'a trompé ! »

Cette seule idée lui transperçait le cœur. Il les tuerait tous les deux. Tous deux l'avaient mérité.

Il abattit l'épée sur le cou de Lancelot qui dormait.

*

— Non !

L'épée avait heurté – Arthur ne savait quoi. Jusqu'à ce qu'un homme aux cheveux noirs, au visage marqué de profondes rides, au regard d'un noir de charbon et d'une ardeur de feu, se matérialise devant lui, le poing serré sur la lame.

— Merlin ?... C'est toi ?...

— Imbécile ! rugit le magicien en arrachant brutalement l'épée de la main du roi. Et toi ? Est-ce que tu es sûr d'être Arthur, celui que j'ai fait naître du ventre d'Igraine, des reins d'Uther ? Celui auquel j'ai présenté la plus belle fille de tous les royaumes, et qui l'a épousée ?

— Merlin...

— Si tu es roi, ce n'est ni de Logres ni de la Table Ronde ! Tu es empereur, Arthur ! Empereur des imbéciles !

— Voyons, Merlin... Parlez plus bas, vous allez les réveiller...

— Imbécile, te dis-je ! Et je répète : des imbéciles, l'empereur ! hurla Merlin.

Puis, changeant tout à coup de ton et de registre :

— Pourquoi crois-tu qu'ils dorment ? Parce que je l'ai voulu. Pourquoi crois-tu que cette épée était plantée entre leurs nudités ? Parce qu'ils l'ont décidé. Parce que, écoute-moi, ils te respectent davantage qu'ils ne s'aiment. Or, sais-tu ? Personne au monde ne s'est aimé comme ces deux-là. Cela te fait mal, d'entendre ça, cela te rend jaloux ? Tu as raison, mais tu as tort : tu es un roi, Arthur, pas n'importe lequel, le roi que j'ai choisi, que j'ai fait naître, que j'ai fait éduquer et que j'ai porté au pouvoir. Tu as des droits, certes. Mais surtout des devoirs.

Merlin replanta l'épée entre les corps endormis de Lancelot et de Guenièvre.

— Ces deux-là, tu n'y touches pas. Ce n'est ni ton devoir ni ton droit. Ils ont assez payé la trahison qu'ils ont commise. Ils la paieront jusqu'à leur mort.

D'un bond extraordinaire, Merlin sauta par-dessus le lit et se retrouva face à Arthur.

— Notre monde a ses lois. Parfois, nos destins les transgressent. Le destin de Guenièvre était d'aimer Lancelot. Le destin de Lancelot, d'aimer Guenièvre. Tu n'y peux rien – ils se chargeront eux-mêmes de leur propre châtiment.

— Et mon destin ? demanda Arthur.

Merlin tendit théâtralement les bras vers le ciel.

— Ah ! Je te retrouve tel que j'aime que tu sois ! Un roi véritable, un vrai chef : toujours, *toujours*, ne penser qu'à toi-même et à ta place, ton rôle.

Le magicien se pencha à l'oreille d'Arthur.

— Guenièvre et Lancelot ne sont pas tes ennemis. Ce n'est pas parce qu'ils s'aiment qu'ils ne t'aiment pas. Pardonne-leur leur faiblesse. Et va-t'en. Tu connais le nom de tes véritables ennemis. Tu es un roi, Arthur. *Notre* roi. Le dernier espoir de notre monde. Tue Mordret. Personne ne peut le faire à ta place.

— Mais je ne suis pas le meilleur des chevaliers. Je ne suis que leur roi. Au combat, je ne vaux pas Mordret...

Merlin lui prit les joues dans ses mains, comme on fait à un enfant.

— Mon bon, mon cher roi, fais-toi à cette idée : tu ne le vaincras pas sans mourir.

— Je ne comprends pas...

Le magicien prit la couverture d'hermine abandonnée au pied du lit. Il la jeta sur Lancelot et Guenièvre dénudés et endormis. La lame, très effilée, la partagea en deux pans qui recouvrirent chacun un corps.

— Et eux, crois-tu qu'ils comprennent ? demanda-t-il à Arthur. Crois-tu qu'ils ne mourront pas ? Pourtant, si notre monde doit survivre, c'est à eux qu'il le devra...

8

Deux questions

Après avoir quitté la citadelle de Blancheflor, Perceval fit tant galoper son cheval que celui-ci s'effondra sous lui. Le cœur de l'animal avait lâché. Perceval se releva, indemne. Il n'avait plus de monture.

Il marcha plusieurs lieues. Pour aller plus vite, il se sépara de son heaume, de ses jambières de fer, puis de son haubert. Il avait jeté son écu et sa lance près du cadavre de son destrier. Chevalier, c'était comme s'il marchait nu. Seule son épée battait encore contre sa hanche.

Mais il s'en moquait. Depuis que Blancheflor lui avait appris l'état de sa mère, et qu'il en était la cause, il n'était plus qu'un enfant – un enfant ingrat, dénaturé, se disait-il. Un fils que sa mère avait toujours protégé, et peut-être s'était-elle trompée, peut-être avait-elle eu tort de l'élever délibérément à l'écart du monde – mais elle l'avait fait en croyant que c'était pour son bien, et il n'avait aucun droit de lui en vouloir, aucune excuse de l'avoir abandonnée sur un mouvement de mauvaise humeur. Elle n'avait vécu que par lui, pour lui. Si elle mourait, ce serait aussi pour lui, par sa faute.

Marchant toujours, il traversa, sans bien s'en rendre

compte, un bois de chênes morts. Les arbres étaient noirs, leurs branches ne portaient pas de feuilles. Le sol ressemblait à de la cendre, fine, grise et volatile.

Tout à coup apparut une pente d'herbe très verte, qui dégringola jusqu'au bord d'une rivière. Perceval s'y laissa aller. Une barque suivait le fil de l'eau. Assis à l'avant, un vieil homme pêchait. Perceval l'interpella :

— Hé! Pêcheur! Dites-moi où je trouverai un gué pour passer cette rivière!

Le vieil homme releva sa ligne, posa sa canne auprès de lui et considéra le jeune chevalier.

— Tu me sembles bien pressé. D'où viens-tu, de la sorte? Et où est ton cheval?

Perceval se rendit alors compte au ton de sa voix qu'il n'avait pas affaire à un quelconque vieillard. Le pêcheur, s'aperçut-il, portait un manteau d'écarlate jeté comme une cape sur ses épaules. Vêtement royal. Décontenancé, il demanda :

— Dans quel pays suis-je, Monsieur? J'ai tant galopé ces derniers jours que j'ai dû m'égarer.

— Tu viens d'entrer dans la Terre Gaste, mon ami. J'en suis le roi. Mon nom est Pellès.

Le jeune homme, impressionné, se présenta à son tour. Pellès l'examina avec plus d'attention.

— Perceval? Je ne connais pas de chevalier portant ce nom.

— C'est que je suis chevalier nouveau, Sire. Monseigneur Gauvain m'a adoubé.

— Dans ce cas...

Ils se parlaient tout en avançant vers l'aval, le roi Pellès laissant guider sa barque par le faible courant, Perceval marchant le long de la rive.

— Écoute, chevalier nouveau, il n'y a pas de gué avant

des lieues. Le mieux est que tu montes à mon bord. Attrape !

Avec une force et une dextérité qu'on n'aurait pas attendues d'un vieil homme, Pellès lança une corde à Perceval. Celui-ci hala la barque jusqu'à la berge. Il y prit place.

— Très bien, lui dit Pellès. Prends les rames.

Perceval obéit. Il souqua fermement en direction de l'autre rive.

— Non, dit le vieux roi. Remonte le courant. Nous allons nous rendre à mon château.

— Sire, je n'ai pas le temps. Je dois...

Il n'en dit pas davantage. Il venait de se rappeler le conseil de Gauvain : tant qu'on ne le questionnait pas, il devait « tenir sa langue ». D'ailleurs, il aurait eu honte d'avouer à ce roi qu'il rentrait précipitamment chez lui parce que sa mère y mourait par sa faute.

— Fais-moi ce plaisir, dit Pellès. La journée est très avancée. Je t'offre l'hospitalité. Tu repartiras demain à l'aube.

— Sire, je...

— Demain, je te donnerai un cheval de mes écuries. Tu feras plus de chemin que tu n'en aurais fait ce soir à pied.

C'était sans discussion.

*

Un embarcadère de bois s'avançait jusqu'au milieu de la rivière. Perceval y amena la barque. Il l'amarra, puis sauta sur les planches.

— J'ai besoin de toi, lui dit Pellès.

— Pardon, Sire ?...

Pellès, alors, souleva les pans de son manteau, découvrant

au jeune homme ses jambes. Maigres, inertes, elles semblaient deux branches mortes.

— J'ai besoin de toi, répéta-t-il. Besoin que tu me portes.

Perceval, embarrassé, hésita.

— À moins, reprit Pellès, que tu ne t'en sentes pas capable. Auquel cas, va au château et ramène mes serviteurs.

Le jeune chevalier tourna la tête vers l'immense tour de pierres grises qui se dressait un peu plus loin, flanquée de deux tourelles frêles. Jamais il n'avait vu un château pareil – mais jamais non plus il n'avait entendu parler du royaume de la Terre Gaste. Il posa les yeux sur le vieux roi dans la barque : c'était un homme de forte corpulence, qui avait dû être d'une vigueur exceptionnelle avant que ses jambes ne cessent de le porter. Perceval avait, au centuple, la vanité de tous les jeunes gens : il ne supportait pas qu'on mît sa force en doute. Il descendit dans la barque, prit une profonde inspiration, se pencha, saisit le vieillard dans ses bras et le souleva.

Il fut surpris : Pellès lui parut extraordinairement léger. Il ne pesait, malgré sa corpulence et sa taille, pas plus qu'un tout petit enfant. Perceval enjamba le plat-bord de la barque, grimpa sans difficulté sur l'embarcadère et, le vieux roi dans les bras, se dirigea vers l'immense tour grise de son château.

— Je m'en doutais, dit Pellès.

— De quoi, Sire ?

— Je me doutais que je ne trouverais pas meilleurs bras pour me porter.

— C'est que... Vous me semblez si léger...

— J'aime que tu le dises ainsi. Un autre que toi – ou toi-même, il y a peu – aurait dit : « C'est que je suis fort. »

— J'ai failli le dire.

Pellès rit doucement.

— Parce que tu es orgueilleux. Mais – et c'est tant mieux pour toi et moi, c'est un merveilleux présage –, tu as la modestie de ton orgueil.

Ne comprenant rien à cette dernière phrase, Perceval prit le parti de ne pas répliquer. Le corps du vieux roi ne pesait à présent pas plus qu'une plume. Il le porta jusqu'au château.

*

À peine s'étaient-ils présentés devant les douves que le pont-levis s'était abaissé. Perceval l'avait franchi, Pellès dans ses bras. Dans la cour, des varlets les avaient accueillis, soulevant le roi et le déposant dans une litière. D'autres domestiques avaient couvert le jeune homme d'un manteau d'écarlate semblable à celui que revêtait Pellès. Ensuite, ils l'avaient conduit dans l'une des tourelles, amené jusqu'à une chambre où un bain d'eau fumante l'attendait. On l'avait déshabillé. Il s'était laissé faire. Un varlet l'avait enveloppé dans un drap de lin blanc, avant qu'il entre dans le bain, s'y assoie et, soudain apaisé par l'eau très chaude, s'y abandonne au simple plaisir du repos.

— Bonjour, chevalier.

Perceval ouvrit les yeux. Les varlets avaient tous quitté la chambre. Une jeune femme venait d'y entrer, tenant par l'épaule un garçon d'une dizaine d'années, d'une beauté farouche et simple, d'une allure de prince. Dans un geste réflexe, Perceval vérifia que le drap de lin couvrait bien sa nudité.

— Madame ?...

— Je suis Ellan, la fille du roi Pellès. Et voici mon fils, Galahad. Nous sommes venus saluer l'hôte de mon père.

— Très bien... Merci... Je vous salue également...

Ellan fit signe à son fils de s'éloigner vers la fenêtre. Il lui obéit, s'assit sur le banc de pierre de l'embrasure, gardant les yeux – des yeux d'un bleu profond et calme – sur le jeune chevalier assis dans son bain.

— Savez-vous, commença Ellan, que mon père choisit ses hôtes avec tant de... discernement que vous êtes le deuxième seulement que j'aie vu entrer ici?

— Euh... J'apprécie cet honneur, croyez-le...

Ellan prit un siège et s'y assit, tout près du bain de Perceval. Il était très mal à l'aise. Cette jeune femme était belle, sans qu'il pût lui donner un âge – et surtout elle le dévisageait d'une façon intimidante. Que lui voulait-elle?

— Combien d'exploits avez-vous accomplis, ces dernières semaines? demanda-t-elle tout à coup.

— De... D'exploits?

— Vous avez montré, j'en suis sûre, une prouesse hors du commun?

— Je...

Était-ce le fait qu'il était presque nu dans un bain? Était-ce le ton inattendu, vaguement menaçant, qu'employait cette inconnue pour lui parler? Perceval se sentait beaucoup moins vaniteux qu'à l'accoutumée.

— J'ai vaincu un Chevalier Vermeil, dit-il. Je lui ai pris ses armes.

— Bravo. Mais encore?

— J'ai... J'ai affronté Aguingueron, un géant au service de Mordret... vous avez entendu parler de Mordret?

— Pas de questions stupides, chevalier. Oui, tout le monde sait qui est Mordret.

Elle pencha soudain le visage vers lui. Ses yeux brillaient d'une flamme étrange.

— Mordret a une mère, Morgane, qui est capable de tout.

— Il paraît...

— Capable, par exemple, de prendre n'importe quelle apparence humaine ou animale.

— Ah, bon ?

— Capable, donc, de donner à son fils, à Mordret, n'importe quelle apparence, n'importe quelle identité.

Il voulut lui répliquer que, dans ce cas, c'était peut-être pourquoi il avait tant de mal à retrouver ce Mordret. Il n'en eut pas l'occasion. Ellan approcha encore son visage du sien, à le toucher. Et murmura :

— Que tu sois Mordret ou pas, écoute-moi bien : le Graal n'est pas pour toi. Tu n'es pas, tu ne seras jamais l'Élu.

— Le... ? De quoi parlez-vous ?

— Lancelot aurait pu, aurait dû l'être. Il a échoué. Par la faute de Guenièvre... S'il m'avait aimée...

Elle se mit subitement debout. Elle semblait très déterminée, presque en colère. Perceval n'y comprenait rien. Rien. « C'est une folle », pensa-t-il.

— Le Graal et le monde ne t'appartiendront pas, Perceval, Mordret, ou qui que tu sois. J'ignore jusqu'où ira l'aveuglement de mon père. Mais crois-moi : tu me trouveras toujours en travers de ta route.

— Je peux vous assurer, Madame...

— Regarde ! l'interrompit-elle en lui désignant le jeune garçon qui, sagement assis dans l'embrasure de la fenêtre, posait sur eux ses yeux si clairs et si calmes qu'ils semblaient d'un ange. Regarde mon fils ! Il n'a plus que quelques années à grandir, et le Graal et le monde seront à lui.

Elle recula, appela d'un signe le jeune Galahad qui la rejoignit. Elle lui posa la main sur la nuque et, avant de quitter la chambre avec lui, elle ajouta :

— S'il le faut, je te tuerai de mes propres mains.

Après quoi, entraînant son fils, elle sortit.

*

Le dîner, ce soir-là, se déroula comme aucun dîner dont Perceval avait jamais été le convive.

D'abord, quand les varlets réapparurent pour le sortir du bain, le sécher, l'oindre et l'habiller, il ne cessa de se repasser en esprit la visite d'Ellan. Ce qui ne lui servit à rien : il ne pouvait comprendre de quoi elle lui avait parlé. C'est donc avec un certain malaise qu'il s'était laissé conduire dans la salle du château.

On l'avait fait entrer dans une pièce plus vaste qu'il n'aurait pu en imaginer. Une cheminée gigantesque. Un plafond si haut que la lueur des torches et des chandelles, pourtant allumées par centaines, ne l'atteignait pas. Et, au centre d'une salle dix fois plus spacieuse que la grand-salle de Camaalot, le vieux roi Pellès l'attendait, étendu sur un lit carré. Ni chevaliers, ni demoiselles, ni varlets, ni domestiques. Le vide. Juste le roi Pellès, infirme, allongé sur des coussins d'écarlate – et lui-même, traversant ce désert de dalles grises jusqu'au vieil homme.

— Assieds-toi, chevalier, lui dit Pellès en tapotant le lit.

Perceval jeta un coup d'œil autour de lui : rien, il n'y avait rien dans cet énorme espace, que le roi infirme, son lit et lui. Il éprouva un vague vertige. Mais il obéit. Il alla s'installer au bord du lit.

— Mon ami, continua Pellès, reprenons la conversation où nous l'avons laissée. D'où venais-tu, aujourd'hui ?

— D'une citadelle tenue par une demoiselle, Blancheflor, et qu'assiégeaient les troupes de Mordret.

— Ah... Beau Repaire... Je connais... Et qu'allais-tu faire là-bas ?

— Je passais.

Pellès eut un rire amical.

— D'accord. Et, *passant*, qu'as-tu fait ?

— Ce qu'aurait fait tout chevalier à ma place : j'ai affronté en jugement le lieutenant de Mordret.

— Aguingueron ? On prétend qu'il est gigantesque, et imbattable.

— Je l'ai pourtant battu.

Pellès rit encore, avec une satisfaction dont Perceval ne comprenait pas la cause.

— Vous semblez heureux de cette nouvelle, Sire. Aguingueron et Mordret sont-ils vos ennemis ?

— Je n'ai pas d'ennemis. Ou, disons, je n'en ai plus.

— Vous avez de la chance...

— Non. C'est simplement que je ne suis plus de ce monde.

— Ah...

Il vint à Perceval, sur le bout de sa langue, une question qui l'ennuyait depuis son bain : « Et qui est cette Ellan, qui s'est présentée à moi comme votre fille et m'a parlé sans que je comprenne un mot de ses intentions ? » Il la retint, cette question. « Tenir sa langue » : toujours « tenir sa langue ». Ne jamais parler de soi. Perceval chercha une réplique anodine, une simple politesse, et trouva ceci :

— Blessé comme vous l'êtes, Sire, vous devriez éviter d'aller pêcher seul dans une barque.

— Je l'évite, mon ami, je l'évite, ne t'en fais pas. Sauf

lorsqu'il s'agit de rencontrer un jeune chevalier comme toi.

Avant que Perceval ait pu répondre, le roi claqua quatre fois dans ses mains. Aussitôt, une porte au fond de la salle s'ouvrit. Un varlet apparut. Il portait une longue lance blanche. Il se dirigea vers le lit où Pellès était allongé, Perceval, assis. Le jeune homme se demanda ce que la chose signifiait. Et se le demanda d'autant plus quand, le varlet et la lance s'approchant, il constata ce curieux phénomène : la pointe de l'arme saignait. Un sang d'un rouge frais, comme tiré d'une blessure faite à l'instant. Et ce sang s'écoulait, goutte à goutte, le long de la hampe. Le varlet qui la portait passa devant le lit, assez près pour que Perceval s'aperçût qu'il ne s'était pas trompé : ce sang sourdait sans cesse de la pointe de la lance. Il ouvrit la bouche, voulut demander quel était ce prodige. Se tut.

Non, il ne devait poser aucune question indiscrète. Comme Gauvain le lui avait appris. Être chevalier, c'est aussi savoir se taire à bon escient. « Tu ne dois jamais montrer que quoi que ce soit te surprend. » Bon élève, Perceval feignit de n'être pas surpris.

Il n'était pourtant pas au bout de ses étonnements. Alors que le varlet à la lance disparaissait par une petite porte à l'autre extrémité de la salle, deux nouveaux varlets entrèrent, chacun un candélabre à la main. La lumière des chandelles était étonnante. Dix, elles brillaient comme mille. Ébloui, Perceval mit ses doigts devant ses yeux. Il sentit la main du roi Pellès lui saisir le poignet. Il regarda.

Suivant les deux varlets aux candélabres, une jeune femme entrait à son tour. Sur ses deux mains, elle apportait un large plat, qu'on nomme « graal », incrusté d'or et serti de pierres précieuses. Perceval reconnut aussitôt la jeune femme : c'était Ellan, celle qui s'était présentée comme la fille du roi et, accompagnée de son fils, lui avait tenu de si étranges et menaçants propos tout à l'heure. L'incroyable éclat de lumière, dont on ne savait s'il provenait des candélabres ou bien de l'or du Graal lui-même, impressionna tant Perceval que, cette fois, il oublia les conseils de Gauvain et s'apprêta à poser une question. Il allait la formuler quand il vit, au fond de la salle, le fils d'Ellan, ce garçon au regard si clair, si lumineux, si intense que cela lui parut un autre prodige, auprès duquel l'éclat des candélabres et celui du graal n'étaient rien.

Il baissa les yeux. Il laissa défiler devant lui les varlets et Ellan – les candélabres et le plat d'or serti de pierres précieuses. Il ne les releva que lorsqu'ils franchirent l'autre porte, au fond de la salle, par laquelle avait aussi disparu la lance qui saignait.

Le roi Pellès l'agrippa par le poignet.

— Que t'arrive-t-il ? Pourquoi ne dis-tu rien ?

Les doigts de Pellès l'enserraient si fort qu'il eut mal. Mais il ne chercha pas à se dégager. Ni à répondre. D'ailleurs, il en était incapable. Comme s'il n'avait jamais su prononcer un mot.

— Regarde ! grogna Pellès. Regarde encore !

Et le varlet à la lance, puis ceux aux candélabres, puis Ellan et son plat d'or revinrent dans la salle. Ils parcoururent lentement, solennellement, le même chemin qu'à l'aller. Un chemin qui les faisait passer près du lit où Perceval était assis, le poignet douloureux sous les doigts serrés de Pellès.

— Regarde...

Perceval regarda. Et, regardant, il fut assailli par deux questions. Il crut deviner qu'il devait les poser, absolument. Mais il eut beau bouger les lèvres, elles n'en sortirent pas. Il était muet. Paralysé. Il ne voyait vraiment que les yeux bleus, angéliques et fixes, du garçon nommé Galahad. Et, quand il parvint à en détourner le regard, ce fut pour rencontrer celui d'Ellan.

Il lui sembla que sa bouche s'était transformée en un morceau de bois, sa langue, en un caillou. Deux questions, *deux questions* simples mais essentielles tournaient, tournaient, tournaient dans sa tête. Il ne les poserait pas.

Le cortège des varlets et de la jeune femme s'engouffra par la porte d'où il était d'abord sorti. Les doigts de Pellès lâchèrent le poignet de Perceval. Le roi hurla :

— ASSEZ ! Qu'on me délivre, par le Sang du Christ ! J'EN AI ASSEZ !

Après quoi, l'air tourbillonna autour de Perceval – et il sentit que le tourbillon ravissait son esprit. Il murmura :

— J'ai deux questions...

Il était trop tard. Il s'évanouit.

*

Il s'éveilla à l'aube. De l'eau glacée lui mouillait les joues. Il grogna, ouvrit les yeux, se protégea instinctivement le visage.

Au-dessus de lui, dans une luminescence de ciel d'hiver, il y avait de gros nuages gris et lourds, d'où tombait une averse de neige. Autour de lui : les murs en ruine de ce qui avait dû être une très vaste tour. Il était allongé sur un matelas de paille pourrie, au milieu de dalles à demi descellées entre lesquelles poussaient des mauvaises herbes.

Perceval se leva péniblement. Il avait mal aux reins. Il avait froid. La neige était de plus en plus dense. Elle recouvrait très vite le dallage de la large salle en ruine. Tout devenait blanc.

Comme mon esprit, songea Perceval qui n'avait plus qu'une image en tête, comme d'un rêve : une lance saignant goutte à goutte au-dessus d'un plat d'or et de pierres précieuses. Et ce cri : « ASSEZ ! » Un vieil homme à barbe grise. Une jeune femme, aussi, et un garçon. Leurs regards.

— Deux questions..., murmura-t-il en titubant dans la neige.

Deux questions. Il se rappelait qu'il aurait dû poser deux questions.

Lesquelles ?

Au pied du lit effondré, il trouva, à demi recouvert de neige, un manteau d'hermine et d'écarlate. Il s'en enveloppa. Il faisait de plus en plus froid. Il avait faim, soif. Il était épuisé comme s'il n'avait pas dormi.

Il sortit des ruines. Devant lui, dans une lumière très pâle, tout était blanc.

Ma mère...

Il s'enroula chaudement dans l'hermine et l'écarlate. Sa mère... C'était elle qu'il devait retrouver. Avant qu'elle meure.

Il se pencha, prit de la neige dans ses mains et s'en frotta vigoureusement le visage. Cela finit de le réveiller.

9

Humeurs noires

Au même instant, loin de là, Lancelot s'éveillait lui aussi.

C'est le froid qui l'avait tiré du sommeil. Ouvrant les yeux, il constata qu'il n'y avait pas de feu dans la cheminée, puis que la fenêtre était grande ouverte. Des flocons épais, mais légers, planants, tombaient jusque dans l'embrasure. Il se leva. Les souvenirs de la veille lui revinrent, par bribes. Guenièvre. Leur discussion. Leur décision. L'épée.

Il jeta un coup d'œil au-dehors. Tout était blanc. Tout Camaalot avait été enfoui sous le grand silence froid de la neige. Il frissonna. Il était nu. Il se retourna vers le lit.

Guenièvre y dormait encore. L'épée plantée tout contre sa hanche. Une couverture d'hermine la recouvrait à demi.

Il s'approcha d'elle. Il s'agenouilla. Il lui effleura la tempe d'un baiser. Il n'en revenait toujours pas, après tant d'années passées dans l'illusion du Val sans Retour, qu'elle soit vivante, et chaude.

— *Va-t'en. Maintenant, tu dois t'en aller.*

Il sursauta, regarda autour de lui : il n'y avait personne dans la chambre. Pourtant, cette voix... cette voix lui rappelait quelqu'un...

— *Je ne te le répéterai pas : va-t'en.*

Cette voix... Oui. C'était la sienne...

— Qui parle ? Où êtes-vous ?

— *Je te parle, comme si tu te parlais à toi-même. Va-t'en.*

Lancelot chercha du regard d'où venait cette voix.

— *Lancelot, tu dois faire ton choix : ou Guenièvre, ou Arthur.*

— Il y a des années que j'ai choisi ! Montre-toi !

— *Je suis là. Dans ton cœur. C'est lui que tu dois écouter.*

— Mon cœur ne me parlerait pas de la sorte !

— *Bon, je n'ai pas de temps à perdre. Touche ton cou.*

— Quoi ?

— *Mets les doigts sur ton cou, te dis-je !*

Lancelot obéit à contrecœur. Il trouva, du bout de l'index, une longue estafilade qui saignait encore, entre sa nuque et sa gorge.

— *Voilà,* dit la voix. *Maintenant, examine la lame plantée dans le lit.*

Lancelot obéit à nouveau. Du sang tachait le tranchant de l'épée.

— *C'est le tien,* dit la voix. *Arthur aurait pu te décapiter.*

— Arthur ? Le roi est venu... nous a surpris ?

— *Et même,* gronda Merlin, *et* même *s'il ne t'avait pas surpris, nu, dans le même lit que la reine, est-ce que tu serais pardonnable d'avoir fait ce que tu as fait ?*

— Je... je l'aime...

— *ET ALORS ? TU L'AIMES DONC PLUS QUE TON ROI ?*

La voix s'était faite assourdissante. Pourtant, Guenièvre ne s'éveillait pas.

— Ce n'est pas pareil, gémit Lancelot. Ce n'est pas le même amour...

— *Alors à toi de déterminer lequel tu dois choisir ! À toi de savoir qui je suis, qui tu es ! Ce que tu dois !*

— Non...

Du recoin le plus sombre de la chambre, un homme était sorti. Il était nu, comme Lancelot. Mais surtout il était : Lancelot nu. C'était lui-même qui traversait la pièce, lui-même, mais plus jeune, sans barbe grise, sans toutes ces rides qui lui marquaient le front, la commissure des lèvres, le coin des yeux. Un Lancelot d'avant le Val sans Retour, un Lancelot comme, se dit-il soudain, il aurait toujours dû le rester, l'être.

— Tu n'existes pas... Tu es une illusion, un mensonge...

— *Erreur ! C'est toi, l'illusion et le mensonge ! Toi qui m'as trahi, m'as menti, m'as enfermé, par ta sottise, dans le Val sans Retour !*

— Tais-toi !

Lancelot se jeta sur l'ombre, son double – sur lui-même. Ils roulèrent au sol. Ils étaient de même force. Et c'était atroce de devoir frapper à coups de poing ce visage qui avait été, aurait dû encore être le sien ; de se défendre contre son ombre, contre soi-même.

Épuisés, les deux Lancelot cessèrent la lutte. Ils n'avaient plus de souffle.

L'un d'eux finit par demander :

— Que devons-nous faire ?

À quoi l'autre répondit :

— Soyons nous-même.

— Qui ?

— L'enfant que Viviane a élevé.

*

Ce matin-là, deux chevaliers partirent vers le nord. L'un, avec ses joues d'adolescent, ne songeait qu'à sa mère. Il quittait, à pied, les ruines d'un château qu'il avait vu, la veille, immense et accueillant. L'autre, à la barbe précocement grise, tentait d'oublier son seul et unique amour. Il quittait, à cheval, le château de Camaalot, avec au cœur la certitude qu'il n'y reviendrait jamais.

Tous deux progressaient dans un paysage de neige. Sous un ciel gris d'argent. Le silence était total. Les oiseaux et les bêtes qui, à l'automne, n'avaient pas migré vers des contrées plus clémentes s'étaient réfugiés dans leurs nids, leurs tanières, leurs repaires. Tout dormait. À part les hommes.

À part ces deux chevaliers qui allaient à leur destin, et les milliers d'autres – soldats, sergents, varlets, chevaliers eux-mêmes, rois ou princes –, des armées entières, qui se dirigeaient vers le château de Carduel, au bord de la mer d'Irlande.

Beaucoup d'entre eux mourraient.

Ni le jeune Perceval ni Lancelot ne s'en doutaient. L'auraient-ils su, ils s'en seraient moqués. Chacun d'eux n'avait à l'esprit que le destin d'une femme aimée : une mère, une amante.

Ils se ressemblaient comme le cristal d'un flocon à un autre. Ils ne le savaient pas. D'ailleurs, ils n'en auraient rien eu à faire. Les pas de Perceval, les sabots du roncin de Lancelot, enfonçaient leurs traces dans la neige.

*

Et, cependant, Merlin, le « fils du diable », s'était posé, sous la forme d'un épervier, parmi les Hautes Terres d'Écosse. Il reprit forme humaine et se mit en marche.

Il ne savait pas où il allait. Il ne se posait pas la question. Il était fatigué. Il avait décidé de ne plus s'occuper de rien. De laisser le monde courir à son destin, fût-ce à sa perte.

C'est là que Morgane commit la plus grave erreur de son existence. Planant sur ses ailes de chat-huant, elle avait passé la nuit à survoler les troupes commandées par son fils, Mordret. Elle en avait admiré le nombre, et la discipline, et l'éclat des armes. Elle se disait qu'elle avait fait sa part : grâce à elle, Arthur avait surpris Lancelot dans le lit de Guenièvre – et le roi était donc un homme déjà blessé, déjà vaincu, déjà fini. Trahi par les deux individus au monde qu'il préférait. Quant à ce crétin de nouvel Élu, ce petit Gallois de Perceval, elle n'avait pas eu besoin de l'écarter du chemin du Graal : la fille de Pellès, la jalouse et terrible Ellan, s'était chargée elle-même de l'empêcher de poser les Deux Questions. Tout ça pour son gosse, ce Galahad, le bâtard de Lancelot... Ah ! Si Ellan s'imaginait que son petit Galahad obtiendrait le Graal, elle s'était bien fourvoyée ! Le Graal, et donc le pouvoir absolu sur l'univers, n'était destiné qu'à un seul homme, un seul chevalier, un seul fils, et ce serait le sien : Mordret !

Exaltée, elle voletait dans le ciel, au-dessus de la tête de Merlin, qu'elle avait rejoint sur les pentes enneigées des Hautes Terres. Lui seul pouvait encore se mettre en travers de son chemin. Contrarier le destin de Mordret. Il fallait l'éliminer, le tuer, l'éradiquer. Il avait l'air si las... Ce serait facile.

Elle ne se doutait pas que Merlin avait décidé de ne plus intervenir en rien dans la marche du monde. Si elle l'avait compris, aurait-elle, chat-huant, battu des ailes pour le laisser à sa tristesse ? Non. Elle le haïssait trop.

Elle fondit sur Merlin, le frappa d'un coup de bec sur le crâne, puis alla se poser un peu plus loin, sur un rocher.

Grimaçant de douleur, Merlin se frotta le crâne. Il examina ses doigts ensanglantés. Le chat-huant le narguait, clignant des yeux en face de lui. Agacé, il se pencha, ramassa un caillou et...

Cela – ce geste –, Morgane ne l'avait pas prévu. Elle se transformait en oiseau de nuit comme on s'amuse, quand on a des pouvoirs de sorcière et qu'on peut changer d'aspect, et voler. Se transformer en oiseau de nuit, pour elle, cela n'avait rien de commun avec être un oiseau. Elle dut, ce matin-là, se détromper.

Un caillou suffit. Le caillou que Merlin, furieux, projeta de toute sa force de magicien.

Avant même d'avoir compris ce qui lui arrivait – et que, donc, il ne lui arriverait jamais plus rien, après cette pierre –, Morgane reçut le caillou en plein dans son œil gauche de chat-huant, juste à l'instant où elle s'apprêtait à reprendre sa véritable apparence.

L'impact tua l'oiseau net.

Merlin crut percevoir une sorte de grande ombre qui s'ouvrait autour du chat-huant quand la pierre l'assomma. Mais la neige tombait de plus en plus dru, et même un magicien tel que lui n'y voyait plus grand-chose.

— Sale bête, grommela-t-il. Bien fait...

Et, essuyant ses yeux brouillés par les flocons de neige, il reprit son chemin.

Derrière le rocher, la dépouille du chat-huant tué net se transforma lentement en un grand corps de femme. Qui, à son tour, disparut peu à peu sous la neige.

— Qu'ils se débrouillent tout seuls, grognait Merlin en dévalant la pente d'une colline des Hautes Terres. Ils ont fait n'importe quoi en mon absence... Ce n'est pas à moi, maintenant, de les débarrasser de Morgane...

Pourtant, il commençait à se sentir mieux. Comme si le

voile noir de sa tristesse se déchirait. Il s'arrêta, respira profondément. Oui, soudain, le monde lui semblait plus clair. Une onde de joie, de soulagement lui parcourut le corps. C'était inexplicable.

Il se gratta le front. Une idée lui traversa l'esprit. Une intuition.

— Morgane ? appela-t-il. Morgane ? MORGANE !

Il sut qu'il n'obtiendrait jamais de réponse. Alors il éclata de rire.

*

Perceval atteignit l'orée de la Forêt Perdue après deux jours de marche. La veille, il s'était présenté dans un hameau et y avait acheté un cheval de labour, en échange de la bague qu'il avait « obtenue » de la demoiselle, au début de ses aventures. Il s'était restauré d'une soupe d'orge, avait refusé l'hospitalité des villageois et était reparti dans la nuit. La neige avait cessé de tomber. Le ciel s'était dégagé. Il avait chevauché dans un paysage fantomatique – le blanc de la neige luisant sombrement sous la faible lueur des étoiles et d'une lune à son premier quartier.

Il traversa le rideau d'arbres qui interdisait l'approche du manoir familial à quiconque n'en connaissait pas le passage. Là aussi, tout était blanc. Pas un animal, pas le moindre cri d'oiseau. Les larges pâturons du cheval de labour s'enfonçaient en crissant dans la neige fraîche.

Il franchit le pont qui enjambait les douves. La cour du manoir était immaculée. Aucune trace de pas, aucune empreinte. Perceval cria :

— Holà !

L'écho de sa voix parut comme absorbé, étouffé par la neige. Personne ne vint à sa rencontre.

De plus en plus inquiet, il descendit du cheval et, l'abandonnant là, il se dirigea vers l'entrée de la salle.

Il y faisait sombre et froid. La haute cheminée principale était éteinte. Il s'en approcha, en toucha les cendres : aucun feu, depuis longtemps, n'avait été allumé dans cet âtre.

— Holà ! Quelqu'un ?

La question se répercuta en vain entre les murs de la salle. Perceval monta l'escalier qui menait à l'étage.

Il suivit la coursive jusqu'à l'entrée de la chambre. La porte en était entrebâillée. Il hésita, la poussa. Elle s'ouvrit en grinçant sur une pièce aussi glacée que le reste du manoir. Il vit d'abord la cheminée éteinte. Puis le lit. Le lit où reposait un corps.

D'instinct, il recula d'un pas. Il ne pourrait pas, se dit-il, il ne *pouvait* pas... Pas entrer dans cette chambre – mortuaire.

À ce moment, un rayon de soleil transperça la fenêtre. Se posa, lueur froide et dorée, sur le lit. Sur le corps.

— Mère..., murmura Perceval.

Luttant contre lui-même, contre son propre désir de fuite, son refus de cette réalité inacceptable, il fit quelques pas dans la pièce. Jusqu'au lit. Le soleil, à cet instant, illumina toute la fenêtre et éclaira le visage de la femme étendue, les mains croisées sur la poitrine, les yeux clos.

— Mère..., répéta-t-il, et il tomba à genoux au chevet de la morte.

Il pleura.

— Pardonnez-moi... J'ai été un mauvais fils...

Le souvenir de sa mère s'effondrant à l'entrée du manoir alors qu'il s'en allait loin d'elle lui revint, terrible, à l'esprit. « Si j'avais rebroussé chemin..., songea-t-il. Si j'avais pris soin d'elle à moitié autant qu'elle a pris soin de moi, durant toute sa vie... »

Mais on ne peut rien contre la mort. Ni contre sa propre culpabilité. On ne peut remonter le temps, corriger ses erreurs anciennes. Il n'y avait de vrai que cela : il avait abandonné sa mère, elle était morte. Morte. Morte... Plus jamais il ne parlerait avec elle. Plus jamais il ne pourrait lui expliquer qu'il *devait* partir ce jour-là, que la Providence lui avait fait rencontrer des chevaliers, qu'il ne pouvait faire autrement que d'avoir envie, besoin de les suivre, les imiter, les surpasser.

« Et pour quoi faire ? » se demanda-t-il en déposant sa main sur les mains glacées de la morte. « Qu'en ai-je rapporté, sinon la vanité d'avoir tué le Chevalier Vermeil, humilié le géant Aguingueron, perdu à jamais Blancheflor, sans avoir pu l'aimer ? Tu avais raison, ma mère : ça ne sert à rien d'être chevalier. C'est juste de l'orgueil. Et mon orgueil t'a tuée... »

Il contempla encore un moment ce visage dont toutes les rides, tous les soucis, toutes les craintes avaient disparu dans la mort. Un visage presque de jeune femme, livide, comme il ne lui en avait jamais connu. Il ne se demanda pas pourquoi leurs domestiques et leurs sergents avaient déserté le manoir. Sans doute étaient-ils partis ailleurs chercher un toit, une protection, l'espoir d'une meilleure fortune. Il prit dans ses bras le cadavre de sa mère, le souleva contre sa poitrine et, comme s'il ne pesait rien, le porta hors de la chambre, descendit l'escalier, traversa la salle, puis la cour, et le pont des douves, marcha dans la clairière que la neige recouvrait de silence.

Le corps était raide. Sa mère, morte depuis des jours

déjà. Seul le froid l'avait préservée d'une effroyable corruption. Il la déposa dans la neige.

Puis, sous le chêne qu'elle préférait – un très vieil arbre qui, disait-elle, avait été planté par son trisaïeul –, il creusa une tombe. Quand le trou lui parut assez profond pour qu'aucun oiseau charognard ne le déterre, il y enfouit le corps. Il le recouvrit d'un drap de lin blanc qu'il avait trouvé dans ses armoires.

Quand la tombe ne fut plus qu'un petit monticule dans la clairière, il prit son épée, trancha deux branches basses du vieux chêne, les tailla et les assembla. Cela fit une croix. Il la planta à la tête de la tombe.

Longtemps, il resta là, sans rien dire, alors que la neige recommençait à tomber. Bientôt le monticule blanchit. Peu après, il avait disparu parmi la blancheur uniforme de l'hiver.

— J'ai été chevalier contre ton choix, dit alors Perceval. Désormais, je le serai pour toi.

D'un seul coup, il se détourna de la tombe. Il rejoignit son cheval. Il y monta. Tous deux étaient couverts de neige ; on les distinguait à peine dans ce blanc qui aplanissait et assourdissait toute chose.

Perceval talonna sa monture, lui fit quitter la clairière. Il ignorait où il allait. Il était orphelin. Tout lui était égal.

*

Lancelot avait choisi un roncin solide dans les écuries de Camaalot. Pendant trois jours, il avait traversé un paysage blanc. La neige était parfois tombée si fort, était si haute, si profonde, qu'il n'avançait plus qu'à grand-peine. Il devait alors descendre de sa monture et, la tirant par la bride, la conduire sur des chemins que l'hiver avait effacés, où l'épaisseur de neige était telle qu'il s'y enfonçait, lui, jusqu'aux hanches, et son roncin, jusqu'au poitrail.

Il ne cessait de songer à cet *autre lui-même* contre lequel il avait dû lutter. L'illusion. Toujours l'illusion. L'illusion, toujours. Après celle de Guenièvre, son amour, il avait été confronté à l'illusion de lui-même, et qui – de ce Lancelot jeune et agaçant de certitudes, ou du Lancelot qu'il était devenu, à la barbe précocement grise – avait raison ? Il refusait de se poser la question. Il avait été ce jeune homme, il ne le reniait pas. Mais il était, il devait l'admettre, cet homme mûr trop tôt, qui avait un choix à faire. Triple choix. Ou bien – et c'était son premier sentiment en s'enfuyant de Camaalot – il se mettait à l'écart du monde et vivait désormais au fond d'une forêt. Ou bien il renonçait à son serment de chevalier, enlevait Guenièvre et trahissait Arthur. Ou bien il rejoignait le roi, l'assurait de sa fidélité, combattait à ses côtés, et lui sacrifiait son amour pour Guenièvre.

Progressant avec difficulté dans la neige de plus en plus dense – comme si l'hiver s'était abattu sur le monde et s'apprêtait à le glacer –, il se découvrait incapable de choisir entre ces trois possibilités. Il se sentait prêt à renoncer à tout, autant qu'à combattre pour son amour, ou bien à combattre contre son amour *et* pour son roi.

Alors qu'il suivait un vallon étroit dont la rivière, peu à peu, se figeait en glace, il tomba nez à nez avec un jeune homme, qui tirait lui-même un cheval à sa suite. Un gros et patient cheval de labour.

— Paysan, s'écria Lancelot, écarte-toi, je passe !

Ils se retrouvèrent face à face. Le plus jeune répliqua :

— Vieil homme, c'est toi qui vas écarter ta barbe et ton roncin de mon chemin.

Lancelot l'examina posément des pieds à la tête.

— Ton cheval est plus costaud que le mien, mais tes épaules un peu frêles, paysan. Je te le répète : écarte-toi. Je suis Lancelot du Lac, chevalier de la Table Ronde. Tu me dois le passage.

— Ah ! fit Perceval – car, bien sûr, c'était lui. Un chevalier ! Vous faites partie des hommes que je déteste le plus au monde.

— Tiens ? Et pourquoi cela ?

— Parce que je les ai trop aimés.

Lancelot songea fugitivement à Guenièvre, et se dit que cette définition de l'amour-haine ne lui semblait pas tout à fait sotte.

— À ton accent, je suppose que tu es gallois. Or, si tu es gallois, tu ne connais sans doute pas grand-chose des règles de la chevalerie.

— Traitez-vous les Gallois de crétins, Monsieur ? L'osez-vous ?

Lancelot considéra ce petit coq qui le défiait. Il n'avait envie de tuer personne. Et surtout pas un jeune sot, gallois de surcroît, qui avait plus de bêtise et de courage que de moyens de l'affronter. Il haussa paisiblement les épaules.

— Dégagez-vous, ton gros cheval et toi, sur le côté. Nous nous croiserons comme si nous ne nous étions jamais vus.

— Et pourquoi serait-ce à moi de passer au large, Monsieur ?

— Différence d'âge, dit calmement Lancelot. Respecte ma barbe grise.

Tout à coup, Perceval tira son épée du fourreau.

— Je ne respecte que qui sait se battre, et l'ose !

Lancelot ferma les yeux et poussa un long soupir.

— Tu es très, très ennuyeux, petit Gallois...

Et, brusquement, il empoigna son épée qu'il pointa vers le jeune homme.

— Je parlais comme toi, quand j'avais ton âge. J'étais très bête.

L'épée de Perceval s'abattit sur Lancelot. Qui para tranquillement le coup.

— J'étais très bête, reprit-il, et très présomptueux. Mais j'avais les moyens de ma bêtise et de ma présomption. Quant à toi, les as-tu? Prouve-le!

Les lames se heurtèrent dans un clair bruit de métal. Les deux chevaliers, de la neige jusqu'aux cuisses, s'affrontèrent. Lancelot sut qu'il avait vieilli quand il comprit qu'il se contenterait de se défendre, que son adversaire n'était qu'un gosse d'une belle vanité, et que la leçon qu'il espérait lui donner n'irait pas jusqu'à le tuer. Quant à Perceval, il ne savait ni ne se disait rien. Sinon que le chagrin de la mort de sa mère, il était prêt à l'oublier dans la confrontation avec un adversaire.

Lorsque deux duellistes sont de même force, comme Lancelot et Perceval, la victoire se joue à un rien. Ce rien, ce fut le calme de l'un des deux combattants. Lancelot, d'un coup, finit par arracher l'épée des mains de Perceval. Dans le retour du mouvement, il lui planta la pointe de l'arme sur la gorge.

— Que dois-je faire maintenant? Dis-le-moi. Dois-je te tuer?

— Vous avez gagné. C'est votre droit.

— Qu'ai-je à faire d'avoir gagné? Et de ce droit?

Lancelot abaissa la lame de son épée.

— Celui que tu as en face de toi, jeune homme, est un traître à son roi. C'est toi qui aurais dû me tuer, si Dieu et les règles de chevalerie avaient raison.

— Je suis un traître aussi, Monsieur. Un traître à ma mère.

— Que veux-tu dire ?

— Je suis responsable de sa mort.

Lancelot le dévisagea un instant. Puis il remit son épée au fourreau.

— Poursuis ton chemin, Gallois. Et oublie ma victoire. Et oublie ta mère...

— Jamais.

— Alors oublie ton chagrin. Si ta faute avait été plus grande que la mienne, tu m'aurais vaincu.

Ce disant, Lancelot se hissa sur le dos de son roncin.

— Chevalier, vous avez tort, rétorqua Perceval. Plus on est en faute, plus on perd en jugement. De notre affrontement, c'est vous qui êtes sorti vainqueur.

— Cesse d'être aussi sot. Notre monde appartient au diable. Je t'ai battu parce que je suis plus malin et plus expérimenté que toi. Qualités du démon. Et cesse de te sentir coupable de la mort de ta mère. Si tu veux devenir un grand chevalier, Gallois, un vrai guerrier, tu dois être orphelin, et solitaire, et veuf.

Lancelot tira sur la bride de son roncin.

— *N'aime pas*, jeune homme. N'aime jamais, si tu veux être un grand chevalier et survivre.

Il flanqua un violent coup d'éperons à sa monture. Blessée aux flancs, elle se dégagea de la neige, bondit et s'éloigna le long de la rivière qui charriait des glaçons.

Perceval, qui se demandait s'il avait tout compris, flatta l'encolure de son gros cheval de labour.

— D'après toi... C'est ça, un vrai chevalier ?...

*

Perceval poursuivit sa route. Il dormit à peine quelques heures à l'abri d'une grotte, cette nuit-là. Sa rencontre avec le chevalier à barbe grise l'avait mis mal à l'aise. À la fois à cause de ce que Lancelot lui avait dit – qu'il essayait encore de comprendre – et de cet événement qu'il n'avait jamais imaginé : ce Lancelot à la barbe de vieux l'avait battu. Pour la première fois de sa courte vie, Perceval avait appris qu'il n'était pas invincible.

Or, comme tous les jeunes gens, il avait grandi en se croyant invincible et en s'imaginant immortel – lui comme ses proches. En peu de temps, il avait été battu et avait dû faire face à la mort de sa mère. Toutes ses certitudes en étaient bouleversées. La mort était possible, réelle, avérée, faisait partie de la vie. La défaite aussi.

Comme si l'une n'allait pas sans l'autre.

Au matin, la neige était tant tombée qu'il ne sut comment il s'éveillait du froid qui aurait dû le tuer. Il sortit de la grotte, flattant au passage le flanc de son gros cheval. Dehors, il regarda autour de lui. Il se trouvait dans une immense clairière entièrement couverte de neige. À quelque distance, il vit des tentes, un camp, et, aux oriflammes qui claquaient au sommet, reconnut celui du roi Arthur. Il se dit alors qu'il était chevalier et qu'en tant que tel il devait se rendre dans ce camp et y prendre ses ordres du roi lui-même.

Mais il n'avait pas fait trois pas, ou quatre, qu'un vol d'oies sauvages traversa le ciel. Cet hiver précoce, ces chutes de neige les avaient-ils éperdues ? Elles volaient en désordre, poussant des cris de détresse.

Perceval leva la tête. Il comprit très vite ce qui se passait : un faucon les poursuivait. Il était encore haut dans le ciel, mais elles l'avaient vu. Elles s'étaient rapprochées du sol et c'était une erreur : la neige était si blanche dans le soleil du matin qu'elles en furent éblouies. Poussant des cris de frayeur, elles battaient frénétiquement des ailes. L'une d'elles s'éloigna du groupe. L'oie passait au-dessus de la tête de Perceval quand, à la vitesse d'une pierre qui tombe, le faucon s'abattit sur elle. Assommée par le choc, elle tomba à son tour, ailes mortes, dans la clairière.

Perceval courut dans sa direction. Cela suffit à dérouter le rapace qui, dédaignant sa proie, s'enfuit par-dessus les arbres. L'oie était blessée au cou. Elle se redressa péniblement. Elle s'ébroua. Et, avant que Perceval l'atteigne, elle parvint à s'envoler, dans un lourd battement d'ailes.

Elle ne laissa de traces que trois gouttes de sang dans la neige.

Le jeune chevalier s'arrêta. Puis, sans y penser, il se laissa tomber à genoux. Il regarda ces trois gouttes de sang, disposées en un triangle presque parfait sur la blancheur du pré. Trois touches de rouge qui soudain lui remirent en mémoire le visage de Blancheflor. Cette goutte, plus large et plus vive, comme une bouche, comme les lèvres vermeilles de la jeune femme. Et les deux autres, déjà à demi absorbées par la neige, roses déjà, telles des pommettes.

Un signe. Perceval se dit que c'était un signe. Cet oiseau, blessé par l'attaque du faucon, lui avait été envoyé par la Providence. Afin qu'il se rappelle. Qu'il se souvienne que la vie l'attendait, qu'elle pouvait être brutale, et triste, et injuste, mais qu'il n'avait ni l'âge ni le droit de s'en détourner. Il avait quitté le manoir familial dans la certitude que plus rien au monde ne valait la peine qu'on s'en soucie. Il avait tort. Il y avait Blancheflor, quelque part. Peu importe qu'elle l'ait repoussé, peu importe qu'elle soit sa cousine, rien n'importait que cela : trois gouttes de sang dans la neige avaient suffi à raviver le sentiment le plus intense et le plus troublant qu'il ait jamais connu : il aimait.

— Hé ! Toi ! Que fais-tu ici de si bonne heure ?

Perceval sursauta. La voix était rauque, désagréable, autoritaire. Il ressentit comme un arrachement de l'âme de devoir détourner les yeux de sa vision. Il lança, avec rage :

— Et qui es-tu, toi, pour me déranger et me parler sur ce ton ?

À peine eut-il prononcé ces mots qu'il reconnut l'homme à cheval, en haubert et cape fourrée. Le sénéchal Ké.

Celui-ci le reconnut également, avec déplaisir. Il lui revint aussitôt à l'esprit les prédictions d'Enide et du bouffon. « Balivernes, songea-t-il. Et je vais le prouver. »

— C'est donc toi, Gallois ! Que fais-tu ici ? Tu nous espionnes pour le compte de Mordret ?

— Ravalez vos insultes, Monsieur ! Je me soucie de Mordret autant que de vous. Passez votre chemin et laissez-moi en paix.

Ké fit avancer son cheval de quelques pas. Il désigna le campement de tentes, plus loin.

— Allons, Gallois, tu vas devoir me suivre chez le roi pour t'expliquer.

— Je n'ai rien à expliquer. Je vous ai envoyé le géant Aguingueron pour qu'il le fasse. Ne vous a-t-il rien dit ?

— Certes ! Mais dois-je croire à ce que raconte un ancien lieutenant de Mordret ? N'a-t-il pas aussi prétendu que tu poursuivais son maître ? Or, c'est ici que je te retrouve. C'est le roi, c'est l'armée, c'est nous que tu poursuis.

Perceval fit un geste d'agacement.

— Je ne poursuis plus rien ni plus personne...

— Ah ! ricana le sénéchal. As-tu si vite renoncé à jouer les chevaliers ?

— Monsieur, dit fermement le jeune homme, j'ai trahi le serment que s'était fait une vieille femme et elle en est morte. Passez votre chemin et allez dire au roi, et à qui veut l'entendre, que Perceval le Gallois renonce à la chevalerie.

Ké fit encore avancer son roncin. Il mit la main à la garde de son épée.

— Assez débité de sottises. Suis-moi chez le roi de ton plein gré, ou bien...

— Vous m'ennuyez...

Et Perceval, sur ces mots, tourna le dos au sénéchal. Après un dernier regard aux gouttes de sang que la neige, à présent, avait bues presque entières, il s'éloigna en direction de l'endroit où il avait laissé sa monture.

Furieux de cette attitude qui, pour lui, équivalait à un affront, Ké talonna son roncin, tira son épée et chargea en poussant un cri de rage.

Ce qui se passa ensuite, Ké lui-même ne le raconterait à personne. L'affaire aurait été trop humiliante. Alors qu'il n'était plus qu'à quelques foulées du jeune homme et s'apprêtait à le frapper du plat de sa lame, Perceval se retourna brusquement. L'épée était dans sa main. Il ne chercha pas à éviter le choc. Il se contenta d'un vif pas de côté quand le roncin fut sur lui, le poitrail lui frôla l'épaule, mais déjà il frappait.

D'un coup d'estoc, il atteignit le sénéchal au bras, qu'il brisa net.

La prédiction était accomplie.

Il regarda le roncin ralentir sa course. Ké, le dos étrangement plié par la douleur, s'effondra sur l'encolure.

Perceval remit son épée au fourreau et, sans un mot, traversa la clairière blanche en direction de la grotte pour y reprendre son cheval, et sa route.

10

La fin d'un monde

Aguingueron avait dit vrai. Les hommes de Mordret, emmenés par son lieutenant Clamadieu, s'étaient emparés par traîtrise de Carduel. Une partie des sergents, des varlets et des chevaliers qui s'y trouvaient avaient été tués, les autres enfermés dans les cachots. Les hommes de Clamadieu avaient pris leurs vêtements et leur place ; ils avaient ordre d'attendre l'arrivée du roi Arthur et de sa suite.

Mais ce qu'Aguingueron ignorait, c'est que le plus gros des troupes de Mordret, ralliées à lui de toute la Bretagne, et jusqu'en Écosse et en Irlande, s'était déployé dans les forêts environnantes. Si le piège disposé à Carduel ne marchait pas, si Arthur et les siens prenaient l'avantage sur les hommes de Clamadieu, ils seraient encerclés par des milliers d'adversaires.

Mordret, à la lisière d'un bois d'où il avait vue sur le château et sur la route qui y conduisait, attendait fébrilement dans le jour qui se levait. Il était nerveux. Morgane, sa mère, aurait dû le rejoindre depuis plusieurs jours. Bien qu'il ne doutât pas de ses propres capacités de guerrier ni de l'issue de la bataille décisive qu'il s'apprêtait à livrer, il se sentait mal à l'aise : il avait toujours eu sa mère à ses côtés et, sans elle, il perdait de son assurance, son arrogance n'était plus qu'une brutalité aveugle. Morgane était sa pensée, son ambition, son intelligence. Il avait besoin d'elle.

Avec un grognement de satisfaction, il fit soudain un pas en avant. Un cavalier approchait, à toutes brides.

L'homme, parvenu devant Mordret, sauta de son cheval et vint s'incliner devant son maître.

— Eh bien? lui demanda celui-ci.

— Seigneur, le roi est tout près d'ici.

Mordret serra les poings.

— Enfin! Il se jette dans notre piège!

— Je n'en suis pas certain, seigneur...

— Pourquoi? Parle!

— La reine ne l'accompagne pas. Il n'y a aucune dame ni demoiselle. Ce sont des varlets déguisés en femmes et Galehot travesti en Guenièvre qui ont pris leur place. Et le roi est suivi de tous ses chevaliers et de toutes ses troupes.

Mordret, furieux, gronda :

— Alors c'est qu'il a été averti. Qu'on nous a trahis!

— Je le crois aussi, seigneur. Aguingueron le géant chevauche à ses côtés.

— Par tous les diables! Je l'avais laissé devant Beau Repaire, la citadelle de cette Blancheflor : il allait donner le dernier assaut! Que s'est-il passé, tu le sais?

— J'ai entendu dire qu'il a été défié et vaincu en jugement.

— Impossible! Qui, à Beau Repaire, en aurait été capable?

— Un jeune chevalier inconnu, qu'on appelle Perceval le Gallois.

— Un Gallois! Mais d'où est-il sorti, celui-là?

Sans attendre la réponse, Mordret saisit l'espion par l'épaule et le poussa rudement vers son cheval.

— Va prévenir l'armée du Nord ! Qu'elle attende mon signal ! L'assaut aura lieu très bientôt ! Va !

L'homme partit au galop. Mordret poussa un long cri de rage, leva la tête vers le ciel et hurla :

— Ma mère ! Ma mère ! Mais où êtes-vous ?

*

Une heure plus tard, Arthur et son armée parvinrent en vue de Carduel. Un soleil estompé par de lourds nuages gris éclairait d'une lueur livide les murailles du château et, derrière, une mer d'un vert sombre. En face, la forêt était blanche et noire : arbres défeuillés couverts de neige.

— Alors ? Qu'en dis-tu ? demanda-t-il à Gauvain qui rentrait d'une mission de reconnaissance.

— Je n'aime pas ce que j'ai vu. Carduel est trop calme : pas une silhouette sur les remparts, personne aux alentours. Et j'ai trouvé les empreintes fraîches d'un cheval qui se dirigeait vers la forêt.

— La forêt... Tu t'en es approché ?

— Non. J'ai cru y apercevoir des ombres qui m'ont inquiété. Des lueurs de métal...

— Tu crois... ? fit Arthur, pensif.

— Oui. Il y a des hommes en embuscade dans cette forêt.

— Très bien. Avertis nos hommes de se tenir prêts à toute éventualité. Et avançons vers Carduel.

— Quelle est votre décision, Sire ?

Arthur fit un geste fataliste.

— Dans cette forêt, il peut y avoir aussi bien une escouade qu'une armée. Nous n'en savons rien.

Comportons-nous comme si c'était une armée. Que les capitaines me rejoignent. Je vais leur donner mes ordres.

— Sire, dit Gauvain, d'un ton inquiet, et si Mordret nous attendait avec tous ses alliés ? Nous ne sommes pas assez nombreux.

— Et après ? *Jamais* nous ne serons aussi nombreux qu'eux. Veux-tu que nous fuyions ? Moi, je ne le veux pas. Le sort du royaume se jouera aujourd'hui, si Dieu en a décidé ainsi.

Pour couper court à toute discussion, le roi donna un coup d'éperons à son destrier. Gauvain le regarda s'éloigner. Puis, le cœur serré, il alla chercher les capitaines.

*

Lorsque le roi eut expliqué sa stratégie aux chevaliers en charge des troupes, chacun partit à sa mission.

Erec et ses hommes, escortant la litière dans laquelle se trouvait Galehot costumé en Guenièvre, prit le chemin du château. Le pont-levis s'abaissa à leur approche. Ils pénétrèrent dans la cour, calmement. Quand ils entendirent le pont-levis se relever dans un grand bruit de chaînes, ils attaquèrent. Erec et une partie de ses hommes s'engouffrèrent à cheval dans la salle. Là les attendaient deux douzaines d'hommes en armes. Il n'y eut pas un mot échangé, pas un instant perdu : ce fut aussitôt le combat. Cependant, Galehot et l'autre partie des troupes investissaient le château par ses diverses entrées.

L'effet de surprise, sur lequel avaient compté Clamadieu et ses sergents, se retourna contre eux. Ils ne s'attendaient pas à cette attaque immédiate et déterminée. En moins d'un quart d'heure, ils avaient été décimés et Clamadieu, désarmé et acculé dans un escalier par Erec, se rendit. Aussitôt, Galehot grimpa sur la plus haute tour, où il agita l'étendard du roi.

— Ils ont réussi ! s'exclama Gauvain en montrant le signal à Arthur.

Ils se tenaient au sommet d'une petite colline d'où ils pouvaient surveiller tous les alentours.

— Parfait. Nous saurons où nous replier si l'affaire tournait mal. J'espère qu'Yvain, Bréhu et Caradigas remporteront le même succès.

Yvain et ses hommes avaient feint de faire demi-tour. En réalité, ils avaient contourné la forêt pour y pénétrer plus au sud, où, si tout allait bien, personne ne les attendrait.

Le plan sembla marcher à merveille. Ils s'avancèrent profondément sous les frondaisons sans rencontrer âme qui vive. Jusqu'au moment où, dans une petite clairière, ils virent plusieurs dizaines d'hommes s'affairant à démonter un bivouac et à harnacher leurs chevaux.

Ils donnèrent l'assaut.

L'affaire paraissait facile. Dans un grondement de sabots martelant le sol, ils fondirent sur les hommes à pied. Ils en culbutèrent un grand nombre et croyaient déjà leur victoire assurée, quand, jaillissant par trois côtés de la clairière, ils se virent attaqués, encerclés par trois douzaines de Guerriers Roux. Ils se défendirent du mieux qu'ils purent, leurs chevaux se tenant flanc à flanc, en un groupe compact d'où sifflaient les coups d'épée et de masse d'armes.

Mais les guerriers saxons étaient plus nombreux qu'eux, plus grands, plus lourds. Les chevaliers tombèrent l'un après l'autre.

Lorsque Yvain comprit qu'il restait le seul encore en

selle, et malgré une blessure à l'épaule qui saignait abondamment, il se jeta hardiment sur ses adversaires en criant :

— Pour Dieu et pour le roi !

La lame énorme d'un Saxon le décapita net. Sa tête roula dans la clairière qui n'était plus qu'un champ de boue et de sang.

En d'autres points de la forêt, Bréhu, Caradigas et leurs chevaliers subirent un sort identique. Ils se battirent jusqu'au dernier contre des assaillants parfois dix fois plus nombreux. Mais, pour l'un d'entre eux qui mourait, c'étaient au moins cinq de leurs adversaires qui tombaient. Jamais, dans l'histoire de la Table Ronde, ses chevaliers n'avaient eu à démontrer autant d'audace et de prouesse. Et si aucune des trois escouades commandées par Yvain, Bréhu et Caradigas ne connut un seul survivant, elles firent des ravages parmi l'armée de Mordret, qui en sortit affaiblie dans ses forces comme dans son courage. La nouvelle se répandit très vite des trois assauts qui avaient eu lieu, et de leurs conséquences. Désormais, plus personne ne fut certain que la disproportion des forces suffirait à remporter la victoire lorsqu'il faudrait affronter le gros des troupes d'Arthur. Un sentiment de crainte se diffusa jusque parmi les Guerriers Roux, et le duc saxon qui était à leur tête eut la tentation de rebrousser chemin quand il apprit que près de la moitié de ses géants en peau d'ours gisaient dans les clairières où s'étaient déroulés les combats.

Lorsque le soleil spectral de l'hiver parvint à son plus haut point, Arthur cessa d'espérer le retour de ses chevaliers. Il comprit qu'aucun ne reviendrait et qu'il fallait à présent conduire son armée à la bataille.

— Il est encore temps de nous replier à Carduel, lui dit Gauvain.

— Non.

— La reine est seule à Camaalot. Si nous sommes vaincus, elle tombera aux mains de Mordret.

Arthur, l'air sombre, ne lui répondit pas. Guenièvre, pensa-t-il, était en d'autres mains, déjà. Celles de Lancelot. Alors, que lui restait-il d'autre que de se conduire en roi, en chef de guerre ? Il se sentait veuf dans son cœur. Il leva son épée au-dessus de sa tête et donna l'ordre :

— Pour Dieu et pour la Table Ronde !

Deux cents voix lui répondirent par une longue clameur. Gauvain vit des larmes perler au coin des paupières du roi. Il détourna les yeux. Il s'en voulut d'avoir suggéré la retraite. Oui, le sort du royaume, et du monde, de leur monde, se jouerait dans les heures qui venaient. Il n'y avait pas d'autre choix.

Sous le commandement du roi, l'armée s'ébranla. Elle passa sous les murailles de Carduel et descendit sur l'immense plage de la marée basse. Là, elle se déploya en arc de cercle. Elle faisait face à la forêt dont les derniers arbres se dressaient à cinq cents pas. Derrière elle, l'écume des vagues léchait les sabots des chevaux.

— Pourquoi prendre cette plage pour champ de bataille, Sire ? demanda Gauvain.

— Parce que reculer y est impossible.

Peu après, des troupes à pied sortirent de l'abri des arbres. Elles avancèrent lentement, et l'on aurait pu croire qu'elles ne cesseraient d'avancer tant elles étaient nombreuses. Au moins un millier d'hommes, estima Gauvain.

Puis ce fut au tour des chevaliers et des guerriers saxons. Trois bonnes centaines de cavaliers.

Enfin Mordret apparut. Son destrier noir était caparaçonné d'une lourde étoffe de fil d'or. Son armure, des gantelets aux jambières, était d'or elle aussi. Il allait tête nue, ses longs cheveux noirs flottant négligemment dans la brise de mer. Les chevaliers et les Guerriers Roux s'écartèrent, comme formant une haie en son honneur. Il immobilisa son cheval derrière ses fantassins.

Plus de trois cents pas encore le séparaient d'Arthur. Mais sa voix franchit sans peine cette distance.

— Arthur ! Ce soir, tu ne seras plus ni mon roi ni mon père ! Ce soir, même le seul souvenir de la Table Ronde aura été effacé ! Ce soir, un autre monde et un autre roi se lèveront sur cette plage qui sera ton cimetière ! Ce soir, on n'aura plus qu'un nom aux lèvres : Mordret !

Et toute son armée reprit en chœur, comme un cri de guerre :

— MORDRET ! MORDRET ! MORDRET !

Gauvain fit approcher sa monture du destrier du roi.

— Répliquez-lui, Sire ! Qu'il n'ait pas le dernier mot...

— Le dernier mot, je le lui dirai quand il mourra.

*

La bataille fit rage pendant des heures.

Elle tourna d'abord à l'avantage des hommes d'Arthur. Ils frappèrent, cognèrent, taillèrent dans les troupes à pied sur lesquelles ils avaient rué leurs chevaux. D'un millier de combattants, il n'en resta pas cent debout, qui s'enfuirent pour sauver leur vie. C'est alors que Mordret et ses cavaliers chargèrent.

Ce fut une mêlée de chevaux et d'armes, un vacarme

de cris de guerre, de douleur et de rage. Au centre de sa cavalerie, Arthur combattait avec une extraordinaire bravoure, frappant de tous côtés mais toujours à bon escient, choisissant de s'enfoncer dans les groupes de Géants Roux dont il savait qu'ils étaient les plus dangereux adversaires. Il les mystifiait par la vitesse de ses parades, l'habileté de ses feintes, la surprise du coup fatal. Autour du roi, les ennemis tombaient l'un après l'autre. Et, quand un Saxon cherchait à l'attaquer par-derrière, il y avait toujours Gauvain, qui ne le quittait pas, pour le débarrasser de ce lâche.

Quant à Mordret, il restait en retrait de la bataille, se contentant de caracoler de droite et de gauche, cherchant à ne jamais lâcher des yeux Arthur. De temps à autre, il levait le regard vers le ciel et on l'entendait appeler :

— Ma mère ! Ma mère !

Gauvain défendait le roi contre un Saxon qui s'apprêtait à abattre sa masse d'arme sur sa nuque, quand il ressentit une effroyable douleur dans les reins. Il trouva la ressource d'égorger le Guerrier Roux d'un coup de taille, avant de s'effondrer sur l'encolure de son destrier. Il frappa au hasard – cherchant à atteindre l'ennemi qui l'avait blessé aux reins. Puis il perdit connaissance.

Pantin désarticulé, il glissa à bas de son cheval.

*

Lorsqu'il reprit ses esprits, il était étendu sur le sable. La douleur dans ses reins était atroce. Autour de lui, la plage était jonchée de cadavres d'hommes et de chevaux. Il rampa jusqu'au grand corps d'un destrier agonisant, s'y mit à l'abri.

Là-bas, entre plage et forêt, quelques dizaines d'hommes

se battaient encore. Au milieu : le roi et Ké, le sénéchal. Ils étaient dix, vingt, trente contre eux ! Gauvain tenta de se redresser. Il devait se porter au secours d'Arthur, son suzerain, son oncle... Mais ses jambes ne lui obéissaient plus.

Son roi allait mourir, vaincu par des adversaires trop nombreux... Il vit Mordret, dans sa prétentieuse et ridicule armure d'or, qui se tenait à l'écart du combat. Les yeux rivés sur les derniers combattants qui assaillaient un Arthur solitaire.

— Lâche, murmura-t-il. Sale couard...

Mais il ne pouvait rien faire. Sa blessure l'avait privé de l'usage de ses jambes. Il se traîna contre le cadavre chaud du cheval, y appuya sa tempe.

— Prenez garde !

L'appel venait de sa gauche. Il tourna la tête. Un autre groupe se battait, au bord du sable. Galehot. Galehot et Erec, qui avaient quitté le château de Carduel pour prêter main-forte à leurs amis. Comme Arthur et Ké, ils affrontaient une nuée d'adversaires. Le sang de multiples blessures maculait leurs hauberts.

Et un cavalier se jetait dans la mêlée. Il ne portait aucune armure, aucune protection. Sa barbe était grise. Gauvain, le voyant, en oublia l'effroyable douleur de ses reins. Cette allure... Ces épaules...

L'homme à barbe grise et en simple chemise – comme s'il ne craignait ni les coups ni l'hiver – toucha, en trois coups vifs comme la foudre, trois adversaires. Il entrait dans la mêlée comme une lame dans une chair. En très peu de temps, dix, quinze, vingt cavaliers furent tués ou mis à terre. Il semblait que chacun de ses coups touchait son but.

Cette allure... Cette façon de combattre...

L'homme à barbe grise moulina une dernière fois de son épée et lança à Galehot :

— Romps l'assaut ! Dégage-toi !

Galehot obéit aussitôt à cet ordre. Mais non sans s'exclamer :

— Monsieur ! Monsieur, c'est vous ?

— Et qui veux-tu que ce soit ? répliqua l'homme à barbe grise auquel, soudain, Gauvain donna son nom : Lancelot. Dégage-toi, te dis-je !

Lancelot... Gauvain éprouva soudain une grande paix, un immense soulagement. Son ami était vivant, et de retour. Et lui-même n'aurait plus à protéger le roi : le meilleur chevalier du monde, sorti d'il ne savait quels limbes, s'en chargerait.

Là-bas, Ké venait d'être abattu d'un coup de masse. Arthur était seul.

— Le roi... Va sauver le roi ! voulut lui crier Gauvain.

Mais sa voix ne portait plus assez loin. Il était mourant.

— Le roi... Va sauver le roi...

Il fit un effort pour ne pas s'évanouir. Et il fit bien : car ce qu'il vit alors le réjouit davantage, peut-être, que tout ce qu'il avait connu d'instants de bonheur dans sa vie.

Dès que Galehot lui eut obéi, Lancelot précipita son cheval à l'assaut des Guerriers Roux qui encerclaient Arthur. Il en culbuta trois en autant de coups d'épée, fit reculer les autres, dit au roi : « En arrière, Sire ! En arrière ! Je vous protège ! », et se jeta sur les Saxons qui hésitaient entre le combat et la fuite. Il en tua deux, échangea quelques coups avec un troisième ; les survivants s'enfuirent.

Il ne resta plus, sur les cinq cents pas séparant la plage et la forêt, que des centaines de cadavres et de blessés. Et Mordret, seul, dont le cheval piaffait. Et Arthur, seul, qui descendait de son cheval et se précipitait vers Gauvain, auprès duquel, déjà, Galehot s'était agenouillé.

— Mon neveu, mon ami... Je vous dois vingt fois la vie au cours de cette bataille... Vous ne pouvez pas mourir...

Mais Gauvain ne regardait ni Galehot ni Arthur. Ses yeux ne lâchaient pas Lancelot, toujours à cheval, s'approchant de Mordret, qui criait vers le ciel :

— Ma mère ! Ma mère ! Ne m'abandonnez pas ! MA MÈRE !

Arthur s'accroupit près de Gauvain.

— Mon neveu, mon préféré... Comment vas-tu ?

— Je crois que la Providence a décidé que je vous abandonnerais là, Sire. Ne pleurez pas, je vous en prie... Vous me perdez, mais vous retrouvez le meilleur des chevaliers : Lancelot.

— Gauvain...

— Taisez-vous, Sire. Écoutez-moi – et toi aussi, Galehot : dites à Lancelot que peu importe ma mort. Ma mort, je l'ai cherchée. Elle ne vous était pas due, mon roi, mais je devais tout faire sans craindre qu'elle survienne. Dites-lui que je suis fier qu'il se soit lui aussi conduit comme votre chevalier. Je meurs et je vous ai laissé à la merci de vos adversaires. Il est vivant, et il vous a sauvé. Il est meilleur chevalier que moi. Vous devez l'aimer, Sire, comme il vous aime...

— Gauvain, tu ne sais pas...

— Je ne veux pas savoir, Sire... Je sais. Je sais que, lorsque j'attendais le retour de Lancelot debout toute la nuit dans une tour, Guenièvre l'attendait aussi, dans l'intimité de sa chambre. Je sais cela, Sire.

Gauvain fit l'effort de se tourner sur le flanc et prit le poignet d'Arthur.

— Je sais aussi que jamais ils ne vous ont trompé. Ni dans leur corps ni dans leur foi. Le reste... Ce sont des faiblesses humaines.

Les doigts de Gauvain serrèrent plus fort le poignet du roi.

— Promettez-moi, Sire, promettez à un mourant que vous leur pardonnerez. Que vous leur avez pardonné...

Arthur se pencha sur Gauvain dont la voix n'était plus qu'un souffle.

— Pour toi, je veux bien faire cette promesse.

— Merci...

Ce ne fut qu'un soupir. Le dernier de Gauvain, parangon de chevalerie, favori des dames, et qui, parce qu'il avait choisi la légèreté, le plaisir et le bonheur facile, n'avait jamais été jugé à la hauteur de sa prouesse. Gauvain mourait, et avec lui c'était tout un art de la politesse, du courage qui s'éteignait.

Galehot pleura. Mais Arthur resta les yeux secs. Il se sentit saisi par une colère sans pareille. Il se redressa, regarda, effaré, autour de lui : des morts, des morts, des morts, et du sang et de la boue. Ce n'était pas pour cela qu'il avait été roi. Et s'il avait une nuit commis une faute, en faisant un enfant à Morgane, le monde entier devait-il la payer à présent? Il n'y avait plus de vivants autour de lui que Galehot et, dépenaillé, blafard et gris comme un spectre à cheval, Lancelot.

— Mon règne ne s'achèvera pas sur un jour si cruel!

Le soleil se couchait lentement sur la mer. Et, là aussi, c'était du sang qui s'épandait sur la mer – comme pour se joindre au sang de toutes les victimes de cette bataille sans merci.

— Mordret! cria Arthur. Mordret, qui est la cause de ce désastre? Toi ou moi? Ou nous ensemble?

Mordret était là. À deux cents pas. Ruisselant d'or parmi des monceaux de cadavres.

Arthur se tourna vers Galehot :

— Donne-moi une lance !

À ce moment, le cheval de Lancelot s'arrêta près du roi.

— Sire, laissez Mordret à sa défaite, dit-il. Il n'a plus d'armée, il n'aura jamais plus d'alliés. Vous avez gagné.

— À quel prix ? répliqua Arthur. La mort imbécile de toute une génération d'hommes de valeur !

— Nous sommes encore là, Sire.

— Qui ?

— Vous, Galehot... Et moi, si vous l'admettez...

Le roi hocha longuement la tête, en silence. Puis il tendit la main vers Galehot qui lui présentait une lance. Il l'assura sous son bras, en soupesa l'équilibre.

— Vienne la vie, vienne la mort, Lancelot. Tu m'as pris Guenièvre, l'essentiel de ma vie.

— Elle vous attend, Sire. Elle vous a toujours préféré.

— Préférer n'est pas aimer, répliqua le roi. L'amour n'est pas un choix.

— Pardonnez-moi, Sire, mais vous avez tort. L'amour est comme cette bataille : n'en survivent que quelques-uns.

— Tu en fais partie. Que dois-je croire ?

— Laissez-moi affronter Mordret, le vaincre et m'en aller. Je vous fais le serment que vous ne me verrez plus.

— Tu es sans doute plus fort que Mordret, dit Arthur en hochant lentement la tête. Mais moi ? Voilà qui m'intéresse.

— Sire... Ne faites pas cela...

— Tu n'as rien à m'interdire.

Arthur releva la pointe de sa lance et s'adressa à Mordret, dont le cheval errait entre les corps.

— Achevons cette bataille. Tu crois qu'il est question de la suzeraineté de mon royaume et de nos îles ? Non, Mordret. Il n'est question que de toi et moi.

— Je vous hais ! hurla Mordret. Qu'avez-vous fait de Morgane, de ma mère ?

— Il n'est pas non plus question de ta mère. Cette affaire est entre nous. Décide-toi.

Mordret cingla la croupe de son destrier. Partant au galop face à Arthur, il s'exclama :

— Pour Morgane ! Pour ma mère !

À quoi la voix fatiguée de Lancelot répondit, pour le roi :

— Dieu vous soit en aide...

Arthur empoigna sa lance à deux mains. Et il se mit à courir face à Mordret. Il ne chercha pas à embrocher le cheval. Mordret avait sorti son épée du fourreau, relevé son écu, prêt à recevoir le choc. Arthur, avec une grande habileté, frappa le cavalier sous le bouclier. La lance, au défaut de l'armure, se planta dans le haubert, le déchira et transperça Mordret. Fiché à la hampe de la lance comme un gibier à une flèche, Mordret fut arraché de sa selle, son cheval poursuivit sa course, tandis que son cavalier, embroché par les entrailles, retombait miraculeusement sur ses pieds.

N'importe qui, à sa place, serait mort sur-le-champ. Lui, quand il comprit que sa blessure était mortelle, se projeta en avant, de toute la force qui lui restait. La lance s'enfonça jusqu'à la garde. Mordret n'avait pas lâché son épée. Il frappa son père, Arthur, et l'atteignit à la tempe.

Tous deux s'écroulèrent. Mordret mourut presque instantanément. Quant au roi, Galehot et Lancelot se précipitèrent à sa rescousse. Une longue et profonde plaie lui avait ouvert le crâne. Il était conscient encore. Mais il était trop tard pour le sauver.

— Sire, Sire, dit Galehot, que pouvons-nous faire ?

Le roi, dont tout le visage était ensanglanté, tourna péniblement la tête.

— Le soir tombe, il fera bientôt nuit... J'entends des bruits... Que se passe-t-il ?

Le chevalier nouveau et le chevalier à barbe grise levèrent les yeux vers le champ de bataille : la nuit tombant, des ombres se glissaient furtivement entre les cadavres, des voleurs et des détrousseurs étaient arrivés, se glissant d'un corps à l'autre, d'un mort à un blessé, pour leur voler, à la première clarté de la lune, leurs colliers, leurs bagues, leurs joyaux et leurs armes. Ceux qui n'étaient pas tout à fait morts, ils les tuaient pour faciliter leurs rapines. C'était un spectacle trop désolant pour que Lancelot ou Galehot dise au roi la vérité.

— Ce n'est rien, Sire, c'est le vent. Nous allons vous porter au château. Nous vous y soignerons.

Ils saisirent le roi sous les aisselles, le relevèrent. Il avait le visage rouge du sang qui ne cessait de couler de sa blessure à la tempe. Il ne parvint pas à se tenir debout.

— Ma tête me fait trop mal... Recouchez-moi... Je vous en prie...

Ils lui obéirent. Avec mille précautions, ils l'allongèrent sur le sable. Arthur prit Galehot par le poignet.

— Tu vas rendre un dernier service à ton roi. Prends mon épée...

Galehot retira l'arme du fourreau. Il lui sembla alors qu'une force étrange s'emparait de son bras. Il regarda avec une sorte de crainte scintiller la lame de cette épée légendaire, l'épée des rois de Logres, Excalibur.

— À présent, tu vas te rendre au bord de l'eau. Et tu jetteras Excalibur le plus loin possible dans la mer. Tu reviendras me dire ce que tu as vu.

— À vos ordres, Sire.

Galehot se redressa et s'éloigna vers le rivage. La même force étrange continuait d'irradier dans son bras, jusqu'à son cœur. Quand il s'arrêta à la limite extrême des vagues, il observa la mer, presque noire maintenant que le soleil s'était couché. Il esquissa le geste d'y jeter l'épée. Il ne l'acheva pas. Il ne pouvait s'y résoudre. C'était l'arme du pouvoir sur ces terres, sur leur monde, et si elle aussi disparaissait, comme le roi, que resterait-il d'espoir de voir renaître des jours meilleurs ?

Sa décision fut prise : il cacha Excalibur sous un pan de sa cape et retourna auprès du roi dont Lancelot, agenouillé, soutenait la tête blessée.

— Voilà, Sire.

— Bien. Et qu'as-tu vu ?

— Rien. Rien d'autre que la mer et la nuit qui tombe.

— Alors, Galehot, tu me mens. Tu n'as pas exécuté mon ordre. Va, va jeter cette épée. Si tu veux que je t'aime encore avant mon dernier souffle, obéis-moi.

— Mais, Sire...

— Tu ne dois pas hésiter, si tu m'aimes...

Accablé, Galehot regarda Lancelot, pour quêter son soutien. Mais le chevalier se contenta de hocher une seule fois la tête : obéis.

Alors Galehot repartit à la lisière des vagues. Il prit une profonde inspiration et jeta Excalibur de toute sa force. Scintillante, elle voltigea par-dessus la mer, retomba et, à l'instant où elle allait toucher l'eau, une main, une longue main blanche de femme jaillit des vagues, referma ses doigts sur le pommeau, la maintint brandie vers le ciel, puis s'enfonça lentement, emportant l'épée avec elle.

Le jeune chevalier rejoignit Arthur et Lancelot. Il leur raconta le prodige auquel il venait d'assister.

— Parfait, dit le roi. Ce qui devait être fait l'a été. Maintenant, à mon tour de m'en aller.

Il tourna péniblement la tête vers Lancelot.

— Mon ami, je n'ai pas su te pardonner ; la mort le fera à ma place. Sache pourtant que tu m'as beaucoup manqué. Si tu avais été près de moi dès le début de cette bataille... Mais c'est ainsi. Peu importe... Tu vas être délivré bientôt de tout serment envers moi. Guenièvre est seule à Camaalot. Agis comme tu le dois... Vous allez entrer dans des temps difficiles. Les chevaliers de notre monde sont presque tous morts aujourd'hui. Il y aura de grands désordres, et nul ne sait quel nouveau monde ils engendreront... Que Dieu te vienne en aide.

Des larmes roulaient sur les joues de Lancelot, s'accrochaient à sa barbe. Il ne prononça pas un mot. Il se pencha et baisa le roi à la tempe, à l'endroit même de sa blessure.

— Finissons-en, murmura Arthur. Portez-moi sur le ponton de Carduel. On m'y attend.

*

Le long de la jetée de bois, une grande barque avait accosté. Sa voile était blanche, mais les silhouettes à son bord étaient noires : trois femmes dissimulées sous de grands capuchons. Ni Lancelot ni Galehot ne pouvaient voir leurs visages.

— Déposez-moi dans la barque, leur dit Arthur.

Ils le placèrent sur des coussins dans le fond du bateau.

— Adieu.

Ils comprirent que le roi leur demandait de le quitter. Ils remontèrent sur le ponton. Les trois femmes, alors, vinrent entourer Arthur. Ils les entendirent qui pleuraient.

L'une d'elles, caressant le front du roi, dit d'une voix mélancolique :

— Mon frère, nous voici enfin réunis.

— Morgane ?... Toi aussi ?

— Je t'ai précédé de quelques jours, mon frère. Là où nous allons, j'espère que tu me pardonneras comme je me repens.

— Ce sera difficile. Après tant de malheurs, un tel désastre...

— Je sais.

Les deux autres femmes en noir défirent les amarres. La brise aussitôt gonfla la voile. La barque s'éloigna à bonne allure sur la mer.

— Sire ! Sire ! s'écria Galehot. Est-ce que vous reviendrez ?

— Ne perds pas courage. Je pars pour Avalon. On dit qu'on y guérit de toutes ses blessures...

Le vent emporta les dernières syllabes.

Les deux chevaliers demeurèrent longtemps sur le ponton. Jusqu'à ce que la voile blanche disparaisse dans la nuit de l'horizon.

*

Au matin, les deux chevaliers étaient loin de la mer, de Carduel et du champ de bataille. Ils avaient chevauché toute la nuit, côte à côte, sans prononcer un mot. Dans l'hiver, sous la neige, tout semblait aussi mort que ce qu'ils avaient laissé derrière eux.

Ils arrêtèrent leurs montures au carrefour de trois routes. Ils étaient épuisés, couverts de boue et de sang.

— Nous nous séparons là, dit Lancelot.

— Quelle route prenez-vous, Monsieur ?

— Celle de Camaalot. J'ai un devoir à remplir.

Le regard de Lancelot se brouilla soudain. Il ajouta, les yeux dans le vague :

— Pour la première fois de ma vie, je doute de ce qu'il me faudra faire...

— Laissez-moi vous accompagner.

— Non. Vis ta vie. Tu es l'un des derniers chevaliers en ce monde. On a besoin de toi ailleurs.

— Où cela ?

— Va où ton désir te porte. Tu le sauras.

— Mon désir, Monsieur, me porte à demeurer auprès de vous.

— Tu as tort.

— C'est à moi d'en décider.

Lancelot attrapa soudain le cheval de Galehot par la bride.

— Je ne veux pas de toi !

Le jeune homme baissa les yeux, blessé comme si le chevalier l'avait giflé.

— Alors, vous ne m'aimez pas...

— Au contraire. Je t'aime assez pour t'obliger à être libre. Va-t'en, Galehot. Deviens qui tu dois être. Tu n'y parviendras que loin de moi. Sans moi.

— Monsieur...

— Va-t'en !

D'un violent revers de main, Lancelot cingla la croupe du roncin du jeune homme. Le cheval sursauta, bondit et fila dans un galop désordonné sur la route de l'ouest.

Lancelot éperonna alors sa monture et partit sur la route du sud, qui menait à Camaalot.

Il songeait à ses retrouvailles avec Guenièvre. Il songeait que désormais il serait sans cesse auprès d'elle. Cela ne lui donnait aucune joie. Il savait que plus aucun amour n'était possible entre eux. Il avait trahi un roi, il ne trahirait pas un mort.

Des temps difficiles, avait dit Arthur. Oui, les temps seraient difficiles : des hordes s'abattraient sur ce monde sans roi, sans chevaliers, sans règles, il faudrait se battre jour après jour... Mais se battre n'avait jamais fait peur à Lancelot. C'était sa manière de vivre, le sens profond de son existence.

Plus difficile serait le temps qu'il passerait auprès de Guenièvre. Sans se permettre le droit de la toucher ni de lui parler d'amour. Il chevauchait vers Camaalot, mais c'était comme retourner dans le Val sans Retour. À cette douloureuse différence près : Guenièvre n'aurait rien d'une illusion...

Pour la première fois depuis des jours, le soleil perça entre les nuages. Lancelot atteignit un ruisseau. La glace fondait.

Ou bien, se dit-il tout à coup, Guenièvre a *toujours* été une illusion. Mon illusion.

— Peut-être..., murmura-t-il.

Puis, d'un bond, il fit franchir le ruisseau à son cheval.

*

Plus loin vers le nord, un autre cavalier se posait des questions semblables.

Perceval avait longtemps suivi le rivage de la mer. Et, maintenant, la haute citadelle de Beau Repaire se dressait devant lui.

Qu'allait-il dire à Blancheflor ? Comment l'accueillerait-elle ? Il n'en savait rien. Il savait seulement que son image, ranimée par trois simples gouttes de sang dans la neige, n'avait cessé de l'obséder. Il savait seulement que, s'il lui arrivait encore de combattre comme un chevalier, il ne le ferait qu'à son service.

Comment l'accueillerait-elle ? Que lui dirait-il ? Il n'avait plus que ces deux questions en tête. Il ignorait que c'étaient deux autres questions, beaucoup plus simples, que son destin attendait de lui. Il ignorait qu'il s'était trompé de chemin et qu'un vieux roi infirme attendait son retour.

Mais cela se passerait en un autre temps, et comment aurait-il pu se douter que son sort l'avait voué, non pas à une jeune femme aux lèvres rouges, aux pommettes roses, mais à la mystérieuse procession d'une Lance qui saigne et d'un Graal ?

Perceval approchait de l'entrée de la citadelle. Son cœur battait à tout rompre. Il allait revoir Blancheflor.

*

Et, au milieu d'une lande des Hautes Terres d'Écosse battue par des vents tourbillonnants, abandonnée aux rapaces et aux loups, Merlin, le « fils du diable », pleurait.

La veille, et durant toute la nuit, malgré des centaines de lieues de distance, il avait éprouvé toutes les souffrances des chevaliers tués au combat. Cela l'avait pris d'abord comme un tremblement irrépressible, il était resté figé sur la lande, tout son corps agité, des pieds à la tête. Puis il avait ressenti chaque coup d'épée, chaque coup de masse, chaque blessure, chaque membre brisé. Il hurlait de souffrance, les yeux exorbités, la face livide. Il hurlait si fort et si douloureusement que les éperviers, les aigles et les loups avaient fui hors de leurs territoires, terrifiés. C'était une clameur comme on n'en avait jamais entendu. La clameur, dans un seul homme, d'une seule bouche, de tout un monde qui agonise, mutilé, éventré, assassiné.

Plus tard, la nuit tombée, Merlin s'était effondré dans les bruyères enneigées. Il tremblait toujours. Il parlait. Il parlait, ou plutôt : des mots, des cris, des phrases, des voix jaillissaient en désordre de ses lèvres. Tous les mots, les cris, toutes les phrases, les voix des chevaliers dont l'âme quittait le corps. Et les mots, et la voix d'Arthur, enfin. Merlin se tordait sur le sol. Il avait tellement mal à la tête... Il se l'était frottée, comme pour en arracher cette douleur. En vain. Et il avait ouvert ses mains, les avait contemplées : elles étaient rouges, poisseuses d'un sang qui n'était pas le sien, et qui ne cessait, ne cessait, ne cessait de s'écouler, telle une fontaine maléfique...

Il avait eu la vision hallucinée d'une barque à la voile blanche, et de trois femmes sans visage sous leurs capuchons noirs. Soudain apaisé, il avait sombré dans l'inconscience...

Ce matin-là, il s'était éveillé au milieu de la lande. Il avait aussitôt regardé les paumes de ses mains : non, il n'y avait pas de sang. Il s'était mis debout. Difficilement. Une immense fatigue l'accablait. La tête lui tournait – des images défilaient très vite devant ses yeux, l'étourdissant : images fugitives de mille combats, armes qui transpercent les chairs, os qui éclatent sous les coups, têtes qui roulent dans la neige et le sang...

À présent, délivré de ces visions, Merlin se tient droit, debout sur la lande ; il élève les bras vers le ciel. Et il pleure.

Lexique

armes : il s'agit aussi bien des armes défensives (l'armure, le heaume, le haubert et l'écu) que des armes offensives (la lance, l'épée). Par *armes*, on entend aussi les armoiries.

brisées : branches cassées par le passage de l'animal.

Camaalot : à la fois la ville et le château principal (avec Carduel) du roi Arthur. En général, un château se dressait près d'une ville ou d'un village dont il assurait la protection.

chaceor : cheval de chasse.

fumées : terme de chasse. Excréments d'animaux dont on suit la trace.

jugement : duel judiciaire. Lorsque les deux adversaires ne sont pas égaux dans la hiérarchie féodale, celui qui occupe le rang le plus élevé est représenté par un champion.

nécromancien : la nécromancie est l'art magique d'évoquer les morts pour connaître l'avenir ou découvrir un secret. Au Moyen Âge, on appelait nécromancien la plupart des magiciens et des sorciers.

neveu : Au Moyen Âge, l'oncle avait une importance

souvent plus grande que le père pour l'apprentissage et, plus tard, la carrière d'un jeune noble.

prouesse : ici, l'ensemble des qualités de bravoure du chevalier.

roncin : le roncin (ou roussin) est un cheval tous usages et tout terrain. Le *destrier* est un cheval de combat ; le *palefroi*, un cheval de cérémonie.

salle : pièce principale du château, où ont lieu les activités sociales : repas, réceptions, cérémonies, etc.

Saxons : depuis le milieu du Vᵉ siècle environ, les Saxons, venus de Germanie, et les Angles, venus du Danemark, ont entrepris l'invasion de la Grande-Bretagne. Arthur et ses chevaliers sont des Celtes, peuple autochtone.

suzerain : seigneur qui concède un *fief*, c'est-à-dire des terres, à un *vassal*, lequel lui doit en retour service et fidélité. Le roi Arthur ne possédait aucune terre personnellement ; toutes étaient attribuées en fief à des vassaux, aussi appelés *barons.*

tournoi : contrairement à l'image que les films ont popularisée sous ce nom (et qui est, en fait, le *jugement*), les tournois consistaient essentiellement en l'affrontement de deux ou plusieurs troupes de chevaliers, sur un terrain parfois très étendu qui pouvait comprendre un bois, un village, une rivière, etc. Le tournoi était une bataille rangée, le simulacre d'une action de guerre. Des chevaliers sans fief ni héritage pouvaient, s'ils étaient assez habiles et assez audacieux, y faire leur réputation et leur fortune (comme les sportifs d'aujourd'hui) : ils avaient le droit de prendre l'équipement et la monture des adversaires qu'ils avaient vaincus et les vendre, parfois très cher. Ils étaient alors admis dans l'entourage des rois et des princes et les représentaient partout en tant que champions. Ensuite, par le mariage, ils s'élevaient dans la hiérarchie sociale de l'époque.

varlet : adolescent au service d'un seigneur, auprès duquel il fait son apprentissage avant d'être à son tour chevalier (on disait aussi *valet* ou *vallet*).

vavasseur : dans la hiérarchie féodale, vassal du rang le plus bas. Le vassal de tel suzerain peut être lui-même le suzerain d'un vassal moins puissant. Le vavasseur est un vassal qui, trop pauvre, ne peut avoir de vassal lui-même.

Table des matières

Aubin Imprimeur
LIGUGÉ, POITIERS

Photocomposition C*MB* Graphic
44800 Saint-Herblain

Achevé d'imprimer en août 2004
pour le compte de France Loisirs
123, bd de Grenelle, 75015 Paris
N° d'édition 41054 / N° d'impression L 67242
Dépôt légal, août 2004
Imprimé en France